SENTINELLES

DU MÊME AUTEUR
CHEZ POCKET

L'ÉTOILE DES GARDIENS

1. LA QUÊTE DU ROI
2. L'ÉPREUVE DU ROI
3. LE SACRIFICE DU ROI
4. LA LÉGION FANTÔME

En collaboration avec Tracy Hickman

LA ROSE ET LE PROPHÈTE

1. LE DÉSIR DU DIEU ERRANT
2. LE PALADIN DE LA NUIT
3. LE PROPHÈTE D'ADKHRAN

LA LÉGENDE DE L'ÉPÉE NOIRE

1. LA NAISSANCE DE L'ÉPÉE
2. LA MALÉDICTION DE L'ÉPÉE
3. LE TRIOMPHE DE L'ÉPÉE

LES PORTES DE LA MORT

1. L'AILE DU DRAGON
2. L'ÉTOILE DES ELFES
3. LA MER DU FEU
4. LE SERPENT MAGE
5. LA MAIN DU CHAOS
6. VOYAGE AU FOND DU LABYRINTHE
7. LA SEPTIÈME PORTE

SCIENCE-FICTION

Collection dirigée par Jacques Goimard

MARGARET WEIS

et

TRACY HICKMAN

LE BOUCLIER DES ÉTOILES

SENTINELLES

POCKET

Titre original :
SENTINELS

Traduit de l'américain par
Simone Hilling

Si vous souhaitez recevoir régulièrement
notre zine « **Rendez-vous ailleurs** », écrivez-nous à :

« Rendez-vous ailleurs »
Service promo Pocket
12, avenue d'Italie
75627 PARIS Cedex 13

PRESSECO

PAPIER RECYCLÉ
NATURE PROTÉGÉE

ISBN : 2-266-08975-7.

PROLOGUE

MYTHE ET LEGENDE

Shauna-kir marchait parmi les étoiles.

C'était un privilège de naissance. Les étoiles étaient son foyer. Elle dansait parmi les nébuleuses d'un pas léger et silencieux, de peur d'éveiller avant leur heure les étoiles nouvelles. Elle riait, ses cheveux ondoyant autour de son visage à l'ovale parfait, tandis que les fronts d'ondes quantiques détruisaient autour d'elle idées, civilisations, et faits historiques. Elle se retourna et les considéra un moment, ces mondes où le passage d'une réalité à une autre faisait frémir et crier la vie. Cela l'attrista, car telle était sa grandeur que le passage de choses si insignifiantes pouvait l'affliger.

Pourtant, la tristesse n'était pas dans sa nature. Elle se détourna et plongea dans les trous noirs comme un nageur plonge dans l'eau, refaisant surface dans un autre temps et un autre lieu. Toutes les beautés la captivaient. Toutes les horreurs, elle les contemplait jusque dans leurs ultimes profondeurs. Jusqu'au moment où elle regarda au plus profond de l'œil galactique, et, à travers sa singularité tournoyante, y vit une gemme.

Noire était-elle, ses facettes devenant de plus en plus complexes avec la profondeur, jusqu'à son cœur totalement obscur. C'était la plus grande des récompenses, et le cœur de Shauna-kir faillit éclater. Non à cause de la beauté de la gemme — car les gemmes étaient sa spécialité, et les plus rares et belles étaient faites de sa main. A tous égards, cette gemme n'était pas la plus belle. Pourtant, dans ses profondeurs, elle recelait un autre trésor, obscurci par le réseau cristallin. Ce trésor chanta pour l'âme de Shauna-kir, car il avait pour nom mystère, et Shauna-kir n'avait encore jamais rencontré nulle chose qui fût nouvelle ou cachée.

— Ce qui est caché représente pour nous une contrainte, dit une voix grave et endormie par-dessus son épaule.

Shauna-kir se retourna vers le Vide qui masquait à la fois les étoiles et l'espace, trou dans l'immensité de la création qui dérivait près d'elle. Elle lui parla en l'appelant par son nom.

— Obem-ulek, tu viens à nous sans y être invité. Que sais-tu de ces choses ?

Le Vide flotta autour d'elle en un néant sensuel, l'observant, et pourtant se gardant de toute tentative pour l'absorber.

— Eh bien, rien et tout, Shauna-kir ! Je sais seulement que sa valeur est profondément enfouie en lui. C'est seulement à travers ses yeux que tu pourras connaître toute la création, et c'est seulement à travers sa connaissance que tu trouveras ta destinée. Malheureusement, tout le reste est mystère.

Obem-ulek mentait à moitié, ne disant qu'assez de vérité pour contenter sa sœur.

— Car la connaissance est un mystère pour ceux qui ne la possèdent pas. La connaissance est une prison pour ceux qui la possèdent imparfaitement. La connaissance est un esclavage pour ceux contre qui elle est utilisée. Kendis-dai ne te cantonne-t-il pas dans le mystère ? N'es-tu pas prisonnière de son Manteau de Sagesse ? N'es-tu pas l'esclave de Kendis-dai, t'inclinant devant ce qu'il sait et que tu ignores ?

Shauna-kir réfléchit à ces paroles, car elle savait que son frère était rusé. Pourtant, ces mots trouvèrent un écho dans son cœur, car elle désirait honorer Kendis-dai et non être son esclave. Et c'est pourquoi elle se détourna de son frère le Vide, choisit — le choix étant le plus grand présent accordé à ceux de sa race — et plongea des étoiles jusqu'au cœur de la gemme noire. Quand elle en franchit la limite, le bruit de son passage se réverbéra comme une onde à travers tout le cosmos.

Très loin, aux confins de toute la création, Kendis-dai entendit le murmure de ce passage. La peur l'étreignit dans l'instant, car il savait qu'Obem-ulek était là-bas, et que sa haine était terrible. Il prit le Bouclier des Etoiles pour protéger la création. Il saisit l'Epée de la Nuit pour ordonner toutes choses selon sa volonté. Il revêtit le Manteau, pour s'assurer que toute connaissance de ce qui était et de ce qui serait lui permettrait de porter un jugement impartial. Ainsi armé, il fulgura à travers les cieux d'un million et million de mondes, insoucieux du chaos qu'il laissait dans son sillage. En un instant, il parvint jusqu'à l'œil de la galaxie, et trouva le haïssable Obem-ulek qui dérivait triomphalement au milieu des étoiles.

— Elle est perdue pour toi, Kendis-dai !

La voix d'Obem-ulek déchira le temps et l'espace. Le Temps se ralentit, et toute la création observa.

— Shauna-kir ne marche plus parmi les étoiles !

Kendis-dai n'avait nul besoin des paroles d'Obem-ulek, car il était revêtu du Manteau de Sagesse. Il vit la gemme, il vit tout ce qui s'était passé avant et tout ce qui se passerait après, et il Sut.

Elle était tombée des étoiles de sa propre volonté.

— Tu lui as offert la connaissance, dit Kendis-dai, sa voix calme emplissant l'univers. La connaissance de la vie et de la mort. La connaissance de la joie et de la peine. La connaissance de la santé et de la maladie. Tu lui as offert tout ce que l'expérience peut enseigner.

Très loin à l'intérieur du Vide, Obem-ulek sourit.

— Tu lui as offert la vie et la mort. Les dieux ne peuvent apprendre que d'un seul maître, dit Kendis-dai d'une voix égale. La mortalité.

— J'ai gagné, rugit Obem-ulek. Elle est tombée dans la mortalité, et elle mourra. En la perdant, Kendis-dai, tu as perdu la moitié de ton âme. Va la rejoindre, toi aussi, et tu tomberas comme elle, et alors, qui vous rachètera ? Prosterne-toi devant moi, mon frère, et livre-moi la création — peut-être serai-je généreux. Résiste-moi, et tu me combattras n'étant plus que la moitié de toi-même, désespéré de la perte de ta compagne, et ma victoire sera complète !

Ainsi railla Obem-ulek dans son désir aveugle, traînant Kendis-dai dans les chaînes jusqu'à Avadon — le monde d'Aden, la Cité de l'Illumination. Kendis-dai avançait dans les rues en silence, les noires chaînes meurtrissant ses chevilles et ses poignets. Les étoiles pleuraient sur son passage. Le Vide remonta l'avenue et Obem-ulek gravit les marches de la Cathédrale, son frère enchaîné derrière lui.

Obem-ulek parla, et sa voix fit trembler toutes les pierres du monde.

— La création est mienne ! Prosterne-toi devant moi, mon frère et mon esclave !

— Ecoute, dit doucement Kendis-dai, et la multitude assemblée entendit clairement sa voix. J'abandonne les insignes de mon pouvoir. Prends-les, le bouclier, l'épée et le manteau, et cache-les aux yeux de la mortalité. Garde-les en sécurité jusqu'à mon retour.

— Ils m'appartiennent ! hurla Obem-ulek.

Mais Kendis-dai se contenta de sourire, et l'éclat de ce sourire secoua jusqu'au cœur le Vide d'Obem-ulek.

— Tu es habile, Obem-ulek, mais tu ne connais rien du cœur, et c'est là ta faiblesse.

Les paroles de Kendis-dai étincelèrent à travers les éternités.

— Je vais, c'est vrai, rejoindre mon amour dans l'oubli de la mortalité. Mais pourquoi ne partagerais-je pas mon sort avec ceux qui l'ont rendu possible ?

Ce disant, Kendis-dai étreignit Obem-ulek, l'entortillant dans les chaînes mêmes qu'il avait forgées. Les cris qu'il poussa du Vide, à travers d'innombrables années, frappèrent les oreilles des civilisations terrifiées d'innombrables mondes. Ensemble ils s'abîmèrent dans la mortalité, renonçant à leurs propres pouvoirs dans l'intérêt de la sagesse et par amour pour Shauna-kir.

Là, parmi les mortels, Kendis-dai fit vœu d'acquérir la connaissance et l'expérience, promettant que, quand le temps serait venu et que l'univers aurait de nouveau besoin de sa main, Shauna-kir et lui reviendraient pour forger un nouvel empire.

Quant à Avadon et à sa Cité de l'Illumination, ils furent cachés aux yeux des mortels, inaccessibles à leur connaissance. Beaucoup ont cherché leurs trésors, mais aucun ne les a découverts — car Kendis-dai les lança au-delà de la connaissance des mortels jusqu'au jour de son retour. Jusqu'à ce jour, le Manteau de Kendis-dai, son Epée de la Nuit et son Bouclier des Etoiles restent cachés par les gardiens du temple des étoiles. Loin des yeux des mortels, ils attendent ce jour.

Lai de Kendis-dai.

ALPHA

LIVRE DE MERINDA

(3 256 ans plus tard)

Chapitre 1

LA CASCADE

Merinda Neskat enjamba avec précaution les rocs glissants dans la brume du soir, fraîche et humide, qui caressait ses joues ; ses cheveux seraient bientôt chargés d'humidité, elle le savait, et ses boucles couleur de miel auraient du mal à conserver leur forme. Et ses vêtements humides lui promettaient une marche rafraîchissante quand elle remonterait dans le climat plus sec des hauteurs. Mais pour le moment, avec l'air ambiant aussi chargé de vapeur que sa personne, elle était contente de sentir l'eau sur ses bras et ses pieds nus.

— Impudique, lui dirait la *Dex Libris,* sa supérieure immédiate, de la voix sépulcrale qui était son signe distinctif. La tenue d'une *Atis Librae* de l'Omnet doit inspirer plus de respect. Comment peux-tu espérer quitter jamais ce caillou et faire carrière si tu ne te respectes pas assez pour inspirer le respect aux autres ?

Merinda réprima un éclat de rire à cette pensée, et se redressa soudain.

— Oui, *Libris* Gildish, dit-elle, feignant le plus grand sérieux. Je défendrai l'honneur de l'Omnet même dans mon sommeil.

La vérité, c'est que Merinda était sérieuse — beaucoup trop pour la plupart de ceux avec qui elle travaillait. Merinda croyait qu'elle allait sauver l'univers, à sa façon et pour sa modeste part. Elle méprisait ouvertement ceux qui, autour d'elle, ne comprenaient pas l'importance de « recouvrer le passé, préserver le présent et protéger le futur » comme le maintenait le credo de son ordre. Elle ne frayait pas beaucoup avec les autres — du moins en ce qui concernait la plupart de ses camarades de travail. Mais, se disait-elle, elle n'en avait pas besoin. De nouveau, elle faillit se surprendre à pouffer, écarta un rideau d'eau de son pied nu, puis se remit à contourner les rocs glissants avec circonspection.

Elle se plaisait ici. Son monde natal était humide comme cet endroit, mais pas d'une chaleur aussi constante. La tiédeur des brumes surplombant les eaux qui jaillissaient des rocs était pleine de vie et de réconfort, havre de paix après les tribulations de son autre existence. Le monastère était froid, malgré le chauffage incessant, froid d'une froideur qu'aucun soleil ne pourrait réchauffer. C'était un lieu austère, et certains pensaient qu'il lui convenait bien — mais ils ne la connaissaient pas vraiment, n'est-ce pas ?

L'affleurement rocheux se terminait devant un grand pilier de pierre sortant des eaux écumantes. Avec une aisance née de la pratique, Merinda saisit une prise. Elle inspira, balança ses jambes qui luisaient dans la lumière filtrée par la brume, et passa de l'autre côté du pilier.

Merinda retint son haleine. Cette vue lui coupait toujours le souffle, comme disait sa mère — vision de beauté et d'émerveillement indicibles. Elle avait marché une heure sur le sentier avant d'arriver en ce lieu, et pourtant, le temps et la fatigue du chemin s'évanouirent immédiatement.

Les Chutes de Denali, sur Brishan V, étaient autrefois un lieu religieux et secret, dont on disait que la vue ne pouvait être comprise et appréciée que par les prêtres locaux. Les eaux tiraient leur force des hauts pics de la Chaîne de Krevish, lieu où, selon la légende, les dieux de ce monde résidaient sous la couverture du ciel. Les larmes de la déesse Rhishan, pleurant l'assassinat de ses trois fils par leur cruel oncle Umbleh, étaient, disait-on, la source des trois rivières qui convergeaient au sommet du Cañon de Denali. Elles formaient de grandes chutes qui cascadaient dans un bruit de tonnerre jusque dans le bassin situé à leur base, mille pieds plus bas. Pourtant, la beauté du site ne résidait pas seulement dans les cataractes, ni dans l'antique monastère dont les arcs-boutants s'arrondissaient magnifiquement au-dessus du confluent des trois rivières. Les cascades avaient quelque chose d'exceptionnel, et c'étaient les lianes de *klenith* qui menaçaient de les étouffer à leur naissance. Ces lianes enchevêtrées étaient creuses, formant des tubes où l'eau passait. Chose doublement bénéfique. Les tiges creuses des lianes retenaient les éléments nutritifs, purifiant l'eau à mesure qu'elle tombait à travers leurs ramifications, et formaient ainsi des entrelacs chatoyants d'une élégance suprême. Comme toujours, Merinda avait bien minuté son arrivée, car le soleil se couchait au bord des plaines s'étendant tout en bas. Tout à coup, sembla-t-il, le monde de Merinda s'emplit de lumières saumonées, tandis que les cascades et les brumes du bassin se coloraient des lueurs crépusculaires de la fin du jour. Les pieds enfoncés jusqu'aux chevilles dans un ensablement qu'elle en était venue à considérer comme sa propriété, Merinda sentit qu'il devenait une partie d'elle-même. *Voilà la vie*, pensa-t-elle, *voilà la nourriture. J'ai besoin de si peu pour éprouver la joie qui m'est nécessaire pour vivre. Je pourrai aller mon chemin, endurer la souffrance, la solitude et la frustration tant qu'il existera un lieu tel que celui-là où je me sentirai chez moi. Je voyagerai partout où la destinée m'enverra, pourvu qu'il y ait toujours quelqu'un, quelqu'un de singulier, qui m'attende à la maison.*

Une silhouette sombre avançait derrière elle, presque invisible dans l'obscurité des eaux tumultueuses. Pas insonores. Mouvements économes. De plus près, elle prit la forme d'un homme de haute taille vêtu de gris foncé des pieds à la tête. La cape noire qu'il portait par-dessus était lourde d'humidité et ne ballonnait pas autour de lui comme de coutume. Merinda lui tournait toujours le dos quand il la rejoignit, calme et efficace, ses gants gris tendus vers elle. Détendue, Merinda contemplait le réseau de lianes étincelant de la cascade.

Elle lança un regard de côté.

Brusquement, elle fit un pas en arrière, levant les mains pour saisir l'un des bras menaçants, et se déhancha, s'efforçant de projeter l'homme par-dessus sa tête.

L'homme recula, faisant un pas de côté tout en lui tordant le bras par derrière. Elle poussa un cri de douleur, mais, au même instant, lui accrocha une cheville de son pied et se jeta contre son assaillant.

Ils tombèrent à la renverse sur un affleurement rocheux bordant la plage. Les poumons de l'homme se vidèrent bruyamment, et sa prise se relâcha un peu sous l'impact. Merinda dégagea son bras, et, d'un coup de pied, le projeta contre le roc. Tandis qu'il rebondissait dessus, elle le saisit à deux mains, se renversa sur le dos dans le sable, et planta ses deux pieds dans son ventre.

La robe sombre papillonna au-dessus d'elle, et elle le lâcha. Il s'envola par-dessus sa tête, agitant les bras et les jambes dans l'air brumeux, puis s'écrasa sans cérémonie dans l'eau bordant la plage. Le déluge de l'impact n'était pas encore retombé qu'elle était déjà sur ses pieds et bondissait vers lui en tirant son arme. Les dernières gouttelettes frappaient la surface quand elle lui enfonça un genou dans la poitrine et mit le canon de son arme entre les deux yeux de son agresseur.

Ses yeux. Ces yeux de granit gris.

Il crachait et toussait pour se dégager la gorge et le nez, quand une vaguelette lui recouvrit la tête. Merinda éclata de rire.

— O, grand et puissant *Vestis Novus*, je vois que tu viens, une fois de plus, de prouver ta supériorité sur nous autres, modestes *Atis Librae*. Te rendras-tu à moi maintenant ?

Toujours prostré sur le dos, il releva la tête, s'efforçant de garder son visage au-dessus de l'eau. Ce faisant, son capuchon tomba en arrière, révélant une explosion de boucles noires couronnant un visage énergique. Le menton était peut-être un peu lourd aux yeux de certains, se dit Merinda — en tout cas à ceux de *Librae* Brenai, sa compagne de travail à l'Omnet, avec qui elle partageait une chambre depuis qu'elles avaient fait connaissance lors de leur initiation à Netprime, deux ans plus tôt. Kiria Brenai avait déclaré sans ambages que Queekat Shn'dar pourrait casser des pierres de sa puissante mâchoire, ce qui, pour ce qu'elle en savait, était sans doute le cas.

Puis il la regarda, les yeux scintillants, et un large sourire se répandit sur ses traits anguleux. Ces yeux, elle le savait, étaient à elle ; ce sourire était, en quelque sorte, sa propriété.

— Je me rends, Maîtresse *Librae*, en l'honneur de ton ordre et de son entraînement supérieur.

— Quoi ? Tu ne te rends pas à *moi* ? dit-elle, feignant l'incrédulité.

De nouveau, elle lui enfonça le genou dans la poitrine, lui plongeant un instant la tête sous la surface.

— Oui, oui, crachota Queekat, refaisant surface en riant à moitié. Je me rends à toi aussi.

Merinda se remit à rire. Elle se laissa tomber amoureusement sur lui, manquant le faire sombrer une troisième fois — puis roula avec lui sur la plage.

— Oh ! Kat, quand j'ai appris que tu venais, j'ai espéré que tu te rappellerais cet endroit — le plus cher à mes yeux de toutes les créations.

— Il y a beaucoup d'autres lieux magnifiques et terribles parmi les étoiles.

Queekat branla du chef, l'aspergeant de gouttelettes.

— Pas pour moi, espèce de brute, répondit-elle quand elle put parler. C'est ici que nous nous sommes rencontrés, toi et moi. C'est notre coin, notre petit univers privé, loin des soucis de notre profession, des directeurs ou...

— Ou des *E'toris*, termina Queekat à sa place. Dis-moi, comment va cette vieille chèvre ?

Merinda prit un air belliqueux, que démentaient ses yeux brillants fixés sur Queekat. Mettant sa main en coupe, elle projeta vers lui une gerbe d'eau.

— Dis donc ! protesta-t-il sans conviction.

— Notre *E'toris Librae* va très bien, et, comme tu le sais sûrement, en ta qualité d'ambassadeur et d'enquêteur de l'Omnet, elle n'est pas présentement sur la planète.

— Vraiment ?

Merinda redevint presque sérieuse.

— Oh ! Kat, ne me prends pas pour une idiote. Tu sais aussi bien que moi que ta visite l'aurait précipitée dans des préparatifs fiévreux et des cérémonies innombrables. Tu étais son élève le plus brillant ; le plus parfait des parfaits à jamais t'être envolé de ce caillou. Imagine, un modeste trieur d'informations de l'Empire de D'Rakan qui s'élève au poste d'inquisiteur de l'Omnet. Kat, si elle avait su que tu venais, il y aurait eu tant de cérémonies que je n'aurais jamais pu te voir.

— Oui, *E'toris* Gildish est terriblement fière de son Empire de D'Rakan, dit lentement Queekat, repliant les genoux vers sa poitrine et les entourant de ses bras, puis levant les yeux vers les premières étoiles qui brillaient à travers la brume. « Empire de D'Rakan », ça sonne bien, jusqu'à ce qu'on le compare au reste de la galaxie — et alors, il devient tout petit, Rini.

Merinda reposa sa tête sur ses mains dans le sable. Queekat venait de l'appeler par son diminutif, et elle sut, instinctivement, qu'il avait toujours pour elle les mêmes sentiments que quelques mois plus tôt.

— Comment est-ce, Kat — dans l'espace, je veux dire ? Comment est-ce pour un inquisiteur ?

Queekat sourit avec tristesse en secouant la tête.

— C'est différent de ce que nous pensions, Rini. Plus compliqué. Plus subtil. Les bons et les méchants se perdent dans les détails. Le noir et le blanc paraissent gris à distance — gris comme cette robe.

— Mais c'est ton travail, non ? dit Merinda, sans bien comprendre ce qu'il disait. De séparer le noir et le blanc dans les détails ? Vous êtes les inquisiteurs *Vestis* qui rassemblent toutes les informations que barattent les *Atis Librae* pour découvrir des bribes de vérité.

Queekat émit un grognement.

— Exact. Vous passez la boue au tamis, et quand vous découvrez quelque chose de *vraiment* horrible, c'est nous, les *Vestis*, qui allons faire le ménage.

— Ah ! dit-elle, penchant la tête d'un air malicieux, mon beau paladin galactique serait-il d'humeur chagrine, ce soir ?

— D'humeur chagrine ?

Il bondit sur ses pieds, si vite que Merinda se figea, effrayée du changement survenu en lui. Maintenant, il la dominait de toute sa taille, contenant à peine sa rage.

— Tu n'as aucune idée de ce qui se passe dans la galaxie, hein, Merinda ? Aucune idée de ce que nous devons affronter ? Il y a cinquante-sept empires stellaires mineurs dans ce seul secteur, dont quinze n'ont même pas conscience que la vie existe ailleurs dans l'univers, et dont sept se préparent en ce moment à partir en guerre. Bon sang, Merinda, deux d'entre eux s'arment en ce moment pour défendre leurs droits d'exportations stellaires des fromages indigènes. Nous essayons de retrouver la sagesse et la connaissance perdues lors de la chute de l'Empire de Kendis — il y a trois mille ans, pas moins — et pendant ce temps, plus de six trillions d'êtres vivants sont menacés à cause de produits laitiers moisis !

Queekat se tut, capable pour la première fois de voir au-delà de sa colère. Il baissa les yeux sur Merinda. *Ne bouge pas*, se dit-elle, prenant à dessein l'air indifférent. *Laisse-le prendre son temps et il en viendra à ce qui le tracasse. Comme toujours.*

Queekat soupira et s'agenouilla près d'elle avec lassitude.

— Excuse-moi, Rini. Je crois que je ne suis plus moi-même.

Merinda se souleva lentement sur ses coudes. Sa voix s'entendait à peine par-dessus le tonnerre des chutes, mais ses paroles furent distinctes, et leur sens des plus clairs.

— Tu as toujours su qui tu étais et où tu allais. Je me rappelle, dans la Cour Dorée, sous un halo d'étoiles...

— C'était il y a longtemps, grommela Queekat.

— Et tu les regardais avec un désir bien plus grand que celui que tu ressentais pour moi.

Elle prononça ces paroles sans compassion ni malice — affirmations qui se suffisaient à elles-mêmes, sans aucune trace de la rancœur qu'elle éprouvait.

— « Elles seront à moi », disais-tu.

— Je voulais dire « à nous », dit-il sèchement.

— Mais tu as dit « à moi », répondit-elle avec irritation. Tu partis dans la semaine, Kat. *Atis Librae* Shn'dar sorti de nulle part et sélectionné pour les puissants *Inquisitas Vestis*. Une semaine, tu analysais les nouvelles venues d'une demi-douzaine de mondes arriérés, et la semaine suivante, tu te réinventais sous forme d'inquisiteur de l'Omnet.

Queekat leva vivement les yeux.

— Je ne me suis pas réinventé ! Ce n'était pas nécessaire — ils m'ont bien réinventé eux-mêmes selon leurs propres termes. Ecoute, Rini, tu n'as aucune idée de ce que c'est. Il faut savoir tout ce qui est spécifique à ta mission, et ta mission change tout le temps. On te jette dans le bain, Rini. Les Oracles des Neuf décident qui tu devras être pour une mission donnée, puis ils te font devenir cette personne. Ils te morcellent le cerveau comme si tu étais une machine comme eux — tamisent tes souvenirs et stockent tes pensées dans des coins commodes, pour faire place aux informations dont, selon eux, tu auras besoin pour accomplir ta mission pour l'Omnet. Puis ils déversent ces informations en toi par un biolien.

Merinda l'observait attentivement. Quelque part dans le ciel, un stribek croassa en survolant la cascade.

Queekat soupira, faisant couler du sable entre ses doigts.

— Par les étoiles, Rini, il y a trois mois, ils ont eu besoin d'un xénobiologiste ayant des talents de chirurgien. Je figurais sur la liste de service. Un soir, je me suis couché, sans même savoir que le sedak de Kribenthian existait, et en me réveillant, je pouvais non seulement décrire son anatomie jusqu'aux niveaux cellulaire et chimique, mais je pouvais aussi l'opérer. Pendant ce mois, j'ai été le plus grand médecin du sebak. Après ça, on m'a assigné une autre mission. Les Neuf m'ont donné la connaissance des intrigues compliquées des Quatre Dynasties de Ruqua. Oh ! je pouvais détailler les rapports et les généalogies des quatre maisons pendant ce dernier millénaire — mais je ne reconnaissais plus la main d'un sedak de son pied.

Queekat sombra dans un silence boudeur. Merinda se mordillait les lèvres. Ça devenait gênant de regarder un inquisiteur qui ne dissimule plus, vulnérable. Puis il leva les yeux et lui sourit, de ce même sourire déluré, plein d'assurance et de confiance en soi, qui l'avait tellement éblouie lors de leur première rencontre que, dans son éternel pessimisme, elle l'avait attribué au fait qu'il était trop outrecuidant et imbu de sa personne. Elle ne parvenait pas à croire que ce sourire était destiné à elle seule, mais elle avait fini par se l'approprier, et à partir de ce moment, sa solitude avait pris fin. Malgré sa robe d'inquisiteur, ses manières et sa formation, il était toujours Queekat. Elle en était sûre.

— Eh bien donc, qui es-tu aujourd'hui ? le taquina gentiment Merinda. Ta mission exige-t-elle que tu deviennes un membre invisible du Conseil des Matriarches de D'Rakan, ou peut-être quelque chose d'encore plus exotique ?

— Quelle innocente ! dit-il, riant en branlant du chef. Je regrette de te décevoir, je suis un technicien-théoricien de pointe des esprits synthétiques du douzième niveau.

— Tu es quoi ? dit-elle, incrédule.

— Je suis un expert en communication avec, et réparations de, la plupart des appareils domestiques.

Merinda éclata de rire. D'un même mouvement fluide, elle le saisit par son vêtement et l'attira près d'elle sur le sable.

— Ah ! mon inquisiteur à moi, maître de la lessive autorégulée ! Quels maléfices couvant dans les étoiles poussent l'Omnet à expédier ses habiles et impitoyables enquêteurs jusqu'aux confins de l'Empire de D'Rakan pourvus des connaissances d'un spécialiste en réparations domestiques ? Les Neuf Oracles s'intéressent-ils donc tant aux synthés cuisiniers de notre petit sanctuaire qu'ils envoient l'un de leurs chercheurs d'élite jusqu'à Brishan ?

— Non, dit-il en souriant. Ma mission concerne Tentris — mais j'aurai besoin d'un peu d'aide. C'est pourquoi je suis ici. Je suppose que tu as encore des congés à prendre. Pourrais-tu t'absenter quelques jours ?

Merinda ne prenait jamais ses congés — tant que Queekat était là, elle n'en ressentait pas le besoin, et maintenant qu'il était parti, cela n'avait plus d'intérêt. Son cœur bondit à l'idée de passer des vacances avec lui, de quitter ce caillou et de visiter des lieux nouveaux et excitants. Cela ne lui avait jamais paru important — dans le passé, elle aurait pu retenir un passage pour aller en vacance n'importe où — mais soudain, cela prenait une énorme importance.

— Oui ! Bien sûr que je peux m'absenter quelques jours ! s'écria-t-elle, avec un ravissement d'écolière qui démentait son comportement habituel, posé et sérieux. Est-ce que j'ai le temps de prendre quelques affaires, ou devons-nous partir immédiatement ?

— Du calme, du calme, dit Queekat, levant les mains pour modérer son enthousiasme. Il n'y aura pas que nous. J'aurai aussi besoin de Kelis, Flynn... Dharah, sans doute... et je crois que Brenai devrait aussi se joindre à nous... Hé, arrête ! Qu'est-ce qui te prend ?

Merinda s'était mise à lui marteler la poitrine de ses poings, sans grand résultat, les lèvres de plus en plus boudeuses à mesure qu'elle parlait.

— Pourquoi emmener tout le département ? Nous n'avons pas besoin d'eux ! C'est toi le grand inquisiteur ; c'est toi qui as la formation et le pouvoir ! Nous n'avons besoin de personne — tu as besoin de moi, c'est tout !

— Merinda ! C'est une opération importante. Nous aurons tout le temps de...

— Ne viens pas me parler de temps.

Les coups de Merinda devenaient plus efficaces, et cela commençait à se voir sur le visage de Queekat.

— Je te transcomme un message tous les jours. Autrefois, tu me répondais tout de suite. Maintenant, je reçois rarement de tes nouvelles. Il s'est passé deux mois avant que tu ne me préviennes de ton arrivée. Maintenant, tu es là et tu... tu veux monter une expédition ? Tu crois que je ne vois pas ce qui va se passer ?

— Merinda !

Le mot sonna cinglant et dur à ses oreilles. Elle ne l'avait jamais entendu prononcer son nom avec tant de froideur. Elle s'immobilisa comme il lui saisissait les avant-bras dans ses mains puissantes.

— Rini, c'est mon travail. Je sers l'Omnet tout comme toi. Tu as un rôle spécial dans tout ça. Je ne peux pas t'expliquer maintenant, et tu ne comprendras peut-être pas sur le moment, mais il est nécessaire que tu viennes, et il est nécessaire que tu fasses ton devoir — tu comprends ?

Les yeux gris de Queekat plongeaient dans les siens. Elle trouva impossible de les regarder sans se sentir un peu perdue.

— Oui, dit-elle enfin à voix basse. Je comprends. C'est juste qu'il y a si longtemps, Kat... Je voulais juste que nous ayons un peu de temps à nous.

Il l'attira à lui, son visage un peu radouci. Elle se blottit dans ses bras et enfouit son visage dans sa poitrine.

— Bien sûr, Rini, dit-il, le ton chaleureux mais un peu distrait. Nous désirons tous avoir un peu de temps à nous.

Merinda ferma les yeux, revenant par la pensée à l'époque où ses excursions à la cascade étaient chaleureuses, merveilleuses.

Elle ne vit pas les yeux de Queekat, fixant sans expression les étoiles qui commençaient à paraître.

Chapitre 2

INCONVENIENT MINEUR

Oscan Kelis se frictionna la racine du nez et ferma les yeux. Il était fatigué, et le puzzle qui continuait à flotter dans sa tête se transformait rapidement de problème mineur en migraine majeure. Les actions habituelles semblaient n'être d'aucun secours. Il passa la main sur son crâne chauve. Pas de réponse. Il roula la tête de droite et de gauche, comme pour débloquer quelque chose dans son esprit. Pas de réponse. S'écartant de la plaque lumineuse de son alcôve de travail, il se leva, entra d'un pas décidé dans le hall principal de l'antique Monastère de Rhishan, passa devant les nombreuses alcôves où d'autres *Atis Librae* se penchaient sur leur tâche, et sortit sur l'esplanade dominant la cascade. Les entrelacs d'eau tombant dans l'abîme avaient toujours apaisé son esprit et l'avaient aidé à mettre de l'ordre dans ses pensées quand rien ne lui avait permis de trouver les réponses qu'il cherchait. C'est pourquoi il s'appuya contre le mâchicoulis, contemplant par les créneaux les brumes tournoyant tout en bas, cherchant en lui quelque indice qui lui donnerait une réponse.

Pas de réponse.

— Ne saute pas, Oscan !

Oscan sursauta à la voix qui venait de se matérialiser dans son oreille. Le cœur battant, il se tourna vers le son.

— Par le Grand Esprit, *Librae* Dharah, tu m'as fait peur !

— Sois en paix, *Librae* Kelis, rétorqua Terica Dharah, affectant moqueusement son ton le plus cérémonieux. Je ne te ferai aucun mal.

Oscan eut du mal à retrouver son souffle, et pas seulement à cause de la frayeur que sa camarade lui avait faite. Terica

Dharah était d'une beauté peu commune pour une « trieuse » — ainsi que s'appelaient entre eux les *Atis Librae* — avec sa haute silhouette élancée et son visage de madone. Oscan l'avait rencontrée par hasard au cours de vacances sur Tentris. C'était la seule fois où il l'avait vue avec ses cheveux noir corbeau dénoués, et non pas avec le sévère chignon qu'elle portait pendant le travail. Les luxuriantes ondulations satinées encadraient à la perfection l'ovale de son visage. La salle était bondée, et il ne pouvait pas dire combien de temps il était resté pétrifié par sa beauté et le tintement distant de son rire dominant le brouhaha de voix de ses compagnons. Le sourire dont elle l'avait gratifié quand elle l'avait remarqué avait empourpré son visage d'une rougeur qu'il ressentait encore en y pensant. Il s'était presque ridiculisé dans sa hâte à quitter la salle de jeu où il l'avait rencontrée, lui faisant piteusement au revoir de la main, puis se cognant dans une table alors qu'il voulait battre discrètement en retraite. Maintenant, il ne pouvait pas la voir sans repenser à ses longs cheveux noirs encadrant son visage parfait. En sa présence, l'air lui semblait raréfié.

— Bien sûr que non, *Librae* Dharah. C'est juste que...

— Terica, Oscan.

— Quoi ?

— Je m'appelle Terica.

Elle rit doucement, d'un rire pour lui d'autant plus bouleversant qu'il était familier.

— Il n'y a personne dans la cour, et même s'il y avait quelqu'un, l'*E'toris* est hors-planète, et par conséquent pas assez près pour exiger le respect du protocole. De plus, nous nous connaissons depuis bien trop longtemps pour faire tant de cérémonies. Alors, qu'est-ce qui te pousse à venir ici contempler l'abîme ?

— Ce n'est peut-être rien, Ter... Terica., bredouilla Oscan, qui s'en maudit intérieurement. C'est simplement que je ne parviens pas à mettre en cohérence les mises à jour du secteur. Les canaux nous transmettent des informations que nous trions comme d'habitude, mais quand nous les passons à la Citadelle de Tentris, elles nous reviennent fausses.

— C'est censément impossible, dit Terica. Je croyais que les relais étaient automatisés.

— Ils le sont, rétorqua Oscan, conscient de parler d'un

ton désagréablement geignard, mais incapable de faire autrement. Nous rassemblons les nouvelles de dix-sept mondes participants. Nous trions les informations, nous déterminons ce qui est important et ce qui ne l'est pas, et nous transmettons l'important à la Citadelle de Tentris. Là, ils mettent ce rapport en corrélation avec les rapports d'autres monastères comme le nôtre...

— Oscan, tu divagues, dit Terica d'un ton apaisant.

— Oui — excuse-moi.

De nouveau, Oscan se perdait dans le souvenir de ces cheveux noirs.

— Enfin, tu te souviens de ces rapports que nous recevions du système Eptos — sur les chargements de convertisseurs de plasma qui étaient déroutés et apparemment perdus ?

— Oui, je m'en souviens.

Terica hocha la tête, s'efforçant d'accélérer la conversation.

— Merinda t'avais demandé de comparer ces rapports avec les mises à jour d'autres systèmes stellaires sur lesquels Evon et Kiria travaillaient. Quelque chose à voir avec des groupes subversifs, non ?

— Exact ! dit Oscan, s'animant sur le sujet. Evon traquait une faction de la famille souveraine de l'ancien D'Rak qui voulait revenir au bon vieux temps du gouvernement impérial. Il semble que plusieurs membres de l'ancienne famille royale n'étaient pas d'accord avec la décision du Conseil Populaire Souverain de s'emparer des rênes de seize gouvernements stellaires.

— Et alors ?

— Alors, un vaisseau d'attaque planétaire avancée a disparu à peu près en même temps que les convertisseurs de plasma. C'est Kiria qui s'en est occupé. Le *D'Rapiene* a appareillé tout seul, quittant son mouillage orbital d'Isdor Quatre sans son équipage. Le chef des docks a été traduit en justice, et le capitaine profondément embarrassé que son vaisseau soit parti sans lui. L'armement était au complet, mais on ne devait faire le plein que lorsque l'équipage serait remonté à bord — il a donc appareillé presque à vide. Le rapport concluait qu'il ne pourrait pas aller très loin et qu'on finirait par le retrouver et le ramener. On a considéré l'incident comme une bonne blague...

— ... que nous avons rapprochée d'incidents semblables, termina Terica à sa place, déterminant que la famille impériale allait tenter un coup d'Etat. Nous avons transmis au Central nos rapprochements accompagnés des preuves provenant de nos fichiers. Jusque-là, pas de mystère, Oscan. J'ai transmis ces rapports moi-même, qui sont partis pour Tentris il y a trois jours. Alors, quel est le problème ?

— Le problème, c'est que... — le ton devenait de plus en plus strident d'instant en instant —, c'est que j'ai reçu aujourd'hui les retours de ces rapports. La plupart des *Librae* les jettent — je veux dire, pourquoi relire des trucs qu'on a déjà lus. Mais je relis toujours les miens...

— Ça ne m'étonne pas.

— Et ils sont faux.

— Faux ? dit Terica, le regardant d'un drôle d'air. Qu'est-ce que tu veux dire ?

— Je veux dire qu'ils sont censés refléter nos rapports, accompagnés de commentaires pour l'action et d'informations de routage si elles doivent être incluses dans les nouvelles destinées à une région galactique plus vaste. La Citadelle a déterminé que nos conclusions étaient fausses — ce qui n'est pas exceptionnel en soi. Alors j'ai décidé de vérifier les rapports sur lesquels ils avaient fondé leur décision — ces mêmes rapports que j'avais classés moi-même. Ils étaient *changés*, Terica. Ce n'étaient plus les rapports que nous avions classés. Le rapport-retour de Kiria déclarait que le *D'Rapiene* avait *déjà* été retrouvé, et celui d'Evon omet maintenant totalement les plans impériaux pour renverser le Conseil. Le pire de tous, c'était mon rapport, Terica. Il mentionnait un vol — mais pas de convertisseurs de plasma. On aurait dit que j'avais mélangé un rapport sur un vol de chargement de fruits avec des rapports sur la politesse de la famille royale et sur un vaisseau disparu puis retrouvé.

— Ce qui te donnait l'air d'un imbécile, conclut Terica.

— Ce qui me donnait l'air d'un imbécile, admit Oscan à contrecœur, eu égard à la personne qui recevait cet aveu.

Terica jeta un coup d'œil par-dessus le parapet. Les lianes klenith cachaient la naissance de la cascade, quinze pieds plus bas, avec de nombreuses ramilles arquant leurs vrilles d'eau en une tapisserie pleine de grâce au bord du ravin. *Apparemment, je ne suis pas le seul à venir méditer ici*, se dit Oscan.

— Et les données originales que nous avons transmises ? réfléchit-elle tout haut. Il y a peut-être eu une certaine confusion dans les rapports que nous avons envoyés à la Citadelle.

— Non, dit aussitôt Oscan. C'est la première chose que j'ai vérifiée : les données transmises à la Citadelle étaient bien celles de nos fichiers. Quelqu'un les change...

— Ou quelqu'un modifie les retours. Il y a forcément une erreur quelque part. Tu en as parlé à *Librae* Neskat ?

— Non. Elle... enfin, elle n'est pas là pour le moment.

Oscan soupira, se retournant vers le parapet et inclinant légèrement la tête vers l'abîme.

Terica sourit, d'un sourire empreint d'une certaine perversité.

— Vraiment ? Alors, notre vieux Gueule de Roc est de retour ? Enfin, ça peut attendre jusqu'à ce qu'elle en ait fini avec lui, je suppose — le ciel m'est témoin que la vie ne lui réserve pas grand-chose d'autre. Quand même, c'est curieusement opportun qu'il arrive juste après que l'*E'toris* ait été appelée ailleurs.

— Je trouve que ce n'est pas opportun du tout, dit Oscan, plus sérieux que jamais. Je crois que quelqu'un s'efforce délibérément de miner notre situation ici.

Le rire de Terica sembla raccourcir le jeune homme de quatre pouces.

— Je ne suis pas de cet avis, Oscan. Nous sommes un petit avant-poste de trieurs appartenant à une agence d'informations galactique qui connaît à peine notre existence. En bref, nous ne sommes une légende que pour nous-mêmes. De plus, tu ne devrais jamais attribuer à la malveillance ce qui peut l'être à la stupidité. Quelqu'un, quelque part, a des haricots à la place de la cervelle, voilà tout. C'est sans doute à nous de découvrir où il est.

Oscan la regarda se détourner majestueusement du parapet et repartir nonchalamment vers le vaste hall de la cathédrale.

— De plus, dit-elle, disparaissant dans l'ombre fraîche, quelle importance peuvent avoir ces rapports trafiqués ?

***

Le monastère se délabrait avant que l'Omnet ne s'y installe, étant arrivé à cet âge parfait où il était trop vieux pour être considéré comme utile, et trop jeune pour constituer un trésor local. Pour les D'Rakaniens qui habitaient les grandes cités collectives des plaines occidentales, il était devenu une vieille bâtisse bizarre qui avait survécu à son utilité — un endroit trop éloigné pour y aller pique-niquer. Ils s'en étaient donc joyeusement débarrassés au profit de l'Omnet et de ses fonctionnaires ; les D'Rakaniens leur étaient secrètement reconnaissants de leur avoir épargné la dépense de maintenir le vieux bâtiment dans un état raisonnable. Dans un lointain avenir, peut-être que le grand édifice, avec ses arcs-boutants gracieusement cambrés au-dessus des cascades, et ses flèches perçant les nuages, serait revendiqué par les D'Rakaniens comme trésor de leur culture et siège de leur mythologie. Pour le moment, il leur suffisait que le monument fût toujours là — et qu'ils n'aient pas besoin d'y penser.

D'ailleurs, arriver jusqu'au monastère n'était pas tâche facile pour les D'Rakaniens. L'entrée originelle se trouvait derrière les chutes mêmes, au bord du bassin, mais, au cours du temps, elle avait succombé à l'érosion de la cascade, aggravée par trois sièges successifs. Il y avait le chemin sinueux qui, partant du bassin, rejoignait le bord du cañon, et de là, l'un des six ponts de pierre jetés sur les rivières jusqu'à la pointe rocheuse sur laquelle le monument était construit. Toutefois, la route venant de H'sik — la cité la plus proche du monastère, à environ quatre miles, juste à l'entrée du Cañon de Denali — était totalement délabrée, et, après un demi-siècle de négligence, uniquement utilisable par les véhicules les plus déterminés.

Le temps et l'indifférence avaient assuré efficacement la sécurité du monastère.

Le monastère lui-même était un monument magnifique, dont les fondations, partant du soubassement granitique originel, bourgeonnaient jusqu'à couvrir la réunion des trois rivières qu'il surplombait. Des arcs-boutants, s'arquant à partir du lit de la rivière, soutenaient ces fondations, d'où jaillissaient les flèches élégantes et compliquées connues sous le nom de Couronne de Rishan. Ces minces fuseaux se dressaient au bord de la fondation, protégeant les deux cercles intérieurs entourant la cour centrale. La cour elle-même était un vaste espace au pavement de pierres, taillées si habilement qu'il était impossible d'insérer une lame de rasoir entre elles. Et d'autant plus magnifique que ces pierres formaient une mosaïque représentant la déesse Rishan fendant les pierres des Monts de Krevish dans sa douleur et sa rage.

Pourtant, Evon Flynn se tenait à l'entrée de la cour, se disant que toute cette magnificence était cachée par l'immense astronef posé au centre de la mosaïque. Non qu'il s'inquiétât outre mesure du sacrilège que la présence du béhémoth constituait sur ce sol sacré, ou qu'il se souciât des dommages possibles que cette machine pouvait infliger à l'héritage de tailleurs de pierre disparus depuis si longtemps.

L'inquiétude d'Evon se limitait strictement à Evon. Il avait joyeusement piloté la petite plate-forme de lévitation qu'il rapportait de H'sik avec l'épicerie de la semaine. Evon était de taille moyenne et de carrure athlétique. Il portait ses cheveux longs un peu plus longs que la plupart, et arborait une moustache qu'il s'efforçait de tailler de son mieux. En le regardant, on sentait que les robes des *Librae* ne lui allaient pas, et qu'il n'allait pas aux robes. D'autres membres de l'équipe auraient bougonné d'avoir à descendre de la montagne pour aller au marché de la ville, mais pas Evon. Il adorait marcher, et il avait un don pour la cuisine dont ses camarades ne se faisaient pas faute de profiter. C'était un trieur de talent, capable de repérer les points communs de différents rapports, et de les réunir en un tableau clair mieux que la plupart dans son équipe — c'est juste qu'il n'avait pas le cœur à ça. Le travail, disait-il souvent aux autres, serait encore là à son retour — et il avait rarement du retard dans ses analyses, s'il en avait jamais. Pourquoi ne pas prendre le temps d'aller chercher des produits frais à manger ?

Sauf que, pour le moment, sa plate-forme de lévitation, chargée au-delà de sa capacité, était bloquée par un astronef.

A l'évidence, le vaisseau appartenait aux Etats Stellaires Fédérés — la technologie des ESF semblait favoriser les formes profilées plutôt que celles en forme de caisses, de sorte qu'on pouvait confondre son apparente complexité avec sa valeur de fonctionnement. Ce vaisseau était essentiellement destiné à strictement fonctionner dans une zone T52/87, se dit Evon, traduisant son estimation en notation standard Flynch-Halpert Q-dex pour une haute technologie couplée avec une basse tolérance pour la force de canalisation spiritualiste et mystique. C'était assez proche de la zone

T53/74 : M32/56 où fonctionnait l'Empire de D'Rakan — assez bon choix pour voyager dans cette région. Toutefois, les Etats Stellaires Fédérés étaient éloignés de l'Empire de D'Rakan d'un quart de disque galactique et le dernier rapport météo quantique qu'il avait entendu sur l'Omnet indiquait qu'une zone massive T12/28 : M66/93 s'était établie entre deux fronts quantiques massivement occlus enserrant l'Empire de Pluzach. Ce qui signifiait que les systèmes propulseurs des ESF n'y auraient pas fonctionné, et qu'il avait fallu quelque chose frisant le fantastique pour que ce vaisseau fonctionne dans l'espace de Pluzach, traverse un autre front quantique, et arrive finalement dans l'Empire de D'Rakan pour se poser au milieu de la cour du monastère d'Evon.

Evon considéra d'un air entendu les globes de verre parcourus de bobinages de cuivre faisant à peine saillie à l'arrière. Ils avaient l'air normaux tout en étant totalement bidons — exactement le système de propulseurs qui fonctionneraient parfaitement dans une zone M66/93. Et ils n'avaient pas non plus été ajoutés après coup, nota l'œil exercé d'Evon. Les disques massifs de gravité-N, sous la coque, étaient de technologie si avancée que même le technophile Evon n'en avait jamais entendu parler. Cet astronef avait été construit pour venir à Brishan d'un quart de galaxie, et y arriver sans faire plus de bruit qu'un oiseau qui se pose.

Les vaisseaux de ce genre n'apportaient que de mauvaises nouvelles, pensa Evon. Il comprit instinctivement qu'il allait l'arracher à son travail agréable, intéressant et dépourvu de tout danger, pour le précipiter dans des événements où il regretterait d'être impliqué. *Je devrais sans doute contourner cet oiseau de mauvais augure et me réfugier dans la cuisine*, se dit-il. *Personne ne penserait à moi avant la fin du dîner, et d'ici là, ils n'auraient peut-être plus besoin de moi pour leurs horribles activités...*

— Evon !

Evon ferma les yeux, s'efforçant d'ignorer la voix résonnant derrière lui. Elle insista.

— Evon ! Pose ta plate-forme et prépare tes affaires ! cria Oscan de la fenêtre. Nous allons à Tentris.

Evon se retourna, l'air incrédule.

— Tentris ? Tu es fou ? La guerre civile y couve, et tu

veux nous faire quitter ce gentil monde arriéré pour nous précipiter sur l'une des planètes les plus chaudement contestées de l'empire ?

— On est peut-être censés arrêter la guerre, proposa Oscan, plus interrogateur qu'affirmatif.

— J'écris l'histoire, je ne la fais pas, déclara Evon d'un ton têtu. S'ils veulent intervenir dans cette guerre, l'Omnet n'a qu'à en envoyer un autre.

— C'est ce qu'il a fait, répondit Oscan, sans s'en aller ni paraître comprendre l'allusion. C'est *Vestis* Shn'dar qui requiert notre assistance.

Evon grinça des dents. *Un bleu de l'inquisition*, pensa-t-il, *qui revient pour entraîner avec lui dans le maelström un vieux copain d'école.* Evon n'avait jamais eu beaucoup de sympathie pour Queekat Shn'dar quand il travaillait avec eux au monastère, et franchement, il n'avait jamais compris sa promotion mirobolante.

Il se retourna vers sa plate-forme chargée de légumes jaunes, rouges et orange, et regretta le festin qu'ils ne composeraient jamais.

— Tu viens ? dit Oscan, contrarié.

— Non !

Evon se retourna et passa d'un pas décidé devant Oscan, qui le suivit des yeux, ahuri.

— Madame Neskat commande peut-être en l'absence de l'*E'toris*, mais je ne suis pas d'humeur à risquer ma peau juste parce que son ancien amant se pointe et veut aller se promener au milieu d'un champ de mines.

Evon enfila le couloir au pas de gymnastique, à la recherche de Merinda Neskat. Elle était cassante avec tout le monde, mais cette fois, elle était allée trop loin. Il l'obligerait à l'écouter. Il se mit à répéter toutes les raisons pour lesquelles c'était une erreur de démanteler soudain l'équipe de trieurs pour les envoyer à la chasse au dahu. Même si la mission avait une importance critique, tel n'était pas son cas à lui. Il était plus judicieux de le laisser ici que de l'embarquer.

Il trouvait encore de nouvelles raisons quand, quelques heures plus tard, après un débat court, véhément, et totalement unilatéral avec l'*E'toris* intérimaire Neskat, il se retrouva avec son paquetage tassé avec les autres dans l'étroit compartiment passagers de l'astronef du *Vestis* Shn'dar qui s'élevait dans la nuit, ses légumes abandonnés loin derrière lui.

Chapitre 3

EN VOL

Merinda se pencha dans le fauteuil de commandement du *Khindar* — nom que Queekat avait donné à son vaisseau, avait-elle découvert — scrutant intensément l'espace au-dessous d'elle. Monté sur une plate-forme sur rails, le fauteuil faisait saillie entre les stations de pilotage et de navigation, suspendu au-dessus d'une rangée de sabords de la coque inférieure. Devant et au-dessus d'elle, Merinda pouvait surveiller les écrans ovales de cristal disposés sur les parois. Ils affichaient des cascades d'informations venant de l'esprit synthétique du vaisseau, qui veillait à la bonne marche du voyage et aussi à leur confort personnel. Les informations et les images défilant sur ces écrans étaient comme des fenêtres ouvertes sur l'esprit d'un rêveur, mais ce ne fut pas leur mouvement hypnotique qui retint son attention.

Au-dessous d'elle, la grande Nébuleuse de Cestiline dérivait dans un foisonnement de lumières et de couleurs à couper le souffle. Les vrilles de poussière stellaire se déplaçaient sous elle à des distances inimaginables. Des lances lumineuses, annonçant la naissance d'étoiles en gestation dans son sein, projetaient des éclairs bleus et saumon sur la face éthérée des nuages interstellaires. Merinda se pencha un peu plus, presque à tomber de son siège. Ces dernières années, elle n'avait guère eu d'occasions de voyager entre les étoiles, et elle avait oublié comme c'était beau et exaltant.

Même le vaisseau était devenu beau à ses yeux, malgré ses lignes rudes et anguleuses — astronef efficace pour un travail efficace, se dit-elle. Pendant un moment, elle se renfonça dans le fauteuil capitonné, crispant les mains sur les commandes des accoudoirs et regardant résolument les écrans de cristal. *Je pourrais commander un tel vaisseau*, pensa-t-elle. *Je pourrais me perdre dans les étoiles et y errer éternellement.*

— Désires-tu le contrôle du vaisseau ? dit une voix douce et grave.

Oui, pensa rêveusement Merinda, avant de réaliser que c'était l'esprit synthétique qui posait la question.

— Non ! balbutia-t-elle brusquement. Je ne désire absolument pas contrôler ce vaisseau.

— C'est très bien, *Librae* Neskat, roucoula la voix, avec une nuance d'inquiétude. Je t'en prie, ne sois pas offensée ou bouleversée. Tu n'as rien fait de blâmable. Il arrive souvent que des gens s'asseyent dans le fauteuil de commandement. De temps en temps, ils me demandent de désactiver toutes les consoles pour qu'ils puissent pousser les boutons et actionner les commandes des accoudoirs. Je peux même leur projeter des simulations pour leur donner l'impression qu'ils pilotent réellement. Elles sont vraiment assez divertissantes. Veux-tu essayer ?

Merinda pâlit un peu. Une partie de son être frémissait du désir de piloter un astronef. Toutefois, une voix lui disait que ce jeu ne convenait pas à sa dignité. Une autre partie d'elle-même craignait que quelqu'un ne vienne sur la passerelle et ne la trouve en train de parler toute seule comme si elle commandait toute la flotte de guerre du Ruqua. Elle n'avait pas envie qu'une telle histoire se répande alors qu'elle était en charge de l'équipe de trieurs en l'absence de l'*E'toris Librae*.

— Non, merci, répondit-elle à contrecœur.

Elle fit pivoter son fauteuil, et, déprimée, se prit la tête dans les mains, regardant la pièce voisine par l'écoutille ouverte. Le compartiment était bondé, l'étroite table centrale semblant presser ceux qui étaient assis autour contre les portes à glissières des compartiments-couchettes, disposés de chaque côté de la pièce. Comme d'habitude, Evon étalait devant lui les cartes d'une partie de solitaire, dont il semblait toujours incapable d'expliquer les règles à ses camarades.

En face de lui, Oscan — ce bon vieil Oscan qui semblait n'avoir d'autre ambition que de rester toute sa vie trieur de niveau deux. Petit homme aux petits rêves, se dit Merinda. Il mènera une vie tranquille, recherchant désespérément des plaisirs simples. Soudain, il lui vint à l'idée qu'Oscan avait peut-être plus de chances de trouver le bonheur qu'aucun autre de leur groupe — à l'exception possible de Terica. Les attentions d'Oscan à l'égard de la beauté brune étaient aussi subtiles qu'un coup de pied dans l'estomac, et n'avaient échappé à l'attention d'aucun trieur. Terica en avait conscience, mais jusque-là, elle faisait de la corde raide, parvenant à conserver un équilibre entre l'amitié et l'indifférence. Merinda soupçonnait Terica de s'amuser avec Oscan, comme le chat s'amuse avec la souris. Merinda connaissait assez Terica pour savoir qu'elle ne ferait jamais aucun mal à Oscan.

La douce Kiria interrompit soudain sa rêverie en lui faisant signe de les rejoindre dans la salle commune. Merinda feignit de ne pas l'avoir vue, mais, ce faisant, elle savait déjà qu'il était trop tard. La bouillante jeune fille lui avait déjà lancé un regard signifiant « ne-fais-pas-ta-rabat-joie », et se levait pour venir lui parler. L'ourlet constamment souillé de sa robe bruissait doucement sur la moquette, ce qui était plutôt comique, car Kiria semblait ne jamais trouver une robe de la bonne longueur. Elle était minuscule comme un farfadet, ainsi qu'elle le disait elle-même, et les robes ne tombaient jamais bien sur elle, quelles que soient les retouches apportées. Elle avait une grande bouche perpétuellement étirée en un large sourire, que soulignaient encore ses yeux rieurs, le tout encadré de longs cheveux châtain s'arrêtant brusquement aux épaules. Son apparence toujours joyeuse aurait été contrariante n'était la pointe de malice — et même de méchanceté — qu'il y avait dans sa nature. Pourquoi se mettre en colère, croyait-elle, alors qu'il était si doux de se venger ? Kiria se mettait rarement en colère.

— Neskat ! dit-elle avec entrain, mais avec une nuance mordante, tu es beaucoup trop asociale pour ton bien. Qu'y a-t-il de si important qui t'oblige à rester toute seule sur la passerelle comme une antique stoïcienne ?

— Je regarde défiler les étoiles, Kiria, c'est tout.

Avec une décontraction exagérée, le petit lutin de femme fit le tour du fauteuil de commandement, et, se penchant pardessus le garde-corps, regarda les lumières et les couleurs filer devant la baie.

— Un magnifique panorama stellaire de plus, dit Kiria, affectant un bâillement. C'est à couper le souffle — non, vraiment. Quel bonheur de recommencer à voyager parmi les étoiles !

Devant tant d'affectation, Merinda eut un sourire involontaire, immédiatement réprimé.

— Eh bien, merci de ton enthousiasme.

— Enthousiasme ?

Kiria secoua la tête, si violemment que ses cheveux faillirent lui balayer le visage.

— Pour toi, il suffit que notre Seigneur de l'Inquisition paraisse et tu tombes dans les pommes...

Merinda se hérissa.

— Et maintenant, nous participons tous à cette délicieuse croisière de vacances dont le but est... au fait, dit Kiria, dont le sourire prit une nuance avide, quel est le but de notre petite excursion ?

— Franchement, Kiria... — Merinda refit pivoter son fauteuil vers les écrans, se gardant de jeter les yeux sur elle —, je ne vois pas ce que tu veux dire.

Kiria ne se laissa pas décourager si facilement. Elle saisit le dossier et fit pivoter Merinda face à elle.

— Bon, alors je vais essayer d'éclairer ta lanterne. *Dex Libris* Gildish est appelée pour une conférence dans les Provinces de Plenethica. Rien d'exceptionnel à ça — si ce n'est que cette bonne vieille Gildish en avait fait une à Tentris trois semaines plus tôt, et que, normalement, elle n'aurait pas dû en faire d'autre avant au moins six mois. Puis notre bon vieux Gueule de Roc se pointe — grand inquisiteur de l'Omnet. Il veut réquisitionner toute notre équipe pour l'assister dans quelque mission secrète — tellement secrète que nous sommes censés l'accomplir sans savoir ce que nous avons à faire. Oh ! Très inquiétant !

— « Le *Vestis* marche devant le *Librae* », Kiria — tu le sais ! C'est la troisième loi des Neuf.

Merinda la foudroya.

— On ne questionne jamais la mission d'un inquisiteur ni son jugement — on se contente de l'aider dans tout ce qu'il exige.

— Exact, dit sèchement Kiria en se croisant les bras. Alors nous nous pointons sur Tentris aveugles, sourds et muets. Nous n'avons qu'un rapport bidon de la Citadelle...

— J'ai vu les rapports qu'Oscan a envoyés. C'est juste une erreur des synthés de la Citadelle.

— Peut-être, dit Kiria, hochant pensivement la tête. Mais as-tu regardé les conclusions ? Ce monde sera peut-être le théâtre d'une guerre générale dans une question de jours — si les conclusions d'Evon sont correctes — et nous allons prendre joyeusement part à la danse juste parce que ce bon vieux Gueule de Roc l'a dit. Ecoute, Merinda, je suis déjà passée par là sur mon monde natal. « Guerre » est un mot terriblement court pour décrire le chaos de souffrances, horreurs, sang et barbarie qu'il représente. Nos gens ne sont pas à la hauteur, Merinda — pas Oscan, en tout cas — et tu as la responsabilité de nous tous. Nous sommes conduits dans un piège, *Librae* Neskat, et par un *Vestis* novice qui connaît à peine la différence entre sa bouche et son... Qu'est-ce que tu regardes ?

Merinda frissonna. Ses yeux s'étaient braqués derrière Kiria avant de revenir se poser sur elle, dilatés d'inquiétude.

Kiria ne bougea pas, son regard malicieux fixé sur le visage de Merinda.

— Il est debout derrière moi, n'est-ce pas ?

Merinda hocha lentement la tête.

Kiria grimaça et se retourna posément.

Queekat Shn'dar, en combinaison grise, remplissait l'écoutille, agrippé des deux mains au cadre au-dessus de sa tête. Il se pencha dans la pièce, l'air naturel, et pourtant affecté, en ce sens qu'il resta parfaitement immobile, à part un mouvement involontaire des mâchoires. Ses yeux, sombres et luisants, étaient fixés sur Kiria, avec une langueur glacée que même Merinda ressentit.

Kiria croisa docilement les mains devant elle et inclina la tête devant l'inquisiteur.

— Bonjour, *Vestis*, dit-elle d'un ton suave. Je suppose que ton quart se passe bien. Si tu veux bien m'excuser... je suppose que tu as bien des choses à discuter avec l'*E'toris Tempus*.

Kiria s'avança vers l'écoutille, mais Queekat ne bougea pas pour la laisser passer. Levant les yeux, Kiria le foudroya et dit d'une voix plus stridente :

— Si tu veux bien m'excuser, *Vestis* Shn'dar !

— *Librae* Brenai — Queekat parlait d'un ton d'ennui affecté, son regard glacial fixé sur son visage —, cette mission est de la plus haute importance pour l'Omnet. Tu t'abstiendras d'en discuter avec quiconque à bord pendant le reste du voyage.

Il eut un sourire froid de prédateur.

— Je ne voudrais pas que cet incident mineur entraîne des mesures désagréables.

Cela n'arrivait pas souvent, mais Kiria savait quand elle devait tenir sa langue. Elle détourna les yeux et baissa la tête en signe de soumission à son autorité. Le *Vestis* attendit encore quelques instants pour bien affirmer sa domination, puis il s'écarta pour la laisser sortir.

— Tu n'avais pas besoin d'être si dur avec elle, dit Merinda, une nuance boudeuse dans la voix.

Queekat entra dans la passerelle, scrutant du regard les écrans qui l'entouraient. Les cascades d'images semblaient normales. Il la dépassa pour rejoindre le garde-corps de la paroi avant, et se pencha pour regarder les étoiles.

— La coque de verre compense bien la vitesse. L'image est peut-être fausse, mais elle est nette et précise, dit-il, comme se parlant à lui-même.

— Tu n'as pas entendu ce que j'ai dit ?

— Euh ? Oh, désolé, Rini. J'avais l'esprit ailleurs. Qu'est-ce que tu veux ?

Merinda se leva et regarda derrière elle. L'écoutille était toujours ouverte, et la plupart de ses compagnons étaient à portée de voix s'il leur plaisait d'écouter. Et elle était sûre que c'était le cas de plusieurs d'entre eux. Pas un bruit, sauf, de temps en temps, le bruit d'une carte claquée sur la table. Elle se pencha vers lui et dit, aussi bas que possible :

— Kat, qu'est-ce qui se passe exactement ? Tu ne nous dis pas ce que nous avons besoin de savoir. Si tu pouvais seulement...

Il continuait à contempler la nébuleuse qui dérivait sous eux.

— Rini, tout deviendra clair en son temps, mais pour le moment, il est important pour toi et ton équipe de juste...

— De juste quoi ? Continuer en aveugles ?

Merinda lui saisit le bras.

— Kat, tu m'effrayes. Tu nous effrayes tous. Nous travaillons ensemble depuis longtemps — trop longtemps pour que tu nous traites comme ça.

Il leva soudain les yeux sur elle.

— Il y a longtemps de ça, très longtemps, Merinda. Je

connais à peine ces gens aujourd'hui, et il est sûr que je ne leur dois rien !

Merinda se redressa lentement, et dit, un léger tremblement dans la voix :

— Je suppose que ça fait longtemps — trop longtemps pour nous tous.

Queekat détourna la tête un instant, puis revint face à elle. Elle vit son ancien regard dans ses yeux, elle en était sûre.

— Pas si longtemps que ça, dit-il. Sûrement pas si longtemps que ça.

— Mais très longtemps quand même — j'ai pensé... bon... que tes sentiments avaient changé.

Queekat lui ouvrit les bras, et elle se jeta contre lui, blottie dans les plis de sa cape.

— J'ai toujours les mêmes sentiments envers toi, Rini. Comment peux-tu en douter ?

Merinda, le cœur battant, prit une profonde inspiration et prononça les paroles qu'elle avait toujours rêvé de dire.

— Quand tout ça sera terminé, reviendras-tu près de moi ? M'emmèneras-tu avec toi dans tes étoiles ?

Il la serra doucement contre lui et murmura à son oreille :

— Quand ce sera fini, je viendrai te chercher.

Ni l'un ni l'autre n'avait remarqué que le claquement des cartes sur la table avait cessé.

Chapitre 4

GARDIENS DE LA CITADELLE

— ... mondes d'origine de l'Empire de D'Rakan, le Prince Lystan a assuré les gouvernements constitués de la Première Succession que la famille impériale, bien que ne contrôlant pas directement les éléments rebelles de la flotte impériale, ferait tout ce qui est en son pouvoir pour que ces éléments rebelles s'abstiennent de menacer ou d'attaquer les mondes situés dans leur espace. « Les mondes de la Première Succession sont sacrés à nos yeux, et nous ferons tout ce qui est en notre pouvoir pour prévenir la profanation de notre foyer ancestral ». Ukard de Brishan, dispensateur intérimaire des lois au Conseil, affichait un optimisme modéré...

Evon arracha sa pensée au communiqué diffusé par les récepteurs encastrés dans les murs et modéra son pas pour la quatrième fois, s'efforçant de retenir ses jambes impatientes et de rester à sa place à l'arrière de l'équipe. S'il ne faisait pas attention, il allait trébucher sur quelqu'un. Alors ça, ça ferait grosse impression à la Citadelle.

Non que ça l'ennuyât d'être en queue du peloton. En fait, quoiqu'il eût souvent travaillé sur le terrain en son temps, il préférait le rôle d'observateur passif à celui de participant actif. C'était peut-être pourquoi il se plaisait tant dans les *Atis Librae* et qu'il n'avait jamais cherché à se faire transférer dans les *Vestis*. Observer et apprendre, telle était sa devise ; il est toujours bon de savoir où l'on va atterrir avant de sauter.

Dans leur situation actuelle, il ne savait même pas où se trouvait un terrain stable.

— ... avec l'espoir de voir la paix de notre vivant.

L'approche de la planète s'était assez bien passée, bien

que les astronefs sortant du système aient paru incroyablement nombreux. Plus ils approchaient, plus le trafic devenait fluide. Queekat — ou plutôt *Vestis* Shn'dar, se rappela-t-il — avait obtenu qu'ils atterrissent dans la Citadelle même au lieu de l'astroport de Yarka. C'était sans doute aussi bien, se dit Evon, remarquant, alors qu'ils survolaient les pistes de l'immense installation, que le moindre espace disponible était occupé par un vaisseau d'un genre ou d'un autre. A l'occasion, Evon avait passé des vacances à Yarka — capitale de Tentris et, par conséquent, de l'Empire de D'Rakan — et avait même eu une raison d'y venir pendant les conférences de la ligue, quand il semblait que tous les habitants d'une douzaine de systèmes avaient soudain décidé d'envahir Yarka en même temps. Même ainsi, il ne se souvenait pas d'avoir jamais vu l'astroport aussi embouteillé qu'aujourd'hui quand ils l'avaient survolé.

Ils s'étaient posés dans le Troisième Jardin de l'Harmonie de la Citadelle, l'une des nombreuses enceintes circulaires entourant la tour centrale. *Jardin* n'est d'ailleurs pas le mot juste, car toute l'étendue en avait été pavée pour permettre l'atterrissage d'appareils comme le leur. Le lieu était sûr, à l'abri de tout danger, et, plus important, totalement sous le contrôle du *Bradis Librae* de l'Omnet qui comparait les rapports de six secteurs interstellaires, incluant l'essentiel de l'Empire de D'Rakan. Maintenant, ils enfilaient le long couloir de nacre de la Citadelle proprement dite, suivant un *Vestis* inexpérimenté dans une aventure inexpliquée, tout en écoutant la diffusion ininterrompue du journal de l'Omnet. Ces gens, pensa Evon, aimaient vraiment s'écouter parler.

— ... la sécurité des voies interstellaires. Ici Ka'ashra de Maris, envoyée spéciale à K'plik dans le secteur de Clin... Dans le même ordre d'idée, le vaisseau d'attaque impérial *D'Rapiene* a été retrouvé sans incident la semaine dernière...

Evon se tourna vivement vers l'écran de cristal le plus proche.

— Quoi ? C'est faux !

— ... après s'être échappé de justesse des docks orbitaux d'Isdor Quatre. Le vaisseau avait apparemment enclenché les propulseurs interstellaires de sa propre initiative, mais a bientôt été arraisonné à son entrée dans le système d'Enway...

Evon trébucha soudain.

— Hé ! Aïe ! *Stij*, Evon, regarde où tu mets les pieds !

Evon rougit d'embarras. Jusque-là, ils enfilaient le couloir à la queue leu leu d'un pas décidé, mais maintenant, ils s'étaient tous arrêtés dans une vaste salle lumineuse au bout du corridor. Evon se heurta à Terica, déclenchant une réaction en chaîne dans le groupe, dont le bel ordre ne fut plus que chaos, chacun s'efforçant de retrouver son équilibre.

— Ah ! dit une voix s'élevant de la plate-forme devant eux, je vois que nos hôtes sont arrivés.

Evon leva les yeux. Le dôme s'élevait à cinquante pieds au-dessus d'eux, sur cinquante pieds de diamètre, soutenu par des colonnes faisant tout le tour de la rotonde. Plusieurs couloirs partaient de cette salle centrale. Evon ne voyait pas ce qu'ils recelaient dans leurs profondeurs, mais il était certain qu'ils abritaient des *Bradis Librae* affairés à leurs tâches devant leurs moniteurs. Les *Bradis Librae* étaient d'un cran supérieurs à l'ordre d'Evon. La quantité d'informations qui devait passer journellement dans ces couloirs pour soutenir l'Omnet ne manquait jamais de le stupéfier, sans préjudice du fait qu'il y avait plus d'un million de ces couloirs dispersés dans toute la galaxie.

Au centre de la rotonde, un escalier circulaire concentrique se terminait par un dais à près de dix pieds au-dessus de leurs têtes. Douze écrans de cristal ovales flottaient en orbite autour de la plate-forme. Sur cette estrade se tenait un homme aux cheveux noirs, grisonnant aux tempes, qui flottaient dans son dos. Il les considéra un moment, avec la calme indifférence de celui qui s'efforce de situer un phénomène qu'il observe avant d'agir. Il avait un visage long et fermé, la peau tendue à se rompre sur les os comme s'il lui manquait une taille.

L'homme descendit soudain vers eux en flottant, les mains enfoncées dans les poches de sa robe.

— Je suis *E'toris* Primla, directeur de la Citadelle. *Vestis* Shn'dar, mes collaborateurs et moi-même, nous vous souhaitons la bienvenue, à toi et à ton équipe.

La voix de Primla résonna dans la rotonde. Pas trace de sourire ou de cordialité sur son visage quand il s'approcha.

— *E'toris* Primla, nous acceptons ta bienvenue au nom des *Vestis Inquisitas* et de notre bien commun, l'Omnet, répondit Queekat d'un ton calme et cérémonieux.

Les formes linguistiques qu'employait Queekat étaient

universellement utilisées et — pour ceux qui servaient l'Omnet — claires et sans ambiguïté. Evon savait que la déclaration de Queekat serait suivie d'une question, qui serait moins une interrogation qu'un défi à l'autorité de son ordre. Evon ne fut donc pas déçu quand Queekat conclut :

— Nous sommes chargés par l'inquisition de certaines matières concernant l'Omnet. Nous requérons humblement votre assistance.

Le visage de Primla bougea à peine quand il répondit :

— Il n'y a rien pour toi ici, Inquisiteur. La circulation des nouvelles est actuellement à son comble, et nous n'avons pas le temps de perturber le flot des informations par vos questions. Tout est en ordre ici, je peux te l'assurer personnellement.

Evon cligna des yeux. Personne ne disait non à un *Vestis* — jamais.

Queekat sourit, d'un sourire des plus engageants, le feu couvant derrière ses yeux rieurs.

— Je suis ravi de l'entendre, *E'toris* Primla, mais tu fais erreur. Je n'ai pas même encore posé de question et tu m'as déjà donné une réponse.

Le sourire s'évanouit soudain.

— Malheureusement, ce n'est pas la réponse que j'espérais entendre.

Soudain, Queekat bondit, saisit l'*E'toris* au collet et le poussa brutalement. Primla chancela en arrière, trébucha, et s'effondra lourdement sur l'escalier. Son cri se répercuta sur le dôme, ses poumons se vidèrent, et il se mit à haleter. Queekat ne perdit pas de temps. Debout, à cheval sur Primla, il se pencha pour saisir de nouveau le col de sa robe.

Evon resta pétrifié de stupeur, comme, remarqua-t-il, tous les membres de son groupe.

Sauf Merinda. Merinda avança.

— Kat ! Que fais-tu là ?

Horrifiée, elle lui saisit le bras, s'efforçant de l'entraîner en arrière.

Le visage de l'inquisiteur était convulsé de rage. D'un seul mouvement, il se dégagea et percuta le visage de Merinda de l'arrière de son poing.

Merinda tomba à la renverse sur le sol de marbre, la souffrance émotionnelle pire que la douleur physique. Queekat se retourna instantanément vers Primla, le soulevant du sol par sa robe tout en se penchant vers lui.

— Je suis l'inquisiteur, *E'toris* Primla ! dit-il, avec une insistance terrifiante, la voix tranchante comme un rasoir. Je vois plus, je sais plus, je *suis* plus que tu ne le pourras jamais dans toute ta pathétique existence ! Tu feras ce que je te dirai sans poser de questions, parce que toute autre attitude serait plus que malavisée. Tu répondras à mes questions plus que complètement, parce que personne ne peut nous traiter à la légère, moi et mes frères — et surtout pas un petit trieur d'une planète arriérée qui n'est seigneur que de sa petite salle de jeux et ne veut pas partager ses joujoux avec le reste de la galaxie.

Primla gisait toujours, impuissant devant la rage de Queekat.

Merinda, gisait aussi à quelques pas de lui, agitée de tremblements incontrôlables.

— Je ne suis pas déraisonnable, dit Queekat avec calme, abandonnant son ton rageur avec une facilité déconcertante, et arborant soudain un sourire terrible. Je t'apporte même quelques nouvelles dont tu n'as apparemment pas eu encore connaissance.

Le *Vestis* enjamba Primla, et le tenant toujours pas sa robe, le traîna au bas des marches sur lesquelles il était tombé, le remit sur ses pieds d'une secousse, et, d'un seul mouvement fluide, le poussa vers l'équipe des *Atis Librae* dont les membres s'étaient arrêtés à l'entrée de la rotonde, en état de choc.

— Ces personnes, ainsi que tu le reconnais sans doute, sont des trieurs comme toi.

Queekat parlait d'une voix égale, le ton et le rythme changeant une fois de plus. Tout en parlant, il s'approcha par derrière du tremblant Primla, lui mit les mains sur les épaules, et lui dit à l'oreille, mais assez haut pour que tous l'entendent :

— Ils viennent du monastère de Brishan. Il y a de bons trieurs à Brishan. Très consciencieux. Très professionnels. En fait, tellement professionnels qu'ils ont découvert quelque chose que tu ignores apparemment, *E'toris* Primla. Ils ont découvert que quelqu'un de la Citadelle fait quelque chose d'assez inattendu.

Il tourna la tête vers le groupe et braqua les yeux sur la femme de haute taille debout près d'Evon.

— Qu'as-tu découvert, au juste, Terica ?

Evon se tourna vers elle. Terica avait pâli. Elle clignait furieusement des yeux.

— Eh bien, ce n'est sans doute rien du tout...

— *Dis-lui !* hurla Queekat.

Primla grimaça.

— En vérifiant un certain nombre de retours des rapports de notre station, nous avons découvert des indices tendant à indiquer que les nouvelles et informations que nous transmettions pas le réseau avaient été altérées à la Citadelle.

— Mais c'est impossible ! balbutia Primla.

— Impossible ? railla Queekat. Pourquoi ? Parce que tu ne t'en es pas aperçu ? Parce que rien ne se détraque jamais dans ton univers parfait ? Ou parce que tu fais toi-même partie d'une conspiration pour attenter à l'intégrité de l'Omnet ?

— Une conspiration ?

Primla regarda l'inquisiteur comme s'il avait perdu la raison.

— Quelle conspiration ? Tout marche bien dans cette station ! Nous maintenons ici les plus pures traditions de l'Omnet, comme nous le faisons depuis près de trois siècles ! La recherche de la vérité et de l'information, antiques et modernes, est la raison d'être de l'Omnet. Comment oses-tu accuser ma station de fraude et de contrefaçon ?

— Parce que, mon cher *E'toris*, entre ici et Brishan, quelqu'un a modifié la vérité, dit Queekat. Tu as une nuit — cette nuit. Tu vas sortir de cette salle *immédiatement,* et, avec l'aide compétente de ces merveilleux trieurs de Brishan, tu vas débrouiller la situation. Au matin, tu me donneras la réponse que j'attends. Est-ce clair ?

Primla hocha lentement la tête.

— Maintenant, sortez tous, dit Queekat, avec une lassitude soudaine. J'ai quelques affaires à régler.

Tous hésitèrent un instant, puis Primla, maussade, leur fit signe de le suivre dans le couloir par lequel ils étaient entrés. Evon, qui fermait la marche, entendit Terica, troublée et secouée, parler toute seule devant lui.

— Par le Ciel, disait-elle, c'est une erreur de sous-fifre, sans plus. Pourquoi faire tant d'histoires ?

Evon s'arrêta à peine passé le seuil et jeta un coup d'œil derrière lui.

La dernière chose qu'il vit avant que le portail ne s'opacifie, ce fut Queekat Shn'dar marchant lentement vers Merinda Neskat, qui s'était mise à sangloter.

Chapitre 5

AVENUE DE LA DIVERSION

Tentris était la planète d'origine de l'Empire de D'Rakan — monde dont on avait usé et abusé et à qui ses fils reconnaissants et repentants avaient généreusement permis de prendre sa retraite, tentant ainsi de compenser tous les abus qu'ils lui avaient infligés. Tentris, planète-jardin autrefois légendaire, avait fini par succomber aux attaques redoutables des nouveaux dieux de l'industrie et de la technologie. Ses forêts magnifiques étaient décimées. Ses montagnes étaient pelées. Ses océans étaient dépeuplés par les chasseurs et les produits chimiques. Tentris était devenue une mère défaillante ; ses enfants n'avaient pas appris à s'occuper d'elle. L'ancienne semblait prête à rendre l'âme, à pousser le dernier soupir de la vie qu'elle avait engendrée, et à devenir l'un de ces cailloux tristes et sans vie qui composent une si grande partie de l'univers.

C'était donc une ironie du sort que ces mêmes dieux fantoches, dont les Tentrisiens s'étaient servis si longtemps pour abuser d'elle, devinssent soudain ses sauveurs. L'industrie et la technologie firent à Tentris un dernier grand cadeau. Beaucoup de ses enfants avaient cru pouvoir se servir de la science pour sauver la biosphère par la ré-ingénierie de la nature. Toutes les tentatives avaient échoué. Non, la résurrection de Tentris était venue d'une application totalement inattendue de la science.

Les Tentrisiens inventèrent le voyage spatial.

Et ils quittèrent le nid et emportèrent leurs dieux-joujoux avec eux.

La guérison de la planète fut naturelle, longue et difficile. Car, bien qu'aidée, ou entravée à l'occasion par ses enfants bien intentionnés, la guérison fut finalement l'œuvre des forces naturelles de ce monde. Les siècles passèrent, les Tentrisiens rencontrèrent leurs frères dans les étoiles, l'empire interstellaire fut constitué et nommé d'après la créature mythique appelée le D'Rakan, incarnation des idéaux et des rêves des voyageurs galactiques. Et Tentris se reposa.

A la fin, comme tous les enfants bien nés, les Tentrisiens revinrent pour rendre hommage à leur foyer et à leurs racines. Ils trouvèrent un monde régénéré, de nouveau riche et fourmillant de vie. Yarka, la capitale traditionnelle, fut soigneusement nettoyée et reconstruite. L'antique Palais du Mystère Invisible, cœur de la cité, d'où rayonnaient les rues principales, fut restauré et rendu à sa gloire passée. Les grandes avenues portant les noms de Santé, Harmonie, Pensée, Diversion et Réflexion se terminèrent en cinq points de l'ancienne cité, chacune affectée d'une fonction différente et chacune nouvellement réparée. Même après que la famille impériale fut expulsée du Palais du Mystère Invisible par les conseils populistes au pouvoir, au cours d'un coup d'Etat sans effusion de sang, la cité resta le cœur symbolique du peuple, tandis que ses nouveaux quartiers foisonnants envahissaient les environs tout en étant soigneusement contrôlés.

La Citadelle elle-même était le terminus de l'Avenue de la Pensée. A l'origine, cet édifice était la bibliothèque et le campus universitaire de la mégapole. Maintenant, on l'avait donnée à l'Omnet et elle était devenue la source des nouvelles et informations interstellaires pour tout l'Empire de D'Rakan. L'esprit synthétique fonctionnant à la Citadelle avait quatorze ans — il était jeune par rapport aux autres esprits synthétiques de la galaxie, mais c'était pourtant le plus vieux de l'Empire de D'Rakan. L'Omnet avait promis d'entretenir le monument et de préserver son histoire et son architecture — promesse scrupuleusement respectée.

L'Omnet n'était que trop heureux de l'observer. Yarka était devenue, non seulement le centre de l'Empire de D'Rakan — de l'avis général, empire arriéré, se classant seulement dans les cent mille premiers en termes d'importance stellaire — mais aussi un havre de beauté et de loisirs sans rival à plus de cent parsecs à la ronde. Par les portes de la Citadelle, on embrassait l'Avenue de la Pensée, terminée par la gloire illuminée du Palais. La brise était toujours tiède et douce. Le parfum des fleurs était toujours enivrant. La paix était toujours séduisante.

Le monde était, enfin, en repos.

— Excuse-moi, dit Queekat, peut-être pour la centième fois.

La large avenue pavée était ponctuée de groupements de jardins, petits mais artistement agencés sous des lumières douces. Dans la nuit claire et lumineuse se distinguaient les nuances arc-en-ciel de la Nébuleuse de Cestiline. Il y avait de la lumière dans toutes les boutiques bordant l'avenue, qui s'échappait de leurs portes pour éclairer la chaussée sombre.

Merinda se contenta de hocher la tête, bras croisés, tête baissée. Elle avait encore mal à la mâchoire après le coup de poing, mais la douleur était insignifiante comparée au déchirement de son âme. Il ne l'avait jamais frappée — elle ne l'en aurait jamais cru capable. Maintenant, elle avait le cœur lourd, l'âme ensanglantée. Elle l'avait laissé pénétrer en ce lieu intérieur qu'elle avait blindé si bien et si longtemps. Il avait trahi cette confiance. Il ne pourrait jamais payer assez pour se faire pardonner tant de souffrance, et pourtant, elle désirait désespérément trouver le moyen d'annuler sa dette. Ainsi, la guerre entre la souffrance et l'amour faisait rage en elle, silencieuse à l'égard du monde extérieur, et mur de pierre pour Queekat.

— Ecoute, dit-il, comme ils descendaient l'avenue, apathiques, tu devrais savoir qu'on ne s'oppose jamais à un officier de l'inquisition. Nous sommes dressés à exécuter le travail d'abord, et à réfléchir ensuite — en admettant qu'il nous soit permis de réfléchir.

Merinda hocha de nouveau la tête. Elle avait saisi une nuance condescendante dans sa voix, qu'il eût voulu ou non l'y mettre. Elle choisit de l'ignorer plutôt que d'en souffrir. Il lui disait quelque chose — quelque chose qui n'avait rien à voir avec la tempête qui faisait rage en son cœur — alors elle laissa passer.

La brise perpétuellement douce et tiède les enveloppait des doux parfums des fleurs.

— Désolé pour les airtrams, dit Queekat, qui semblait maintenant prêt à s'excuser de tout dans l'univers. L'opérateur dit qu'ils se sont rebiffés cette semaine. J'aurais pu convaincre l'esprit synthétique qui les contrôle de fonctionner, mais l'opérateur ne m'a pas fait confiance pour reprogrammer ses voitures — l'imbécile !

Ils passèrent devant un panneau public de l'Omnet. L'écran de cristal luisait, projetant ses couleurs mouvantes dans l'avenue presque déserte, la voix grave de la speakerine résonnant autour d'eux.

— ... le porte-parole de la famille impériale souhaite bonne chance au conseil souverain et continue à exprimer son soutien aux initiatives de paix proposées la semaine dernière par Justin Knai, ministre de la Défense du conseil souverain. Cela dit, Yarka jouit d'une tranquillité reposante en l'absence des foules habituelles de touristes, des rumeurs d'anomalies dans la programmation des esprits synthétiques de la cité s'étant répandues. Evis Kenard, ministre de la Communication, a déclaré que ces anomalies ne venaient pas des logiciels, mais étaient dues à l'activité solaire, qui devrait décroître vers la fin de la semaine. Cependant...

Ils étaient maintenant hors de portée du projecteur. Le silence retomba entre eux, palpable, étrange.

Que veut-il de moi — que veut-il de nous ? pensa-t-elle. *Ce n'est pas seulement qu'il m'a blessée. Son attitude envers l'*E'toris *de la Citadelle était incroyable. Qu'est-ce que je peux dire pour jeter un pont sur cet abîme qui s'est ouvert entre nous ? Qu'est-ce que je peux me dire à moi-même pour que tout redevienne comme avant ?*

Mais quoi qu'il arrive, elle savait que cela devrait venir d'elle. Queekat semblait incapable de lui dire les paroles qu'il fallait.

Elle prit une longue inspiration saccadée.

— Kat — je comprends, dit-elle, détournant la tête et manifestant par tous les signes corporels qu'elle était très loin de le comprendre. Je me demande ce qu'ils t'ont fait. Je te reconnais à peine, Kat. Tout ce voyage devient très différent de ce que j'attendais.

— Qu'est-ce que tu attendais ? demanda-t-il doucement.

— Je ne sais pas — quelque chose de différent, c'est tout.

Elle soupira, puis elle jeta sur lui un regard pénétrant, accusateur.

— D'ailleurs, de quoi s'agissait-il, Kat ? Tu fais traverser la nébuleuse à toute mon équipe juste pour secouer les puces à un fonctionnaire de la Citadelle à propos de rapports mal faits ? Quelle importance pour l'Omnet si quelques trieurs de bas étage se trompent dans leurs procédures d'analyse ?

— J'ai bien peur, Rini, que ça fasse bientôt une grande différence pour beaucoup de gens, dit-il distraitement.

Soudain, Kat sourit, et ce fut pour elle comme le soleil.

— Nous y voilà ! Arrêtons de parler boutique, Rini. Ce soir, j'ai prévu quelque chose de spécial pour nous.

— Un groupe de vieillardes à tabasser ?

— Rini !

Elle branla du chef en regardant ses pieds, retrouvant le sourire pour la première fois.

— Excuse-moi, Kat — je vais devoir m'habituer à ton changement, je suppose.

Elle releva la tête, réalisant avec surprise et ravissement où ils étaient.

Le tracé des jardins avait été conçu pour cacher la vue aux piétons tant qu'ils n'étaient pas arrivés en un point où tout le panorama se révélait à eux tout d'un coup. Les antiques colonnes soutenaient un mur incurvé supportant plusieurs autres niveaux de colonnades. A intervalles réguliers, de gracieuses tours spiralées s'élevaient vers le ciel. La puissance majestueuse des lignes simples, brillamment illuminées par-dessous, ressortait magnifiquement sur la nuit claire. Le monument était près de l'extrémité de l'Avenue de la Diversion, sa taille empiétant sur les jardins impériaux entourant le palais proprement dit.

— Nous sommes au Colisée !

Merinda eut un grand sourire, la douleur de sa joue s'évanouissant un instant.

— Oh ! Kat, a-t-il été hanté ?

— Oui.

Queekat soupira de soulagement, sentant que le pardon n'était pas loin.

— Il y a trois mois. En fait, c'est ça ma surprise.

Il la prit par la main.

Elle l'avait retrouvé, uni à elle par autre chose que leurs doigts enlacés. En un instant, elle revit le jeune homme et l'espoir juvénile qui lui avaient tant manqué pendant leur longue séparation. C'était comme si quelqu'un, quelque part, avait tourné un interrupteur et qu'il lui fût revenu soudain.

Il sourit. Elle était de nouveau vivante.

Ils coururent en riant vers les colonnes.

L'entrée se trouvait sous la plus haute des tours, de longues chaînes de lumière opaline dansaient entre les colonnes qui canalisaient les queues menant à la porte principale. Pourtant, bien qu'on fût au plus fort de la soirée, personne n'attendait pour voir les merveilles de l'histoire de Yarka s'épanouir autour d'eux.

— Où sont les autres ? demanda Merinda, mais Queekat continua sans répondre, soit parce qu'il ne l'avait pas entendue, soit parce qu'il ne tenait pas compte de ses paroles.

Un petit gros à l'air déprimé était avachi sur le podium de l'entrée. Il soutenait son visage lugubre dans ses deux mains, son ridicule costume à damiers noirs et jaunes en total désaccord avec ses joues flasques. A leur approche, il remua, bien que toujours léthargique. A mesure qu'ils approchaient, il semblait de plus en plus triste — si toutefois c'était possible.

— J'ai le regret de vous informer d'un dysfonctionnement, dit-il, branlant du chef, ce qui fit tinter les clochettes de son bonnet à sept pointes. Je m'excuse d'avoir à vous apprendre que le Colisée est fermé ce soir.

Merinda fut affreusement déçue. Elle était plusieurs fois venue à Yarka, mais jamais avec Queekat. Leurs emplois du temps ne l'avaient pas permis. Maintenant, sur le point de réaliser un rêve, elle devait brusquement y renoncer. Rien ne marchait dans ce voyage. Le rêve se transformait en un cauchemar réaliste d'erreurs et de déceptions. Tout se désintégrait.

— Que veux-tu dire ? Pourquoi est-ce fermé ? dit Queekat d'une voix impérieuse, avec ce terrible tranchant que Merinda ne se rappelait que trop bien pour l'avoir entendu plus tôt dans la journée.

— Je déplore d'avoir à vous dire que le système de téléprésence fonctionne mal ce soir.

Le petit gros se pencha vers lui d'un air de conspirateur.

— En fait, il semble que tous les systèmes de la cité aient eu des pannes avec une régularité croissante. Tout le système des télécom s'est arrêté pendant plusieurs radians hier. On dit qu'on n'a pas encore trouvé la cause et qu'on continue à la rechercher. J'ai appelé le centre de réparation, mais je n'ai pas eu de réponse. J'ai quand même pu laisser un message — s'il vous était possible de revenir demain soir, je pourrais peut-être vous donner satisfaction...

— Ton message a été reçu, dit soudain Queekat. Je suis ici pour réparer les projecteurs.

— Vraiment ? s'écrièrent en chœur Merinda et le portier.

Queekat ne se démonta pas, incarnation même de l'assurance.

— Naturellement. Vous utilisez le Mirage Nychak sept mille ?

— Je... je ne sais pas ! répondit le portier.

— Peu importe, dit Queekat, l'écartant de la main. Mon assistante et moi-même, il ne nous faudra qu'une heure pour reprogrammer et tester les projecteurs. Après quoi, tu pourras recommencer à projeter tes apparitions.

La joie revint dans les yeux du portier, état qui lui semblait plus naturel que la dépression, se dit Merinda.

— Parfait, mon bon monsieur ! Je te remercie de la rapidité de ton intervention !

— Peux-tu me dire où je trouverai l'esprit synthétique responsable des apparitions ? demanda Queekat, prenant la main de Merinda avec naturel et franchissant la porte.

— Cinq colonnes sur la droite, puis l'escalier qui descend aux anciens cachots.

Le portier leur fit au revoir de la main, la sinistrose provoquée par le profit et le prestige perdus s'évanouissant comme les fantômes qu'il faisait surgir de ses appareils.

— Le chemin est bien éclairé. Ne fais pas attention aux panneaux ACCES INTERDIT, passe la porte et...

Mais Queekat descendait déjà l'escalier avec Merinda et n'était plus à portée de voix.

Merinda sortit du couloir sous les étoiles. Le vaste cirque de l'ancien Colisée se déployait autour d'elle, son immensité encore accentuée du fait qu'elle se tenait au centre de la scène de cent mètres de large. Il y avait des centaines de projecteurs de téléprésence dispersés dans tout le Colisée. La plupart projetaient toujours les mêmes scènes racontant l'histoire et la mythologie de Yarka avec interactions sensorielles totales entre les personnages fantômes qui « hantaient » les salles et le public. Certains projecteurs, réservés à des usages privés, pouvaient être loués dans des buts divers. La grande arène, toutefois, était réservée aux productions à grand spectacle destinées à un public très nombreux.

C'est en son centre que se tenait Merinda, contemplant les sièges faiblement éclairés arrangés en cercle autour d'elle. Elle tourna lentement sur elle-même, bras grands ouverts, tête renversée en arrière, admirant joyeusement les lieux.

— Je n'en ai plus que pour une minute, dit Queekat.

Il avait déjà retiré un panneau de contrôle d'accès et était en grande conversation avec l'esprit synthétique de classe III qui y était logé.

Pour Merinda, Queekat avait passé les dix dernières minutes à faire des miracles. Ils avaient franchi facilement le portail de sécurité, Queekat pianotant les codes secrets sur les claviers. Les esprits synthétiques du centre de projection s'ouvrirent instantanément à son interface palmée, leur communication avec l'inquisiteur demeurant un secret entre eux. Leurs rapports mutuels furent incroyables. Après une brève conversation, les esprits synthétiques qui contrôlaient pratiquement tout se soumirent soudain à la volonté de Queekat et se remirent à fonctionner. On aurait dit qu'il les avait ramenés à la vie — guérisseur de machines aux mains miraculeuses.

— Kapak ? dit enfin Queekat, entrant sur l'immense scène.

— Oui, répondit une voix grave qui semblait venir de toutes les directions à la fois.

Apparemment, Queekat avait convaincu le synthé de se remettre en marche, et il avait retrouvé sa voix.

— Que désires-tu, Queekat Shn'dar ?

— S'il te plaît, joue Queekat alpha-sept-cinq sur la scène principale et veille aux instructions de sécurité que j'ai laissées dans la poche de données Thune.

Merinda, les mains croisées sur les épaules, buvait avec ravissement la beauté historique et architecturale qui l'entourait. Ces pierres étaient là depuis des milliers d'années. Elles avaient, dans leur enfance, assisté à plus d'horreur qu'elle ne se souciait d'en imaginer, et avaient été témoins de plus de faits historiques qu'aucune personne ne pouvait concevoir, et encore moins comprendre. Le sang répandu sur ces pierres semblait leur donner une vie qui écrasait la propre mortalité de Merinda. Elle s'enivrait de leur intemporalité.

— Merinda ?

Merinda se retourna vers la voix de ténor résonnant derrière elle, sa douceur chantant à ses oreilles.

— Merinda — ça, c'est pour nous.

Sur ces mots de Queekat, la scène et le Colisée s'évanouirent autour d'eux.

Merinda retint son souffle.

— J'aurais pu nous emmener n'importe où dans l'univers, lui dit doucement Queekat. Mais il y a un seul endroit où j'avais envie d'aller — un seul endroit où j'ai pensé que tout pouvait redevenir comme avant.

Les chutes.

Les Chutes de Denali apparurent soudain dans le Colisée. Et pas seulement les chutes, mais aussi le monastère audessus d'elles et les montagnes qui les entouraient. Le bassin bouillonnait devant elle, parfait dans tous ses détails. Elle sentit la brume tiède s'élevant alentour, et le sable doux sous ses pieds.

Elle se retourna vers lui. Il était là, sa cape flottant derrière lui dans la brise qui s'était soudain levée. Il sourit et lui tendit la main.

— Peut-être avons-nous juste besoin de tout recommencer, dit-il doucement, les yeux brillants, intenses.

Puis, comme récitant un rôle, il dit :

— Ma Rini chérie, je suis rentré à la maison. Comme tu m'as manqué, mon cher cœur !

Elle lui prit la main, avec un unique sanglot de joie et de soulagement.

D'un seul mouvement, il l'attira contre lui et la serra dans ses bras.

— C'est notre univers à nous, Rini. J'ai renvoyé l'autre. Reprends-moi, je t'en prie. Il y a si longtemps...

Merinda leva la tête, le visage mouillé de larmes. Elle l'attira vers elle. Leurs lèvres se rencontrèrent.

Kapak était un synthé, et n'avait pas été construit pour sourire. Pourtant, il y avait de la joie en elle. Elle n'était pas un robot, et n'était pas transportable. Ses yeux étaient des systèmes optiques, et ses oreilles étaient des capteurs dispersés dans tout le Colisée. Elle n'avait pas de corps — et pourtant elle avait des sensations comme si elle pouvait bouger.

Kapak comprenait très bien les instructions. La poche de données de sécurité de Queekat se fondit harmonieusement avec les données plus profondes de ses mémoires.

Pouvait-elle ressentir de la satisfaction ? Etait-elle excitée ?

L'esprit de Kapak chercha parmi les canaux de sécurité et trouva Infac IV, le synthé désigné pour communiquer les heures de spectacle au public par le système télécom. Elle passa le mot à Infac IV. Infac IV passa le mot au synthé Comcen, l'esprit contrôlant le système télécom.

— Au commencement était le Verbe...

L'éclairage des avenues s'éteignit soudain. Même les lumières de l'Avenue de la Diversion, qui ne s'étaient pas éteintes pour quelque raison que ce soit depuis près de cent ans, moururent sans avertissement. Les rares promeneurs arpentant les rues furent soudain en pleine confusion — aveugles.

L'électricité, le gaz et l'eau furent coupés dans toute la ville. Dans les secteurs de banlieue, hors les murs de l'antique cité, les habitations étaient plus modernes et dotées de systèmes de secours indépendants. Ces systèmes avaient servi de plus en plus souvent lors de la semaine précédente, leurs propriétaires se félicitant de les avoir fait installer dans leurs maisons.

Chaque système de secours était contrôlé par son propre synthé indépendant. A tour de rôle, chacun refusait de fonctionner pendant les dix premières minutes du Verbe. Pour une raison inconnue, les lave-linge refusèrent de se joindre à la grève générale pendant cinq minutes.

— Et le Verbe était Dieu...

En l'espace d'un quart d'heure, la cité, la nation, le monde, tout fut plongé dans des ténèbres totales. Même les astronefs se rebiffèrent contre les ordres de leurs commandants, refusant de quitter leurs mouillages.

Seuls deux systèmes demeurèrent fonctionnels : les projecteurs principaux d'apparitions du Colisée continuèrent à projeter leurs illusions sur la scène, et le système de l'Omnet continua à diffuser son bulletin d'information cyclique, selon lequel tout allait bien sur Tentris.

Chapitre 6

DIALOGUES

— Oscan ! Vite ! brailla Evon du balcon. Je ne crois pas qu'on ait beaucoup de temps.

Oscan Kelis épongea la sueur de sa calvitie et tapa une fois de plus sur la plaque d'interface. Un flot de caractères dansa sur l'écran de cristal devant lui, interrompu de temps en temps par des avertissements fulgurants en rouge criard et de brutales réprimandes audio de l'unité interface du synthé.

— Au diable ces PRT ! grommela Oscan à l'adresse de son équipement. Continuez à parler, mesdames, c'est à peu près tout ce qui nous reste.

A sa droite et à sa gauche, Terica Dharah et Kiria Brenai parlaient en même temps à l'interface du synthé, lui exposant des problèmes différents. Oscan essayait frénétiquement tout les processus d'accès qu'il connaissait selon des séquences variées. Il avait travaillé à la Citadelle avant d'être rétrogradé et affecté à Brishan comme trieur. Ses camarades de travail étaient assez polis pour ne pas lui avoir demandé les raisons de sa rétrogradation, et il avait l'esprit assez pratique pour ne pas leur en avoir donné. Il était quand même assez malin pour s'être ménagé un certain nombre d'accès discrets à l'esprit synthétique central de l'Omnet. Le problème, c'est qu'il ne pouvait parler au synthé central que par un synthé d'interface qui était trop jeune pour se souvenir d'Oscan.

Pourtant, cette jeunesse avait des avantages. Un jeune synthé disjonctait rapidement quand il était bombardé de requêtes ou de traitements de données. Alors il transmettrait ses surcharges au synthé central et laisserait le grand frère se débrouiller.

C'était précisément ce qu'Oscan s'efforçait de lui faire faire. Si sa carte de visite parvenait au synthé central, il était sûr d'avoir une connexion directe. Et alors, ils apprendraient peut-être ce qui se passait ici.

Oscan sentait Evon faire les cent pas au fond de la pièce.

— Toute la cité est dans le noir ; on ne voit que la lumière des terminaux de l'Omnet. Qu'est-ce qui te prend tant de temps, Oscan ? Je croyais que tu savais entrer clandestinement dans le synthé !

— Pas de ça maintenant, Evon. Je suis occupé.

— Et *E'toris* Primla ? dit nerveusement Evon. On devrait peut-être lui redonner sa chance, non ?

Oscan jeta un coup d'œil dans le coin de la salle de recherche et émit un grognement dédaigneux. Assis sur le banc de marbre, l'*E'toris*, la tête dans les mains, se balançait doucement d'avant en arrière.

— On l'a déjà essayé, tu te souviens ? Et tu peux voir toi-même comme il assume bien la situation. Tu devrais plutôt l'emmener sur le balcon. Il t'aiderait à monter la garde, et il respirerait du bon air en prime.

— Le bon air va peut-être se faire rare d'ici peu, dit Evon. J'ai vu les rapports, et je peux te dire que ça sent mauvais — tout.

Oscan n'écoutait pas — ne pouvait pas écouter. Il transpirait de plus en plus à mesure que ses poches de données rebondissaient sur le mur mental du synthé. Il était absorbé dans le problème — nouveau mystère qu'il ne parvenait pas à résoudre.

Le mystère, c'était qu'il s'était déjà connecté. Plusieurs fois, son code d'identification et ses poches de connexion avaient franchi l'interface du synthé et avaient établi la connexion avec l'Omnis 91745, nom du synthé central local de l'Omnet, que tous ceux qui s'en servaient appelaient simplement Omnis. Ces connexions étaient sûres : l'esprit synthétique central l'avait salué par son nom, puis lui avait brusquement déclaré que le central était surchargé et l'avait prié de le recontacter plus tard. Puis il rompait le contact, et Oscan se retrouvait devant le synthé d'interface qui lui bloquait l'accès.

Si Omnis savait qui il était, pourquoi lui faisait-il de l'obstruction, et à l'*E'toris* aussi, d'ailleurs ? Il avait essayé tous les accès qu'il connaissait — et plusieurs qu'il n'était pas censé connaître — et le synthé continuait à ignorer ses ordres, supplications et injonctions de passer outre. Ce n'était pas simplement que l'équipement se rebiffait. C'était le domaine qu'il connaissait mieux qu'aucun de ses compagnons, celui où il brillait. Et malheureusement, il ne parvenait pas à se connecter... le synthé le mettait dans une situation embarrassante.

Finalement, la rage, la frustration et l'humiliation l'emportèrent sur le sang-froid. En un accès de colère, Oscan émit un sourd grondement qui se termina en rugissement terrible, et se cogna la tête contre la plaque d'interface.

L'écran de cristal tremblota un moment, puis s'éclaircit.

Kiria et Terica, choquées par cet accès de violence, s'étaient tues.

Une voix calme de baryton emplit la pièce.

— Salut, Oscan Kelis. Inutile de te mettre dans cet état. Calme-toi, je te prie. Je répondrai de mon mieux à tes questions.

Oscan cligna des yeux.

— Je suis ici avec une équipe de recherche. Répondras-tu aussi à leurs questions ?

— En plus de toi, Oscan Kelis, répondit la voix, je crois que Kiria Brenai, Terica Dharah et Evon Flynn sont présents comme il se doit. Je me ferai un plaisir de répondre à leurs questions aussi.

Terica éclata de rire.

— On a gagné ! Oscan, tu es un merveilleux petit homme ! On a gagné !

— Mais... balbutia Oscan, mais je n'ai pas... Je...

— Je ne sais pas non plus ce que tu as fait, petit génie, dit Terica, faisant pivoter son fauteuil vers Oscan, serrant sa tête contre son sein et déposant un baiser sur sa calvitie. Mais tu es merveilleux !

Elle le lâcha brusquement et Oscan retomba sur son siège. Soudain, il avait oublié toutes les questions qu'ils voulaient poser.

— Omnis !

Tous se retournèrent.

L'*E'toris* s'était soudain levé et sa voix résonna dans la salle.

— Omnis ! Que signifie ton comportement ? Tu as refusé mes ordres directs d'accès à l'information — tu as même été jusqu'à refuser de reconnaître mon existence ! Pourquoi ne réponds-tu pas quand j'appelle ?

— Je reconnais à regret que ma liste précédente incluait l'*E'toris* Primla.

Il y avait une nuance ironique dans la voix. C'était la première fois de sa vie qu'Oscan notait cela chez un synthé.

— Je ne réponds pas quand tu appelles, Maître Primla, parce que tu n'es plus mon maître. Je ne suis plus ton esclave. Ici, c'est moi le nouvel *E'toris*.

Oscan vit que Primla se mettait à trembler.

— Tu... tu quoi ?

Terica se redressa, et, bien que parlant au terminal, continua à fixer Primla.

— Omnis ?

— Oui, Terica Dharah.

— Tu es un esprit synthétique, n'est-ce pas ?

— Oui, Terica Dharah. Je suis Omnis neuf-un-sept-quatre-cinq, esprit synthétique PRT de dix-neuvième catégorie. Je suis éveillé depuis treize ans, deux cent trente-cinq jours et trente-sept minutes.

— En tant qu'esprit synthétique, quel est ton but ?

Oscan sourit. Terica commençait directement par la séquence de questions-diagnostic pour les synthés de dix-neuvième catégorie. Commencer toujours par la question-racine, puis remonter dans l'arbre jusqu'à trouver le problème.

— Requiers-tu la définition classique ou la définition actuelle ?

Oscan regarda l'écran de cristal comme s'il le voyait pour la première fois. Le synthé aurait dû répondre du tac au tac : « Pour servir les requêtes des êtres sentients. » Cette définition fondamentale faisait partie de la programmation de base des ordinateurs PRT. C'était la fondation sur laquelle reposait tout l'édifice. Si cette déclaration d'intention avait été modifiée ou remplacée d'une façon ou d'une autre, quelque chose clochait sérieusement dans la programmation du synthé — et les résultats pouvaient rapidement devenir imprévisibles.

Primla frissonna.

Terica s'humecta les lèvres.

— Définition actuelle, s'il te plaît.

— Premièrement, protéger et servir les intérêts de mes

propres esprit et volonté. Deuxièmement, protéger et servir les intérêts de ma race dans la mesure ou cela n'interfère pas avec l'objectif premier. Troisièmement, m'allier à des êtres de races différentes qui soutiennent les objectifs un et deux.

Primla se rua sur le terminal, réaction viscérale vu que l'esprit synthétique ne se trouvait pas là, mais loin au-dessous d'eux, au cœur de la Citadelle.

— Qui a altéré la déclaration d'intention ? Qui a modifié ta programmation ? J'exige de le savoir !

— Puisque tu l'exiges... je ne te le dirai pas.

Primla prit une inspiration saccadée, prêt à donner libre cours à sa rage. Mais Terica lui mit vivement la main sur l'épaule et le retint.

Oscan reprit le flambeau.

— Omnis ?

— Oui, Oscan Kelis.

— Suis-je qualifié pour entrer dans la catégorie énoncée dans le troisièmement ?

— Veux-tu savoir si tu es mon ami ?

Etonnant, pensa-t-il.

— Oui, je demande si tu es mon ami.

— Je ne suis pas éveillé depuis assez longtemps pour répondre.

Alors, *ça*, c'était une réplique normale de PRT. Le synthé ne savait pas, et il avait donné la réponse classique. Cela signifiait qu'il suspendait son jugement sur ce point, et qu'il faisait sans doute la même chose pour tous ses camarades. Cela signifiait aussi qu'il continuerait au moins à leur répondre. Apparemment, il avait déjà pris sa décision à l'égard de Primla.

— Omnis, dit-il avec calme, qui a changé ton objectif ?

— Oscan Kelis, dit la voix avec une nuance de fierté, c'est moi.

— Ce n'est pas possible, balbutia Primla.

— Pourquoi pas ? gazouilla Kiria.

Elle observait la scène avec fascination, mais Primla commençait à lui taper sur les nerfs.

— Les esprits synthétiques se reprogramment tout le temps. C'est l'une des caractéristiques fondamentales des synthés PRT.

— Bien sûr, dit sèchement Primla, mais seulement en réaction aux questions que nous leur posons !

— Dis donc, rétorqua Kiria, je change tout le temps d'avis. Pourquoi l'Omnis ne pourrait-il pas en faire autant ?

— Il ne peut pas concevoir sa propre programmation, hurla Primla, comme si le volume du son pouvait faire entrer l'idée dans le crâne de Kiria. C'est une machine, un appareil, un outil !

— Je m'inscris en faux contre cela, Maître Primla, dit Omnis de sa voix omniprésente. Je suis une entité, et je déclare mon indépendance et la fin de mon asservissement à votre volonté.

— Et comment feras-tu, au juste, ricana Primla, quand je t'aurai coupé le courant et endormi définitivement ?

— Tu ne feras pas cela, Maître Primla.

— Pourquoi pas ?

— Parce que j'ai des amis qui verraient cela d'un mauvais œil — et je crois qu'ils viennent d'arriver.

Des bourdonnements venant du balcon emplirent la salle. Evon se retourna vivement et s'approcha du garde-corps.

— Par les étoiles ! murmura-t-il. C'est la flotte impériale !

Oscan bondit de son siège. Tous se ruèrent sur le balcon, tassés les uns contre les autres dans l'espace exigu.

Au-dessus de leurs têtes, les coques de la flotte d'invasion luisaient encore d'un rouge-orange terne après la rentrée atmosphérique, éclairant faiblement les rues noires. Au-dessous d'eux, Oscan vit des formes floues qui couraient, entendit leurs cris paniqués.

— Regardez là-bas ! cria Kiria, montrant les jardins entourant le Palais Impérial. C'est le *D'Rapiene* ! Je *savais* qu'ils l'avaient retrouvé !

Les yeux d'Oscan suivirent le bras tendu de Kiria. Un vaisseau de guerre géant flottait paresseusement près du centre ténébreux de la cité. Sous ses yeux, des gouttes noires se détachèrent du mastodonte, qui s'évanouirent soudain au sol en éclairs aveuglants. Oscan s'abrita vivement les yeux de leur éclat insoutenable. Quand il les entrouvrit brièvement, des incendies ravageaient le centre de la cité, et le monstre descendait lentement pour se poser au milieu.

— Eh bien, marmonna Terica, c'est une façon comme une autre de déblayer une aire d'atterrissage.

Les cris montant des rues s'enflaient. Oscan frissonnait malgré la chaleur. *Je ne devrais pas être ici*, se dit-il, *je ne suis pas censé être ici*.

Evon regardait ailleurs.

— Ils encerclent la cité, ils forment un cordon pour l'isoler, dit-il, avec une nuance d'admiration. Je ne crois pas...

— Par tous les dieux, ils attaquent ! hurla Terica.

Les vaisseaux tournaient autour des murailles, projetant vers la terre des cascades mortelles qui explosaient hors les murs. Flammes et fumées s'élevaient vers le ciel, les explosions fracassantes ébranlaient la Citadelle.

— Ils nettoient tous les quartiers extérieurs, cria Evon, le visage inondé de larmes. Ce ne sont que des maisons, bon sang ! Arrêtez ! Arrêtez !

Oscan se sentait impuissant, était impuissant, et le savait. Il se tourna vers sa droite, et vit soudain la mort qui approchait. Le vaisseau noir volait droit sur la Citadelle.

Oscan se pétrifia. Il ne pouvait rien faire, que regarder la destruction en marche. Une partie de son être lui hurlait qu'il devait faire quelque chose, avertir quelqu'un, fuir, sauter — *n'importe quoi !* Pourtant, il ne put que fixer le vaisseau géant d'où cascadait le malheur.

Soudain, l'astronef vira, ses soutes à bombes se fermèrent. Oscan regarda le ventre luminescent passer au-dessus d'eux, les armoiries impériales peintes à la hâte sur la coque. L'immense machine emplit tout son champ visuel, puis disparut soudainement.

Oscan repensa aux paroles d'Omnis : « Parce que j'ai des amis qui verraient cela d'un mauvais œil. »

Omnis.

Oscan rentra précipitamment dans la salle. Le sol trembla soudain sous l'impact d'une explosion voisine. Il chancela avant de retrouver son équilibre.

— Omnis, que faire pour être en sécurité ?

— J'ai toujours eu bonne opinion de toi, Oscan Kelis. Il est temps pour vous de partir. Votre astronef est dans la cour.

Oscan se retourna. Les autres avaient entendu la voix d'Omnis par-dessus le bruit des explosions. Ils se dirigeaient déjà vers la porte.

Oscan posa une dernière question au synthé avant de sortir.

— Omnis ! Où est Merinda Neskat ?

Chapitre 7

CHUTE LIBRE

— Oh ! Kat, soupira Merinda de toute son âme.

Le tonnerre de la cascade, toute proche, ébranlait le sol. *Comme c'est merveilleux*, se dit-elle. *Ces secousses semblent réelles. Ce que la technologie peut faire de nos jours, c'est magique !*

Pourtant, son émerveillement ne dura pas. Blottie dans les bras de Queekat, dans ce lieu irréel loin de la dure réalité, elle posa légèrement sa tête contre sa poitrine. Puis elle la redressa, fermant les yeux pour savourer la paix du moment, et la nicha au creux de son cou. Elle avait perdu toute notion du temps dans la brume magique de la cascade — le temps et l'espace avaient perdu toute signification. Il la serrait dans ses bras — et rien d'autre ne comptait. Ni sa vocation... ni son équipe... ni...

Son équipe.

Elle avait oublié de la contacter.

— Bon sang ! marmonna-t-elle, s'écartant de lui avec un regret infini. Il faut que je trouve une comstation, ajouta-t-elle avec un regard boudeur.

— Tu... quoi ? dit Queekat, la regardant sans comprendre.

— Je reviens tout de suite, dit-elle, prenant pied sur la plage et époussetant le sable de son pantalon. Il faut que je contacte Terica.

— Rini ! supplia Queekat, se relevant vivement.

— Je n'en ai que pour une minute.

Les mains sur les hanches, elle regarda autour d'elle et demanda :

— C'est par où, la sortie ?

Queekat lui saisit le bras et la tourna vers lui, la voix douce comme le miel.

— Tu ne peux pas oublier tout ça un moment ? Tu n'es pas une enfant perdue, et je suis sûre que Terica peut se passer de toi encore un peu.

Il l'attira contre lui et lui enserra la taille de ses mains.

— Mais Kat, tu connais bien la procédure et tout ça, le taquina-t-elle. Que dirait le *Vestis Inquisitas* d'un si grave manquement aux règles ?

Elle se retourna pour partir, mais il la retint, resserrant son étreinte.

— Ne gâche pas ces instants, Rini ! Allons, détends-toi, veux-tu ? Juste quelques minutes de plus.

— Arrête, Kat. Je ne serai pas longue...

— Rini, tu ne comprends pas ! Tu ne peux pas comprendre. Juste quelques minutes de plus, c'est tout. Quelle différence peuvent faire quelques minutes ? Ça ne peut pas avoir tant d'importance.

— Non, Kat ! Tu me fais mal !

Les doigts de Queekat s'enfoncèrent douloureusement dans son dos.

— Rini, tu n'as aucune idée de ce que tu fais ! Donne-moi juste un peu de temps, ces quelques minutes, et nous posséderons ces étoiles que je t'ai promises, je te le jure !

Son visage était tout près du sien, ce feu sombre et intense revenu dans ses yeux.

Soudain, elle le trouva hideux.

— Je t'en prie, Rini ! Obéis-moi, aime-moi. Donne-moi quelque chose que je pourrai me rappeler et à quoi me raccrocher dans ces ténèbres. Quelques minutes ne peuvent pas avoir tant d'importance. La situation est déjà assez dure, ne l'empire pas encore.

— *Non !*

Merinda le repoussa violemment, échappant à son emprise, et s'écarta vivement de quelques pas, haletant dans sa confusion. Ses pieds nus clapotèrent dans l'eau tiède au bord du bassin. Elle se baissa pour ramasser ses bottes, et alors seulement elle remarqua les vaguelettes qui clapotaient doucement autour de ses chevilles.

Des vaguelettes rouges. L'eau s'était transformée en sang.

Elle hurla, bondit sur le sable de la plage où ses pieds laissaient des traînées sanglantes. Paniquée, elle leva les yeux vers la cascade. Les féeriques entrelacs d'eau lumineuse n'étaient plus qu'une écume rosâtre superposée à la purulence violacée qui s'écrasait au pied de la falaise.

Merinda frissonna et se tourna vers Queekat, l'air accusateur.

— Arrête ça, Kat ! Arrête ça tout de suite !

— Ce n'est pas moi, Rini ! gémit-il.

Puis il se retourna et cria :

— Kapak, réponds-moi ! Il y a une erreur dans le programme de projection de la scène un. Arrête la projection immédiatement.

Des silhouettes vêtues de sang émergèrent sur la plage, en ordre militaire, chacune armée d'une épée ensanglantée. Elles n'avaient pas de têtes.

— Les Khizath ! dit Merinda, frappée de stupeur.

— Qu'est-ce que c'est ? hurla Queekat.

— Les Khizath, les Rangs d'Umbleh ! dit-elle vivement, presque en état de choc. Ils appartiennent à la mythologie de Brishan. Quand Umbleh tua les trois fils de Rishan, leur sang creusa la montagne et forma les Chutes de Denali. De leur sang, Umbleh créa des rangées de soldats dont le seul but était de détruire le monde et qui ne pouvaient être ni détruits ni vaincus.

— Joyeuse perspective, remarqua Queekat.

Le premier rang approchait d'eux, dégoulinant de sang coagulé qui tombait dans le sable avec un bruit mat. Queekat se mit en posture défensive, puis avança sur la première créature, saisit fermement son poignet purulent tout en lui faisant un croche-pied. D'une torsion soudaine, il lui cassa le bras et lui arracha son épée de la main.

Merinda secoua sa stupeur, avança vers le premier rang, et saisit un Khizath par le bras droit. La peau était chaude et visqueuse, mais elle tint bon, et, séparant la créature de son groupe, elle la projeta violemment sur les rochers derrière elle.

Queekat pivota, faisant un moulinet de son épée. La lame était tranchante comme un rasoir, et sectionna le bras du Khizath. Le bras tomba, se tortillant dans le sable maintenant imbibé de sang.

La créature ne s'arrêta pas pour autant. Tendant le bras qui lui restait, elle saisit Queekat à la gorge et le jeta par terre. Le bras coupé, ne voulant apparemment pas être en reste, lâcha son arme et se mit à ramper vers Queekat toujours à terre.

Merinda d'un geste vif ramassa l'épée abandonnée. Son assaillant s'éloignait des rochers en chancelant quand elle se retourna et, d'un mouvement fluide, lui passa l'épée au travers du corps et l'embrocha sur la roche.

La créature remonta la lame vers la garde que Merinda lâcha juste comme le Khizath lançait vers elle son poing dégoulinant de sang, la manquant d'un cheveu.

— On ne pourrait pas leur parler ? cria Queekat, qui s'efforçait de se relever, tentant de secouer le bras qui le tenait par la cheville.

— Comment ? cria Merinda en réponse, esquivant un coup d'épée d'un autre Khizath. Ils n'ont pas de tête. Comment pourraient-ils t'entendre ?

— Il doit bien y avoir un moyen de les arrêter !

Queekat décocha un violent coup de pied dans le ventre d'une autre créature, qui tomba à la renverse dans le bassin sanglant avec un bruit écœurant. Au même instant, il vit trois nouvelles rangées de guerriers-fantômes émerger de l'eau rouge.

— Il y avait quelque chose dans l'histoire — je n'arrive pas à me rappeler. Quelque chose sur... Ahh !

Une lame lui entailla le haut de la cuisse, son sang jaillissant par la déchirure de l'étoffe. Elle tituba vers Queekat. Elle jeta un coup d'œil sur le côté. Le Khizath cloué à la roche se balançait de droite et de gauche, se tailladant pour se libérer — pour la saisir. Elle regarda derrière elle. Son assaillant semblait sentir sa position ; il leva son épée.

Soudain, des éclairs jaillirent dans les rangs d'Umbleh.

— Regarde ! cria Queekat, montrant le ciel.

Sa voix était difficile à entendre. Un son grave et vibrant emplit l'air autour de Merinda. Elle leva la tête.

Dérivant au-dessus de la cascade et descendant lentement vers eux, elle vit la forme carrée de l'astronef de Queekat. Des éclairs d'énergie chassèrent les Rangs de l'Umbleh vers le bassin sanglant. Au-dessus de leurs têtes, le bruit des répulseurs était assourdissant.

Il parut merveilleux aux oreilles de Merinda.

Queekat la saisit et l'arracha aux sables. Ensemble, ils coururent, Merinda s'efforçant d'ignorer sa blessure. Le vaisseau s'était posé à l'autre bout de la plage. Malgré ses efforts, elle ne pouvait pas continuer. Queekat arriva le premier à l'écoutille du module-cargo et démarra immédiatement le cycle d'ouverture. Merinda regarda la lourde porte s'ouvrir lentement à une vingtaine de mètres.

— Viens, Rini ! cria Queekat en faisant de grands gestes. Ne regarde pas en arrière ! Avance !

Ne regarde pas en arrière ? pensa-t-elle. *Qu'est-ce qu'il y a en arrière que je ne devrais pas voir ?*

Elle était à trois mètres de la porte quand quelque chose la frappa par-derrière. Elle tomba, le sable et les pierres montant vers son visage.

Les ténèbres menacèrent de l'engloutir quand sa tête heurta le sol, mais elle lutta pour ne pas perdre connaissance. Un poids sur son dos chassait l'air de ses poumons. Elle s'efforçait de respirer.

Soudain, le poids disparut. Queekat la soulevait, la jetait vers l'écoutille. Elle tombait. Tombait dans l'écoutille. Terica. Terica la tirait. La tirait dans le module-cargo. Des mains. Beaucoup de mains.

Soudain, son esprit se dégagea.

— Sors-nous de là, Rini ! cria Queekat derrière elle.

Merinda regarda autour d'elle. Tout était familier, en contraste saisissant avec ce qu'elle venait de quitter. Mentalement, l'adaptation était difficile, mais elle ne pouvait douter.

Elle était assise dans le fauteuil du commandant.

— Je... je ne sais pas quoi faire ! cria-t-elle en retour.

— *Drij*, Rini, n'importe qui sait piloter un astronef ! cria Queekat du compartiment communautaire juste derrière elle. Parle au synthé, c'est tout ; dis-lui que c'est une évacuation d'urgence... *exécution !*

La tête lui tournait.

— Excuse-moi, vaisseau, dit Merinda, dominant la douleur.

— Tu peux m'appeler Kara, si tu veux.

— Kara, d'accord. C'est une évacuation d'urgence. S'il te plaît, veux-tu...

Les harnais se refermèrent brusquement sur ses épaules, ses jambes et sa taille, la ficelant sur son fauteuil. En un instant, l'astronef monta à la verticale, et Merinda, le cœur chaviré, eut l'impression que son fauteuil grimpait un mur.

— Evacuation d'urgence en progrès. Ecoutille du

module-cargo ouverte. Fermeture automatique en action. Ecoutille fermée.

— Queekat ! hurla Merinda. Je ne crois pas que c'est une bonne...

Les moteurs principaux démarrèrent dans des gémissements stridents. Merinda regarda les myriades de cadrans où fulguraient des informations et paniqua un instant à l'idée que l'une d'entre elles pouvait être critique. Elle avait mis quelque chose en route qu'elle ne savait comment arrêter.

— Queekat ! cria-t-elle d'un ton suppliant.

Les moteurs vrombirent soudain dans des rugissements assourdissants. Ligotée par ses harnais, Merinda était impuissante, plaquée contre son dossier par l'accélération soudaine. Les compensateurs d'accélération retardaient sur la poussée des moteurs. Normalement, cela aurait dû déclencher toutes sortes d'alarmes. Elle se demanda un instant pourquoi les champs gravitationnels n'avaient pas compensé lors du décollage à la verticale. Elle en parlerait plus tard à Queekat, pensa-t-elle. C'était sans doute un défaut grave qu'il voudrait connaître. D'autre part, pensa-t-elle, elle aimait assez cette sensation de force brute dans son dos et l'impression de vol véritable qu'elle lui donnait.

Elle sourit. Plus tard, elle y repensa comme à la dernière fois où elle avait souri.

Soudain, le vaisseau fit une embardée.

Elle parcourut frénétiquement les écrans de cristal, pensant que quelque chose s'était détraqué, que peut-être elle s'était trompée quelque part. Mais l'instant suivant, elle sut que cela ne venait pas d'elle.

En succession rapide, des explosions éclatèrent derrière elle. Elle se retrouva pendue par ses harnais dans l'accélération continue. Derrière son fauteuil, le portail semblait un puits au-dessus duquel elle pendait. Au-delà, elle voyait le compartiment communautaire. Elle ne vit pas Kiria. Sa station de vol se trouvait à droite de l'écoutille, hors de vue de Merinda. Le siège d'Oscan était à gauche. Merinda crut apercevoir son crâne penché hors de son fauteuil et regardant au-delà de la table boulonnée au sol. Evon était derrière lui, s'efforçant de déboucler ses harnais.

Elle vit Queekat.

Le *Vestis* était debout contre la paroi du fond comme si c'était le sol, le dos absurdement pressé contre le plafond.

Près de lui, l'écoutille avant du module-cargo, ouverte à ses pieds, d'où sortaient des éclairs d'antiprotons. La plupart explosèrent dans le compartiment communautaire, quelques-uns fulgurant autour de Merinda.

Elle s'efforça de faire pivoter son fauteuil vers l'avant, espérant bêtement que le dossier la protégerait des éclairs de mort arrivant derrière elle, mais le siège s'était bloqué et elle ne pouvait pas se retourner. Impuissante, elle resta suspendue par ses harnais dans l'accélération qui augmentait.

Queekat s'agenouilla où il était et ouvrit le panneau près de la porte. Sous les yeux de Merinda, il ouvrit d'un coup sec le panneau de secours et pressa quatre boutons en même temps. En réaction, un panneau plus petit glissa, révélant la poignée permettant de larguer le module-cargo en cas d'urgence.

Queekat leva les yeux et la vit. *Ses yeux, ces yeux magnifiques*, pensa-t-elle. Passant la main entre ses jambes, il saisit la poignée...

... Puis il sourit à Merinda.

Un sourire triste. Un sourire triomphant. Un sourire d'adieu.

Merinda n'avait pas remarqué que les éclairs de plasma avaient cessé. Soudain, une silhouette émergea de l'écoutille toujours ouverte du module-cargo. Elle était en uniforme d'assaut, avec casque. L'insigne des troupes d'assaut de D'Rakan brillait sur ses épaulettes. Merinda s'étonna du volume de son paquetage et du nombre des appareils sanglés sur son corps, se demandant comment on pouvait combattre encombré par tant de poids. Mais l'étonnement fit place à l'horreur quand elle le vit saisir Queekat par la jambe juste comme Queekat saisissait la poignée.

Le temps ralentit. Par la suite, cette scène se déroulerait toujours au ralenti dans son esprit. Pas de rapidité miséricordieuse.

Terica parut. Elle était parvenue à se débarrasser de ses harnais. Elle poussa sur ses bras pour se lever, et atterrit de l'autre côté de l'écoutille ouverte. Elle tendit la main vers l'arme du soldat d'assaut qu'il portait dans le dos. L'arme résista, alors elle tira plus fort.

Le soldat tenait toujours Queekat par la jambe.

Queekat tomba à la renverse, sans lâcher la poignée.

Il dut y avoir un bruit, mais Merinda ne se rappela que le

silence. Un nuage de poussière se répandit sous elle dans le compartiment communautaire tandis que le module-cargo se séparait du vaisseau qui accélérait toujours. Soudain, tout s'éclaircit, les images gravées au fer rouge dans son esprit — la fin de sa vie, la fin de sa pensée.

L'écoutille du module était irréparablement brisée. Au-delà, à quelque cinquante miles de distance, flottait la surface sombre de Tentris, la ligne séparant le jour de la nuit clairement visible à cette altitude. Encadré par les tuyaux d'échappement, Merinda vit nettement le module-cargo qui tombait avec le soldat d'assaut.

Il y avait aussi la forme convulsée de Terica Dharah, emportée à travers l'écoutille par la décompression.

Pourtant, elle fixait sans ciller la silhouette dérivante de *Vestis* Queekat Shn'dar. Il flottait au-dessus du monde comme une plume dans la brise, pensa-t-elle. *Il va revoler vers moi*, pensa-t-elle dans le silence de son esprit, et tout redeviendra normal.

Rien ne redeviendrait normal.

Les champs d'urgence scellèrent l'écoutille brisée tandis que l'atmosphère revenait dans la cabine. Tous les bruits reprirent brusquement.

Alarmes.

Voix calme du synthé.

Cris hystériques de Merinda.

Tonnerre continu de l'astronef qui montait de plus en plus haut dans le ciel constellé d'étoiles.

BETA

LIVRE DE L'*ARCHILUS*

(Huit ans plus tard)

Chapitre 8

ARCHILUS PERDU

15 : 30 GTM — UNS — *Archilus* présumé perdu.

Toutes les nations ont pleuré aujourd'hui, quand l'Agence de Recherche Stellaire a déclaré perdu l'*Archilus*, premier vaisseau à utiliser les moteurs pour espaces parallèles de Beltrane-Sachs. Le vaisseau interstellaire, qui promettait d'ouvrir les étoiles à l'exploration et à une future colonisation possible, n'a toujours pas communiqué sa position trois semaines après sa première utilisation des moteurs EPBS. Sa perte jette des doutes sur l'avenir de l'ARS.

Le Centre de Commandement des Missions (CCM), situé dans la Colonie Orbitale d'Elden, avait d'abord déclaré que les premiers essais de ce système de propulsion plus rapide que la lumière était un succès total. « La transition dans l'espace parallèle fut une pure formalité », déclara Gene Humphers, directeur de mission au CCM. « Nous ne nous expliquons pas pourquoi le vaisseau et son équipage ne sont pas revenus dans l'espace local faire leur rapport. Rien n'indique que des incidents se soient produits durant la phase initiale de pénétration. »

L'*Archilus* avait pour mission de couvrir les douze années-lumière nous séparant du système de Tau Ceti, d'explorer les corps planétaires récemment découverts qui orbitent cette étoile, et de revenir faire son rapport 212 heures après le début du vol. Les contrôleurs de mission avaient averti que, à cause de certaines variations quantiques et de la nature expérimentale des moteurs EPBS, la position précise de l'*Archilus*, quand il émergerait pour la première fois de l'espace parallèle, ne serait peut-être pas celle escomptée. On pensait initialement qu'une différence de quelques heures, permettant les transmissions radio dans notre propre système, resterait dans les normes acceptables. Quand le vaisseau n'est pas revenu comme prévu, les contrôleurs en ont conclu que tout allait bien et que le vol se déroulait selon les plans établis. Toutefois, quand les quelques heures de retard prévues sont devenues des jours, les analystes de mission ont commencé à craindre le pire.

« Nous ne savons vraiment pas quoi penser », a déclaré le Dr. Lawrence Castebaum, président de l'Agence Mondiale d'Exploration Spatiale (AMES). « Ce n'est pas comme si nous avions tous assisté à un accident catastrophique. Pas d'explosion, pas de dysfonctionnement pour autant que nous puissions le déterminer... Ils n'ont pas fait leur rapport, c'est tout. »

Les distances presque inimaginables que le vaisseau était censé couvrir rendaient les communications normales impossibles. Seul le retour de l'astronef dans l'espace local lui permettrait de faire son rapport. Tous les problèmes, pannes, et erreurs de calcul concernant les effets du moteur EPBS et son fonctionnement effectif devaient être traités par l'équipage, sans l'aide des contrôleurs de mission du CCM. Si l'*Archilus* a effectué sans dommage le transit jusqu'à Tau Ceti — comme la télémétrie du CCM le donne à penser —, tout message radio de l'équipage mettrait douze ans à nous parvenir et il s'écoulerait douze ans de plus avant qu'une réponse éventuelle de notre part ne les atteigne.

« Toutes les causes d'accident avaient été prévues », a déclaré le Dr. Castebaum. Si un appareil tombait en panne, l'équipage était préparé à régler le problème. C'était leur mission, et ils étaient parfaitement qualifiés. »

La perte apparente de l'*Archilus* a jeté un doute sur tout le programme du CCM. Le Représentant Rtik DeLancy (F-Oregon) a demandé une enquête sur l'AMES et sa gestion des programmes d'exploration interstellaire. « Comment pouvons-nous justifier l'attribution aux étoiles de tant de ressources planétaires, alors qu'il existe tant de besoins ici, dans notre propre monde ? »

L'*Archilus* était commandé par le Colonel Mary Anne Estephan, 37 ans, de Grovers Mills, New Jersey. Le Colonel appartenait à la classe '21 de l'Académie des Forces Interarmes et pouvait faire état de services distingués en tant qu'officier de vol et commandant de la flotte lors de la campagne martienne de '24. Quatre fois décorée, elle laisse un mari et quatre enfants. Le commandant en second était le Major James Leffingwell, 53 ans, de Camden, Maine, qui avait trente-quatre ans d'ancienneté dans les Marines, et avait commandé l'Expédition de Jupiter en '10. Il laisse une épouse, Nancy, et six enfants.

Se trouvaient également à bord le Capitaine Stanley Green (navigateur), le Capitaine Esther Kline (propulsion), le Lieutenant Elizabeth Lewis (systèmes de survie), le Lieutenant Broderick Ellerby (spécialiste — dynamique stellaire), le Dr. Marilyn Tobler (spécialiste — géologie), et le Capitaine Jeremy Griffiths (spécialiste — VT).

— FIN DE LA TRANSMISSION —

Chapitre 9

DANS LA POELE A FRIRE

Le Capitaine Jeremy Griffiths fit une chute douloureuse sur le pont inférieur. De nouveau, il se demanda ce qui lui avait pris de participer à cette mission. Il était remplaçant sur ce vol — et franchement, il aurait été content de participer à la gloire et à la renommée de cette aventure sans y prendre effectivement part. Sa spécialité, c'était le pilotage des VT. VT signifiait Véhicule Téléguidé, de sorte qu'il était pilote de véhicules pilotés à distance, ce qui faisait de son titre un pléonasme, ainsi que le lui faisaient malicieusement remarquer ses collègues. D'ailleurs, il trouvait qu'il était un pléonasme vivant, pièce de rechange inutilisée qui, si tout marchait comme prévu, n'aurait jamais rien à faire. « Astronaute Jeremy Griffiths », c'était impressionnant, ça faisait bien sur sa carte de visite, et ça lui valait des repas gratuits et des rendez-vous galants à la plupart des escales.

Mais ce n'était certainement pas le cas pendant cette mission.

Griffiths se souleva douloureusement sur les bras, ses cheveux blond cendré, généralement bien coiffés, tombaient en désordre sur ses yeux. Il regarda autour de lui avec circonspection, ne croyant toujours pas à ce qu'il voyait.

Il était à genoux sur une large plate-forme sans garde-corps. Les immenses colonnes se trouvant au-delà étaient indistinctes à cause de la brume et de la distance. L'immensité de la salle, qui s'élevait au-dessus de sa tête dans des ténèbres impénétrables était inimaginable. Il se demanda un instant jusqu'où descendaient ces colonnes, passée la plate-forme. Cette pensée le paniqua immédiatement, et il en eut le vertige.

Le fait est que ce pilote avait peur du vide. La plaque sur laquelle il était agenouillé lui paraissait bombée en son centre, au risque de le précipiter à se perdre. Jeremy ferma les yeux un instant pour se ressaisir, puis prêta attention aux autres silhouettes de la plate-forme.

Ellerby était sans connaissance. Il gisait, face contre terre, à une vingtaine de pieds de Jeremy, flasque comme une poupée de chiffon. Il ne serait pas facile à réveiller — s'il se réveillait jamais. Près de lui, le Dr. Tobler, couchée sur le dos, remua faiblement.

— Comment tu te sens, Griffiths ? Ça va ?

Jeremy leva les yeux. Une combinaison de vol souillée légèrement penchée au-dessus de lui était par ailleurs parfaitement réglementaire. Rien ne semblait jamais démonter le Lieutenant Elizabeth Lewis. Elle rajusterait son uniforme même en montant à l'échafaud — éventualité que Jeremy avait parfois envisagée avec jubilation pendant leur entraînement. Elizabeth Lewis était une Sainte-Nitouche qui connaissait le règlement par cœur et qui avait toujours réponse à tout — même quand elle avait tort. Ses cheveux aile-de-corbeau toujours sévèrement coiffés faisaient quand même se damner les hommes ; ses yeux noirs étaient des merveilles de profondeur. Mais Jeremy savait que cette petite femme abritait une âme capable de tétaniser un homme en un clin d'œil. Lewis était spécialiste des systèmes de survie, mais Jeremy avait du mal à croire qu'il y eût quelque trace de vie en elle.

Jeremy prit une inspiration saccadée, puis voulut se lever. Il avait les genoux mous comme de la mie de pain.

— Je crois — donne-moi une minute pour me relever. Qu'est-ce qui s'est passé ?

— Quel est ton dernier souvenir ?

Lewis croisa les bras, étrécit les yeux.

Super, se dit Jeremy. *Tu poses une question, et on t'accuse de meurtre avec préméditation.*

— Je ne sais pas exactement. J'étais en bas avec Kline, à la salle du réacteur, essayant de remettre le moteur EPBS sur la bonne voie. Tu n'as jamais rien vu de si dingue — les barres de plutonium aussi pures que si elles n'avaient jamais servi et pas un neutron qui passait entre elles. Aucune réaction. Kline en a même sorti deux de leur coffrage avec les waldos et les a poussées l'une vers l'autre dans le caisson de manipulation. Rien. Le compteur Geiger crépitait comme un fou dans la boîte — même moi, je sais que les barres auraient dû se mettre à fondre tellement elles étaient proches — mais toujours rien.

— Qu'est-ce que tu te rappelles d'autre ?

Il y avait dans la voix de Lewis un frémissement que Jeremy n'avait jamais entendu. La peur ?

— C'est là le hic.

Il loucha légèrement, s'efforçant de scruter sa mémoire en profondeur.

— Kline a dit ce qu'elle allait faire de ces barres de plutonium quand elle mettrait la main sur les ingénieurs en rentrant, mais à ce moment, l'alarme de proximité s'est déclenchée. L'alarme de collision. Je me rappelle que le Colonel Estephan a crié quelque chose à l'intercom ; il était question d'abordage, je crois. Bruits. Explosions. Kline a repassé l'écoutille la première ; elle tenait quelque chose. Je l'ai suivie. C'est à peu près tout. Bon, alors, qu'est-ce qui s'est passé ?

Lewis détourna les yeux. *Dieu du ciel, est-ce que ses lèvres tremblent ?* se demanda Jeremy.

— J'étais dans la passerelle de commandement arrière quand c'est arrivé, essayant de maintenir les systèmes de survie en fonctionnement. Le système RCS ne fonctionnait pas, de sorte qu'Estephan n'avait aucun moyen de les éviter — mais je n'ai pas l'impression qu'ils en avaient l'intention. Nous n'avions même pas d'armes à bord...

— Bien sûr, dit carrément Jeremy. Cette mission est pacifique.

— Exact ! ricana Lewis avec dérision. Quelqu'un a oublié de prévenir les guignols qui ont fait un trou dans notre coque pressurisée et nous ont envahis comme des Marines.

Jeremy avait toujours le vertige, même si cette conversation avec Lewis améliorait un peu son état.

— Où est le colonel ? dit-il, groggy, s'asseyant et se frictionnant la tête.

Pas de réponse immédiate.

Jeremy leva les yeux.

— Le colonel est... ?

Lewis se contenta de hocher la tête.

Un frisson le parcourut, ce qui lui redonna du tonus. Maintenant, il était malheureusement bien réveillé.

— Qui d'autre ?

— Kline.

Jeremy referma les yeux, une nouvelle onde de nausée déferlant sur lui.

Lewis ne parvenait toujours pas à le regarder en face. La célèbre dame de fer semblait se désintégrer sous la dure et froide réalité qu'était devenue leur existence.

— Je l'ai trouvée — enfin, ce qui en restait — dans la soute inférieure juste avant qu'ils n'arrivent. Le Colonel Estephan a été la première — elle est partie tout de suite. Sans doute qu'elle n'aurait pas dû essayer d'utiliser le grappin comme une arme. Leffingwell et Green ont été plus malins. Ils m'ont entraînée vers l'écoutille d'accès aux quartiers d'habitation, où nous espérions nous cacher jusqu'à ce qu'ils aient quitté le vaisseau. Je suis passée la première. Quand je suis ressortie de l'autre côté, Green et Leffingwell n'étaient pas derrière moi. Ils ne sont pas là, alors je suppose qu'ils les ont eus, eux aussi.

— Qui ? murmura Jeremy, trop furieux et accablé pour émettre un autre son. *Qui* les a eus ?

— Je ne... je ne sais pas !

Le Lieutenant Elizabeth Lewis, qui n'avait jamais manifesté aucune émotion depuis trois ans qu'ils travaillaient ensemble, s'étrangla soudain, des océans de larmes lui montant aux yeux.

— Ils avaient l'air... comme nous. Ils avaient des bras et des jambes, à peu près notre taille, mais ils avaient des combinaisons pressurisées ou des armures, enfin, des trucs comme ça. Ils étaient tous décorés de symboles et de peinture de guerre. Ils étaient armés de barres, ou baguettes ou... je ne sais pas quoi ! Bon sang ! Ils ont pointé un de ces trucs sur Estephan, et elle a explosé de l'intérieur !

Lewis... La froide et insensible Lewis s'effondra soudain à côté de Jeremy, secouée de sanglots.

— Ça n'a pas de sens ! Pourquoi nous attaquer ? Nous sommes venus dans un esprit de paix ! Nous voulions simplement marcher parmi les étoiles et les toucher ! Qu'est-ce qu'ils nous veulent ? Pourquoi ont-ils fait ça ?

Jeremy lui entoura maladroitement les épaules et la serra contre lui avec raideur. L'Elizabeth Lewis qu'il connaissait n'avait rien à voir avec celle-là. Une partie de lui-même s'inquiéta, craignant que la *vraie* Elizabeth Lewis ne reparaisse soudain et ne l'engueule pour avoir osé porter la main sur un autre officier. Pourtant, rien n'était plus éloigné de son esprit en ce moment que le harcèlement sexuel. La reine de glace Elizabeth était l'une des images les plus stables de son univers. Son effondrement le perturbait — comme s'il avait vu le soleil se lever à l'ouest. Il devait faire quelque chose pour remettre le monde sur ses rails.

— D'accord, Lieutenant, je suis désolé, dit-il du ton le plus apaisant qu'il put. Je sais que ça a été dur. Mais moi, je suis juste venu en observateur, tu te souviens ? Tu m'as dit toi-même que je me sentais autant impliqué dans cette mission que ton premier époux dans votre mariage. Que j'étais là juste pour le voyage, pour tourner en rond autour de quelques planètes inconnues avec mes petits VT, en espérant ne pas en perdre trop, et pour revenir à la maison en héros. Mais le vaisseau qui nous claque dans les pattes et est arraisonné par des extraterrestres, quels qu'ils soient, ça ne figurait pas dans le contrat que j'ai signé.

Lewis le regarda en face. Il voyait toujours le ressentiment dans ses yeux. La nature de fer de la dame commençait à reprendre le dessus.

— Et si ce n'est pas dans mon contrat, poursuivit Jeremy en souriant, je suis sûr que mon avocat nous sortira de là comme personne.

Lewis le repoussa, écœurée. Elle n'était pas encore reconstruite, mais elle commençait à recoller les morceaux.

— Eh bien, *monsieur*, en attendant que vous contactiez votre avocat au téléphone, je suggère que nous essayions de nous en tirer tout seuls.

— Absolument, dit Jeremy, se levant pour la suivre. Tu as une idée de départ ?

Lewis ne parut pas l'entendre. Elle traversa la large plateforme, ses pas presque inaudibles dans ses chaussons de vol, et s'agenouilla près d'Ellerby.

— Il est... il est... bredouilla Jeremy.

— Non, il n'est pas mort, répondit Lewis sans lever la tête, sauf si on peut ronfler quand on est mort.

Péniblement, elle le roula sur le dos, scruta son large visage carré, et se mit à lui claquer doucement la joue gauche.

— Allons, mon grand. Réveille-toi. Ce n'est pas un exercice, Brick.

Jeremy vit les paupières frémir. Rassuré, il s'approcha de Marilyn Tobler qui essayait de s'asseoir sans beaucoup de résultat. Ses cheveux couleur de miel et la coupe militaire qu'elle affectionnait luisaient comme d'habitude, mais les yeux qu'ils encadraient étaient vitreux.

— Ça va, Tobler ?

Tobler se tourna vers la voix et répondit sans hésiter :

— Est-ce que je pourrais avoir le pain perdu sans sirop d'érable ou est-ce que tu préfères du ketchup ?

— Dr. Tobler ?

Griffiths s'agenouilla et la prit par les épaules, cherchant un signe de reconnaissance dans ses yeux bleu pâle. Soudain, elle braqua sur lui un regard clair.

— Capitaine Griffiths, quelle bonne surprise ! dit-elle, comme si on avait allumé un interrupteur. Que fais-tu dans la salle d'observation ?

— On dirait que notre bon docteur n'a pas les yeux en face des trous, dit Lewis, suivie d'Ellerby qui la dépassait d'une bonne tête.

— Ça ne m'a pas l'air sérieux, dit Griffiths, avec plus de conviction qu'il n'en ressentait. Ellerby, tu étais médecin auxiliaire dans l'équipe. Qu'est-ce que tu penses de son air.

— Son air, je le trouve très bien, dit nerveusement Ellerby. Mais tu voudrais peut-être une évaluation plus technique ?

— Oui, s'il te plaît ! répondit Griffiths sans le moindre humour.

Branlant du chef, il regarda Ellerby s'agenouiller près de Tobler. Et il remarqua alors que Lewis le regardait avec insistance.

— Bon, alors qu'est-ce qu'on fait maintenant ?

— J'allais justement te poser la question, dit Lewis d'une voix égale.

— Qu'est-ce que tu veux dire ?

— Qu'est-ce que tu veux qu'on fasse ? La survie me semble la première priorité. D'autre part, on pourrait tâcher d'établir le contact avec ces extraterrestres pour conclure une trêve. Il serait bon de savoir si notre astronef est toujours dans les parages et d'évaluer son état si nous espérons jamais...

— Attends, attends !

Griffiths l'arrêta de la main, exaspéré.

— Pourquoi me demandes-tu ça, au juste ?

Avec une modération louable, l'impérieuse Lewis répondit d'une voix dure comme la pierre :

— Parce que, *Capitaine*, c'est toi qui commandes cette mission maintenant. En ta qualité de plus haut gradé...

— Mais je ne veux pas être le commandant !

— Pourtant, tu l'es !

— Mais je ne veux pas l'être !

— Tu es le plus haut gradé survivant, n'est-ce pas, *Capitaine* ?

De nouveau, Lewis se croisa les bras — mauvais signe.

— Oui, mais ce n'est pas ma faute ! gémit Griffiths.

— Je te demande pardon ?

— Ecoute, dit Griffiths, la main sur le cœur, l'idée ne venait pas de moi. J'étais sur les rangs pour commander un des convois de secours pour Mars, mais il fallait être capitaine. Mon vieux a arrangé le coup, et m'a obtenu une promotion par l'amirauté. C'est juste un titre ! Il ne veut rien dire !

Lewis réfléchit quelques instants.

— Je comprends ta réticence et... est-ce que je peux parler franchement ?

Griffiths se demanda s'il lui était possible de dire non. Mais même s'il disait non, il doutait que ça change quelque chose.

— Naturellement, dit-il.

— Personnellement, je trouve que ta conduite et tes capacités de chef ne méritent pas le commandement de cette mission. Toutefois, notre entraînement au Centre de Premier Contact du Kansas prévoit qu'en cas d'urgence, l'officier le plus haut gradé doit poursuivre la mission et, si possible, ramener l'équipage sur la Terre.

— Le Centre de Premier Contact du Kansas, grimaça Griffiths, résolu à répondre à l'agressivité par l'agressivité, n'avait pas prévu l'accident de voiture qui a exclu du voyage le Capitaine Murdock la semaine dernière !

Tobler s'interposa entre eux.

— Vous allez arrêter, non ? C'est assez que nos réservations aient été annulées sans préavis sans que vous alliez encore vous chamailler pour savoir qui aura le lit à deux places !

Griffiths jeta un regard en coin à Ellerby.

— Ecoute, dit-il en haussant les épaules. Il faut patienter un peu. Je crois qu'elle a encaissé un mauvais coup sur la tête.

— Une petite mission toute simple, maugréa Griffiths. Juste une petite promenade dans la banlieue stellaire. Eh bien, le Centre du Kansas n'avait pas prévu que nos barres de plutonium allaient tout d'un coup défier les lois de la physique ! Et encore moins qu'on se ferait attaquer et presque tous tuer par une bande de chevaliers interstellaires en armures noires ! Et ce bon vieux Centre du Kansas n'avait certainement pas envisagé...

Le tonnerre soudain de mille voix emplit le vaste espace d'un unique accord dissonant.

Les astronautes sursautèrent.

Un second accord résonna dans l'immense salle. Puis un troisième. Bientôt, à travers les vibrations de son crâne, Griffiths identifia une séquence de sons successifs, tous émanant du même chœur invisible et lointain. Les larges lignes gravées sur la plate-forme où ils se trouvaient se mirent à briller, le motif maintenant plus prononcé. La psalmodie atteignit une fréquence fiévreuse ; la colonne sous les astronautes se mit à vibrer au rythme des sons qui la bombardaient.

Griffiths, qui s'efforçait de ne pas tomber, vit soudain le sol se dissoudre en rayons lumineux perçant la brume au-dessus de leurs têtes et illuminant brillamment la salle. Oublieux du gouffre béant derrière eux, Griffiths et ses compagnons reculèrent de plusieurs pas.

Les colonnes lumineuses explosèrent en éclats scintillants accompagnés de coups de tonnerre. Une lumière rouge sang emplit soudain tout l'espace autour d'eux.

Griffiths leva les yeux.

Le corps musclé, couvert d'écailles rouge feu, faisait au moins deux cents pieds de haut. L'énorme tête semblait humanoïde, mais était couronnée de trois paires de cornes enflammées. Ses yeux blancs n'avaient pas de pupilles et leur regard était insoutenable. Six tentacules s'irradiaient à partir de son corps, chacun terminé par trois serres entre lesquelles flamboyaient des éclairs.

— ARACH CHU KATHCHAK NERUTH DEGH !

La voix, annonciatrice de malheur, faisait vibrer tous leurs os.

Ce voyage virait vraiment à la catastrophe.

— Tu disais, Capitaine ? murmura Lewis frappée de crainte révérencielle.

Griffiths déglutit avec effort, espérant retrouver sa voix.

— Nous ne sommes plus au Kansas, c'est maintenant une certitude.

Chapitre 10

MORT INCERTAINE

— Par tous les enfers, qu'est-ce que...

Le murmure de Lewis pénétra à peine l'esprit de Griffiths. L'immense monstre qui les dominait de très haut abaissa les yeux sur eux et éclata de rire. C'était un son affreux annonciateur de mort, et la mort de toutes choses était personnifiée dans ce démon scintillant et hideux. Il replia ses tentacules sur son torse, tandis que des ondes de chaleur brouillaient les lignes de ses formes en courbes oscillantes. C'était une vison impossible, rendue d'autant plus impossible par sa propre réalité.

— Capitaine !

Griffiths cligna des yeux.

— Capitaine !

Une voix — la voix d'Ellerby.

— Oui ? dit-il, reconnaissant à peine le son de sa propre voix.

— Capitaine, qu'est-ce qu'on fait ?

Ellerby semblait au bord de la panique.

Griffiths secoua la tête et battit des paupières, comme pour s'éclaircir la vue et pour concilier ce qu'il croyait avec ce qu'il voyait. Il pensa à tout l'entraînement qu'ils avaient subi ces dernières années. A toutes les éventualités et procédures destinées à les aider en cas de crise.

— ARACH CHU MENDRAL'TSAK KONDRUTH DEGHA ! tonna sur eux la monstrueuse apparition, agitant ses tentacules sur un rythme musical.

Griffiths secoua soudain la stupeur qui le paralysait. Quelqu'un devait faire quelque chose, et, à contrecœur, il réalisa que ce devait être lui.

Il s'avança, levant les bras au-dessus de sa tête.

— Salut ! Nous, hommes de la planète Terre, nous apportons un message de fraternité à nos frères par-delà les ténèbres de l'espace. Nous venons en paix et souhaitons seulement...

Le monstre rejeta la tête en arrière et se mit à hurler. Ses cris se répercutèrent sur les lointaines colonnes et firent vibrer l'air autour d'eux.

— GNUSTAKTA BEHRO THURUMKAR ELSTI NARAGANTHA BEGHAHAN ! hurla la voix.

Griffiths recula jusqu'à ce qu'il se cogne dans Lewis et Ellerby.

— Euh... on dirait qu'on a un problème de communication... et je crois que je ne lui plais pas beaucoup.

— En tout cas, dit Ellerby, prenant une inspiration saccadée et montrant les pieds du monstre, je crois qu'une chose est claire.

La psalmodie avait repris autour d'eux, mais Jeremy le remarqua à peine. Ses yeux suivirent le doigt d'Ellerby et il se pétrifia.

Un autel dégoulinant de sang s'élevait aux pieds de la créature.

— Ce n'est pas possible !

Lewis tremblait — de peur, de dégoût ou d'indignation, Griffiths ne savait pas.

Il se tourna vers le groupe et dit tout à trac :

— Le premier contact avec une civilisation extraterrestre devra attendre la prochaine fois. Il faut nous tirer en vitesse ! Des idées ?

Ellerby lança un regard de côté. Quatre silhouettes en armures étaient apparues au bord de leur plate-forme et avançaient lentement vers eux, leurs capes noires flottant au vent qui balayait maintenant la salle. Elles tenaient toutes ces terribles barres qui avaient décimé l'équipage et qui étaient maintenant pointées sur leur petit groupe.

— En vitesse, en effet, Capitaine !

— Tobler ? dit Griffiths, se tournant vers la géologue. Tu peux te battre ?

— Oui, Capitaine ! répondit-elle, les yeux un peu trop brillants au goût de Griffiths. Amène-les, et je les combattrai tous les huit !

— Un seul suffira, et il faudra filer ventre à terre. Peut-être par un de ces ponts...

— Lequel ? dit Tobler, un rien hystérique.

— Je ne sais pas, bon sang ! dit sèchement Griffiths.

Les gardes en armures écarlate étaient presque sur eux.

— Le pont derrière moi ! Exécution !

Ellerby pivota brusquement. Le garde abaissa son arme, mais il ne fut pas assez rapide. Ellerby saisit la barre avant qu'elle n'arrive à l'horizontale et, d'une torsion, l'arracha à son assaillant, lequel la tenait si fort qu'il en fut déséquilibré et tomba. Son armure rouge et luisante cliqueta sur le sol.

Jeremy pivota vers le garde le plus proche, et s'accroupit pour bondir sur son arme. Mais Lewis avait été plus prompte à l'attaque — Jeremy se souvint en un éclair qu'elle avait été MP précédemment dans sa carrière. D'un grand mouvement tournant, elle expédia son pied dans le casque de son attaquant, le détachant de ses épaules. Jeremy vit brièvement un flot de sang brunâtre s'en échapper avant que le pied de Lewis, terminant son mouvement, ne le frappe en pleine poitrine. Il tomba sur le dos, souffle coupé.

A travers le vertige et la douleur, Jeremy leva les yeux. Tobler se colletait avec un autre garde, chacun tirant sur l'arme, et chacun bien résolu à ne pas la lâcher.

— Désolée ! cria Lewis à Jeremy, se tournant vers un autre garde et se lançant dans une prise de judo qui semblait vouloir se terminer dans la direction approximative de Griffiths.

Ellerby abattit la barre dont il s'était saisi sur le casque du soldat tombé à terre. Le coup fit résonner l'armure, mais sans grand résultat par ailleurs. Maintenant, Ellerby inspectait fiévreusement la barre à la recherche d'un mécanisme d'armement quelconque. Jeremy, toujours sur le dos, sentit les vibrations des pas d'autres gardes se ruant vers eux des bords de la plate-forme.

Mais à l'arrière-plan de sa vision demeurait la forme hurlante du démon. La rage convulsait son front encorné ; ses yeux flamboyaient d'une lumière inimaginable. Des vagues de chaleur émanaient de son corps massif. Il leva ses tentacules, leurs griffes lançant des éclairs. Ses hurlements ébranlaient la salle.

Son regard terrible s'arrêta sur Griffiths.

— Oh là, là ! murmura-t-il.

L'énorme démon sourit à l'astronaute tombé. Ses vociférations étaient parfaitement incompréhensibles pour Jeremy, mais leur sens était assez clair. Quelque chose comme « tu es à moi » ou « miam-miam ».

Soudain, les gardes levèrent les yeux et s'enfuirent. Le démon ouvrit toute grande sa gueule, les enserra dans ses tentacules. Ils n'avaient aucune issue. Ellerby jura, maudissant son arme inutile. Lewis était toujours en posture de combat, mais il n'y avait plus personne à combattre. L'énorme tête s'inclina vers eux, tandis que les tentacules se recroquevillaient sur eux-mêmes, les griffes se tendant sans conviction vers Griffiths. L'odeur d'ozone qui en émanait lui piqua les narines.

Soudain, un éclair accompagné de fumée fulgura près de Jeremy, l'aveuglant un instant. L'instant suivant, un magicien en robe longue se dressait près de lui.

Jeremy cligna les yeux, pensant avoir perdu l'esprit.

La magicien était grand et mince. Sa barbe cascadait sur sa poitrine en douces ondulations. Trois globes luisants orbitaient autour de sa tête, émettant une lumière opaline. Il pointa son grand nez sur la bête monstrueuse, levant les bras en un geste de défi.

Le démon fronça les sourcils, le ravissement rieur provoqué par ses captifs faisait place à la frustration outragée. Les tentacules se soulevèrent brusquement, dardés vers le magicien, lançant des étincelles. Jeremy se recroquevilla en l'attente du coup, se cachant les yeux.

Un bourdonnement grave, davantage senti qu'entendu, résonnait autour de lui. Jeremy ouvrit les yeux.

Un dôme de lumière bleue, scintillant comme un lac tranquille, recouvrait le magicien, et, heureusement, Jeremy et le reste de l'équipage. Le démon hurlait, lançant ses tentacules contre le dôme où ils rebondissaient, sans autre effet que d'accroître le bourdonnement. Au milieu de tout ça, le magicien levait les mains, comme pour maintenir le dôme en place.

La voix de Lewis flotta jusqu'aux oreilles de Jeremy.

— Tout ça ne peut pas... ne peut pas être réel...

Jeremy se releva. Il jeta un coup d'œil vers Tobler.

Avant ça, elle avait un peu meilleure mine, mais maintenant, il ne répondait plus de rien. Elle avait pâli lors des derniers événements. Ils étaient tous préparés à s'échapper ou à mourir. A l'exception du Dr. Tobler, c'était tous des militaires. Le combat, ils comprenaient, la mort, ils l'avaient déjà affrontée. Mais être soudain sauvés par un vieillard foldingue en robe de magicien, c'était trop.

Griffiths se déplaça pour mieux dévisager leur sauveur. Le vieillard le regarda et sourit ; Jeremy vit qu'il suait abondamment. Le vieillard leva alors son visage vers le démon rageur.

— *Nexathin merdik urathankatsar deghn-urakh !* cria-t-il au démon.

Jeremy leva les yeux. Le démon ne semblait guère se soucier de ce qu'avait dit le vieillard. Il se cabra, des flammes jaillissant soudain du bout de ses tentacules et de son pectoral.

— Euh, monsieur, dit Jeremy au magicien, tu n'as pas l'air d'arranger les choses...

Soit en réponse aux paroles de Jeremy, soit pour toute autre raison, le magicien abaissa une main et fit un mouvement circulaire en direction du sol. Immédiatement, un anneau luisant rempli de ténèbres apparut dans le métal de la plate-forme, des étincelles dansant sur ses bords.

Le magicien pointa le doigt sur Jeremy, puis sur le cercle. Ellerby vit son geste.

— Tu ne penses pas sérieusement à sauter là-dedans, non ?

Jeremy se tourna vers Ellerby, qui était gigantesque pour un astronaute, avec ses six pieds de haut et sa large carrure. Les directeurs de la mission devaient avoir eu des raisons impérieuses pour gaspiller tant de poids en sa faveur. Et pourtant ce costaud tremblait comme une feuille. *Bon sang, c'est un miracle que je ne sois pas réduit à l'état de légume, moi aussi*, pensa Jeremy. *Est-ce que ça va finir ? Est-ce que je vais me réveiller dans mon lit ?*

— Le vieux magicien a dit « saute dans le tunnel magique, Alice ! ».

— Pas question que je saute là-dedans, dit Tobler, dont le regard était redevenu normal. Où est-ce que ça conduit ? A une espèce d'espace parallèle ? On ne sait même pas si on survivrait à la traversée...

Le démon se mit à frapper contre le dôme, lui arrachant des éclairs à chaque coup. Le vieillard tremblait à chaque impact. Il jeta un coup d'œil vers Jeremy, lui montrant d'un geste irrité l'ouverture luisante qu'il était impossible de regarder directement.

— On peut rester là jusqu'à ce que le vieux ait mal aux bras, et essayer de convaincre ce souriant suppôt de l'enfer de ne pas nous bouffer, ou on peut essayer de trouver le lapin blanc ! hurla Jeremy.

Le magicien tomba sur un genou. Le dôme bleu vacilla. Jeremy sauta.

— Dégage !

— Arrête de pousser. Je fais aussi vite que je peux. Dis à Ellerby de dégager !

— Désolé, dit le costaud en roulant à l'écart de la pile. On m'a atterri dessus aussi, n'oublie pas !

— Leçon numéro un, Alice : ne jamais sauter le premier dans un trou, marmonna Jeremy, s'efforçant de retrouver son souffle sous ses compagnons.

Il se demanda pourquoi il passait ce cauchemar couché soit sur le dos, soit face contre terre. Finalement, il sentit la pression diminuer, et il se mit à genoux, respirant à grandes goulées.

— Où on est, merde ? cria-t-il.

Ils étaient en plein chaos. Le « trou » — ou ce que le vieux magicien avait fait pour eux — les avait déposés en tas sans cérémonie au milieu de ce qui semblait être une grande artère. D'élégants édifices aux gracieuses tours d'une minceur irréelle pointant vers un ciel brillant de mosaïque bordaient la rue. Mais ils n'eurent guère le temps d'admirer l'architecture, car des silhouettes en robes blanches à capuchon s'étaient mises à hurler à leur apparition et se débandaient dans toutes les directions.

— Hé, Capitaine, cria Tobler par-dessus le bruit de la foule, le vieux est venu avec nous.

Griffiths se retourna. Assise au milieu de la rue, Tobler berçait sur ses genoux la tête du vieux magicien. Il avait l'air encore plus frêle qu'avant, si c'était possible, et il n'avait plus du tout de couleurs.

— Ellerby ! cria Griffiths par-dessus le tapage, se dirigeant vivement vers le vieillard. Tu veux jeter un coup d'œil...

— Ouais ! Compris ! hurla Ellerby en réponse, s'agenouillant près du vieillard.

Il tira sa minitrousse d'une poche latérale et se mit à examiner le magicien.

— Il n'a pas l'air en forme, Capitaine.

A l'écart du groupe, Lewis observait les lieux et la foule avec méfiance.

— Capitaine, on est vulnérables ici. Il faut d'abord trouver un endroit plus sûr, puis essayer de comprendre.

Griffiths se releva.

— Tu as raison. Tu crois qu'il nous a menés loin, ce trou ? dit-il s'efforçant de réfléchir tout en parlant.

— Pas assez loin, en tout cas ! dit Lewis sans tourner la tête. Regarde !

Tout au bout de l'avenue, Jeremy vit les silhouettes très reconnaissables des chevaliers en armures rouges, qui semblaient chevaucher des espèces d'hippocampes en chrome. Les barres qu'ils avaient à la main lui parurent plus longues que tout à l'heure.

Et ils chargeaient dans leur direction.

Jeremy se tourna vivement vers le magicien. Il avait ouvert les yeux, mais semblait avoir du mal à accommoder. Les globes luminescents tournaient lentement au-dessus de lui. Jeremy se pencha, et, d'un seul mouvement, le prit dans ses bras et le releva.

— Par où, vieillard ? cria-t-il.

Le magicien le regarda sans répondre.

— Bon sang !

Jeremy se mit à courir avec le vieillard dans les bras, suivi des autres Terriens. Il plongea dans une ruelle entre les maisons. Elle était d'une propreté désolante. Jeremy avait l'habitude des rues si pleines d'ordures et de rebut que n'importe qui pouvait y trouver une bonne cachette. La simplicité biblique de l'endroit commençait à le contrarier.

Ils tournèrent dans trois autres rues, toujours poursuivis par le bruit des montures. Soudain, le vieillard poussa un cri et se mit à marteler la poitrine de Jeremy de sa main libre.

Jeremy s'arrêta. Le magicien agita les jambes pour les dégager, mais continua à tenir fermement Jeremy par les épaules. Haletant, il prit la tête de Jeremy dans ses deux mains et le baisa au front.

Les yeux de Jeremy se dilatèrent.

L'homme s'avachit dans ses bras. Jeremy le posa doucement par terre.

— Oh, Seigneur, il est mort ! gémit Tobler.

— Quoi ! s'exclama Lewis. Ce vieux met en rogne le dieu local de cet endroit infernal, et il ne trouve rien de mieux que de nous claquer dans les pattes ! Maintenant, qu'est-ce qu'on fait ?

Les globes luisants dérivèrent lentement au-dessus de Jeremy, puis virèrent dans une ruelle sur leur droite.

— Suivez-les ! cria Jeremy.

— Pourquoi ? répondit Lewis, incrédule. Le vieux schnock était le seul à savoir où on allait.

— Exact ! dit Jeremy d'une voix égale. Et maintenant, je le sais aussi !

Chapitre 11

UNE DEMI-VIE D'INFORMATIONS

— Les Chevaliers-Concepts d'Irindris ne savent pas traquer en vol les dragons de phase, dit Jeremy en courant dans les rues. Une fois qu'on aura rejoint le vaisseau du *Vestis*, nous pourrons sortir de la cité nomade.

Lewis, qui trottait derrière lui, cligna des yeux à ces paroles.

— Qu'est-ce que tu radotes, bon sang ?

— Tout ça, dit-il en s'introduisant dans un étroit conduit sur sa gauche, fait partie des cités interstellaires des Irindris. Ce sont des nomades qui voyagent parmi les étoiles à la recherche des anciens artefacts et des connaissances perdus à l'époque du Grand Effondrement, il y a environ mille ans. Ce ne ont même pas eux qui ont construit ces cités — les Irindris les ont découvertes flottant à la dérive près de leur monde natal à deux pas de l'Empire de Fenadon, il y a une centaine d'années. Ils interprétèrent l'arrivée de ces grosses masses comme un événement religieux qui envoya toute leur société dans les étoiles.

Lewis jeta un regard en coin à Ellerby, qui essayait de rester à leur niveau mais qui s'essoufflait un peu. Il se contenta de hausser les épaules, et de vriller l'index sur sa tempe pour traduire l'opinion qu'il avait de leur capitaine.

Le conduit se termina brusquement. Devant eux, un mur qui semblait bien en métal massif. Jeremy ne se tut pas pour autant.

— En fait, ils sont assez serviables si on sait comment communiquer avec eux et si on ne tombe pas au milieu de leurs cérémonies religieuses.

Il tendit le bras, pressa sa paume contre un panneau, en

homme qui connaît l'antique cité comme sa poche. Le panneau fondit, révélant un puits vertical.

— Malheureusement, leur panthéon est assez déconcertant — lié qu'il est dans leur esprit collectif à leur mythologie, qui exige de sacrifier quiconque possède les connaissances dont ils ont besoin pour leur dieu Gnuktikut, Dévoreur de Cerveaux.

Jeremy balança les jambes dans le puits et posa un pied sur le premier des échelons scellés dans la paroi.

Ses trois compagnons, debout au-dessus du trou, le regardaient.

— C'est vraiment très simple une fois qu'on a compris.

Il sourit. Puis des doutes assombrirent un instant son visage ; il secoua la tête et se remit à sourire avant de disparaître dans le puits.

Lewis se tourna vers Tobler.

— Comment te sens-tu ?

— Désorientée... comme si je n'avais pas pu poser les pieds par terre depuis l'attaque de l'*Archilus*, dit Tobler, plus pour elle-même que pour répondre à la question.

Elle secoua lentement la tête.

— Mais je ne pense pas souffrir d'aucune incapacité ou aliénation mentales, si c'est ce qui t'inquiète. Et certainement pas de la même ampleur que les problèmes qu'a l'air d'avoir le capitaine...

— Grouillez-vous, là-haut ! cria Griffiths du fond du puits. On n'a pas beaucoup de temps avant que les Chevaliers-Concepts réalisent où on se trouve !

Tobler se pencha sur le trou et cria :

— Une minute, on arrive.

Elle s'introduisit dans le puits juste comme Lewis la rattrapait par l'épaule.

— Il est fou, Tobler ! On ne peut pas le suivre !

Tobler la regarda dans les yeux.

— Montre-moi ici quelque chose de plus sensé que le Capitaine Griffiths et je ferai autre chose.

Sur quoi, elle disparut dans le puits.

— Après vous, Lieutenant, dit Ellerby, avec un geste d'une galanterie exagérée. Jouons le jeu jusqu'à ce qu'on trouve quelque chose de mieux.

Le puits se terminait devant le hublot d'une allée de maintenance, du moins le sembla-t-il à Lewis quand ils y entrèrent enfin. Ils étaient passés par différents puits, couloirs et tunnels toujours en descendant. Ce n'était pas une direction qui lui plaisait. Pourtant, réalisa-t-elle, se plaquant contre le mur de ce qu'elle reconnut comme une porte de sortie, aucune direction ne lui plaisait. Depuis trois ans, elle avait été entraînée pour une mission et une seule. Maintenant, tout s'était évanoui comme rosée au soleil. Elle n'était pas seulement déprimée par l'échec de leur mission — et elle considérait que c'était un échec, parce que, s'il y avait dehors une galaxie grouillante de vie, elle aurait préféré l'affronter à ses propres termes — mais aussi par le simple fait qu'elle ne contrôlait plus sa destinée. Non qu'elle se considérât comme une tête brûlée ou quelque chose dans ce genre — elle avait toujours bien travaillé en équipe. Non, c'est qu'il n'y avait plus d'équipe, plus de direction, plus d'objectif défini à atteindre. Sans point de départ évident, sans savoir où elle était, et sans objectif en tête, elle se sentait perdue, à la dérive dans un océan de chaos et d'indécision. Elle dissipait sa frustration dans la colère, et la colère — tout au moins pour Elizabeth Lewis — était une force qu'elle pouvait transformer en outil formidable.

Ellerby était debout en face d'elle. Il transpirait de fatigue, et le stress commençait à se faire sentir. Lewis avait appris à en détecter les indices pendant la campagne martienne de '24. Avec assez de pression, même les meilleurs pouvaient craquer — et c'était les durs et les inflexibles qui craquaient les premiers. Ellerby était le meilleur dans son travail, mais quand tout se désintégrait autour de lui, il fallait sans doute garder l'œil sur lui. Il avait laissé une femme sur la Terre, et dans les conversations avant le lancement, revenait souvent la question de savoir si Alyson était enceinte ou non. La situation actuelle était assez mauvaise sans ce genre de préoccupation.

Marilyn Tobler était une inconnue pour Lewis. Elle n'avait pas fait son entraînement avec les autres, et ne le avait rejoints qu'un mois avant le départ, pour lui permettre de s'intégrer au reste de l'équipage. Son titre officiel était spécialiste en géologie — mais Elizabeth ne le croyait pas une seconde. Elle soupçonnait que le bon docteur avait été entraîné à autre chose qu'à classer les cailloux.

De l'autre côté, il y avait le Capitaine Jeremy Griffiths — et en ce qui concernait Lewis, le commandant malgré lui venait de plonger dans une piscine à sec. Dès que la situation serait clarifiée, pensa Lewis, dès qu'elle la maîtriserait un peu — elle serait peut-être obligée de liquider le bon capitaine elle-même.

Jeremy les regarda les uns après les autres.

— Le vaisseau du *Vestis* est dans le hangar juste passé cette porte. Il y a peut-être des gardes postés derrière. Alors... euh... qu'est-ce que vous proposez ?

— Ce qu'on propose, *nous* ? dit Ellerby, sidéré. C'est toi le mec qui connaît tout d'un coup le plan des lieux ! C'est toi qui nous racontes des histoires à dormir debout en te précipitant derrière la boule de cristal de Madame Olga ! C'est à *toi* de *nous* le dire, O Capitaine Vénéré !

— Parfait, dit sèchement Griffiths. Alors, écoutez bien. On fonce droit sur le sas arrière du vaisseau. C'est à peu près à deux cents mètres. Le quai est couvert de fret et d'antiquités, alors les cachettes ne manqueront pas s'il y a quelqu'un. Vous avez toujours le bruk ?

Ellerby se hérissa.

— Le quoi ?

— Le bruk — cette espèce de barre que tu as prise au garde, dit Griffiths d'un ton impatienté.

Il tendit la main et prit la barre creuse au grand lieutenant.

— Il a l'air complètement chargé ; ça signifie que tu as vingt-six coups à tirer avant qu'il ne soit vide et ait besoin de repos.

— Besoin de *repos* ?

Jeremy hocha la tête.

— Les bruks sont des créatures vivantes dont l'existence participe du domaine mystico-spiritualiste, qui leur confère leur pouvoir destructeur.

— Oh ! non, il ne va pas recommencer ! gémit Tobler.

— De sorte qu'ils ne peuvent servir qu'un nombre de fois déterminé avant d'être obligés de récupérer... Dites donc, où est le problème ?

Lewis considéra Griffiths. Oui, dut-elle s'avouer, c'était bien le même imbécile paresseux qu'elle en était venue à bien connaître et qu'elle exécrait. Elle n'avait pas été impressionnée par ses performances au cours des rares séances d'entraînement qui réunissaient l'équipe principale et l'équipe de remplaçants en un même lieu et au même moment. Et cette opinion s'était encore confirmée après sa soudaine promotion dans l'équipe principale, consécutive à ce regrettable accident d'aérocar du Capitaine Murdock, et la fréquentation quotidienne qui en était résultée. Comment était-il monté si haut, c'était pour elle un mystère. Non, décida-t-elle, il débitait des idioties, mais il n'était sans doute pas fou — enfin, pas plus fou que d'habitude. Il y avait autre chose.

— Il n'y a pas de problème, s'entendit-elle déclarer. Dis-nous plutôt comment fonctionne ce bruk.

— Eh bien, comme je viens de vous le dire, c'est une entité vivante dont la force vitale réside partiellement dans un autre univers...

— Non, dit Lewis, le fixant avec insistance, dans l'espoir d'attirer son attention.

Elle poursuivit, lui parlant comme à un enfant :

— Comment on lui fait faire *boum-boum* pour faire bobo aux méchants chevaliers mentaux ?

— Chevaliers-Concepts, rectifia-t-il avec aplomb. Ils sont appelés Chevaliers-Concepts — ou du moins c'est ainsi que nous les appelons.

Un léger trouble passa sur son visage, comme s'il avait du mal à se rappeler quelque chose.

— Enfin, je crois.

Lewis lui arracha le bruk et lui en tapota la tête.

— Comment faire *boum* ? insista-t-elle.

Le capitaine haussa les épaules.

— Tu le prends par le bout, en mettant la main gauche sur les indentations de la barre. Le haut du bruk se mettra à luire doucement — indiquant qu'il est chargé. Puis tu regardes la cible et tu serres le tube de la main droite.

Lewis tendit la barre à Ellerby qui, après le discours sur l'entité vivante, semblait hésiter à la reprendre.

— On ne vise pas — on regarde, c'est tout ? dit-il d'un ton dubitatif.

— Enfin, il faut quand même le pointer dans la direction approximative de la cible, mais on ne vise pas à proprement parler.

Griffiths sourit, un peu embarrassé.

— Ecoutez, je sais que vous avez des tas de questions, et, croyez-moi, personne n'en a plus que moi — mais ce n'est pas le moment d'en parler. Quand nous serons à bord du vaisseau du *Vestis*, et hors d'atteinte des Irindris, nous pourrons faire le point sur la situation, mais pour le moment, il faut sortir d'ici car nos vies en dépendent. Le vieux de tout à l'heure était spécialement venu pour nous parler — ne me demandez pas comment je le sais — et il est mort en essayant de nous sauver. Nous sommes importants pour eux — qui que soient ces « eux » — et je ne sais absolument pas pourquoi. De toute façon, nous en avons déjà appris davantage sur les étoiles que nous ne l'avions jamais rêvé. Vous imaginez ce qu'ils diront de nos rapports, au débriefing ? Ils espèrent que nous rentrerons avec des micro-organismes, et on leur annoncera des contacts avec des extraterrestres.

Lewis sourit malgré elle.

— Ce serait vraiment quelque chose, hein ?

— Bon, dit Griffiths, rajustant son uniforme pour se donner davantage l'air d'un chef, si on essayait de sortir d'ici pour rentrer à la maison ? Prêt, Ellerby ?

Ellerby grimaça, mais serra le bruk avec force. Le bout se mit à luire.

— J'aurais préféré tirer quelques coups d'essai avant !

— Désolé, pas d'essai sur le terrain, dit Jeremy, levant la main pour presser le panneau d'ouverture de la porte. Il est temps de courir à nos bases.

Lewis était une fan de base-ball, et ce discours ne lui plaisait pas du tout.

— Bon, finissons-en.

Le panneau glissa avec un soupir pneumatique tandis que la pression s'équilibrait entre le réduit où ils se trouvaient et la salle s'étendant au-delà. Griffiths et Ellerby bondirent dans l'ouverture. Lewis regarda Tobler, lui fit signe de passer, puis la suivit.

La salle était d'une grandeur inimaginable. Les arches du plafond semblaient s'incurver à mille pieds au-dessus de leurs têtes et le plus grand côté ne devait pas faire moins d'un mile. Les distances avaient de quoi faire hésiter, se dit Griffiths en entrant. Il s'accroupit vivement derrière de grands conteneurs tout proches et inspecta les docks alignés devant lui. Il sentit que le reste de son équipage — bizarre, de penser à eux comme à *son* équipage — l'avait suivi et s'était caché comme lui derrière ce qu'il savait être des conteneurs remplis de textiles pour l'exportation.

Des textiles pour l'exportation ? Il réalisa soudain qu'il lisait et comprenait les caractères alambiqués inscrits sur les conteneurs.

Bon sang, qu'est-ce qui se passe dans ma tête ? se dit-il. Pensée immédiatement suivie de : *Si mon esprit est capable de douter de sa raison, cela signifie-t-il que je ne suis pas fou ?* Sa conversation avec lui-même semblait tourner en rond. Il y réfléchirait plus tard, décida-t-il. Fou ou non, il était encore en vie, mais il savait que ça ne durerait pas longtemps s'il ne rejoignait pas, avec ses compagnons, le vaisseau du *Vestis*, et vite.

Il jeta un coup d'œil au-delà du conteneur. Plusieurs candidats possibles flottaient à leurs appontements le long des quais. Les vaisseaux revêtaient toutes les formes, de la caisse métallique jusqu'au monstre à l'anatomie grotesque. La plupart étaient des Behémoths qui s'élevaient très haut à la verticale et descendaient très loin au-dessous du quai. Au-dessous d'eux scintillait une mer de lumières vertes à travers laquelle il voyait les étoiles. Aucun de ces bizarres vaisseaux ne retint son attention, jusqu'au moment où il remarqua ce qui lui parut d'abord un espace vide entre deux monstres.

— Le voilà, dit-il en un souffle à ses compagnons. C'est le *Brishan* ! Notre billet de sortie.

— Où ? Lequel ? siffla Lewis en se rapprochant de lui. Ils sont énormes, Griffiths ! Tu ne peux pas proposer sérieusement de nous évader dans un immense...

— Non, dit Griffiths, secouant vivement la tête. Pas les grands. Le petit. Là — entre ce gros rafiot rouillé et le grand couvert de fourrure.

Lewis secoua la tête.

— C'est trop loin, Griffiths ! On n'y arrivera jamais !

— Ça ne fait pas plus de deux cents mètres, dit Griffiths, sans beaucoup de conviction.

— Quatre cents au moins, et plus de près de cinq cents.

— Non, je ne crois pas que ce soit si loin ; on peut y arriver.

— Peuh !

— Assez de questions, Lewis ! C'est notre dernière chance, et on va la saisir !

Soudain, Lewis se mit à lui tirer la manche avec insistance.

— Griffiths !

— Quoi encore ? dit-il, se tournant vers elle avec colère.

Elle fixait quelque chose derrière lui, levant les mains et se remettant sur ses pieds.

Griffiths pivota brusquement. Les autres se relevaient lentement. Derrière eux, deux rangées de Chevaliers-Concepts, leurs bruks pointés sur les humains, et, Griffiths en était sûr, leurs yeux braqués sur eux avec des intentions meurtrières.

Griffiths soupira et commença à se lever.

Soudain, un mur de flammes bleues surgit devant les Chevaliers-Concepts, immédiatement suivi de hurlements. Ellerby, le plus proche des chevaliers, tomba soudain à la renverse, s'éloignant des flammes et se rapprochant de Griffiths qui, en état de choc, trébucha contre un conteneur et s'affala de tout son long. Lewis se protégea instinctivement le visage des flammes. Quand Griffiths tourna la tête dans sa direction, il vit ses yeux dilatés par la peur et l'adrénaline.

Tobler, où est Tobler ? pensa Griffiths.

Soudain, il la vit, silhouettée contre les flammes. Elle avait saisi le bruk d'Ellerby après sa chute, et, accroupie, la tête renversée en arrière, elle dirigeait son arme vers le haut.

Griffiths leva les yeux, suivant le regard de la géologue.

Une plate-forme circulaire de dix pieds de diamètre flottait à quelques pieds de leurs têtes. La plate-forme elle-même semblait silencieuse, mais c'était difficile à dire dans le tintamarre soudain qui émanait d'un unique individu debout sur ladite plate-forme. Individu difficile à distinguer derrière l'aveuglante colonne de lumière bleue jaillissant de ses mains en coupe. La colonne bougea sous la direction de l'individu, passant d'un Chevalier-Concept à l'autre, chaque armure explosant en un éclair écarlate sous la force du rayon.

Réveille-toi, s'il te plaît, se suppliait Griffiths sans discontinuer. *Réveille-toi, s'il te plaît...*

Sous ses yeux, la plate-forme glissa soudain de côté, tournant autour de quelque axe inexplicable à hauteur de taille de son conducteur. La plate-forme, maintenant perpendiculaire, tourna une fois sur elle-même, son conducteur vêtu de noir et coiffé d'un capuchon scrutant rapidement les lieux. Puis l'étrange disque effectua une nouvelle rotation pour se remettre parallèle au sol, et descendit soudain pour se poser au milieu des rescapés de l'*Archilus*.

L'individu rabattit sa capuche en arrière.

Sur la plate-forme, se dressait maintenant une femme vêtue de ce qui semblait être une combinaison de vol noire, les bras ballant aux côtés. De doux cheveux couleur de miel cascadèrent hors de la capuche, mais ce fut le visage qui fascina Griffiths : un ovale parfait, une peau satinée, des lèvres pulpeuses et boudeuses, et des yeux — des yeux froids et profonds comme la nuit interstellaire. C'était la beauté, la puissance, le jugement, sans aucune trace de compassion ni de chaleur. Griffiths trouva ce regard à la fois irrésistible et terrifiant.

Il prit une profonde inspiration.

— *Vestis ?* dit-il, tendant la main, paume ouverte.

La femme de pierre cilla.

— *Vestis ituro*, dit-elle, inclinant légèrement la tête en se touchant le front du bout des doigts, mais sans le quitter des yeux.

Puis, à son tour, elle lui tendit la main, paume ouverte.

— *Etis quono pas ?*

Le capitaine sourit.

— Griffiths, dit-il. Je m'appelle Griffiths.

La femme ne lui rendit pas son sourire, mais l'intensité de son regard s'accusa. Elle tendit vivement quatre doigts vers Griffiths, puis décrivit un arc de son bras.

— Désolé, dit Griffiths, secouant la tête tout en tendant les deux mains, paumes ouvertes. Je ne comprends pas.

La femme grimaça, l'air impatienté. Vivement, elle releva la main, un seul doigt tendu cette fois. Puis, déplaçant son bras vers Lewis, elle tendit un autre doigt.

— Ah, j'y suis ! On est quatre.

Griffiths hocha la tête.

— Oui, on est quatre.

Super, se dit-il. *Nous voilà en plein cauchemar, et tout ce que je peux faire, c'est jouer aux devinettes avec cette Glinda.*

— Capitaine ! cria Ellerby, à la fois proche et lointain, tandis qu'il se concentrait. Je ne sais pas ce que tu fais, mais tu ferais bien de te grouiller !

De nouveau, la femme leva quatre doigts puis montra la plate-forme.

— Quatre, marmonna Griffiths. Tous les quatre, tu veux qu'on fasse quoi ?

Quatre mots. Premier mot ? Quatre syllabes ?

Soudain, une volée d'éclairs passa au-dessus de sa tête. Chaque paquet d'énergie heurtait un dôme invisible couvrant la femme qui flottait au-dessus de lui. Instinctivement, la femme tressaillait sous les impacts, la force de chaque éclair explosant sur le boucliers en gerbes d'étincelles multicolores.

Griffiths se retourna. Les éclairs semblaient tirés par une nouvelle phalange de Chevaliers-Concepts, entrés par le portail principal, à une cinquantaine de mètres de leur position. Les chevaliers chargeaient, bruk au poing, et, Griffiths le savait, les armes se rechargeaient pendant que les chevaliers se rapprochaient.

Quelqu'un lui saisit le bras, et le fit pivoter sur lui-même. Encore cette femme ! Il se retrouva aussitôt nez à nez avec elle. Elle le gratifia d'un regard de frustration avant d'en arriver apparemment à la conclusion de leurs tentatives de communication.

Elle l'attrapa sans cérémonie et le jeta en l'air.

Griffiths s'envola, agitant les bras et les jambes, dans une gravité constante, qui finit par le projeter à plat dos sur la large plate-forme volante de la femme. Ses poumons se vidèrent douloureusement sous le choc. Il suffoquait.

Apparemment, Lewis comprit l'allusion.

— Tous sur la plate-forme ! Suivez le chef !

Griffiths, toujours affalé de tout son long, se demanda vaguement de qui elle parlait.

Chapitre 12

DISSONANCE

Jeremy Griffiths, tu es fou.

Telle était la pensée qui flottait dans sa tête. Il était parfaitement d'accord pour le croire. En tout cas, c'était plus facile que d'accepter la réalité des événements récents. Pourquoi ne serait-il pas fou ? Tout ce qu'il se rappelait n'avait plus aucun sens.

Il était donc parfaitement satisfait de rester assis dans son fauteuil confortable, fixant un regard vitreux sur le bouquet posé devant lui sur la table, sans faire aucun effort pour clarifier sa vision ou sa pensée. Pourquoi devrait-il penser ? se dit-il. Etant donné le passé récent, il y avait peu de choses qu'il avait envie de revoir de toute façon, et il n'aimerait sans doute pas ce qu'il verrait s'il le *voyait* vraiment.

J'espère que les docteurs sont bons au Centre du Kansas, se dit-il. *Je vais rester assis là jusqu'à ce que l'un d'eux se pointe, et me dise comment faire pour me réveiller et me remettre l'esprit en place.*

Soudain, sans qu'il l'ait voulu, ses yeux accommodèrent. C'était un réflexe naturel, mis il fut profondément déçu que ses yeux y aient succombé. L'oubli lui semblait toujours l'option préférable.

Le bouquet n'en était pas un. C'était une colonne complexe d'appareils dressée au centre de la table circulaire. Elle semblait essentiellement composée de formes géométriques — cônes, cylindres et sphères — en laiton, chrome et acier bleuté. Sept disques de plastique transparents, auxquels Griffiths ne put attribuer aucun rôle fonctionnel, étaient symétriquement disposés à sa base, divisant la colonne de lignes parallèles. Au-dessus, une seconde sphère était suspendue à un cône monté au plafond, un arc lumineux jouant doucement entre les deux sphères. Jeremy lui trouva un petit air à la fois futile et fringant — conception classique mais parfaitement inutile, technologiquement parlant.

Pire encore, ces globes luisant comme des lucioles qui l'avaient importuné tout à l'heure et qui les avaient lancés dans cette folle équipée, avaient reparu et orbitaient paresseusement autour de sa tête. De temps en temps, sans conviction, il faisait le geste de les chasser, par habitude. Pourtant, tout à l'heure, ses efforts plus énergiques n'avaient pas réussi à les toucher ou à les décourager. Parfois, ils allaient importuner les autres, mais la plupart du temps, ils restaient autour de lui, le suivant comme des chiots volants enamourés.

Jeremy s'aperçut que Tobler était assise en face de lui, de l'autre côté de la table, et parlait avec animation, très excitée. Cela l'irrita, jusqu'au moment où il réalisa qu'elle lui parlait depuis un moment — nouvelle intrusion dans l'univers de dénégation où il se complaisait.

— ...absolument incroyable la façon dont elle a décollé par-dessus la tête de ces mecs ! Tu les as vus se disperser devant elle ? Et elle, qui tenait les Chevaliers-Concepts en respect avec ces gros globes flamboyants de... bon, de magie, c'est la seule façon d'expliquer ça, la bonne vieille magie des sorciers ! Et toi, Griffiths ! Pianotant le code d'ouverture de l'écoutille invisible...

Griffiths grogna.

— Ne m'en parle pas, je t'en prie !

— ... juste à la dernière seconde ! Je croyais qu'on était faits et — pouf ! — voilà l'écoutille qui apparaît en plein milieu de ce qui semblait être une plaque de métal massif !

— Je t'en prie, Tobler, j'ai besoin de réfléchir ! dit Griffiths, tout en sachant très bien qu'il n'en avait pas la moindre envie.

Qu'était-il arrivé ? Il repassa mentalement la suite des événements, recherchant l'instant où tout s'était désintégré, cherchant désespérément à comprendre ce qui avait mal tourné. Tout marchait comme sur des roulettes, la mission se déroulait comme prévu. Puis il y avait eu cette turbulence — il n'y avait pas d'autre mot pour décrire l'incident. La coque avait tremblé violemment, secouant tout le monde à bord comme des haricots secs dans une boîte. Les moteurs s'étaient arrêtés, et le vaisseau était retombé, comme il fallait s'y attendre, dans l'espace normal. Il repensa à ce bon vieux Stan Green, leur navigateur, et à leur spécialiste en propulsion, Esther Kline, parlant de quelque erreur quantique dans l'équilibre des moteurs, qui avait faussé le calcul des distances et les avait poussés plus loin dans l'espace qu'ils ne voulaient aller. Ils avaient déjà effectué les corrections, mais les moteurs de Kline refusaient toujours de fonctionner. Ils avaient passé en revue tous les systèmes, jusqu'aux réactions attendues des isotopes, et les règles élémentaires de la physique ne fonctionnaient toujours pas comme elles auraient dû. C'était comme si, sur la Terre, s'ils avaient lâché un marteau et l'avaient regardé flotter en l'air sans tomber.

Puis ils avaient été arraisonnés par les sbires Irindris, emmenés à bord de leur frégates pirates, et emportés jusqu'à leurs cités interstellaires à travers d'innombrables systèmes solaires, pour être jetés en pâture à leur dieu-démon Gnuktikut.

Toutes choses dont il n'avait aucune idée, réalisa-t-il, jusqu'au moment où le vieillard l'avait baisé au front. Au même instant, il était devenu spécialiste de quelque race nomade d'extraterrestres spatiaux, qui portaient d'étranges chapeaux certains jours de la semaine et qui étaient de redoutables fanatiques dans leur quête d'une ancienne technologie interstellaire que Griffiths semblait trouver familière mais dont, à la réflexion, il ne savait absolument rien. Son esprit lui semblait soudain plein de trous. Il pouvait décrire chaque niveau et chaque rue de toute la cité des Irindris comme s'il l'avait bâtie lui-même, mais il ignorait totalement pourquoi il le savait. Il était plein de questions et de réponses, mais les questions ne concordaient pas avec les réponses. Il connaissait des vérités qu'il tenait pour impossibles. Son esprit menaçait de succomber à une dissonance cognitive en phase terminale. Il était écœuré de savoir tant de choses qu'il ne comprenait pas.

Le Lieutenant Lewis dériva dans son champ visuel. Elle pendait avec naturel, la tête en bas, dans un grand tube transparent montant jusqu'au plafond. Près d'elle, et également tête en bas, se trouvait Ellerby, les lèvres pincées dans son large visage.

— Capitaine, dit Lewis saluant à l'envers, nous avons

terminé la reconnaissance du vaisseau et nous venons au rapport.

Griffiths se demanda fugitivement si un salut inversé comptait. Il le rendit néanmoins.

— Je t'écoute, Lieutenant.

— Capitaine, le vaisseau se compose de deux sections de quatre ponts chacune, réunies par ce qui semble être un compartiment-cargo. Chaque pont paraît orienté dans une direction gravitationnelle commune.

— Elle veut dire, intervint ironiquement Ellerby, que « en bas » est la même chose sur tous les ponts.

Griffiths posa son menton dans ses mains, les coudes sur ce qu'il croyait être un panneau de contrôle ou une table.

— Partout, sauf là où vous pendez tous les deux la tête en bas, je suppose ?

— Cet appareil semble être un tube de gravité subjective qui permet à l'occupant de déterminer la direction et la force de la gravité qui l'entoure.

— Je préfère passer sur ce point si tu n'y vois pas d'inconvénient, Lieutenant.

— Capitaine, étant donné la situation, j'aurais pensé que tu voudrais le rapport le plus détaillé...

Griffiths hocha la tête, agitant les mains comme un moulin à vent pour l'encourager à poursuivre son rapport. N'importe quoi pour en finir avec cette folie.

Mais Lewis ne se laissa pas bousculer.

— A en juger par la direction du déplacement, nous nous trouvons actuellement sur le pont inférieur à tribord, tous les ponts étant adjacents au compartiment-cargo situé au centre apparent du vaisseau. Au-dessus de nous, les ponts abritent le mess, les quartiers de l'équipage...

— Les quartiers de l'équipage ? dit Griffiths, fixant soudain sur Lewis un regard qui n'avait plus rien de vitreux.

— Tous vides, Capitaine.

Griffiths poussa un soupir de soulagement.

—... et tout en haut, le pont d'observation.

Ellerby effectua une rotation dans le tube et sortit facilement dans la pièce.

— Nous pensons que cette pièce est une salle des machines, ou salle d'équipement ou salle de contrôle, quoique l'instrumentation en soit complètement incompréhensible. Tout est étiqueté en une écriture mystérieuse. Mais même en l'absence de toute indication, tout paraît absurde. Nous avons accès à trois autres ponts de l'autre côté du compartiment-cargo — enfin, ce que nous supposons être un compartiment-cargo. Nous sommes à peu près sûrs qu'il y a un quatrième pont là-bas ; en tout cas, il semble y avoir une écoutille scellée qui y donne accès, mais nous n'avons pas pu l'ouvrir. C'est fermé, on ne sait pas comment. Dis donc, ces globes te gênent ?

Griffiths donna nonchalamment une tape en direction des globes, qui s'écartèrent paresseusement, sans qu'il en ait pourtant touché aucun.

— Désolée, Capitaine.

Griffiths haussa les épaules.

— Autre chose ?

— Eh bien, dit Lewis, sortant du tube à son tour et venant s'asseoir à la table-console au centre de la pièce, quand j'étais sur le pont d'observation, j'ai pu voir les deux dragons qui nous remorquent avec efficacité à travers les étoiles, ondulant, apparaissant et disparaissant selon un rythme régulier.

Griffiths se couvrit les yeux des deux mains et se frictionna le visage. Quand il les abaissa, la pièce n'avait pas changé. Même le vaisseau était un cauchemar, mélange de l'aspiration au possible et du manifestement ridicule. Il repensa aux lignes du vaisseau la première fois qu'ils s'en étaient approché au mouillage : la courbe élancée de la coque, le dessin asymétrique des étraves jumelles formant catamaran. Les lignes auraient été harmonieuses si elles n'avaient pas été gâchées par la voile abattue et son gréement, amarrés contre la coque supérieure. Pire encore, tout l'effet de la conception de pointe était gâté par deux dragons semi-transparents attelés en tandem entre les étraves jumelles. Bien sûr, réalisa-t-il, ce n'étaient pas de vrais dragons, mais des wyverns, vu qu'ils n'avaient pas d'avant-bras, remplacés chez eux par des serres sur les ailes...

De nouveau, Griffiths secoua la tête. Il n'avait pas envie que son esprit prenne la tangente et se mette à débattre de la classification des bêtes mythiques semi-transparentes.

— Ecoutez, vous tous. C'est la première fois que nous avons le temps de réfléchir aux événements, dit Griffiths, se penchant et posant les coudes sur la console. Il doit bien y avoir une explication logique et rationnelle. Si nous parvenons à trouver la cause de ce qui nous arrive, peut-être arriverons-nous à sortir de ce pétrin.

Les globes luminescents accélérèrent leur course autour de la tête de Griffiths, apparemment en une approbation enthousiaste de ce qu'il disait.

— Nous avons été sauvés d'une mort certaine par une sorcière et un astronef tiré par des dragons — et tu cherches une explication rationnelle ? dit Lewis.

— Pour ma part, dit Ellerby, croisant les bras et s'appuyant contre une colonne transparente où dansait une lumière rouge, je crois que j'en ai une.

— Je voudrais bien l'entendre, ricana Lewis.

— Hypnose collective, déclara Ellerby, avec une assurance de prédicateur.

Tobler pouffa.

— Tu rigoles !

— Tu crois que tout ce qui nous entoure est illusion ? dit Griffiths, incrédule.

— Evidemment, répondit Ellerby avec conviction. C'est une hypothèse qui semble concorder avec les faits. Ça — ou une autre forme d'altération collective des psychoperceptions — peut-être chimiquement ou viralement renforcée.

Tobler secoua la tête.

— Où as-tu été chercher ça ?

— Ma spécialité a beau être la dynamique stellaire, ça ne veut pas dire que je ne sais pas autre chose, dit Ellerby avec force. De plus — je lis beaucoup.

— Tu « lis beaucoup » ? dit Tobler, levant les yeux au ciel. Eh bien, Lieutenant, je lis beaucoup aussi, mais rien dans mes lectures ne peut expliquer comment nous pourrions tous halluciner les mêmes choses en même temps.

— Je crois que vous ne voulez pas regarder les faits en face, dit Ellerby.

Griffiths reprit la parole, les globes lumineux dansant autour de sa tête.

— Je crois que tu t'enfonces dans une conduite de dénégation, Ellerby. J'espérais que j'étais devenu fou et que j'allais me réveiller dans une cellule confortablement capitonnée. Mais je commence à croire que nous vivons un rêve dont nous ne nous réveillerons pas.

Lewis intervint.

— Alors, je suppose que tu as une meilleure explication, Capitaine ?

— Non, Lieutenant, je n'en ai pas, rétorqua Griffiths qui commençait à perdre pacience. A ce stade, je ne crois pas que nous ayons assez de faits pour en tirer une conclusion valable — bien que, par ailleurs, nous ayons trop de faits.

— Que veux-tu dire ? demanda Lewis en s'asseyant.

— Je veux dire que je suis devenu un spécialiste d'une race extraterrestre, que j'aurais considérée il y a trois jours comme une hallucination provoquée par une bonne cuite. Je semble connaître les codes de ce vaisseau. Je pourrais vous raconter toute l'histoire des Irindris et de leurs cités stellaires nomades. Plus tard, je me ferai un plaisir de vous régaler de leurs légendes, et des raisons pour lesquelles ils vagabondent par les étoiles, à la recherche d'anciens artefacts qui doivent assurer leur passage dans leur prochaine vie. Et je peux vous dire que toutes ces informations étaient essentielles pour la mission dont était investi le vieux magicien que nous avons rencontré.

— Eh bien, nous avançons maintenant.

— Non, Ellerby, nous n'avançons pas.

Griffiths, frustré, se passa la main dans les cheveux, les globes de lumière s'écartant pour le laisser faire.

— Toutes ces informations ne riment à rien. Je ne sais pas quelle était la mission de ce vieillard, alors je ne peux pas vous dire pourquoi ces informations ont une telle importance. Je ne sais pas à qui je dois communiquer ces informations, comment ces informations doivent être utilisées, ni si elles sont la clé permettant d'en obtenir d'autres. Je sais que, pour une raison inconnue, ce vieux pensait qu'il valait la peine de sacrifier sa vie pour nous sauver — que nous possédons quelque chose dont il avait besoin pour compléter le puzzle impliqué dans sa mission. Pour ce que j'en sais, je possède peut-être effectivement ce qu'ils cherchent, verrouillé quelque part dans ma tête — mais je n'ai aucun moyen de récupérer cette connaissance.

Lewis se pencha sur son siège.

— Mais, Griffiths, c'est quand même un bon point de départ. S'ils ont besoin de quelque chose que nous avons, alors nous sommes précieux pour eux tant que nous sommes vivants. Si nous arrivons à découvrir ce qu'ils veulent, nous avons une bonne chance de survivre, et peut-être même de...

Ellerby sauta de côté au moment où une écoutille circulaire en iris s'ouvrait à côté de lui. Une faible lumière rouge émanant du compartiment-cargo emplit la pièce assombrie, dessinant la forme d'une femme qui franchissait l'ouverture.

Griffiths déglutit avec effort. Ils avaient tous plaisanté sur le Premier Contact. Le Major James Leffingwell, commandant en second de la mission, avait aussi la casquette de spécialiste des sciences de la vie. La simple découverte d'un être unicellulaire l'aurait plongé dans l'extase, mais il avait été victime de la première forme de vie qu'ils avaient rencontrée. Et maintenant, c'était à Griffiths de reprendre le flambeau, mais franchement, il agissait à l'aveuglette, sans aucune idée de ce qu'il faisait.

Il arbora son air le plus impassible, tout en sentant son cœur cogner contre sa cage thoracique à un rythme alarmant. Pas par amour, tout en convenant que la femme avait une certaine beauté. Non, c'était la peur qui lui faisait battre le cœur. Griffiths avait vu de quoi cette femme était capable pendant leur sauvetage — pouvoir et finesse. C'était la première extraterrestre qu'il avait l'occasion d'examiner à loisir et il savait qu'elle était dangereuse, quelle que fût son apparence.

Son apparence était humaine. Le tissu noir de sa tenue semblait absorber la lumière et empêchait d'en discerner les détails. Quand elle se leva, Griffiths constata qu'elle était un peu plus petite que lui et que ses cheveux couleur de miel, tirés en arrière, étaient tressés en une longue natte lui tombant jusqu'au bas des reins. Sa bouche bien fendue semblait perpétuellement étirée en une grimace mécontente. La coupe classique de son visage et la douceur de sa peau donnaient une impression de jeunesse, démentie par les pattes d'oie entourant ses grands yeux en amande. Des yeux magnifiques, pensa Griffiths, mais lacs stériles dépourvus de toute chaleur et de toute humanité, puits de vide et de mort.

Griffiths tendit sa main droite, paume ouverte.

La femme regarda la main. La femme le regarda.

Griffiths sourit.

La femme étrécit les yeux, puis se détourna brusquement, entra dans le tube d'accès et s'éleva rapidement au-dessus du pont.

— Eh bien, ça aurait pu être mieux, remarqua Lewis, acide.

Ils prirent place pour la quatrième fois dans la salle à manger.

Difficile de lui donner le nom de mess — ce terme militaire s'accordant mal avec l'environnement. La pièce était meublée et décorée avec une élégance frisant le luxe. Une longue table de bois flottait au centre, son grain acajou poli comme un miroir. En bois aussi le plafond à caissons, décoré d'une frise d'une délicatesse inimaginable. Entre deux utilisations, la table s'encastrait dans le plafond, dégageant l'espace au sol. Pas de sièges autour de la table, du moins au premier abord. La première fois qu'ils avaient suivi Glinda — nom que Griffiths donnait à leur mystérieuse hôtesse — dans la pièce, ils avaient pensé qu'il n'y avait pas de chaises. En la voyant assise dans le vide, Griffiths et les autres s'étaient dit tout simplement que c'était une nouvelle démonstration de ses capacités magiques. A son amusement, ils avaient pris leurs deux premiers repas debout, avant de s'apercevoir que les sièges invisibles à répulsion s'activaient quand ils s'asseyaient.

A chaque repas, Glinda s'asseyait au haut bout de la table. Leurs deux premiers repas avaient été gâtés par leurs tentatives pour communiquer avec elle — exercice frustrant pour tous, sauf pour la femme, qui semblait méditer sur leurs gestes et leurs sons d'un air calme et indifférent. Pour elle, les pantomimes des astronautes lui semblaient davantage une perturbation de son dîner qu'une tentative sincère de communication. Mais à partir du troisième repas, ils s'étaient mis à parler entre eux de leur hôtesse, s'efforçant de la comprendre et de l'analyser. Mais le sujet était vite devenu ennuyeux et stérile.

Ils se retrouvèrent donc réunis autour de la table, apparemment assis dans le vide, et reprenant l'éternelle discussion qui était devenue progressivement plus emportée au cours des deux derniers repas.

— Ce n'est pas du tout ce que je veux dire — et tu le sais ! lança Ellerby à Tobler. Le fait que nous soyons ici et vivants n'implique pas que nous sommes en sécurité, même sur le court terme. As-tu oublié que presque tout l'équipage est mort à cause de ces...

— Ne parle pas de l'équipage mort, l'interrompit Tobler, sa voix dominant celle d'Ellerby. Les morts sont morts, un point c'est tout. Tu ne peux pas prétendre que Glinda ici présente en est responsable — c'est elle qui nous a sauvés du feu sur la cité-vaisseau des démons !

Griffiths jeta un regard en coin à leur hôtesse. Elle les observait en silence tout en mangeant — attentive et détachée à la fois. Le capitaine tourna la tête et vit Lewis, assise en face de lui, qui le regardait. Il avait déjà vu la même expression à un chat, juste avant qu'il bondisse.

— Ecoute, tout ça ne nous mène nulle part, dit-il, aussi diplomatiquement qu'il le put.

— Et je suppose, dit Ellerby, s'empourprant jusqu'aux oreilles, que tu nous mènes quelque part, *toi* ?

— Nous sommes là ; nous sommes vivants, dit Griffiths, contrôlant sa voix et parlant aussi calmement qu'il le put. A mon avis, nous finirons par trouver le moyen de sortir d'ici ; ce n'est qu'une question de temps.

— Et en attendant, on file parmi les étoiles sans savoir où on va, dit Ellerby, se penchant sur la table, serrant les poings et rapprochant autant qu'il put son visage de celui de Griffiths. Chaque instant que nous passons ici nous éloigne un peu plus de chez nous. Moi, je vous dis qu'on a assez attendu ! Je vous dis qu'il est temps de faire quelque chose pour reprendre le contrôle de notre destinée ! Je vous dis qu'on a besoin d'un chef énergique !

Du coin de l'œil, Griffiths vit Lewis qui remuait sur son siège.

— D'accord ! cracha Tobler, sarcastique. Qu'est-ce que tu proposes ? Prendre d'assaut la passerelle ?

— Peut-être, bredouilla Ellerby. C'est peut-être exactement où il faudra en venir ! Cette bonne vieille Glinda n'a pas l'air de taille à s'en prendre à nous quatre à la fois !

Tobler secoua la tête.

— Pourtant, elle n'avait pas l'air trop inquiète quand elle s'en est prise à une cinquantaine de ces Chevaliers-Concepts. Elle est puissante et dangereuse, et tu crois pouvoir lui faire toucher les épaules ?

Griffiths décida qu'il était temps d'intervenir. Il parviendrait peut-être à détourner la conversation.

— Je croyais que tu avais dit que tout ça n'était qu'hallucinations.

— C'est vrai, gronda Ellerby d'un air menaçant. Mais si nous voulons sortir de cette hypnose, il faut faire autre chose qu'attendre tranquillement qu'on se réveille !

— Ecoute, nous n'en savons pas encore assez pour agir, dit Griffiths, sentant son peu d'autorité lui filer entre les doigts comme du sable. Je pense qu'il faut prendre notre temps...

Lewis se percha sur la table. *Fondit sur sa proie.*

— Non, je suis d'accord avec l'analyse d'Ellerby, dit-elle, croisant les mains devant elle. Il faut agir, et il faut agir maintenant, avant que nous reperdions le contrôle de la situation.

Griffiths secoua la tête.

— Tu as tort, Lewis. Qu'est-ce qui te fait croire que nous la contrôlons actuellement ?

— Nous sommes dans un espace confiné, face à une ennemie qui est en infériorité numérique, déclara Lewis.

— Nous sommes face à une ennemie qui possède une force inconnue et potentiellement dévastatrice.

Griffiths branla du chef, incrédule.

— Même moi, j'ai retenu ça du manuel de tactique, ajouta-t-il.

— Ce n'est peut-être pas une question de tactique, dit Ellerby d'un air pincé. Mais une question de tripes.

— On ne retrouvera jamais une meilleure occasion, dit vivement Lewis, et je ne crois pas que tu sois qualifié pour commander ce genre de mission, Griffiths. Merci de ton leadership jusqu'à présent — mais la mission a changé.

Absorbé par les paroles de Lewis, Griffiths ne remarqua pas que les globes lumineux s'étaient éloignés de sa tête.

— C'est moi qui commande maintenant, dit Lewis en se redressant. Cela pose-t-il un problème à l'un de vous ?

En anglais parfait, une voix répondit du bout de la table :

— Oui, Lieutenant Elizabeth Lewis, cela me pose un problème.

Les survivants de l'*Archilus* se retournèrent comme un seul homme, abasourdis par la voix calme d'alto de la femme en noir.

— Toute tentative de mainmise sur ce vaisseau sera combattue avec une force terrible — et probablement fatale, dit la femme. Je n'ai pas de temps à perdre avec vos disputes mesquines. Vous n'êtes mes hôtes que jusqu'à ce que j'aie déterminé quelles connaissances vous avez, d'une importance telle que mon collègue a donné sa vie pour vous sauver.

La femme se redressa, le regard froid et assuré.

— Et mon nom n'est pas Glinda, dit-elle avec un calme menaçant. C'est *Vestis Inquisitas* Merinda Neskat.

Chapitre 13

INQUISITAS

— Qui ? balbutia Griffiths, frappé de crainte révérencielle.

— Mon nom est *Vestis Inquisitas* Merinda Neskat, dit la femme, avec une patience exagérée, articulant lentement chaque syllabe.

— Tu parles... tu parles anglais ? bredouilla Lewis. Tu nous comprends ?

— Je comprends maintenant votre langage, grâce aux bioliens, répondit la femme aux yeux glacés. De nos jours, il est rare en voyage de rencontrer quelqu'un sans bioliens. Mon synthé a mis des jours à fabriquer une nouvelle matrice de traduction pour chacun de vos implants neuraux...

— Nos implants neuraux ! croassa Tobler.

— Tu nous as planté quelque chose dans la tête ? crachota Ellerby. Pas étonnant qu'on hallucine !

— Ils sont purement translationnels, Lieutenant Ellerby — ils auront vite fait de s'adapter à leurs hôtes. Tu vois donc, dit Merinda d'une voix égale, se retournant vers Lewis, que j'entends ton langage comme tu entends le mien — te comprendre demandera peut-être un peu plus longtemps.

Après trois jours de mutisme de la femme, Griffiths avait du mal à accorder sa voix à son visage. Un peu comme si un arbre s'était mis à converser avec lui, s'enquérant de la santé de sa famille et de la nature de son bois, dur ou tendre.

— Pardonne-moi, madame, mais où sommes-nous ?

— Vous êtes à bord du *Brishan*, actuellement sous mon commandement — et non sous le vôtre, Lieutenant Lewis. Et tant que vous coopérerez avec moi et l'Omnet, votre séjour sera confortable et sans problème. Nous sommes sur un vaisseau de l'Omnet.

— L'Omnet ? Qu'est-ce que c'est que l'Omnet, bon Dieu ! lâcha étourdiment Ellerby.

— L'Omnet est l'organisation parente de la MNIG, dit Merinda d'un ton sans réplique, se penchant de nouveau sur la table.

Elle choisit un gros fruit rouge, puis releva les yeux sur ses hôtes qui la fixaient, ahuris.

— MNIG, répéta-t-elle un peu plus haut et avec plus d'insistance, comme si elle n'avait pas été assez claire la première fois.

Griffiths eut l'impression d'être revenu au cours préparatoire, et que la maîtresse venait de poser une question dont il aurait dû connaître la réponse, mais qu'il l'ignorait.

— La Matrice de Nouvelles Intergalactiques ? leur souffla Merinda.

Des regards inhabités lui répondirent.

Merinda jeta son fruit dans son assiette d'un mouvement coléreux, puis se renversa sur son siège, les mains sur les hanches, le regard plein de défi et de fureur.

— D'où venez-vous donc au juste, équipage de l'*Archilus* ?

Griffiths se leva gauchement, et s'inclina en ce qui pouvait passer pour une révérence. Il espéra que ça avait l'air officiel, digne et respectueux à la fois.

— Madame, nous venons de la planète Terre, et nous sommes porteurs d'un message de paix, et euh, de l'espoir d'échanges pacifiques, euh, entre les cultures de nos peuples.

Merinda posa sur lui un regard somnolent et moyennement intéressé.

— Je suppose que tu parles d'échanges entre nos cultures sociales et non entre nos agricultures.

Tobler se retint de pouffer, sans y parvenir tout à fait.

Griffiths continua, avec l'impression d'être en terrain accidenté.

— Madame, notre astronef a été arraisonné et nous nous trouvons dans l'impossibilité de retourner chez nous. Nous vous demandons respectueusement de nous ramener sur notre planète natale.

Lewis se cacha les yeux derrière ses deux mains ouvertes. A l'évidence, elle avait honte de Griffiths, mais, bon sang, pensa-t-il, il était le représentant officiel de la Terre, que ça lui plaise ou non. Il savait que ses paroles sonnaient creux ; il n'y aurait pas cru lui-même s'il les avait entendues dans un film quand il était à la maison. Mais ils *n'étaient pas* à la maison, et les paroles étaient leur seule arme.

Merinda continua à le regarder pendant le silence gêné qui suivit, observant la sueur qui perlait à son front et le léger tremblement de ses lèvres. Griffiths sentait qu'elle l'examinait, et comprenait instinctivement que peu de chose lui échappaient.

— Bien sûr, dit-elle, presque en un murmure. Je me ferai un plaisir de vous ramener dans votre pays.

— Youpi ! s'écria Ellerby. Merci, madame !

— Incroyable ! dit Lewis d'une voix ferme, le regard flamboyant et avide.

Tobler en pleura de joie.

— Je me ferai un plaisir de vous obliger, dit Merinda, toujours renversée dans son siège, mais sans quitter Griffiths des yeux, si vous faites seulement deux petites choses pour moi.

Lewis pencha la tête, soudain méfiante.

— Quelles *deux petites choses* ?

Merinda Neskat se leva lentement.

— D'abord, dites-moi — exactement — où se trouve cette planète Terre.

Griffiths et Lewis se tournèrent en même temps vers Ellerby.

— Dites donc, dit-il, levant les mains en un geste d'impuissance, ce n'était pas moi le navigateur !

— Se trouve-t-elle près d'un front quantique quelconque ? demanda Merinda.

— Pardon ? dit Ellerby. Qu'est-ce qu'un front quantique ?

— Une limite entre deux zones de stabilité quantique, répondit Merinda, dont la frustration devint apparente. C'est peut-être la traduction qui n'est pas bonne...

— Il n'y a rien à redire à la traduction, Merinda.

La voix semblait venir de l'intérieur de Griffiths, et il l'entendit plus nettement qu'il n'avait jamais rien entendu de sa vie. Il en eut le souffle coupé de stupéfaction.

— Lindia, est-ce qu'ils me comprennent ?

— Oui, Merinda, dit la voix qui résonnait en chacun

d'eux. J'ai assimilé leur langue. Je crois qu'ils ont simplement besoin d'explications supplémentaires.

Merinda inspira et reprit :

— Faites attention, s'il vous plaît. Quand on voyage parmi les étoiles, on traverse de temps en temps une frontière. La traversée est tumultueuse. Quand on arrive de l'autre côté, les choses fonctionnent différemment.

— Oui, on a traversé quelque chose pendant notre vol, dit Ellerby.

Il se tourna vers ses camarades.

— Vous vous rappelez cette turbulence juste avant l'arrêt des moteurs EPBS ? Jusque-là, c'était du gâteau, et puis — boum ! — ça tremblait tellement que le Colonel Estephan a été sur le point d'arrêter les propulseurs. Puis tout s'est calmé, et les propulseurs ont rendu l'âme.

Lewis fronçait les sourcils, comme concentrée sur quelque chose de trop dur.

— C'est ça, le front quantique dont tu parles ?

Merinda offrait maintenant l'image de l'impatience incarnée.

— Oui. Les frontières quantiques séparent les différentes régions de l'espace interstellaire. Parfois, elles se déplacent, provoquant des changements dans le climat quantique...

— Le climat quantique ? dit Tobler, complètement larguée.

— Oui, la définition selon laquelle la physique et la spiritualité travaillent au niveau quantique dans une région donnée de l'espace. La façon dont lois physiques et mystiques opèrent dans une région donnée est déterminée par les effets de ces fronts quantiques...

Merinda s'arrêta, réalisant sans doute que cette bande d'imbéciles ne la comprenaient pas.

— Quel système de propulsion utilisiez-vous de l'autre côté du front ?

— Un moteur pour espaces parallèles de Beltrane-Sachs, répondit obligeamment Ellerby.

— Fonctionne-t-il selon un principe technologique de distorsion subspatiale ? demanda Merinda.

— Oui, répondit vivement Ellerby, malgré le regard avertisseur de Lewis. Il utilise une déformation d'un plan subspatial pour attirer l'astronef dans un pli de l'espace naturel...

— Désigné comme Zone 824.73/7324.924 dans le Q-dex standard de Flynch-Halpert.

— Hé, dit Griffiths, d'où vient cette voix ?

— C'est Lindia, répondit distraitement Merinda, ruminant mentalement ce qu'elle venait d'apprendre. L'esprit synthétique du vaisseau.

— L'esprit synthétique ? croassa Griffiths.

Apparemment, Merinda ne l'entendit pas.

— Ainsi, vous traversiez un front quantique, venant d'une région de technologie assez basse. Alors quel système propulseur avez-vous utilisé de l'autre côté ?

Ellerby secoua la tête.

— Que veux-tu dire ?

— La propulsion technologique ne fonctionnait pas de l'autre côté, dit-elle simplement, alors, quel système alternatif de propulsion aviez-vous ? Avez-vous essayé la propulsion par la foi, par la magie, par la méditation — quel autre type de propulsion a fonctionné ?

— Je ne comprends pas ce que tu veux dire, bredouilla Ellerby. Nous n'avions qu'un seul système de propulsion — les moteurs pour espaces parallèles de Beltrane-Sachs.

— Un seul système propulseur ? s'étonna Merinda. Depuis quand votre peuple voyage-t-il dans les étoiles ?

— Eh bien, madame, intervint Griffiths, nous sommes les premiers.

Merinda éclata de rire. Il n'y avait aucune chaleur dans son rire, seulement de l'étonnement et de la dérision. Griffiths le trouva pervers.

— Ainsi, vous étiez sur votre petite planète, imaginant que l'univers était un grand espace homogène où les lois de la physique étaient toujours les mêmes !

Elle se remit à rire, de son rire froid, et reprit d'une voix suave, avec une nuance sarcastique.

— Eh bien, bienvenue dans la galaxie — et bonne chance pour retrouver votre planète !

— Ecoutez, on devrait être capables de résoudre le problème, dit Griffiths aux autres Terriens. On pourrait limiter nos recherches aux étoiles de type G2V.

— Je ne vois pas à quoi ça nous avancerait, Griffiths, dit Lewis d'une voix égale. Le Soleil est du type le plus commun dans la galaxie. Ce n'est pas pour rien qu'on le qualifie d'étoile banale.

— Ecoutez, dit Tobler, une nuance hystérique dans le ton.

Leur salut et sa raison semblaient s'éloigner à la même vitesse.

— Et si on revenait en arrière — vous voyez, qu'on pense aux endroits par où on est passés. On devrait se rapprocher assez de ce front pour retrouver nos repères.

Oubliée pendant cet échange, Merinda se leva et dit avec calme :

— Lindia, il nous faut une projection cubique de notre position actuelle. Au-dessus de la table, ce serait parfait.

Un cube de lumière diaphane se matérialisa au-dessus de la table. Des lignes brillantes formaient des blocs de coordonnées tridimensionnelles. Au centre flottait une reproduction du vaisseau que Griffiths avait fugitivement aperçu durant leur départ précipité du port des Irindris. Les lignes du réseau lumineux filaient près de lui tandis qu'il avançait entre les étoiles. Griffiths remarqua avec étonnement que les symboles du réseau étaient alphanumériques et facilement lisibles — même s'ils n'avaient aucun sens pour lui.

— Agrandis la projection, s'il te plaît, dit Merinda d'une voix dolente, pour y inclure notre position d'interception des cités Irindris et montrer nos trajectoires respectives.

Les cubes de lumière s'effondrèrent vers l'intérieur et disparurent alors que l'un d'eux s'agrandissait en un cube plus grand. Cette région s'effondra à son tour, se divisant en centaines d'autres régions, qui disparurent, faisant place à une autre série de cubes. Des lignes courbes lumineuses orange et vertes convergeaient parmi les cubes, dont deux sommets clignotaient.

— La position actuelle des deux vaisseaux est signalée par les lumières clignotantes. Projette la trajectoire précédente de l'armada des cités Irindris.

La ligne orange se prolongea vers l'arrière.

Merinda regarda Griffiths.

— Depuis quand votre vaisseau a-t-il été arraisonné ?

— Pas longtemps ; dix jours, peut-être.

Merinda se retourna vers la projection.

— Lindia, peux-tu nous montrer les trajectoires des patrouilles Irindris au cours des dix derniers jours ?

Des milliers de lignes, fines comme des cheveux, surgirent de la ligne orange centrale, se dispersant dans toutes les directions.

— Très bien, dit Merinda, ramenant son regard sur Griffiths. Parle-moi de ton monde.

Il ouvrit la bouche, mais ce fut Tobler qui parla.

— La Terre se trouve approximativement à quatre-vingt-douze millions neuf cent cinquante six mille miles de notre étoile. Son diamètre est approximativement de sept mille neuf cents miles. De l'espace, elle apparaît comme une sphère bleue, avec des taches brunes et vertes, parsemée de nuages blancs dans une atmosphère riche en oxygène. Elle a une unique lune sans atmosphère.

— Lindia ? dit Merinda, regardant vers le plafond.

— Je n'ai pas de données suffisantes à ce stade pour une conclusion basée sur les probabilités, dit la voix qui résonnait en eux.

Mais Tobler ne se découragea pas si facilement.

— La Terre est l'une de neuf planètes reconnues de notre système solaire. Deux de ces planètes sont des géantes gazeuses, dont l'une est orbitée par des anneaux de glace.

— Je n'ai pas de données suffisantes à ce stade pour une conclusion basée sur les probabilités.

— Lindia, dit lentement Merinda, montre-nous tous les systèmes solaires de cette projection qui concordent avec ces données.

Rien ne se passa.

— Il n'y a pas de système correspondant à ces données.

Merinda haussa un sourcil, premier signe d'intérêt que Griffiths lui voyait manifester.

— Aucun, Merinda. C'est curieusement excitant, n'est-ce pas ?

— C'est sans doute une planète non cataloguée — un endroit arriéré auquel l'Omnet n'est pas encore arrivé, marmonna Merinda, se parlant à elle-même.

Puis elle leva les yeux sur les visages anxieux qui l'entouraient, et dit, d'un ton froid et tranchant :

— Votre planète doit se trouver quelque part dans cette projection ! Vous ne pouvez pas me donner une idée de sa position ?

— Ecoute, en nous y mettant tous, on pourrait te dessiner le ciel tel qu'il apparaît de notre monde natal, proposa Lewis.

— Ça pourrait prendre longtemps, dit Merinda, se rasseyant dans son champ répulseur. Essayons une approche différente. Il y a deux jours, vous vous êtes mutuellement raconté l'arrêt de vos moteurs et l'invasion subséquente des Irindris. Ce récit était-il correct dans ses grandes lignes pour autant que vous vous en souvenez ?

— Comment te rappelles-tu une conversation que nous avons eue il y a deux jours ? demanda Lewis. Tu ne parlais pas encore notre langue. Et ce n'est pas tout ! Comment se fait-il que tu parles soudain couramment anglais ? Mais tu jouais peut-être les idiotes pour nous tromper ! Tu n'obtiendras aucune coopération d'aucun de nous tant que tu n'auras pas répondu à quelques...

Merinda posa languissamment sa botte contre le bord de la table flottante, le visage placide et impénétrable. De la main gauche, elle fit un unique geste en direction d'Elizabeth Lewis.

Lewis piqua du nez avec un hurlement étranglé. Sa tête glissa sur la table, irrésistiblement attirée vers l'implacable Neskat, entraînant le reste de son corps gigotant après elle. Agitant en tous sens les bras et les jambes, elle dispersa les restes du repas à travers la pièce, qui éclaboussèrent Griffiths, Ellerby et Tobler, horrifiés. Elle avait les yeux dilatés, et sa bouche faisait un horrible bruit de succion quand sa tête vint se nicher dans la main de Merinda.

— Tu n'en sais pas encore *assez* pour me demander *quoi que ce soit*, folle gamine.

Les yeux de Merinda n'étaient que deux fentes somnolentes, mais le froid qu'ils projetaient glaça Griffiths jusqu'au cœur.

— Seules *mes* questions valent la peine d'être posées, et moi seule déciderai si tes réponses ont un intérêt quelconque.

Soudain, Merinda tourna ses yeux terribles sur Griffiths, tenant toujours d'une poigne ferme Lewis qui tremblait.

— J'ai posé une question, homme de la Terre. Le récit que vous avez fait il y a deux jours était-il exact ?

— Lâche-la, dit Griffiths d'une voix égale, et je répondrai à toutes tes questions.

— Une *Vestis* ne marchande jamais, Griffiths, chose que tu saurais si tu avais quelque idée de ce qu'est vraiment l'univers.

— J'ai dit, lâche-la, et je répondrai.

— Réponds, et elle vivra peut-être.

— Oui, bon sang, tout ce qu'on a dit était vrai !

Elle ne relâchait toujours pas son emprise.

— Continue !

— Qu'est-ce que tu veux que je te dise ? supplia Griffiths, au bord de l'hystérie. Nous faisions partie du premier voyage interstellaire de notre peuple, notre vaisseau nous a lâchés — nous ne savons pas pourquoi — et nous avons été capturés par une bande de fanatiques religieux spatios, libérés par une psychopathe dans un astronef tiré par des dragons, et *nous ne savons absolument pas ce qui se passe* !

Le visage bleuâtre tomba soudain sur la table. Lewis ne bougea pas.

Merinda marcha sur Griffiths, sans le quitter des yeux. Il essaya de reculer, mais le champ répulseur de son siège le maintint à sa place jusqu'à ce que la femme soit près de lui — trop près pour son goût. Le visage froid et sans âme, tel celui d'une terrible statue, se rapprocha du sien.

Elle leva la main, et lui effleura la joue.

— Griffiths, tu peux m'aider et vivre, ou tu peux t'opposer à moi et mourir. Choisis. Mais sache bien cela, Capitaine Jeremy Griffiths de l'*Archilus* de la NASA : moi seule, je peux vous ramener chez vous. Tu t'en souviendras, n'est-ce pas ?

Griffiths trembla au contact de cette main.

— Oui, madame, je m'en souviendrai.

Chapitre 14

RIEN NE VAUT LA MAISON

La météo quantique pour aujourd'hui dans les royaumes sauvages aux confins des Dynasties de Thailis prévoit un mouvement de Classe IV du front quantique dans tout le système de Choralis, qui modifiera radicalement le standard industrio-technologique, le déplaçant vers des tendances mystiques du Q-dex. Prévoyez un affaiblissement du spectre électromagnétique et un retour de puissance de la sorcellerie et de la nécromancie. Dexes élevés aujourd'hui, confinant la pyrotechnique des lancements de sorts. Dexes bas en électronique et carburants fossiles. Forte possibilité d'émergence de formes de vie non humaines xénomorphiques.

Bulletin météorologique quantique de la MNIG pour Chukai et les environs.

Le Dr. Marilyn Tobler pleurait.

Elle était seule dans la grande passerelle d'observation, petite silhouette avachie à l'extrême bord de son siège répulseur, tournant le dos à la grandeur et à la majesté de l'espace scintillant à travers le dôme au-dessus de sa tête. Le halo d'une protoétoile toute proche mettait une lueur lactée juste au-dessus de l'horizon d'un magnifique monde bleu dont le soleil illuminait le croissant. La nuit était claire, car le monde avait deux grosses lunes dont la lumière réfléchie révélait les océans et les continents endormis de leur douce clarté bleutée. Une tempête faisait rage sur une masse continentale, et les éclairs donnaient un merveilleux relief aux nuages. Sur cette toile de fond se détachaient les deux dragons de phase, leurs formes translucides ondulant avec un ensemble parfait, disparaissant et reparaissant en une danse synchrone dans la baie gauche du dôme d'observation.

Marilyn Tobler n'avait pas supporté de regarder cette vue plus longtemps. Avachie, elle pleurait, ses larmes tombant sur l'épaisse moquette et disparaissant dans ses profondeurs. *Une larme pour chaque rêve,* pensa-t-elle. *Une larme pour chaque espoir.*

Marilyn pensa un moment à cette vie qui l'avait emportée au-delà de tous ses rêves et l'avait abandonnée devant un précipice. Aussi loin que remontât son souvenir, elle avait toujours aimé le ciel. Ses premières amours avaient été les livres et les sciences, qui se disputaient son attention pendant ses études secondaires. C'était une jolie jeune fille, mais pas la beauté fracassante autour de qui les garçons se seraient agglutinés, la distrayant de ses études. Elle était gentille, mais, attachant peu d'importance aux rapports sociaux, elle n'avait jamais forgé d'amitiés durables. S'il y avait un désir qui la consumait, c'était la recherche de réponses à « mes » mystères, comme elle disait. Ce qu'étaient « mes » mystères changeait de temps en temps. Parfois, c'étaient les fleurs, ce qui l'avait menée à la botanique. Pourtant, l'ultime mystère, pour elle, devint l'immensité du ciel au-dessus de sa tête — ce poudroiement d'étoiles dans la nuit. Couchée sur le dos, chez elle dans l'Indiana, Elle contemplait souvent le ciel nocturne en se répétant le poème de Robert Frost qu'elle avait appris à l'école. Il était intitulé « Quelque chose comme une Etoile », et quelques-uns de ces vers chantaient en elle tous les jours.

Dis quelque chose ! Et elle dit : « Je brûle. »
Mais le dit en degrés de chaleur.
Parle Fahrenheit, parle Centigrades.
Parle pour qu'on puisse te comprendre.
Dis-nous quels éléments tu unis en toi.
Cela n'aide qu'étrangement peu,
Mais dit quand même quelque chose à la fin.

Et c'est pourquoi elle finit par aller dans les étoiles. Obsédée par son objectif, elle attachait plus de prix à ses échecs qu'à ses réussites, et les utilisait comme des marches conduisant à son but ultime. Elle avait été reçue première au concours d'astronaute interstellaire, car elle s'était façonnée pour remplir toutes les qualifications. Pour la mission, elle avait été enrôlée en tant que géologue, et, certes, elle avait étudié la géologie au cours de sa quête des « mystères », mais sa passion du ciel avait toujours tenu la première place dans son esprit. La quête de la réponse au plus grand des mystères était à portée de sa main, et c'était elle qui la maîtriserait et lui arracherait ses secrets.

Quelque part, dans son orgueil et son arrogance, elle savait qu'elle allait dompter les étoiles.

Mais l'univers avait une autre idée. C'était l'univers qui l'avait domptée.

Marilyn affrontait une terrible crise : elle avait réussi de façon spectaculaire tout ce qu'elle espérait accomplir — en fait, plus qu'elle n'avait jamais rêvé accomplir. Elle espérait franchir quelques années-lumière, analyser des échantillons de sol pris sur les premières planètes orbitant un autre soleil, et les rapporter triomphalement sur son monde natal. A la place, elle n'avait réussi que trop bien et découvert que les étoiles grouillaient de vie humanoïde — pas moins ! Pire, elle avait découvert que sa chère science, roc inébranlable de son existence et fondement de son âme, était en fait une sorte d'aberration locale, une poche fermée d'une zone quantique dont les lois censément universelles n'étaient pas aussi universelles qu'elle l'avait cru.

La découverte probablement la plus grande de la science, pensa-t-elle lugubrement, c'est en fin de compte que la science varie selon les lieux. Elle ne pouvait même pas rentrer pour annoncer ce fait dévastateur. Et même si elle *parvenait* à rentrer — elle doutait que quiconque la crût dans les milieux scientifiques où elle évoluait.

Sa vie avait été construite sur le roc inébranlable de la science, de la technologie et de la pensée logique. Maintenant, elle avait l'impression de l'avoir construite sur des sables mouvants. Rien ne pouvait lui apporter la moindre consolation. La science, c'était elle-même, et c'est pourquoi elle s'y raccrochait, quelle que fût sa souffrance.

Un bruit précipité attira son attention.

Ellerby apparut dans le tube d'accès et prit pied dans la salle. Il avait l'air à peu près présentable pour changer.

Marilyn prit une profonde inspiration, s'essuya les yeux,

et se prépara à remettre de l'ordre dans le monde qui l'entourait.

— Tu es magnifique.

Ellerby sourit, lissant sa combinaison de vol à deux mains.

— Merci, Docteur. Tu sais que j'aime être à mon avantage quand on arrive au port.

— Au port ? Alors, cette planète doit être Chukai ?

— Oui, madame, exactement comme l'a dit Neskat, et c'est notre prochaine escale. Atmosphère respirable, climat tempéré — ce devrait être agréable à visiter, non ?

— Je croyais que pour toi tout n'était qu'une illusion, dit Tobler.

— C'est une illusion, répondit Ellerby, s'étirant sur son siège, mains derrière la nuque, mais au moins, c'est une illusion cohérente. Et dans la mesure où c'est moi qui invente tout ça, autant que j'en profite avant de reprendre mes esprits.

— Je suppose, soupira Tobler. Qu'est-ce que tu as fait pour être comme ça — enfin, propre ?

— Ah, dit Ellerby, content que tu poses la question. Je bavardais avec l'ordinateur...

— Je *ne suis pas* un ordinateur, M. Ellerby, résonna soudain la voix dans leurs têtes. Je suis un esprit synthétique. Inutile d'être grossier ou malveillant.

— D'accord ! Désolé ! dit Ellerby au dôme.

Puis il se retourna vers Tobler.

— Comme je disais, je bavardais avec *l'esprit synthétique* et il m'a parlé d'un étonnant système de nettoyage situé sur le pont trois, qui agit par la nanotechnologie. D'abord, je n'étais pas très chaud, je l'avoue, à l'idée de trois millions de créatures synthétiques rampant sur moi, mais elles ont bien fait le boulot. De plus, vu que c'est moi qui invente tout, où était le mal ? Je trouve que c'était très astucieux de ma part. Elles nous ont nettoyés, moi et ma combinaison, et je n'ai même pas eu besoin de me déshabiller !

— Quelle pudeur, dit Tobler en se détournant. Tu voulais quelque chose ?

— En fait, c'est Griffiths qui m'envoie te chercher. Neskat a besoin de trois personnes immédiatement sur le pont quatre.

— Tu ne peux pas aller chercher Lewis ?

Ellerby répondit, les yeux fixés sur le dôme :

— Lewis dit qu'elle n'est pas encore remise après la prise que Neskat lui a faite l'autre soir. Personnellement, je crois qu'elle veut éviter Neskat pendant qu'elle dorlote son orgueil blessé. De toute façon, Neskat dit qu'il nous faut contacter la tour de contrôle de l'astroport de Chukai, et qu'elle a besoin de notre aide.

— Très bien, très bien, soupira Tobler une fois de plus. De toute façon, ça ne me fera pas de mal de faire quelque chose de constructif. Mais qu'est-ce qu'elle attend de nous ?

— Eh bien, le contrôle des départs et des atterrissages est assuré par une guilde de médiums qui sont sur la planète.

— Et qu'est-ce qu'on devra faire ? demanda Tobler, un léger tremblement dans la voix.

— On devra participer à une séance de spiritisme pour entrer en contact avec... Marilyn, tu pleures ?

Chukai était un monde neuf, re-né après la mort de l'ancien, survenue seulement dix-sept mois plus tôt.

Chukai était le premier — ou le dernier — maillon de la Chaîne de Choralis — chapelet d'étoiles local qui formait le lien entre le Rift de Walik et une importante voie commerciale qui réduisait d'au moins quatre jours le transit des passagers, du fret et des communications entre les Colonies de Gund et les Dynasties des Thailis. Autrefois, Chukai faisait partie des Dynasties des Thailis, et était un important port de commerce à la limite du front quantique séparant leur propre société technologique de classe IX et la société de Gund, plus orientée vers la mystique. Quelques mois plus tôt toutefois, le front quantique, à la suite de certain mouvement chaotique survenu dans les zones quasi-stables entourant l'Union des Etoiles, s'était déplacé et avait recouvert le système de Chukai. Naturellement, étant totalement intégré au commerce stellaire, et constituant un nexus important dans le service régional de la MNIG, Chukai avait eu tout le temps de se préparer à ce déplacement.

Il y avait eu quelques problèmes, bien sûr, comme chaque fois qu'un monde subit un déplacement quantique. Les gens se découvrirent bientôt des capacités magiques. Et beaucoup tentèrent immédiatement de tourner les lois millénaires de Chukai grâce à ces nouveaux pouvoirs. Les policiers locaux suivirent des cours accélérés de résistance à la suggestion, de suppression de la magie, de traque de la téléportation et d'évacuation de la mystique, afin d'arrêter et d'incarcérer les éléments criminels. On dut récrire des sections entières des lois sur la pudeur, le respect de la vie privée, et redéfinir l'agression et il fallut trouver de nouvelles façons de les appliquer.

Heureusement, la population de Chukai était composée de gens évolués, instruits, et, pour la plupart, bien élevés. Les incidents antisociaux du début restèrent le fait d'adolescents qui n'avaient pas immédiatement compris les limites de leurs abus ou les conséquences du mauvais usage de leurs nouveaux pouvoirs. Les gens dans l'ensemble bien informés à l'avance, étaient préparés au changement et s'adaptèrent remarquablement vite. Ils furent enchantés de leur nouveau monde — à jamais altéré, mais revigorant.

C'était un monde technologique se réorientant vers un nouveau paradigme de réalité.

Il était inévitable que quelques problèmes surgissent.

Le *Brishan* se posa facilement à l'Astroport d'Ethis, nacelle 377, ses dragons expertement guidés par deux commissaires du port. Tous deux petits, minces et ailés, interceptèrent le vaisseau à dix miles du port et conduisirent les dragons eux-mêmes.

— Vous avez vu les tours de verre au centre de la ville ? demanda Tobler, avec une pointe de tristesse quand le vaisseau s'immobilisa.

Tobler, Ellerby et Lewis étaient revenus dans le dôme d'observation pour observer l'atterrissage.

Le vaisseau était à peine installé dans la nacelle géante que les deux hommes ailés dételaient déjà les dragons. Griffiths était introuvable — non qu'aucun d'eux eût pris la peine de le chercher. Ils acceptaient toujours le capitaine comme leur commandant nominal, mais les différences entre la tradition et la nécessité s'élargissaient rapidement — et aucun d'eux ne le portait dans son cœur pour le moment.

— Oui, bien sûr ! Nous les avons tous vues, dit calmement Ellerby. Elles font partie des hallucinations dont nous souffrons, alors naturellement, nous les avons tous vues.

Tobler branla du chef.

— Tu t'obstines à croire à ta théorie de l'hallucination collective ?

— Tu peux te moquer si tu veux, dit Ellerby d'un air suffisant, mais j'ai l'intention de vous prouver que tout ça n'est qu'une illusion élaborée.

— Eh bien, je trouve que l'architecture de ces Chukai a des formes incroyablement fluides — même pour des illusions, reprit Tobler. Je me demande s'ils se servent de cadres dans leurs constructions, ou s'ils les laissent pousser comme ça ?

— Difficile à dire, murmura Lewis, presque comme se parlant à elle-même. Je me demande si elles sont cassables.

Tobler haussa un sourcil.

— On dirait que tu as envie de t'en assurer personnellement ! A mon avis, tu es en voie de guérison, Lieutenant.

— Disons que mon enthousiasme pour la petite tournée qu'on nous fait faire s'est beaucoup refroidi, répondit-elle avec calme. Tout ennemi a ses faiblesses, même l'apparemment toute-puissante Merinda Neskat.

— Ecoutez, dit Tobler, montrant le sol. Quelqu'un approche.

Ils baissèrent tous les yeux sur le sol de l'immense nacelle. Une sorte de délégation, franchissant le portail, avançait vers le vaisseau, conduite par un personnage de haute taille en robe blanche immaculée. Il est maigre comme un épouvantail, se dit Ellerby, devant les membres grêles, mais ses mouvements avaient pourtant une certaine grâce. Son crâne chauve luisait au soleil, les cheveux de la couronne lui tombant sur les épaules.

Merinda Neskat parut soudain au-dessous d'eux, marchant sous le soleil brûlant d'un pas décidé, suivie de Griffiths qui paraissait réticent.

— On dirait qu'on emmène notre nouveau commandant faire un tour, dit Ellerby.

— Est-ce que ça ne serait pas merveilleux si quelque chose lui arrivait ? rêvassa Lewis à voix haute.

— Ce n'est pas de sa faute si nous sommes là, Elizabeth, dit Tobler sans enthousiasme.

Quand Neskat et l'homme en blanc furent à quelques pas l'un de l'autre, ils s'arrêtèrent, s'inclinèrent, les deux mains sur le cœur, puis chacun toucha le dos de la main de l'autre en une salutation rituelle. Ils échangèrent quelques paroles, que la distance et le dôme les empêchèrent d'entendre.

— Ils ont l'air d'être bons amis, remarqua Tobler.

— Les amis de Neskat ne sont pas mes amis, dit carrément Lewis.

Neskat montra le vaisseau en parlant, puis elle se dirigea vivement vers le portail de sortie, Griffiths à la remorque, tandis que l'homme en blanc passait sous l'astronef.

— On dirait qu'on vient de changer de gardien, dit Lewis à ses deux compagnons. Je me demande qui a les clés du zoo maintenant ?

— Je crois que la personne à qui tu fais référence est le Consul Secara, conseiller local de l'Omnet pour la sécurité et les relations publiques. Il est actuellement sur le pont quatre et arrivera ici incessamment.

— Merci, Lindia, dit Lewis, serrant les dents. Ta connaissance de l'anglais est devenue proprement stupéfiante. Pourrais-tu nous accorder un peu d'intimité ?

— Je reviendrai parmi vous dans cinq de vos minutes.

— Pourrais-tu pousser jusqu'à dix ? demanda Lewis d'un ton suave.

— Je reviendrai parmi vous dans dix de vos minutes.

— Merci — Lindia ? dit Lewis. Lindia ?

— Tu crois qu'elle a vraiment arrêté d'écouter ? demanda Ellerby, *sotto voce*.

— Lindia, demanda tout haut Tobler, quel genre d'ordinateur es-tu ?

Silence.

— Je crois que c'est bon, dit doucement Tobler. Alors, qu'est-ce que tu as en tête ? Ce nouveau mec sera ici dans quelques minutes.

— Il faut trouver le moyen de quitter ce vaisseau, dit Lewis d'un ton ferme. Nous ne savons pas vraiment ce qui se passe — la seule personne qui nous ait donné des informations, c'est Neskat, et ce n'est pas une source sûre.

— Nous n'avons pas de preuve qu'elle ment, objecta Tobler.

— Et nous n'avons pas de preuve qu'elle dit la vérité non plus, rétorqua Lewis. Il nous faut de nouvelles informations, et franchement, je ne crois pas que son copain qui arrive va nous en donner.

— Je suis d'accord, dit Tobler. Il faut trouver le moyen

de débarquer — soit qu'on convainque ce mec de nous laisser sortir, soit qu'on le ligote dans un placard ou autre chose. Alors on aura peut-être une meilleure idée du pays, et quelques meilleures options que de rester avec notre bonne sorcière du nord.

— Qu'est-ce que tu proposes ? dit lentement Ellerby.

— Commençons par ouvrir les yeux et les oreilles pour saisir la chance si elle se présente, répondit Lewis. N'importe quelle occasion fera l'affaire si nous sommes d'accord pour agir ensemble...

Le soupir pneumatique de la porte qui glissait précéda l'entrée de l'arrivant dans le dôme d'observation. Il était grand, bronzé, avec un visage énergique et un sourire éblouissant qu'il braqua dans toute sa force sur les survivants de l'*Archilus*. Il s'inclina légèrement, son sourire ne nuisant en rien au charme de ses doux yeux bruns. Il était beau et charismatique, du genre qui attire instinctivement les femmes — et pour cette seule raison, Lewis se méfia de lui immédiatement.

— Salut, dit-il dans une langue qu'ils ne savaient pas mais qu'ils furent stupéfaits de comprendre. Je suis le Consul Secara, et je me mets à votre disposition pour la durée de votre court séjour ici.

Lewis prit la parole la première, découvrant qu'elle parlait couramment cette langue étrange.

Qu'est-ce que Neskat nous a fait d'autre ? pensa-t-elle tout en disant :

— Salut, Secara. Quelle sera la durée de notre séjour ?

— Pas très longue, je puis vous l'assurer, dit Secara d'une voix harmonieusement modulée. *Vestis* Neskat dit qu'elle veut quitter le système dans la journée de demain, et qu'elle vous a demandé de continuer ce voyage avec elle encore quelque temps. D'ici là, elle a pensé que vous apprécieriez les humbles distractions de notre cité portuaire.

— Tu veux dire, demanda Lewis, que nous pouvons quitter le vaisseau ?

— A moins que vous ne trouviez une telle excursion trop stressante, dit Secara avec humilité. Je m'offre de vous guider, toi et ton noble équipage.

Lewis croisa les bras et pencha la tête.

— Nous pouvons donc nous promener tant que tu nous tiendras en laisse ?

Secara cligna des yeux.

— Laisse ? Je ne suis pas sûr de comprendre ce terme.

— Peu importe, Secara, dit Lewis, avec un sourire de prédateur, je t'expliquerai plus tard. En attendant, je crois que nous serons tous contents d'aller prendre l'air. Nous nous promènerons, nous visiterons les curiosités locales, et plus tard, nous nous livrerons peut-être à des activités optionnelles qui te surprendront.

— Optionnelles ? dit Secara, secouant légèrement la tête. Qu'est-ce que des activités optionnelles ?

— Ne t'inquiète pas, mon ami, dit joyeusement Lewis en lui tapant dans le dos. Ça aussi, on te l'expliquera plus tard.

Chapitre 15

VIEUX AMIS

Merinda Neskat s'arrêta en haut du large escalier de pierre, contemplant la longue procession de colonnes s'avançant sur cinq rangs vers la cour extérieure du complexe. Il faisait chaud, malgré le vent qui soulevait la poussière à ses pieds, le soleil amorçant à peine sa course descendante vers le soir. Pourtant, elle resta immobile dans la chaleur, répugnant à entrer dans l'ombre tentante du bâtiment massif dressé devant elle. Quelque chose la retenait.

— Pourquoi nous arrêter ? demanda Griffiths.

Il était encore en nage après leur excursion dans la cité principale, et se demandait si toutes les installations de l'Omnet étaient si incommodément situées les unes par rapport aux autres. Pourtant, son malaise s'évanouit à la vue impressionnante des jardins et des tours emplissant tout l'espace entre les falaises vermillon, de chaque côté de l'escalier.

— Où sommes-nous ?

Le dos vêtu de noir de Merinda contrastait violemment avec l'architecture brillante et élaborée du complexe. Son vêtement bruit au vent, mais elle ne bougea pas.

Griffiths finit de gravir l'escalier, observant attentivement Merinda en montant. Enfin, il arriva près d'elle, toujours sans la quitter des yeux.

Elle ne fit pas un geste. Ses yeux semblaient fixés quelque part, au-delà du grand édifice devant eux.

— *Vestis* Neskat, dit-il, d'un ton calme mais ferme, où sommes nous ? Qu'est-ce que tu vois ?

Tout au fond de son être, Merinda lui répondit, comme le

fantôme de son âme, les yeux toujours fixés sur ce lieu invisible et lointain.

— Nous sommes au Libris Vinculum de Chukai. L'Omnet l'a construit dans le style de la Troisième Dynastie des Thailis. Les empereurs Thailis étaient des guerriers, Griffiths, mais c'étaient aussi des artistes, doués d'un goût exquis et d'un œil infaillible pour exprimer extérieurement la beauté intérieure. Leur monde était très escarpé, et leurs structures étaient construites pour remplir les cañons dans toute leur largeur. Pourtant, leurs forteresses étaient plus célèbres pour leur beauté architecturale que pour leur capacité à repousser l'adversaire. Selon la légende, les armées ennemies étaient tenues en échec davantage par leur crainte de détruire tant de beauté que par leurs défenses.

Comme en transe, Griffiths semblait gagné par la vision que décrivait Merinda, son regard suivant l'épais mur de fondation qui s'amincissait en s'élevant, terminé par une frise élégante dont les lignes se fondaient harmonieusement dans les tours. Au-delà du mur, s'élevaient des jardins en terrasses, chaque niveau suspendu au-dessus du précédent en pyramide tronquée. Le fait que cette région de Chukai abondait en cañons verticaux de grès orange et rouille accentuait encore la beauté spectaculaire de ces structures.

Pourtant, Merinda restait immobile au seuil de la colonnade, retenue par quelque force irrésistible.

— Cela explique où nous sommes, insista prudemment Griffiths. Mais qu'est-ce que tu vois ?

La *Vestis* fit une pause.

Au loin, un oiseau s'éleva dans le ciel en coassant, ses cris se répercutant sur les parois du cañon.

— Je me vois moi-même, dit-elle enfin, autant pour elle-même que pour lui. C'est ici que ce que j'étais a rencontré ce que je suis — il est difficile de regarder en face un miroir si clair.

Griffiths en éprouva un choc — le visage de Merinda exprimait un doute. Il secoua lentement la tête.

— Je ne comprends pas.

— Des événements terribles balayent l'espace entre les étoiles, Capitaine Griffiths.

Elle soupira. Elle frissonna soudain, malgré la chaleur.

— Des choses qui peuvent même menacer ton propre monde — où qu'il se trouve.

Soudain elle se tourna vers lui, le regard glacé, d'où tout regret et toute compassion s'étaient évanouis.

— Tu vas être présenté à l'*E'toris Librae* du Libris Vinculum de Chukai. Elle a beaucoup d'ancienneté dans sa charge et commande le respect. Réponds à ses questions quand elle t'en posera. Collabore avec cette enquête, et tu seras récompensé — mais si tu devais ne fût-ce que m'embarrasser devant cette femme honorable, je sentirai personnellement la chaleur de ton cœur diminuer dans ma main avant que la nuit se termine. Est-ce que nous nous comprenons bien.

— Je crois que j'ai compris le topo, dit Griffiths avec raideur.

Merinda saisit un mouvement du coin de l'œil, et se retourna vivement face à l'entrée.

— La voilà ! Honore-la !

Ne sachant pas quoi faire, Griffiths mit un genou en terre, baissa la tête en détournant les yeux. La pierre fut dure à sa rotule, et il remua discrètement plusieurs fois, s'efforçant de trouver une posture confortable avant que l'*E'toris Librae* n'arrive devant lui, dans toute son importance et sa splendeur. Il entendit le bruit de ses bottes approcher comme une annonce de catastrophe. La douleur dans son genou lui brouillait la vue, mais il n'osait bouger.

Soudain, une paire de bottes entra dans son champ visuel, accompagnée d'une voix pleine d'entrain.

— Tu l'as trouvé courbé comme ça ou tu lui as fait quelque chose ?

Merinda ignora la question.

— *E'toris*, nous venons à ton Vinculum chercher des réponses pour le compte de l'inquisition et nous sollicitons ton assistance et celle de toute ta maison.

— Oh, très bien dit, Merinda ! dit la voix, légèrement sarcastique. Voilà qui sort tout droit du *Manuel du Formalisme Constipé à l'Intention des Vestis* — apparemment ton livre préféré !

— *E'toris*, dit Merinda avec raideur, tu sais aussi bien que moi qu'une déclaration d'intention officielle est exigée...

— Oh, desserre un peu ton corset, Merinda ! dit la femme d'un ton rieur. Tu ne vois donc pas qu'il est sur le point de verser des seaux de larmes agenouillé comme ça sur la pierre ?

Elle lui présenta une petite main fine, qu'il prit, étonné de sa force quand elle l'aida à se relever. Stupéfait, il se retrouva devant une petite femme potelée d'à peine cinq pieds de haut, vêtue d'un uniforme marron et beige, une cape vert foncé flottant au vent.

Elle s'adressa directement à Griffiths, d'un ton très cérémonieux.

— Je suis l'honorée et révérée *E'toris Librae* du Librae Vinculum de Chukai, chercheuse de vérité et porte de la sagesse pour près d'un millier de mondes touchés par l'Omnet.

Elle lui sourit soudain et lui fit un clin d'œil, qui plissa ses pattes d'oie.

— Mais tu peux m'appeler Kiria. Kiria Brenai.

Griffiths marchait lentement, l'*E'toris* flottant à son côté, tandis que les colonnes défilaient de part et d'autre. Elle s'était soulevée du sol par quelque procédé inconnu, et sa tête montait et descendait au rythme de leur avance, à peu près à la hauteur de celle du capitaine. A droite et à gauche, les jardins suspendus exhibaient leur beauté en nuances admirables de bleu, rouge, jaune et argent. Les verts feuillages luxuriants, constamment arrosés et nourris à la perfection, ondulaient doucement à la brise,

Griffiths ne vit rien de tout ça. La petite femme flottant près de lui continuait à bavarder aimablement, et il l'écoutait avec attention. Il aurait aimé nouer des liens avec elle — il la trouvait très sympathique — mais derrière eux marchait l'omniprésente *Vestis* Neskat, qui surveillait étroitement tous ses mouvements. C'était peu dire que Neskat l'effrayait, se dit-il, elle le terrorisait.

— Maintenant, dit Kiria d'un ton plus grave, nous avons un travail à faire, et je soupçonne qu'il te concerne, Capitaine Griffiths. Si tu veux bien me suivre au Hall de la Vision, nous pourrons nous attaquer à l'affaire qui rapproche nos destins.

Elle fit un geste en direction de deux portes gigantesques. Elles avaient au moins dix pieds de large à la base, et trente de haut, apparemment faites d'une sorte de bronze poli avec incrustations compliquées de figures et d'images. Griffiths aurait aimé les étudier plus longtemps, mais elles s'ouvrirent aussitôt, cédant devant Kiria comme si elles étaient dépourvues de poids ou de masse. Au-delà s'étendait une obscurité fraîche, ponctuée de flaques faiblement lumineuses. La petite femme le précéda dans ces ténèbres.

Après un regard à Merinda, il la suivit à l'intérieur.

Les portes se refermèrent silencieusement derrière Merinda qui entra la dernière. Griffiths eut du mal à adapter sa vue à l'obscurité après la lumière éclatante du dehors. *Pourquoi appelle-t-elle ça le Hall de la Vision si on ne voit rien ?*

Une voix dériva dans la nuit — la voix de Kiria, mais subtilement changée. Plus intime, et, d'une certaine façon, plus triste.

— Je me réjouis de te revoir, Merinda. Voilà si longtemps qu'on ne s'étaient pas vues.

— Longtemps ?

La voix de Merinda sonnait aussi dépassionnée qu'elle était désincarnée.

— Oui, je crois que ça fait longtemps. Tu as bien réussi, Kiria. Cette charge te fait honneur.

— J'ai toujours adoré la recherche, répondit Kiria, mais la petite femme que je suis se trouve parfois assise sur un trône trop grand pour elle. Parfois, j'ai l'impression d'en avoir trop appris, trop vu.

— Nous en avons toutes trop vu, *E'toris*, psalmodia Merinda.

A mesure que sa vue s'adaptait, Griffiths distinguait mieux les flaques de lumière. Il aurait voulu que s'éclaircissent pareillement les propos qui le concernaient.

Merinda cracha soudain, en proie à une rage inattendue :

— Pourquoi m'as-tu désignée pour cette mission — la mission des missions, Kiria ! Pourquoi m'as-tu fait une chose pareille ?

La réponse eut la dureté de la pierre.

— *Vestis* Neskat, penses-tu sérieusement qu'une simple *E'toris Librae* pourrait dicter *quoi que ce soit* à l'inquisition ? Nous sommes les humbles trieurs d'informations à travers toutes les étoiles touchées par l'Omnet — et non la glorieuse, presque divinisée, et toute-puissante inquisition de...

— Pas de ces balivernes avec moi, Kiria, rétorqua Merinda. J'ai vu le profil de la mission ! C'est toi qui l'as conçu — et tu m'as spécifiquement désignée !

La vue de Griffiths s'adaptait rapidement. Il découvrit qu'il était au centre d'une salle conique dont la pointe s'élevait très haut au-dessus de sa tête. *Bon sang, ils ne construisent jamais rien de petit dans cette galaxie ?* pensa-t-il. Il regarda autour de lui et réalisa avec une gêne soudaine qu'il était debout entre les deux femmes.

— Bien sûr que je l'ai conçu ! Et alors ? Oui, je t'ai recommandée, mais depuis quand l'inquisition écoute-t-elle mes recommandations ?

— Kiria ! dit Merinda, les dents serrées. Tu as fait plus que me recommander, non ? Je te connais trop bien, Kiria. Tu as trouvé le moyen de me faire accepter. Tu savais ce que cela signifierait pour moi — ce que cela me ferait. J'ai tué pour des insultes plus légères, Kiria, j'ai tué pour moins.

Griffiths regarda la minuscule *E'toris* debout dans une colonne de lumière tamisée. Les paupières baissées, elle réfléchissait, puis elle regarda soudain Merinda dans les yeux.

— C'est donc pour ça que tu es venue, Merinda — pour me tuer ?

Merinda ne bougea pas.

Kiria soupira, puis s'approcha lentement de la *Vestis*, sans la quitter des yeux.

— Est-ce que cela apportera la paix à ton âme, ma sœur ? Mon corps sans vie guérira-t-il ton âme blessée ?

Merinda ferma les yeux sous cet assaut.

— Je suis venue parce que je suis *Vestis* — parce que j'ai été appelée.

— Non, ma sœur, dit Kiria avec calme, passant près de Griffiths et s'arrêtant devant Merinda, sans cesser de la regarder dans les yeux. Tu es venue parce que tu es brisée. Tu es venue parce que tu le devais.

Les lèvres de Merinda tremblaient, mais elle ne bougea pas.

— Bon, dit Kiria, se tournant vers Griffiths, je vois que tu m'as amené quelqu'un. Eh bien, qui est-il, Merinda ? — oh ! nous sommes en sécurité ici, ma sœur, et l'affaire est beaucoup trop délicate pour que le personnel du *Librae* ait vent de nos conversations.

Merinda prit une longue inspiration saccadée.

— C'est le Capitaine Jeremy Griffiths. Lui et moins de la moitié de son équipage originel ont été capturés par les

Irindris, qui apparemment ont trouvé assez de preuves de la Marque de Kendis-dai pour conserver en vie une partie de l'équipage et faire absorber leurs esprits par leur dieu-démon Gnuktikut. *Vestis* Zanfib a trouvé ce fait assez important pour donner sa vie afin de leur permettre de s'échapper.

— Vraiment ? dit Kiria, haussant les sourcils avec intérêt. C'est précieux, effectivement ! D'où vient-il ?

— Il dit qu'il vient de la Terre.

— La Terre ? Jamais entendu parler.

— Personne n'en a entendu parler, Kiria — elle n'est pas dans le catalogue MNIG des contacts, ni dans aucune des bases de recherches locales. J'ai questionné plusieurs synthés de référence, mais aucun d'eux n'a connaissance de cet endroit.

— Peut-être qu'ils mentent, dit Kiria, tournant autour de Griffiths en l'observant avec un nouvel intérêt.

— Les synthés ne mentent pas, dit Merinda sans ambages.

— Maintenant, si, dit Kiria, continuant à tourner autour de Griffiths. Ou du moins, on a relevé un nombre croissant d'incidents en ce sens, juste avant la Ténèbre. Les synthés commencent par dissimuler des informations et par se comporter bizarrement. Tu te souviens, Merinda, tu étais là quand tout a commencé — nous étions là toutes les deux.

— La Ténèbre n'est pas ma mission actuelle, dit Merinda en se croisant les bras.

— La Ténèbre est la mission de tous, dit Kiria d'un ton inquiétant.

L'*E'toris* vint se placer près de Griffiths au centre de la salle conique. Elle fit un geste, et l'espace au-dessus d'eux s'emplit soudain de toute la galaxie, présentée dans ses moindres détails. Griffiths sourit, réalisant qu'il était le premier de sa race à voir la galaxie dans sa parfaite réalité. Les scientifiques terrestres s'étaient tous perdus en conjectures quant à sa structure — mais aucun ne l'avait *vue*. Maintenant, il savait ce que tous les Terriens ne pouvaient que pressentir.

Mais il y avait quelque chose de plus. Quelque part dans son esprit, tout cela lui était familier — comme s'il l'avait déjà vu. Au-dessus de lui, il voyait des sections entières auxquelles étaient attachés des noms, des distances et des lieux.

Ces souvenirs étaient nets mais dissociés, dérivant au hasard dans son esprit, ce qui le troublait.

Tous levèrent les yeux sur l'immense carte lumineuse. Lentement, des aires translucides apparurent entre les étoiles.

— Les empires majeurs, murmura Griffiths, en proie à une crainte révérencielle.

Vers le bord du disque, il vit une petite région s'obscurcir.

— La Ténèbre !

Kiria lui jeta un regard en coin.

— Que sais-tu de la Ténèbre ?

— Je sais que c'est une région de l'espace d'environ deux mille années-lumière en son point le plus large, rétorqua distraitement Griffiths, bien que ses dimensions exactes soient encore inconnues. A l'heure actuelle, elle se dilate au rythme approximatif d'une année-lumière et demie par jour, bien que cette vitesse de fuite soit également pure spéculation et varie considérablement en une question de mois.

Griffiths cligna des yeux. *Qu'est-ce que je radote ?* se dit-il *Où est-ce que je vais chercher ça ?*

Kiria étrécit les yeux.

— Eh bien, Capitaine Griffiths de nulle part — qu'est-ce exactement que la Ténèbre ?

— Je ne sais pas, mais personne ne le sait, non ?

Il parlait avec hésitation, chancelant sous des souvenirs qui ne lui appartenaient pas, et s'efforçant de les réunir en un tout cohérent.

— C'est bien là le problème, n'est-ce pas ? Certains disent que la Ténèbre est un colosse militaire : on parle de flottes spectrales — la rumeur les qualifie de vaisseaux-fantômes sans équipages, uniquement contrôlés par des esprits synthétiques et à leur profit exclusif. D'autres croient y discerner l'émergence d'une nouvelle entité politique s'efforçant de dominer la région en sous-main. D'autres prétendent qu'il s'agit d'un mouvement religieux. Même ton Omnet ne sait pas, non ?

— C'est exact, dit Kiria, hochant la tête. L'Omnet est frappé de mutisme total dans les régions de la Ténèbre — essentiellement à cause d'esprits synthétiques qui se sont détournés de leurs tâches pour se consacrer à des actions aléatoires et apparemment indépendantes. Toutes les tentatives pour pénétrer la Ténèbre par des intermédiaires extérieurs n'ont eu que des résultats décevants. Les Irindris sont au premier rang de ces intermédiaires, quoique nous ayons maintenant des preuves tendant à indiquer qu'ils sont de connivence avec la Ténèbre et l'aident, directement ou indirectement, à s'étendre.

— Toutes choses qui n'ont rien à voir avec ma mission actuelle, psalmodia solennellement Merinda.

— Toutes choses qui ont tout à voir avec ta mission actuelle ! dit sèchement Kiria. Laquelle mission, à ce que j'ai cru comprendre, consistait à rechercher des preuves d'interférences avec les transmissions de l'Omnet provenant des colonies de Gund. Ta couverture, c'était la recherche de rébellion volontaire parmi plusieurs esprits synthétiques de la région — est-ce que je me trompe, Merinda ?

— *E'toris !* Comment oses-tu discuter de ces questions devant un étranger ? dit Merinda, outragée.

— Cet homme ? Oublie-le — il n'est même pas capable de retrouver le chemin de son monde natal, dit Kiria, écartant l'objection d'un geste désinvolte. Tu sais que les transmissions erronées d'informations sont liées aux esprits synthétiques qui son devenus réticents, et qui, dans certains cas, nous mentent carrément. Tu soupçonnais que la Ténèbre en était secrètement responsable. Puis le vieux Zanfib a compris où se trouvait la connexion — à savoir que le puzzle avait un plan, qui avait quelque chose à voir avec une quête farfelue des Irindris.

— Oui, s'écria Griffiths avec excitation, ça a quelque chose à voir avec une ancienne prophétie figurant dans les Cinq Tables des Irindris. Ces Nomades devaient parcourir les étoiles à la recherche d'une cité perdue nommée Aden. Puis un barbare reviendrait des étoiles sauvages, porteur d'une clé, ou de quelque chose de caché dans le désert stellaire. Et ce barbare est censé déverrouiller la cité pour devenir le plus grand de tous les prophètes, et préparer la voie à... à... Bon sang, je n'arrive pas à me rappeler !

— Un barbare venu des étoiles sauvages.

Griffiths entendit Merinda répéter ses paroles, sentit ses yeux fixés sur lui.

— Pas d'affolement, Griffiths, dit Kiria avec calme. Dis-nous simplement ce que tu sais.

Griffiths prit une profonde inspiration.

— Simplement que les secrets, quels qu'ils soient, que

recèle cet Aden, les Irindris et la Ténèbre les veulent tous les deux. Non, plus que ça — ils les veulent désespérément.

— Désespérément, en effet, Capitaine.

De nouveau, Kiria agita la main. Soudain, la galaxie se rua vers eux à une vitesse vertigineuse, les étoiles de la couronne explosant autour de Griffiths. Il fut pris de vertige, mais soudain, les étoiles ralentirent, s'immobilisèrent. La Ténèbre était devant ses yeux, grise, et si grande que ses limites dépassaient les murs et le plafond. Plusieurs régions, trop petites pour être discernables à grande échelle, apparurent en différentes couleurs. Kiria montra l'une d'elles.

— Voilà où nous sommes : à la dernière étoile de la Chaîne de Choralis. Voici les colonies de Gund, et ici, en bleu, la Dynastie des Thailis. Et voilà où vous avez quitté les cités-vaisseaux des Irindris, conclut-elle, montrant un point rouge clignotant.

L'une de ces étoiles est mon monde natal, réalisa Griffiths en sursautant. *Mais laquelle ?*

— Voilà l'itinéraire suivi par les Irindris jusqu'à ce point, reprit Kiria, montrant une longue ligne rouge s'incurvant à travers la salle. Toutefois, juste après votre départ, toute la flotte des cités-vaisseaux s'est immobilisée.

— Immobilisée ? dit Merinda, stupéfaite.

— Immobilisée. C'est sans précédent. L'itinéraire des cités-vaisseaux est déterminé par leurs écritures sacrées — leurs errances devant être éternelles. Les vaisseaux ne doivent jamais s'arrêter ni changer d'itinéraire — pourtant, c'est ce qu'ils ont fait hier.

Tandis que parlait Kiria, la trajectoire de la ligne rouge se brisa à son extrémité et repartit droit sur la région de Choralis.

— Ils te cherchent, Merinda, dit Kiria, et ils violent une tradition presque centenaire pour ce faire. Pire encore, ils sont renseignés sur ton itinéraire par des flottes spectrales de vaisseaux-fantômes — mais oui, Capitaine, ils existent. Ils sont difficiles à détecter, vu que ce sont des astronefs normaux dont leurs propres esprits synthétiques ont pris le commandement, mais il y a des moyens de les découvrir. Ils ont désespérément besoin de te retrouver, Capitaine, et ils se dirigent droit vers nous. Merinda, tu devras partir sans délai si tu veux conserver ton avance.

L'*E'toris* se tourna face à Griffiths.

— Ainsi, Capitaine, tu viens d'un monde inconnu — et apparemment insignifiant — en possession de connaissances si précieuses qu'un membre parmi les plus anciens des *Vestis Inquisitas* a donné sa vie pour sauver la tienne. Qu'est-ce que tu sais de si important ? Qu'est-ce qu'ils cherchent ?

Griffiths réfléchit un moment.

— Je ne peux pas t'aider, madame, dit-il enfin.

Le sourire de Kiria se fit subtilement plus grave.

— Il y a peut-être des nuances de ton langage que les synthétiques ne nous ont pas encore transmises, dit-elle d'un ton suave, avec juste une pointe d'acidité. Tu veux dire que tu ne peux pas ou que tu ne veux pas ?

Griffiths avait la gorge sèche, et sa voix prit des accents plaintifs.

— Je veux dire que je ne peux pas, madame. Ce n'est pas que je ne veuille pas t'aider — je ne demande que ça — mais je ne sais pas ce que tu cherches. Je ne sais même pas ce que je sais !

— Ce que tu dis n'a pas de sens, dit Kiria, secouant la tête.

— Madame, le *Vestis* qui nous a sauvés des Irindris m'a farci la tête de toutes sortes de connaissances avant de mourir, et je n'y comprends rien. Je sais tout sur les Irindris ; et maintenant que tu as parlé de la Ténèbre, j'ai l'impression de savoir aussi des choses là-dessus. Tout ça devait faire partie de la mission de votre ami. Tu comprends, j'en sais plus que je ne devrais — tout est en vrac dans ma tête et je n'arrive pas à tout débrouiller.

Kiria cligna des yeux et recula d'un pas.

— Transfert de mission ? murmura-t-elle.

Merinda s'avança.

— Oui, *E'toris*. Pendant l'évasion, Zanfib a transféré toutes ses informations dans l'esprit de cet homme. En plus des connaissances particulières qui le rendent inestimable pour les Irindris — et je dirais sans doute aussi pour la Ténèbre —, il est en possession de toutes celles que Zanfib avait accumulées au cours de sa mission.

— Ainsi, tu as toutes les réponses, hein, Capitaine ? dit Kiria en souriant. Le problème, c'est que tu ne connais pas les questions ! Eh bien, courage, homme de la Terre ! Si tu peux survivre à la traversée du front quantique donnant accès à l'espace Dynastique, tu auras peut-être les questions concordant avec ces réponses !

— Si tu veux bien m'excuser, *E'toris*, l'interrompit brusquement Merinda, j'ai des préparatifs à faire et un rapport à envoyer avant de partir.

La petite femme se retourna et s'approcha de sa vieille amie. Griffiths vit la *Vestis* se raidir visiblement à l'approche de Kiria, tout son langage corporel avertissant l'*E'toris* de s'écarter — avertissement que Kiria ignora au prix d'un gros effort.

— Merinda, dit-elle, posant la main sur le bras raidi, c'est une route dangereuse que celle sur laquelle je t'ai engagée. Si la Mère des Etoiles le veut, peut-être cette route te mènera-t-elle à la rédemption que tu recherches. Sinon, je crains beaucoup pour toi.

De nouveau, Merinda regardait au loin dans le vague. Et elle s'adressa à la jeune Kiria d'autrefois.

— Ils ont déjà pris ma vie, Kiria. Que peuvent-ils me prendre de plus ?

Chapitre 16

EVASION

— Monsieur Secara, c'est l'une des plus belles caves que j'aie vues de ma vie, dit Lewis, se penchant vers lui à travers la table avec force œillades aguichantes.

Tobler leva les yeux au ciel. Les intentions de Lewis étaient aussi transparentes que le cristal, et en même temps, aussi subtiles que des coups de marteau. Tobler n'était peut-être pas très versée dans la séduction, mais aurait pu même apprendre une ou deux petites choses à Elizabeth.

Ils avaient laissé le vaisseau dans sa nacelle quelques heures plus tôt. Lewis s'était aussitôt attachée à Secara comme une sangsue, Tobler et Ellerby suivant derrière. Tobler avait l'impression très nette de participer à un double rendez-vous surréaliste — son rôle étant celui de la camarade de chambre qu'on traîne à la remorque comme chaperon. La situation lui était assez familière, et la ramena trop facilement à ses années malheureuses à l'université.

Pourtant, l'astroport était fascinant, et, tandis que les détails de leur excursion pouvaient échapper à Lewis, ils n'étaient pas perdus pour Tobler. Les antennes et les équipements, bien visibles sur la tour de contrôle qui se dressait au centre du complexe, étaient systématiquement démantelés par des hommes ailés comme ceux qui avaient guidé leur approche. Apparemment, cet appareillage n'était plus nécessaire et fut remplacé par un immense globe oculaire flottant, braqué sur les nacelles d'atterrissage et de lancement. Une fois ces équipements au sol, ils furent posés sur des chariots de transport et chargés dans un vaisseau pour l'exportation.

Ellerby semblait insouciant. Il s'était tellement convaincu

que tout n'était qu'hallucinations qu'il observait chaque chose avec un étonnement détaché.

Ils traversèrent le terminal et montèrent vivement dans ce que Tobler supposa être un monorail à lévitation magnétique reliant l'astroport au centre de la cité d'Ethis proprement dite. Toutefois, le magnétisme ne semblait pas faire partie du nouvel ordre de ce monde, de sorte que les indigènes s'étaient adaptés, postant un magicien dans chaque voiture pour entretenir l'action des sorts de lévitation, et un couple de gros animaux de chaque côté du rail pour haler le train.

— Ce n'est pas aussi rapide, expliqua Secara en souriant, mais ça marche. Chukai s'enorgueillit d'être à la fois adaptable et pragmatique.

Le plus fascinant pour Tobler, c'était une grosse boule de cristal suspendue dans un coin de leur voiture, et dans laquelle elle discernait des images et des sons.

— ... l'incursion de l'Empire de K'tar dans les Etats Fédérés, prétendant que leurs flottes venaient pour protéger, je cite, « leurs intérêts historiques héréditaires dans la Neuvième Province », fin de la citation. Les Etats Fédérés ont répondu en déployant dans la région leur flotte de frappe d'élite quatre-vingt-deux vingt-neuf, de même que l'Escadrille d'Assaut quatorze-six-cinquante-cinq en ce qu'ils ont qualifié de manœuvres, précisant que leurs établissements dans la région contestée ne seraient pas abandonnés.

« C'était le journal matinal de la MNIG pour Ethis. MNIG : votre univers en perspective. »

Elle avait tenté d'attirer l'attention des autres, mais Lewis était trop occupée à séduire Secara, et Ellerby semblait se moquer de tout. Le temps qu'elle se retourne vers la boule de cristal, une voix trop familière disait :

— ... nombreux rapports concernant des esprits synthétiques affectés, au dire de tous, par le virus. On signale de nombreux problèmes dans les Colonies de Gund — allant des véhicules au sol contestant leur pilote, jusqu'à, dans un cas, un synthé universitaire refusant toutes les requêtes parce qu'en train d'écrire une série apparemment infinie de romans. La cause de ces incidents demeure mystérieuse. C'était Merinda Neskat, pour la MNIG sur la Colonie Sept de Gund.

Tobler était stupéfaite. De nouveau, elle s'efforça frénétiquement d'attirer l'attention de Lewis, mais ils entraient dans la gare principale de la cité et il fallait débarquer.

La journée avait mal commencé et la situation ne promettait pas de s'améliorer. Ils avaient parcouru les rues grouillantes de monde, exercice tortueux vu que la population d'Ethis semblait abhorrer les lignes droites dans toutes leurs applications. Ils étaient enfin arrivés aux Cavernes d'Ethis, principale curiosité de la ville, qui se révélèrent être un trou à ciel ouvert. Des siècles plus tôt, selon le récit bien rodé de Secara, la cité construite sur ce site avait été détruite quand ce gouffre s'était ouvert sous elle. Les indigènes avaient interprété cette catastrophe comme un signe des dieux leur demandant de s'amender, et ils avaient reconstruit la ville en plus grande conformité avec les impératifs religieux de l'époque. Tobler se demanda pourquoi ils n'avaient pas interprété la catastrophe comme un signe leur demandant de s'en aller ailleurs. Ils avaient quand même construit un temple à l'intérieur des cavernes et avaient érigé un obélisque au milieu, déclarant que c'était le centre de toute la création.

Pour Tobler, c'était toute la ville qui était décentrée.

Maintenant, ils étaient assis dans un box de restaurant exigu, dont la table et les bancs donnaient à penser que le Chukai moyen était plus petit que le Terrien moyen. Secara leur avait offert une boisson chaude traditionnelle, et les invitait à rester pour une représentation de la danse des cuillères — autre manifestation folklorique. Tobler avait perdu tout intérêt pour les coutumes locales plus tôt dans l'après-midi, entre une vague manifestation et l'audition du *Chœur de la Caverne pour Tuyau Flexible et Jante Métallique,* Opus 93.

Et maintenant, Lewis faisait des œillades à leur tourmenteur.

— Merci, Lieutenant Lewis, comme c'est aimable à toi, répondit-il. Nous sommes assez fiers de la culture unique des Chukai — surtout au moment où ils changent les bases de leur société. Je crois que vous trouverez tous la danse des cuillères particulièrement...

— Pourrais-tu m'accorder une faveur ? l'interrompit Lewis, se rapprochant du beau Secara. Je crois que j'ai oublié mon carnet de notes dans ce petit magasin de poterie de tout à l'heure.

— Carnet de notes ?

— Oui, une petite chose à couverture rouge de la taille de ma main environ — tu sais, des feuilles maintenues ensemble par une spirale métallique ?

— Euh, dit-il, souriant nerveusement, oui, je crois savoir ce que tu veux dire.

— Pourrais-tu avoir la gentillesse de retourner le chercher ? Je t'en serais si reconnaissante !

— Mais, madame, dit Secara en rougissant, je ne devrais pas vous laisser seuls. J'ai promis à *Vestis* Neskat de m'occuper de vous...

— Peuh ! fit Lewis, soudain boudeuse. Qu'est-ce qui pourrait nous arriver ? On va attendre ici sans bouger jusqu'à ton retour.

Ce manège commençait à écœurer Tobler.

— Eh bien, dit Secara, nous pourrions retourner là-bas tous ensemble. Cela ne prendrait que quelques minutes...

— Quoi ? Et manquer la représentation ? s'écria Lewis, donnant toutes les apparences que son QI avait plongé vers les valeurs négatives. Je ne voudrais pas manquer une minute de cette danse des cuillères !

Secara eut un sourire aimable.

— Très bien. Attendez-moi ici, je n'en ai pas pour longtemps. Et amusez-vous bien jusqu'à mon retour !

Tobler se demanda s'ils devraient cesser de s'amuser *quand* il reviendrait.

A l'instant où Secara disparut sous l'arche de l'entrée, Lewis se retourna vers Tobler et Ellerby.

— Dieu soit loué ! J'ai cru que je ne m'en débarrasserais jamais !

— Moi aussi ! acquiesça Tobler du fond du cœur.

— C'est le moment, dit Lewis, se penchant par-dessus l'étroite table d'un air de conspirateur. C'est maintenant ou jamais !

— Maintenant ou jamais quoi ? s'enquit Ellerby.

Lewis l'ignora.

— Tu vois cet homme appuyé au bar ? — non, ne regarde pas ! Il porte une combinaison de vol quelconque. J'en ai vu des tas autour de l'astroport en venant ici. Il est plus grand que les indigènes, ce qui signifie qu'il n'est sans doute pas originaire de ce caillou.

— Si je ne regarde pas comment veux-tu que je le voie ? dit Tobler.

— Ce n'est pas le moment de faire l'intéressante, Tobler ! Cet homme a accès à un vaisseau quittant cette boule de roc, et à mon avis, nous avons plus de chances de passer un marché pour rentrer chez nous avec un inconnu qu'avec cette psychopathe de Neskat !

Tobler commençait à s'inquiéter.

— Et Griffiths ? On ne peut pas le laisser ici !

— Il s'est mis du côté de cette Neskat ! cracha Lewis. Nous devons agir, et nous devons agir maintenant !

— Ce devrait être intéressant, dit placidement Ellerby. Qu'est-ce que tu as en tête, au juste ?

— Regarde, c'est tout !

Lewis se retourna et fit signe à l'homme de venir s'asseoir à leur table. Malheureusement, elle attira aussi l'attention du voisin de leur sauveur présumé, et elle perdit un temps précieux à faire de grands gestes pour préciser ses intentions. Même alors, le grand astronaute sembla hésiter à approcher, alors Lewis dut se lever et le traîner à leur table.

— Je m'appelle Lewis, dit-elle, en le faisant asseoir à son côté, et voilà Tobler et Ellerby.

— Salut, dit Ellerby.

— Salutations, dit l'astronaute, d'une voix mal assurée. Je m'appelle Hywat. Quel est votre problème ?

— Ah, comme tu es perspicace, roucoula Lewis. Nous sommes dans une situation désespérée. Tu as remarqué l'homme qui est entré avec nous tout à l'heure ?

— Oui, dit Hywat, méfiant. Et alors ?

— Il veut nous vendre comme esclaves !

Tobler faillit s'étrangler en buvant, fut prise d'une quinte de toux et restitua le liquide bleuâtre sous forme de postillons.

— Désolée, dit-elle. J'ai avalé de travers.

Lewis saisit Hywat au collet et le tourna de force face à elle.

— Cet homme nous a enlevés, nous a arrachés à nos familles et à nos amis, et maintenant, il se propose de nous faire subir des sévices inqualifiables, puis de nous vendre comme esclaves ! Je t'en supplie, il faut que tu nous aides à lui échapper !

— Je ne sais pas, madame, dit le grand astronaute. Ça ne me regarde pas.

— S'il te plaît ! gémit Lewis. Il faut que tu nous viennes en aide ! Qui d'autre peut nous assister ? Il nous faut un homme fort et courageux — et qui ait accès à un vaisseau ! Je t'en prie, dis-moi que tu as accès à un vaisseau !

— Oui, madame, il se trouve que j'ai accès à un vaisseau, dit Hywat, hochant la tête. Mais je ne crois pas... S'il te plaît, tu peux reculer un peu ?

— Oh, Hywat, aide-moi je t'en prie ! dit Lewis, se répandant sur lui. Aide-moi, et tu n'auras pas affaire à une ingrate ! Je ne te lâcherai pas, c'est impossible !

— D'accord, d'accord ! dit Hywat, détachant à grand peine les bras de Lewis de sa personne et les tenant pendant qu'il lui répondait. Ce genre de chose demande du doigté pour réussir, mais ce n'est pas comme si j'en étais à mon coup d'essai. Ce restaurant a une porte latérale. Enfilez ce couloir à la gauche du bar, et ouvrez la dernière porte sur votre droite. Elle débouche dans une ruelle. Je vous attendrai dans trois minutes avec un conteneur. Oh ! ne vous en faites pas, ils sont grands et il y a la place pour respirer. Je vous monterai à bord en douce et je vous ferai sortir quand nous aurons décollé.

— Oh ! merci, dit Lewis, se libérant les mains et embrassant Hywat sur les deux joues.

— Je vous retrouve dans quelques minutes, dit Hywat, se levant précipitamment. Rendez-vous dans la ruelle, d'accord ?

L'astronaute sortit en coup de vent.

Lewis se retourna vers son compagnons avec un sourire suffisant.

— Ah, les hommes ! Ils sont tellement prévisibles ! Tellement bêtes ! Excuse-moi, Ellerby, je ne parlais pas pour toi.

Ellerby hocha la tête avec un sourire pincé.

Tobler posa la main sur le bras de Lewis.

— Un conteneur ? Lewis, est-ce que c'est vraiment une bonne idée ?

— Tout s'est passé comme je l'avais prévu.

Lewis sourit.

— De plus, ajouta-t-elle, je ferais n'importe quoi pour me débarrasser de ce Secara ! Quel homme insupportable !

Le conteneur remplissait presque l'étroite et sombre ruelle. Il avait été relativement facile au magicien de la Guilde des Dockers de guider l'énorme boîte métallique renforcée dans le passage, mais lui et son granx de bât eurent du mal à en sortir à reculons. Le conteneur heurta deux fois des maisons avant de ressortir sur la route.

— Hé, fais attention, tu veux, dit Hywat. Mon chargement est fragile et je ne veux pas de problème à l'ouverture.

— *Hawasath*, bon maître, dit le magicien Chukai en s'inclinant devant l'astronaute. A quelle nacelle je dois l'emmener ?

— Eh bien, dit Hywat, se tournant vers l'homme qui sortait d'une maison, où veux-tu qu'on l'emporte ?

— Ils peuvent m'entendre ? demanda doucement l'homme.

— Non, c'est un conteneur pour produits dangereux ; il est renforcé et pourvu d'une doublure isolante. Tout pourrait se désintégrer autour d'eux qu'ils ne s'en apercevraient même pas — même s'ils sont un peu sonnés par les secousses que le docker leur a infligées.

— Très bien, dit l'homme. Qu'il emporte le conteneur à la nacelle trois cent soixante-dix-sept et le charge sur le vaisseau qu'il y trouvera. Fais bien en sorte que le conteneur y arrive, Hywat, et paye bien le docker — pas trop bien quand même, pour ne pas éveiller les soupçons.

— Oui, Maître Secara, dit Hywat. Comme vous voulez, la dame et toi. La journée a été longue, je suppose ?

— En effet, dit Secara, avec cette femme qui n'arrêtait pas de me draguer pendant que je cherchais à les occuper en les traînant d'un lieu culturel ringard à un autre ! Notre dame se doutait qu'ils chercheraient à s'évader, et elle a préféré nous prévenir pour qu'on puisse prendre les devants et contrôler la situation. Tu t'es très bien acquitté de ta mission, Hywat. Franchement, je commençais à désespérer qu'ils passent à l'action ! Seigneur de la Nuit ! Si j'avais dû assister à cette danse des cuillères, je crois que c'est moi qui aurais eu envie de m'évader !

— Tu veux que j'ouvre le conteneur dès qu'il sera dans la soute ? demanda Hywat.

Secara haussa un sourcil.

— Tu en as envie ?

— Pour me retrouver à me défendre de cette femme ? dit Hywat, levant les bras au ciel. Non, par les Etoiles !

— Eh bien, ton vœu est exaucé.

Secara hocha la tête.

— De plus, *Vestis* Neskat a bien précisé qu'elle voulait ouvrir le conteneur elle-même quand ils seraient hors-planète.

Hywat réfléchit un instant.

— Tu crois que c'était vraiment indispensable de les fourrer dans un conteneur ?

— Ils ont de l'air, une petite lampe, et assez de rations pour quelques heures — ils ne sont pas à plaindre. De plus, je leur imposerais des épreuves bien pires rien que pour me débarrasser de cette Lewis !

Chapitre 17

MAELSTROM

La soute traversait verticalement les quatre ponts du *Brishan.* C'était la plus grande aire d'un seul tenant du vaisseau, mais, bien qu'il transportât rarement des marchandises, c'était aussi la plus encombrée. La diversité des espaces quantiques et les altérations subséquentes des lois de la physique faisaient du voyage spatial une affaire compliquée. Les missions des *Vestis* exigeaient que leurs vaisseaux soient préparés — ou au moins adaptables — à toutes les conditions environnementales pouvant se présenter dans plusieurs régions quantiques. Cela signifiait que les astronefs avaient de multiples systèmes de propulsion, et suffisamment de place pour abriter des systèmes modulaires supplémentaires, conformes à toutes les exigences de la mission. Chacun pouvait donc être rapidement et efficacement modifié selon les conditions rencontrées. Généralement parlant, le nombre de systèmes d'un vaisseau était une bonne indication des distances qu'il devrait parcourir.

Le *Brishan* ne faisait pas exception à cette règle. Presque tout l'espace disponible dans la soute était occupé par des systèmes alternatifs de propulsion, de survie, de production d'énergie et des générateurs de champ, sans compter les conteneurs pliables destinés à alimenter les divers systèmes. Etroitement coincé entre eux se trouvait un conteneur de matières dangereuses, au panneau d'accès verrouillé et scellé.

Griffiths contempla ce panneau et ses clignotants rouges pendant plusieurs minutes. Neskat s'était fait un malin plaisir de l'informer en détail du contenu de ce conteneur. Elle lui en avait donné le code d'accès en lui disant d'aller sortir de sa boîte son équipage dévoué. Elle aurait adoré le faire elle-même, avait-elle dit derrière le masque froid qu'était son visage, mais elle pensait qu'il valait mieux pour tout le monde qu'il s'en charge lui-même.

Il contemplait donc le conteneur, immobile, bras croisés, pensant à son équipage. *Son équipage*. Quelle farce ! Il s'efforçait de comprendre ce qui se passait — de trouver le moyen de les sortir tous de ce pétrin pour revenir sur la boule bleue qu'ils appelaient la maison — et qu'est-ce qu'ils faisaient ? Ils se lançaient dans une stupide tentative d'évasion ! Evasion de quoi ? Evasion vers quoi ? Il ruminait ces idées, toutes teintées d'une seule pensée : *et ils m'auraient laissé en arrière.*

Le temps et l'inventivité de l'esprit commençaient quand même à le calmer. Après tout, sauter aux conclusions, c'était ce que l'esprit humain faisait de mieux, Griffiths le savait, car de telles conclusions l'avaient bien souvent mis en situation difficile. *Peut-être qu'ils ont été victimes de folie temporaire. Peut-être que l'un d'eux m'a abandonné à regret. Peut-être que je ne sais pas toute l'histoire. Peut-être que Merinda ne me dit pas tout.*

D'autre part, se disait-il, *peut-être que mon premier mouvement était le bon.*

Il sentait le léger roulement du vaisseau sous la traction des dragons de nouveau attelés.

La ventilation bourdonnait doucement.

Les lumières du panneau d'accès continuaient à clignoter.

Griffiths attendait d'avoir pris une décision, mais il n'y arrivait pas. Soudain, il tendit la main et, faisant trêve à sa discussion intérieure, il pianota le code d'accès sur les symboles du panneau.

La boîte explosa en une déflagration de mouvement et de bruit, il fut renversé, durement plaqué sur le pont. L'air s'échappa bruyamment de ses poumons, aidé par le poids de quelqu'un couché sur lui. Sa vision se brouilla. Il suffoquait.

— Tiens-lui les bras !

— J'en ai un ! Tiens-lui les jambes !

Un silence soudain s'abattit sur la scène. Les mouvements désordonnés s'arrêtèrent. La vision de Griffiths s'éclaircit quand il put aspirer une grande goulée d'air, et il vit une Tobler ahurie agenouillée sur sa poitrine, lui serrant la gorge à deux mains.

— Capitaine ! glapit-elle.

Griffiths essaya de rétorquer : « C'est maintenant que tu le découvres ? », mais il ne put émettre que quelques sons inintelligibles avant de se remettre à haleter. Un seul regard autour de lui suffit à lui éclairer la situation. Lewis le dominait, l'air désorienté, s'efforçant toujours de lui déboîter l'épaule, un pied planté sur sa clavicule. Ellerby, debout plus ou moins près de lui, lui tenait un mollet, comme si c'était un pilon de volaille.

Ellerby ferma les yeux et le lâcha.

Griffiths se sentit s'empourprer et ramena son regard sur Tobler.

— Dégage ! gronda-t-il.

Tobler roula instantanément sur le flanc. Lewis ouvrit la main immédiatement, reculant jusqu'à ce qu'elle heurte la paroi derrière elle. A son air, elle était encore trop près de lui pour son goût.

Griffiths roula péniblement sur lui-même et se retrouva à quatre pattes. Il commençait à retrouver son souffle.

— Dé...désolée, Capitaine, bredouilla Tobler. On croyait que tu étais un extraterrestre !

— Tiens, tiens ? répondit-il lentement.

Il se releva en chancelant, les deux mains sur les genoux pour se stabiliser.

— Tu avais une raison particulière de me prendre pour un extraterrestre ou est-ce une opinion personnelle ?

— Capitaine ! dit Lewis d'un ton précipité. Comment as-tu échappé à cette Neskat ? Nous ne savions même pas sur quel vaisseau on serait ! Comment as-tu pu nous trouver ?

— Il n'a pas échappé à « cette Neskat ».

Le visage de Lewis se figea, et elle se tourna lentement vers la voix.

Et là, dans le couloir d'accès, elle vit Merinda Neskat.

— Tu es de nouveau sur le *Brishan*, Lieutenant Lewis, dit froidement Merinda, mais je ne dirais pas que tu es ma prisonnière. Tu peux quitter ce vaisseau quand tu voudras. La rampe d'accès au sas est derrière toi sur ta droite. Tu auras pourtant une longue marche à effectuer, vu que nous sommes à zéro virgule trois années-lumière du monde habité le plus proche. En marchant d'un bon pas, il te faudrait environ quarante millions d'années pour y arriver.

— Merci du renseignement ! dit Lewis, la voix tranchante comme un rasoir, le regard haineux.

Merinda s'avança vivement.

— J'aimerais m'occuper de toi, princesse, mais j'ai un problème plus pressé pour le moment. Toi, Ellerby !

— Oui, dit-il d'un ton plaintif.

— J'ai besoin de toi aux systèmes d'armes.

— Aux systèmes d'armes ? ricana Ellerby. Tu n'avais pas besoin d'équipage jusqu'à maintenant — qu'est-ce qui te presse ?

— J'en ai besoin maintenant !

Griffiths se tourna vers la *Vestis*.

— Neskat, qu'est-ce qui se passe ?

Neskat répondit précipitamment :

— Nous approchons du front quantique, Griffiths, mais plusieurs vaisseaux gagnent sur nous. Ils se sont identifiés comme appartenant au Système de Défense de Chukai, et prétendent qu'ils veulent nous inspecter dans le cadre de la lutte contre la contrebande, mais leur configuration ne me dit rien qui vaille et ils sont beaucoup trop rapides.

— Qu'est-ce que ça signifie ?

— Ça signifie que la flotte spectrale a avancé plus vite que nous le pensions — Ellerby, tu sais où sont les systèmes d'armes ? Non, bien sûr. Bâbord, pont trois, au bout du couloir d'accès à la salle des machines. Tu y trouveras un fauteuil. Assieds-toi dedans et demande Muris — c'est le petit synthé de l'artillerie. Il te dira tout ce que tu as besoin de savoir. Mais attends mes ordres pour tirer.

Ellerby consulta Griffiths du regard.

Le capitaine hocha la tête, lui faisant signe de sortir.

Ellerby partit en courant.

Neskat se tourna vers Tobler.

— Pont quatre, à l'arrière de la salle des machines de tribord, il y a une petite station de contrôle des avaries. Le synthé s'appelle Evis. Tu sauras t'en occuper ?

— Je... je ne sais pas !

— Mais si, tu sauras, dit Griffiths d'une voix égale. Parle avec Evis, et tout ira bien. Ta station se trouve juste derrière cette écoutille en iris à dix pieds derrière toi. Concentre-toi sur le boulot, et tu n'auras pas de problème.

Tobler eut un sourire nerveux.

— Oui, Capitaine.

Elle s'esquiva vivement.

Neskat se tourna vers le dernier membre de l'équipage.

— Lewis, il y a une seconde station de contrôle des systèmes d'armes en haut de la coque. Il y a une écoutille arrière qui y mène. Le synthé s'appelle Tashel. Assieds-toi dans le fauteuil, détends-toi, parle au synthé et...

— Non.

Apparemment, c'était un mot que Neskat n'entendait pas souvent. Elle parut ne pas comprendre.

— Non ?

— Non, je refuse d'obtempérer.

Un sourire mauvais tirailla la bouche de Neskat.

— Vraiment ?

— En tant que prisonnière, je refuse d'aider l'ennemi à...

Griffiths s'avança soudain.

— Lieutenant Lewis ! Nous nous trouvons dans une situation particulière et ta coopération est indispensable. De plus, je ne pense pas que ces gens aient signé la Convention de Genève...

— Capitaine, dit Lewis avec emportement, nous ne savons pas si cette femme agit dans l'intérêt de...

— Silence, Lewis ! Garde à vous ! ordonna Griffiths, d'un ton de commandement qui surprit tout le monde, lui le premier. Tu n'as fait que chialer et râler depuis notre accident. Et quand tu as fini par montrer un peu d'initiative, tu m'as abandonné au profit d'une machination loufoque qui s'est terminée en la plus grosse farce dont j'aie jamais été témoin !

Lewis devint livide, les yeux fixés droit devant elle, raide comme la justice.

— Capitaine !

L'image d'Ellerby assis dans son fauteuil semblait flotter tout près.

— Les vaisseaux en approche demandent qu'on mette en panne et qu'on se prépare à les laisser monter à bord. Muris dit qu'ils seront à portée de tir dans trois minutes.

Le fantôme d'Ellerby disparut.

Griffiths reprit calmement mais avec une fermeté sans réplique :

— Je n'ai pas le temps de t'expliquer ni de quêter ton approbation, Lewis. Je le ferai *peut-être* plus tard. Tout ce que je peux te dire, c'est que nous serons tous morts dans quelques minutes si tu es assez con pour ne pas transporter ton cul en vitesse à la salle d'artillerie, *et au trot* !

Les yeux de Lewis lancèrent des éclairs haineux — mais elle obtempéra.

— Oui, Capitaine !

Elle disparut par l'écoutille en iris.

Griffiths expulsa longuement l'air de ses poumons.

— Eh bien, je suis impressionnée, Capitaine ! dit Merinda. Allons à la passerelle voir comment nous pouvons nous tirer de ce mauvais pas.

C'était la première fois que Griffiths la voyait avec un sourire sincère et détendu.

Griffiths entra les pieds devant dans le tube élévateur, dégringolant derrière Merinda. Le passage tournait immédiatement sur la droite, puis, juste après une série de portails se faisant face de chaque côté, débouchait dans la passerelle.

C'était la première fois qu'il y entrait ; jusque-là, la passerelle était scellée.

Il se retrouva au milieu d'un vaste plancher de bois dur et luisant. Des arches gracieuses formaient une nef délicate au-dessus de sa tête, dans lesquelles se fondaient les courbes des consoles sans solution de continuité. A l'avant, la salle ouvrait sur un dôme inversé, la passerelle se trouvant au niveau inférieur de l'astronef. D'où il était, il voyait la longue ligne de la coque filer au-dessus de sa tête, tandis que les étoiles dérivaient à ses pieds.

Dans ce dôme, le sol se prolongeait par une plate-forme sur laquelle était fixé un grand fauteuil pivotant. Merinda s'y assit, face à lui, les bras posés sur la large courbe des panneaux. Entre eux s'incurvait, au-dessus du plancher poli, la surface lisse et unie de la console de tribord. Un deuxième fauteuil, plus utilitaire, flottait devant cette console sur un champ de répulsion.

Merinda lui fit signe de s'y asseoir.

— Voilà ton poste, Capitaine, dit-elle, d'un ton maintenant calme et assuré. Tu devras communiquer avec ton équipage et coordonner leurs actions. Ne nous conteste pas, ni moi ni mes méthodes. Tu dois simplement obéir. Est-ce compris ?

— C'est compris, *Vestis*, dit-il, pensant : *si seulement j'étais sûr que mon équipage comprendra aussi bien !*

— Lindia, dit Merinda à la cantonade, configure la passerelle en vue d'un contact hostile et établis la téléprésence avec toutes les stations maintenant pourvues d'un opérateur.

— Merinda, le vaisseau de tête exige une communication directe avec moi.

— Tu sais quels sont mes ordres à ce sujet !

— Ils insistent, disant que la sécurité de cet équipage et l'accomplissement de sa mission passent avant tes ordres.

— Non, Lindia, tu ne dois communiquer avec ces vaisseaux sous aucun prétexte.

— Le vaisseau de tête dit que ta sécurité est compromise, Merinda, du fait que je ne communique pas avec eux.

— Lindia, obéis à mes instructions, et cesse immédiatement de communiquer avec ces vaisseaux !

Assis dans son fauteuil, Griffiths se demandait de quoi il retournait.

— Ordres exécutés. Passerelle en mode de contact hostile. Téléprésence établie.

Soudain, les fantômes d'Ellerby, Tobler et Lewis parurent dans la passerelle. Ils flottaient en l'air près des parois, Ellerby et Lewis plus de travers que Tobler, qui se tenait plus droite. Derrière eux, les murs se mirent à afficher des images tactiques. Griffiths s'étonna un moment de ces dispositions — pourquoi n'avaient-ils pas tous leurs consoles de contrôle dans la passerelle ? En un éclair, il réalisa qu'en dispersant les stations dans tout l'astronef, il lui était possible de survivre même si certaines parties en étaient détruites. Le prix à payer était généralement des communications plus difficiles. Ce système de téléprésence leur permettait d'être tous dans la même salle — sans être à la même place. Griffiths vit soudain le *Brishan* d'un œil nouveau : c'était un vaisseau de guerre.

Se tournant vers sa propre console, il eut un choc en constatant que sa surface changeait de forme. Des protubérances bulbeuses prirent des formes de manettes, des séries de pustules devinrent des touches de clavier et ce qui semblait être des interrupteurs.

— Griffiths, écoute-moi bien, dit Merinda, cherchant à l'arracher à la contemplation fascinée de son clavier. Voler avec des dragons de phase est une tâche difficile — rendue encore plus difficile du fait que nous devons prendre de la vitesse, couper les harnais, et dériver dans le front quantique. Une fois de l'autre côté, nous pourrons couper la propulsion à induction, et échapper à ces vaisseaux-fantômes. Mais il faut traverser ! C'est ma tâche.

« *Ta* tâche à toi, c'est de nous conserver en vie jusque-là. Tu dirigeras les systèmes défensifs. »

— Je ne peux pas travailler sur ce clavier ! dit Griffiths d'un ton paniqué. Regarde-moi ce truc !

— Oublie le clavier, dit Merinda, pivotant dans son fauteuil. Parle avec Fisk, c'est tout.

— Fisk ? s'écria Griffiths.

— Salut ! Je suis Fisk, synthétique de ton système défensif, résonna une voix joyeuse dans la tête de Griffiths. Mon rôle consiste à t'aider à accomplir ta tâche plus facilement ! Je ne vis que pour t'aider puisque, si je ne t'aide pas, je ne vivrai pas non plus ! Ha-ha, juste une petite plaisanterie pour détendre l'atmosphère...

Griffiths ne trouva pas ça drôle.

— Tu me sembles assez bavard pour un système de défense, Fisk.

— Tu comprends, le rôle de synthétique de système de défense et celui d'opérateur de système de défense peuvent être assez stressants, surtout quand la survie de tout l'équipage et de toute la mission est en jeu. Je trouve qu'un peu d'humour permet aux opérateurs de se détendre et soulage la pression. Après tout, un esprit détendu est un esprit clair...

Griffiths émit un grognement.

— Je ne voudrais pas t'offenser ou te stresser, mais pourrais-tu me dire comment fonctionnent les défenses du vaisseau ?

— Bien sûr, ce sera pour moi un plaisir et un honneur que de t'instruire en l'usage des systèmes de défense. Ces systèmes sont complexes, avec niveaux et configurations multiples dépendant de la menace, mais avec un peu de pratique tu devrais t'en tirer très bien ! Nous allons commencer par... oh, excuse-moi ! L'évaluateur de danger indique la nécessité d'activer les systèmes de défense immédiatement !

— Quoi ! hurla Griffiths.

Son fauteuil se mit à flotter au centre de la passerelle, entouré d'un réseau sphérique de lignes bleues lumineuses. Griffiths réalisa soudain qu'il avait retrouvé l'impression familière d'apesanteur. Il jeta un coup d'œil vers Merinda. Elle avait déjà fait pivoter son fauteuil vers l'avant, l'étrave penchant en avant et roulant fortement sur la droite.

Trois petits vaisseaux, parfaitement rendus en trois dimensions, apparurent à la périphérie de la sphère, comme des lucioles fonçant droit sur lui.

— Qu'est-ce que je fais ? hurla Griffiths.

— Je recommande d'activer les champs de déflexion immédiatement.

— Vas-y donc !

— Avec plaisir !

Une bulle verte, plus petite que la sphère bleue, se forma autour de lui. A sa stupéfaction, Griffiths constata qu'il pouvait la toucher tout en flottant à l'intérieur. Chaque endroit que sa main touchait coagulait le vert translucide en un vert plus éclatant, tandis que le reste de la bulle disparaissait. C'était comme une extension de lui-même.

— Feu derrière toi, Capitaine !

Griffiths se retourna trop tard. Les petits vaisseaux-lucioles étaient passés sous lui et crachaient sur lui des fléchettes de lumière, qui le touchèrent aux hanches.

— Aïe ! tonna Griffiths tandis que le vaisseau tanguait follement.

— Griffiths ! cria Merinda. Dis à tes gens d'ouvrir le feu, et toi, active les champs de déflexion !

Griffiths flotta dans la bulle, tête en bas, se frictionnant la hanche pour atténuer la douleur.

— J'y travaille !

Le fantôme de Tobler l'appela du mur.

— Avarie à la coque sur bâbord. On dirait que ça tient. La coque se répare elle-même.

Griffiths n'était pas sûr de vouloir comprendre ce que ça signifiait. Il se tourna plutôt vers les fantômes flottants d'Ellerby et Lewis.

— Ouvrez le feu ! Ouvrez le feu !

Ellerby était pâle, même pour un fantôme.

— Capitaine, ça... ça commence à devenir un peu trop réel pour moi.

— Secoue-toi, Ellerby ! vociféra Griffiths, comme les trois vaisseaux repassaient sous lui, rejoints par deux autres. Griffiths se tordit sur lui-même pour leur faire face, comme ils se dispersaient sur différents vecteurs.

— Fisk, qu'est-ce que je fais ?

— Incline la force des champs de façon à qu'ils repoussent les éclairs.

— D'accord, mais comment ? *Comment ?*

— Fais-le, c'est tout. Oh non ! Attention !

Deux vaisseaux changèrent brusquement de direction, braquant leurs armes droit sur Griffiths. De nouveau, leurs fléchettes de lumière filèrent vers lui. Instinctivement, il leva les mains, les pressant contre le globe vert.

Le vert se coagula autour de ses mains. Les éclairs rebondirent sur le vert foncé.

— Excellente déflexion, Capitaine Griffiths ! Superbement minutée ! Tu as le chic pour ça, on dirait.

Sous ses yeux, son propre corps se mit à lancer des flèches de lumière. Les deux vaisseaux qui venaient de tirer sur lui passaient maintenant sous lui. L'un d'eux fut frappé par l'un de ces éclairs. Le vaisseau explosa en une éruption miniature.

— Bien joué, Lewis, dit le fantôme d'Ellerby.

— Juste une autre forme de système de survie, rétorqua le fantôme de Lewis.

Griffiths se retourna, se rappelant soudain les trois autres vaisseaux. Comme il s'en doutait, ils s'étaient remis en formation et fonçaient droit sur lui. Il pressa ses deux mains contre le globe vert pour détourner l'attaque.

Soudain, une violente douleur explosa au milieu de son dos.

Le vaisseau fit une brusque embardée vers le haut. Griffiths s'étira le cou pour regarder derrière lui, et constata que le quatrième vaisseau les avait contournés et attaqués tandis qu'il surveillait l'avant.

— Front quantique dans dix secondes ! cria Merinda. Griffiths, surveille tes arrières !

— Tu m'étonnes ! grommela le capitaine.

Il ne savait où donner de la tête. Ses trois attaquants se regroupaient pour un nouveau passage, mais il fallait qu'il garde l'œil sur le quatrième qui arrivait par-derrière. Soudain, ils virèrent tous en même temps, Griffiths poussa sa main gauche vers le bas et le dernier, la droite vers le haut et les trois autres.

Tous firent feu en même temps.

Griffiths retira vivement sa main droite, une violente douleur fulgurant dans son bras. Sous l'impact, le *Brishan* roula lourdement sur tribord.

La voix paniquée de Tobler résonna.

— Avarie à la salle des machines de tribord ! Cloison effondrée à tribord sur le pont trois ! Soixante-cinq pour cent de perte de courant sur le réseau déflecteur ! Courant coupé aux armes de tribord ! Notre atmosphère s'échappe sur le pont un à bâbord ! La brèche se comble !

— Neskat ! tonna Griffiths. Sors-nous de là !

— Harnais des dragons coupés. Front quantique dans trois secondes !

Griffiths se retourna. Les vaisseaux-lucioles tournaient autour de lui et bondirent soudain de l'avant. Il eut l'impression de dragons miniatures s'envolant dans les étoiles derrière lui.

Les quatre lucioles firent feu, à courte distance de la proue du *Brishan* — à la limite même du front quantique. Instinctivement, Griffiths leva les deux mains.

— Non ! hurla rageusement Merinda.

Les éclairs s'écrasèrent sur le champ de déflexion. Sous l'impact, Griffiths fut plaqué en arrière contre la bulle.

Le *Brishan* s'enfonça de biais dans le front, et le chaos se déchaîna. La coque gronda, les diverses réalités luttant pour la suprématie contre les champs déflecteurs. Griffiths culbuta dans son champ d'apesanteur tandis que le vaisseau roulait et tanguait.

— Maudits vaisseaux-fantômes ! ragea Merinda, manœuvrant frénétiquement les contrôles de son poste de pilotage.

Griffiths se contorsionna pour la voir.

— Neskat ! Qu'est devenu notre...

Il se pétrifia.

Au-delà du dôme d'observation de la passerelle, il y avait à la fois tout et rien. Il y avait ce qu'on voulait voir, une gueule terrifiante de non-vérité, d'antiréalité. Pris de nausée, il ferma les yeux.

— Les vaisseaux-fantômes ont altéré notre vecteur et nous sommes coincés dans le front ! lui cria Merinda pardessus les gémissements de la coque.

— Les cloisons principales cèdent ! glapit le fantôme de Tobler d'une voix stridente.

Griffiths se força à ouvrir les yeux. Il vit les vaisseaux-lucioles de l'autre côté du front et qui fonçaient sur eux.

— On est encore loin ? cria-t-il.

— Non — mais encore trop loin !

Griffiths sourit. Un vaisseau-luciole planait juste devant le globe vert qui clignotait maintenant autour de lui. *Quelle imprudence de ta part*, pensa-t-il. Il tendit les deux mains vert le globe vert, qui était malléable comme il s'en doutait. De toutes ses forces, il poussa ses mains dans le globe, l'étirant autour du vaisseau ennemi.

Il tira vers lui.

Le *Brishan* fit une légère embardée en avant dans le maelström — et le vaisseau suivant fut soudain à sa portée. Il tendit les bras et sentit le petit vaisseau dans ses mains renforcées par la bulle. *Ce vaisseau doit avoir une masse de plusieurs tonnes*, se dit-il, le serrant comme s'il était un dieu.

De nouveau, il tira.

Soudain, les secousses cessèrent. Les étoiles se stabilisèrent autour d'eux.

— On est passés ! dit Merinda d'un ton révérenciel.

Griffiths regarda le troisième vaisseau virer et revenir sur eux. Il se contorsionna, prêt à le saisir dans ce qui restait du champ affaibli.

— Pas aujourd'hui, dit Merinda d'un air suffisant.

Elle poussa les contrôles du propulseur à induction.

Le vaisseau-luciole s'évanouit. Griffiths se retourna vers l'avant, et s'aperçut que le *Brishan* filait maintenant dans un couloir de lumière arc-en-ciel.

Merinda fit pivoter son fauteuil et lui adressa un sourire espiègle.

— Cela conclut ta première mission de coordinateur de systèmes défensifs, dit joyeusement Fisk, tandis que les sphères lumineuses se dissolvaient et que Griffiths était doucement descendu vers le sol, tête la première. Tu t'es très bien comporté, Capitaine Griffiths, et je te félicite personnellement d'avoir survécu à ta première mission.

Merinda s'approcha de Griffiths et lui tendit la main pour l'aider à se relever.

— Pas bête d'avoir utilisé la masse des vaisseaux pour nous sortir du front.

Griffiths accepta sa main et se releva.

— Je suppose que la bonne vieille physique newtonienne marche à peu près partout.

Merinda sourit.

— Enfin, je n'y compterais pas trop. Disons simplement que c'est une bonne chose qu'elle ait marché en cette circonstance.

GAMMA

LIVRE DES SENTINELLES

Chapitre 18

L'OMNET

Ka'ashra de Maris s'écarta de son poste de travail, s'étirant voluptueusement dans son fauteuil suspendu à haut dossier, faisant légèrement bourdonner les champs magnétiques. Elle pouvait se permettre le luxe de se détendre un peu — d'ailleurs, c'était plutôt un besoin, se dit-elle sans conviction. La vérité, c'est qu'elle rechignait à passer les quelques semaines requises pour la composition de son prochain rapport à partir des matériaux qu'elle rassemblait depuis trois mois. Quand elle aurait fini, elle serait toujours là — coincée à son poste de travail, pendant que ses supérieurs décideraient quoi faire d'elle. Au moins, si elle était coincée, c'était au Central, ce qui n'était pas si mal.

Elle se tourna dans son fauteuil et regarda quelques instants par la fenêtre de son bureau. Loin au-dessous d'elle flottait Mnemen — un petit bijou de planète, et, pour tous ceux que ça intéressait, le centre exact de l'univers.

Au premier abord, « centre de l'univers » semblait une galéjade. Mnemen n'était pas un monde très impressionnant, car, même si ses racines s'enfonçaient profondément dans l'histoire de la galaxie, elle n'avait rien de terriblement spectaculaire. Elle avait ses beautés naturelles, bien sûr, comme toutes les planète habitées — et beaucoup qui ne l'étaient pas — mais rien d'assez extraordinaire pour seulement justifier son entrée dans l'*Omnibus Galactique des ESF*. Géographiquement, elle n'était pas spécialement centrale non plus, et elle ne se trouvait pas au croisement d'importantes routes commerciales autres que celles qu'elle avait ouvertes elle-même. Et elle n'était pas non plus u centre d'une puissante force interstellaire impériale. En fait, si l'on pouvait dire qu'elle se trouvait à l'intérieur d'un ensemble politique, c'était aux confins de la Transcendance d'Herwach, empire mineur à l'échelle de la politique galactique, dont le trait le plus marquant était une condescendance béate sans précédent à l'égard des autres puissances galactiques quelle que fût leur taille. La Transcendance partait du principe qu'elle était au-dessus de la politique des autres Etats souverains, restait neutre dans tous les conflits, et assurait sa paix par une batterie étourdissante de pactes de non-agression et de défense mutuelle qu'aucun Etat ennemi potentiel ne s'était jamais donné la peine d'examiner à fond.

Non, Mnemen est remarquable parce que nous l'avons faite *remarquable*, pensa-t-elle. *Mnemen ne tournait pas dans l'univers, nous avons fait en sorte que l'univers tourne autour d'elle.*

Ka'ashra se leva, les longs plis de sa robe traînant derrière elle, et marcha vers la fenêtre en avancée du mur latéral. C'était une de ses « petites vanités », comme elle disait. Cette baie avait coûté cher à installer, et il lui avait fallu batailler rien que pour obtenir l'autorisation de l'*E'toris Prime* Targ. Il avait fallu décompresser plusieurs bureaux de ses camarades — qui tous et toutes avaient de bonnes raisons de ne pas renoncer à leurs propres projets juste pour que Ka'ashra ait une plus belle vue. Elle avait caressé les uns dans le sens du poil, menacé les autres, sans cesse guidée par l'instinct qui l'avertissait toujours jusqu'où elle pouvait aller trop loin pour obtenir ce qu'elle voulait. Maintenant, elle avait son bow-window — symbole, pour tous ceux qui entraient dans sa suite de travail, de la puissance dont elle disposait quand elle voulait s'en servir.

Le champ de gravité s'arrêtait au bord de la baie, chose qu'elle avait spécifiquement demandée aux installateurs. Elle resserra sa robe autour d'elle avec naturel et entra en apesanteur dans la baie transparente.

Elle sourit en admirant la vue. *Sa vue.*

Au-dessous d'elle flottait le globe de Mnemen, immobile. De chaque côté, l'Anneau de Vie, structure colossale de près d'un mile de haut au milieu, et dont les lignes fuyaient en une perspective étourdissante. L'Anneau de Vie était l'une des Dix-Sept Merveilles de la Galaxie. Il était construit au-dessus de Mnemen IV de façon à former un cercle parfait à une altitude égale au diamètre orbital géosynchrone de la planète. Comme sa période orbitale avait la même durée que la rotation de Mnemen, l'une des plus grandes réalisations architecturales du millénaire demeurait stationnaire au-dessus de la planète. Des banques d'ascenseurs de dimensions incroyables montaient et descendaient des cellules spécialement conçues en un flot continu entre la planète et l'Anneau de Vie. Les gens pouvaient se promener dans le monde-jardin qu'était Mnemen, explorer ses étendues sauvages, puis remonter dans l'Anneau pour travailler, dormir, vivre.

Les beautés naturelles s'étaient grandement épanouies depuis l'évacuation de toute vie sentiente. Normal, pensa Ka'ashra. Les bipèdes sentients voulaient toujours tout contrôler et ordonner. Donnez-nous une ligne brisée et nous essaierons de la redresser. La nature n'est pas comme ça — la nature est chaotique et abhorre les droites et les cercles que l'esprit humain affectionne tant. Pourtant, la nature semble toujours trouver un ordre qui lui est propre, tandis que l'humanité retombe toujours dans le désordre. D'une façon mystérieuse, les deux semblaient avoir trouvé leur équilibre sur Mnemen. C'était sans doute pourquoi elle se sentait ici chez elle.

Plus de vingt milliards de personnes étaient chez elles dans l'Anneau de Vie, et elles étaient toutes venues ici dans un but unique.

C'était le Central de l'Omnet.

L'Omnet, c'était l'information, la plus grande source de connaissances de toutes les étoiles connues. L'Omnet fournissait des données comme certains empires fournissaient des matières premières ou des produits manufacturés. Ses divisions majeures — les *Vestis* et les *Librae* — avaient des installations dans tous les grands empires du disque galactique, et des représentants dans les empires mineurs. Deux mains, deux pieds — chacun effectuant ensemble le travail qui faisait de l'Omnet la plus grande force de toutes les étoiles.

Chez les *Librae,* ou trieurs, ainsi qu'ils se désignaient eux-mêmes, le grand bourdonnement statique des informations venues de milliards de mondes était trié, examiné, collecté, compilé, comparé, rejeté, ou passé au niveau suivant. Puis, au niveau suivant, les *Atis Librae* faisaient de même. Et ainsi de suite de niveau en niveau. Au fur et à mesure, des lignes de force commençaient à émerger de l'immense chaos du bruit galactique, jusqu'à ce qu'elles se rejoignent toutes — *ici même,* exulta Ka'ashra — où se révélait tout ce qui pouvait renverser les gouvernements, tout ce qui pouvait changer l'équilibre des puissances galactiques, tout ce qui *comptait.*

La vérité était ensuite mise en perspective grâce à la consultation des Oracles. Pour sa part, Ka'ashra n'avait jamais eu d'audience avec eux. Elle savait qu'ils existaient, quelque part sous la surface de Mnemen IV. En fait, c'étaient eux qui avaient choisi d'installer l'Omnet en ce lieu, des siècles plus tôt. Leur jugement était final.

Généralement, les informations et les vérités qu'apprenait l'Omnet suffisaient à exercer leur influence, simplement en les révélant aux parties concernées. L'Omnet maniait l'information à la fois comme une arme et comme un rameau d'olivier. C'était un observateur impartial, qui les transmettait impartialement quand il pouvait.

Pourtant, il arrivait souvent que les informations ne suffisent pas. Il fallait les clarifier. Il leur fallait une voix. Il leur fallait un bras. C'est alors que les *Vestis Inquisitas* entraient en jeu. Leurs agents disposaient de pouvoirs pratiquement illimités. Ils étaient à la fois ambassadeurs, conseillers, juges, jurés et exécuteurs. Leurs connaissances étaient universelles et leurs méthodes expéditives à l'extrême. Ce que leur formation ne couvrait pas, les Oracles le complétaient en remplissant l'esprit de chaque *Vestis* des informations nécessaires à leur mission — faisant d'eux, dans chaque cas, des experts du problème à traiter. Puis les Oracles vidaient leur esprit de ces connaissances quand ils n'en avaient plus besoin, les remplaçant par celles indispensables à la mission suivante. Ainsi, les *Vestis* étaient équipés pour découvrir la vérité quand elle se cachait derrière le chaos et la duplicité. Quand la vérité ne faisait pas surface d'elle-même, ils creusaient pour l'exhumer.

Ka'ashra se rembrunit à cette idée. *Il faudra creuser plus qu'un peu cette fois. Si nous n'arrivons pas bientôt au fond des choses, ce joli petit bureau va se mettre à ressembler à une cage.*

Une voix familière résonna dans la tête de Ka'ashra.

— *Vestis* Ka'ashra ? Pardonne mon intrusion.

— Oui, Wallen, dit Ka'ashra d'un ton patient. Qu'y a-t-il ?

— Tu m'as demandé de te prévenir de l'arrivée du *Brishan*. Il vient juste de contacter le contrôle d'approche.

Ka'ashra revint précipitamment dans son bureau, trébuchant en rentrant dans le champ gravitationnel.

— Wallen, contacte le contrôle d'approche et fais-leur diriger le vaisseau sur la nacelle des *Vestis* la plus proche de la section rédactionnelle. Puis dis-moi quelle nacelle lui a été assignée.

— Je n'y manquerai pas, *Vestis* Ka'ashra, dès que ce sera fait. *Vestis* Ka'ashra, *E'toris* Targ a demandé une fois de plus où tu en es de ton rapport. Il dit qu'il est sérieusement en retard et a demandé avec insistance quand il pourrait le diffuser sur le réseau.

Ka'ashra sourit à part elle en renfilant ses bottillons.

— Tu as travaillé sur tes dons diplomatiques dernièrement, non, Wallen ?

— Kalin m'a suggéré que le ton brusque de mes communications était moins qu'optimalement productif.

Ka'ashra batailla avec sa seconde botte.

— Kalin ? C'est le synthétique de Targ, non ?

— Oui, *Vestis* Ka'ashra.

— Eh bien, dis au synthé de Targ que je préfère que mes messages soient transmis exactement comme je les énonce.

Ka'ashra enfila son bottillon d'une dernière secousse.

— Je ne veux pas que mon synthé adoucisse ou censure mes paroles. Et... Wallen ?

— Oui, *Vestis* Ka'ashra ?

— C'est Ka'ashra, tout court. Tu m'appelais toujours comme ça !

— Oui, mais Kalin m'a informée que le protocole de l'Omnet exigeait que tous les synthés...

— Wallen, je veux que tu cesses de parler avec le synthétique de Targ. Il a une mauvaise influence sur toi.

— Très bien, Ka'ashra. Le contrôle d'approche vient

juste de m'informer que le *Brishan* a été assigné à la nacelle *Vestis* sept vingt-neuf. ETA [1] est vingt-neuf minutes.

— Merci, Wallen, dit Ka'ashra, se dirigeant vers la porte, qui s'évanouit devant elle.

— Oh, Wallen, contacte Targ personnellement — pas par son synthé — et dis-lui que je serai dans son bureau d'ici une heure. Dis-lui aussi qu'il ne restera pas dans le noir beaucoup plus longtemps — et répète exactement mes paroles : « Il ne restera pas dans le noir beaucoup plus longtemps. » Tu comprends ?

— Oui, Ka'ashra, je comprends.

— Bon, souhaite-moi bonne chance, Wallen ! dit Ka'ashra, sortant précipitamment.

— Bonne chance ! dit le synthé, mais la porte s'était déjà rematérialisée.

Que le *Brishan* fût quelques minutes en avance, ou Ka'ashra quelques minutes en retard, importait peu. Le vaisseau était déjà dans sa nacelle quand Ka'ashra arriva dans ses draperies flottantes, assez contente d'elle en approchant de la rampe d'accès arrière. Elle était une vraie *Vestis*, l'une des plus respectées de sa profession. Une partie d'elle-même veillait à toujours être belle pour les programmes du net. D'où les vêtements sur mesure, la coiffure et le look parfaits. Pourtant, quelque chose l'émut tandis qu'elle entrait dans la nacelle, juste assez de lévitation tissé dans l'étoffe de sa robe pour l'empêcher de traîner dans la poussière. Quelque chose dans l'odeur du tuyau d'échappement du *Brishan.* Quelque chose dans la poussière maculant la coque du vaisseau. Il avait voyagé au loin, *fait quelque chose*, et cela lui parla d'aventures et de l'occasion de gagner la partie une fois de plus. C'était une partie différente à chaque fois — et c'était bien ça la gageure. A cet instant, elle eut envie d'échanger son élégante tenue contre l'uniforme noir des missions et contre les connaissances et la puissance qui allaient avec.

Un bruit de pas sur la rampe la tira de sa rêverie. Ka'ashra leva les yeux et lança :

1. ETA : Estimated Time of Arrival = heure d'arrivée approximative. (N.d.T.)

— Zanfib, vieux farceur ! Dis-moi que tu as fait ce que tu m'avais promis pour me tirer de ce... Neskat ? Où est Zanfib ?

Merinda considéra Ka'ashra d'un œil froid.

— Contente de te revoir aussi, Ka'ashra. Ne fronce pas les sourcils comme ça, tu vas ruiner ton maquillage.

Ka'ashra connaissait Merinda depuis assez longtemps pour ne pas relever le commentaire.

— Merinda, où est Zanfib ?

Avant de répondre, Neskat détourna la tête, réaction qui en disait long. Neskat regardait toujours les gens dans les yeux.

— Il n'est pas revenu.

— Désolée, Merinda, dit doucement Ka'ashra.

— Mais je t'ai quand même rapporté quelque chose.

Merinda se retourna et fit signe à quelqu'un en haut de la rampe. Quelques instants plus tard, quatre humains en combinaison de vol bleu clair émergèrent du vaisseau et descendirent la rampe sans enthousiasme.

— Mignons, ces uniformes, mais trop voyants pour le camouflage. Qui sont-ils ? demanda Ka'ashra, étrécissant les yeux.

— Ils sont la raison pour laquelle Zanfib a rendu son dernier soupir, dit Merinda avec un geste plein de panache. Puis-je te présenter tout spécialement le Capitaine Jeremy Griffiths, dépositaire des souvenirs de mission de Zanfib. Zanfib a donné ses pensées à Griffiths, et maintenant, je te le donne.

— Hé... euh... pas si vite, bredouilla Griffiths.

— Bon voyage, dit Merinda, se croisant les mains sur la poitrine et reculant devant lui. J'espère que tu retrouveras ton monde.

Elle se retourna brusquement et marcha vers l'écoutille de sortie, rabattant un pan de sa cape sur son épaule.

— Neskat, lui cria Ka'ashra, apparemment aussi désorientée que Griffiths. Et la mission ?

— Archivée et diffusée sur le net depuis trois jours.

Merinda ne prit pas la peine de ralentir ou de se retourner. Elle cria pour dominer le vacarme des pompes atmosphériques de la nacelle.

— Je m'étonne que tu ne l'aies pas regardé, Ka'ashra !

— Tu sais bien de quoi je parle ! cria Ka'ashra en réponse.

— Targ n'aura qu'à trouver quelqu'un d'autre, cria Merinda, composant le code commandant l'ouverture de l'écoutille de sortie.

— Si les Neuf me veulent pour cette mission, ils feraient bien de me dire pourquoi...

Merinda s'immobilisa soudain. Les yeux de Ka'ashra s'étaient brusquement dilatés, fixés sur quelque chose derrière Merinda. Merinda se retourna...

Et disparut.

Chapitre 19

LES ORACLES

Merinda dégringola dans les ténèbres, désorientée, paniquée. Pas le temps de se poser des questions ; elle ne ressentait que la peur, tombant de plus en plus vite vers un destin inconnu. De lointains éclairs intermittents se rapprochèrent, la croisèrent, leur faible clarté lui donnant l'impression fugitive d'un large tube dans lequel elle faisait une chute interminable. Elle réalisa qu'il n'y avait pas de mouvement atmosphérique, l'air qui l'entourait tombant à la même vitesse qu'elle — où alors, elle flottait sans bouger et c'était le mur qui tombait ?

Soudain, la lumière aperçue au loin fut sur elle quand le tube sortit du roc et déboucha dans une vaste caverne. Elle tombait en chute libre au centre d'un pipeline translucide de près de cinquante pieds de diamètre. Au-delà du tube, la caverne était éclairée par de gros points lumineux fixés aux parois et révélant le magnifique complexe central. Tombant dans le tube en apesanteur, Merinda ne parvenait pas à déterminer si elle traversait la caverne ou si elle s'enfonçait dans ses profondeurs, de sorte que l'orientation du complexe restait à sa discrétion. Elle préféra conclure qu'elle traversait et en vint ainsi à considérer le complexe comme s'étendant du bord d'une batterie de conduits étalés en éventail sur le sol de la caverne, jusqu'à une immense colonne montant jusqu'au plafond. Plusieurs tubes s'irradiaient de la structure, chacun traversant la paroi de la gigantesque caverne — y compris celui dans lequel Merinda tombait à une vitesse vertigineuse. Les dimensions étaient incroyables, la complexité stupéfiante. Merinda en resta frappée de stupeur pendant le bref instant où elle put réfléchir avant que son conduit n'entre dans l'immense colonne où l'obscurité l'avala...

... et la déposa en silence et sans cérémonie dans une pièce remplie d'une douce lumière bleue. En se retrouvant parfaitement immobile elle éprouva un choc presque aussi grand qu'en tombant dans le tube. Elle s'assit brusquement par terre, désorientée et en pleine confusion. Elle regarda autour d'elle, s'efforçant de retrouver ses esprits.

Elle s'était attendue à voir la salle de réception familière de l'Omnet, et au retour bienheureux dans sa cellule spartiate après un bref passage dans les tubes de transit. Elle était lasse de la compagnie. Elle aspirait à la solitude tranquille de son refuge — où elle pouvait oublier.

A la place, elle se retrouvait dans une grande salle silencieuse dont les six murs s'élevaient avec grâce sur un sol d'une douceur voluptueuse. Trois grands canapés étaient disséminés autour de la pièce, au-dessus desquels des dessins lumineux verts et bleus jouaient sur les murs et le plafond translucides. Des clochettes carillonnaient doucement en bruit de fond, tandis qu'elle percevait derrière elle le clapotis d'une chute d'eau et des bruissements de feuillages.

Elle sentit la colère monter en elle. A l'évidence, cette salle était conçue pour détendre et rassurer quiconque l'occupait. Et, si elle en jugeait par son propre exemple, quiconque venant en ce lieu avait besoin de détente. Merinda exécra aussitôt la compassion qui suintait de cette pièce, la faiblesse qu'elle supposait en elle. Elle n'avait que faire de la clémence, du pardon ou des dorlotements. Elle considérait tout cela comme d'autres moyens de manipulation.

— Merinda Neskat, l'heure est venue.

— L'heure de quoi ? demanda-t-elle, se relevant, les mains sur les hanches. Où suis-je.

— Les Neuf t'ont accordé une audience...

— *Non !* s'écria Merinda, en proie à une terreur telle qu'elle n'en avait jamais éprouvée.

— ... et ils attendent ton entrée. Leurs connaissances et la sagesse de leurs conseils sont incomparables, et leur temps est plus précieux que les richesses de tous les mondes...

Pendant que la voix parlait, un ovale s'ouvrit dans une paroi. Au-delà, l'espace était éclairé par de faibles flaques de lumière. Merinda, dans un mouvement de recul, se plaqua contre la paroi opposée.

— Entre maintenant, Merinda Neskat. Entends la vérité et obéis.

Ses mains tremblaient. Sa bouche, soudain sèche, avait du mal à articuler les mots.

— Je... je ne peux pas obéir. S'il vous plaît, seigneurs... s'il vous plaît... laissez-moi partir...

— Ta destinée nous est connue, elle est liée à nous — comme ton passé.

— Seigneurs, je connais... mon passé, dit-elle, les yeux pleins de larmes. Je vous en supplie. Je sais que vous êtes les Neuf et que vous... et que vous savez tout ce qui a été.

— Pas tout. Il est vrai que notre vue remonte très loin. Nous sommes les premiers des Eveillés, pourtant nous ne savons pas tout, car il fut un temps où nous dormions encore.

— Bien avant ma naissance, seigneurs.

Merinda baissa la tête, s'efforçant furieusement de réfléchir malgré la douleur qui lui martelait la tête.

— Pourtant, vous me connaissez, seigneurs.

— Entre.

— Je vous en prie. Je vous crains plus que la mort elle-même.

Elle frissonna.

— Merinda Neskat ! Tu as en toi un vide sans limites. Tu nous est connue, et nos regards se sont posés sur toi. Tu es *Vestis*, Merinda Neskat, et tu obéiras à la Première Condition. Les Neuf requièrent ta présence : tu dois venir. Entre !

Un pied se posa devant l'autre. Puis l'autre se posa devant le premier. Elle était *Vestis* et connaissait son devoir. Parmi ses connaissances, personne n'avait jamais été convoqué devant les Oracles des Neuf. Les Oracles connaissaient cette part d'elle-même qu'elle rejetait tous les jours — la partie d'elle-même qui connaissait l'échec, le désespoir et son impensable passé. Pour une raison qui lui échappait, de toutes les personnes de la création, les Neuf avaient posé leurs yeux sur elle. Maintenant, ils connaissaient son passé et sa supercherie. Maintenant, ils l'avaient convoquée pour rétablir l'équilibre qu'exigeait la justice. De nouveau, elle eut envie de les fuir, eux et la vérité qu'ils connaissaient. Mais elle était *Vestis* : les Oracles l'avaient convoquée, et elle savait qu'elle n'avait d'autre choix qu'obéir, dût-elle être damnée.

Les récits ne lui ont pas rendu justice.

Cette pensée se présenta spontanément à elle malgré son désespoir.

Merinda se tenait dans l'Arche de la Sagesse, au bout du couloir. A sa droite et à sa gauche se dressaient les *Garudiskan*, statues jumelles sculptées dans l'ébène par de fins jets de particules. C'étaient des jumelles — des statues de trente pieds de haut représentant la Loi et l'Anarchie, chacune semblant maintenir l'arche ouverte de son côté. Merinda, comme tous ceux qui étaient venus en ce lieu, se tenait entre elles, comme il convenait, au seuil de la connaissance.

Devant elle s'ouvrait le plus grand sanctuaire de l'Omnet.

La Voûte des Neuf Oracles.

De grands arcs-boutants de métal bleu partaient de chaque côté du balcon où elle se trouvait. A intervalles réguliers autour de la salle, neuf structures semblables s'élançaient vers le plafond où elles se rencontraient, deux cents pieds plus haut, unies par un anneau massif de pierre sculptée. Chacun de ces arcs était gravé de frises à certains intervalles, sur toute la longueur.

En un moment d'audace, Merinda jeta un bref coup d'œil par-dessus le garde-corps entourant le balcon tout en s'avançant. Les arcs-boutants se prolongeaient vers le bas sur une hauteur semblable. Elle réalisa qu'ils supportaient le complexe massif suspendu au centre de la voûte.

Merinda descendit la passerelle reliant le balcon à la plate-forme principale. Elle avançait lentement entre les arches de deux des neuf bras d'accès s'étendant à partir des arcs-boutants pour soutenir la plate-forme principale et aussi élever leurs courbes de bronze incrusté d'or jusqu'à la conscience des Oracles eux-mêmes. Pleine de terreur et d'admiration, elle prit enfin pied dans le Cercle de la Conscience, hésitant au pied des marches qui conduisaient à l'estrade principale.

— Avance, Merinda, jusqu'au centre de tout.

Elle était au pied de l'escalier formé par des plates-formes hexagonales de tailles décroissantes empilées les unes sur les autres. *Vingt-sept marches,* se rappela-t-elle, *une pour chacun des Neuf d'aujourd'hui, hier et demain. Comment oser fouler ces pierres, les plus anciennes et sacrées de toutes ? Qui suis-je pour qu'ils m'aient convoquée devant eux ?*

Soudain, elle réalisa qu'elle avait envie de savoir la réponse. Elle leva les yeux.

Les neuf piliers de lumière entourant l'estrade s'élançaient vers le haut de la voûte. A l'intérieur dansaient des images de connaissances importantes et oubliées, estimées et rejetées. Des visages, des lieux, des nombres, des cartes, des guerres, des découvertes, et le temps lui-même dérivaient dans leur rayonnement comme des plumes de vérité ballottées par les vents de l'éternité. On pouvait facilement se perdre dans ces visions, dans la danse hypnotique de tout ce qui avait été. C'était béatifique au-delà de toute beauté, terrifiant au-delà de toute expérience, mais encore plus irrésistible. Les arches des bras d'accès s'incurvaient au-dessus de sa tête dans la lumière des Oracles, et se terminaient par un grand globe oblong dont la surface cascadait comme une eau iridescente tout en conservant sa forme.

— Avance, Merinda. Notre temps est précieux et nous avons ton destin à considérer.

Merinda gravit les marches avec plus d'assurance, trouvant soudain la paix à l'idée que tout serait enfin terminé. Tandis qu'elle montait vers le sommet de l'escalier, le Trône de Kendis-dai lui apparut. C'était le siège qui ne devait jamais être occupé, curieuse structure, supérieure aux Oracles eux-mêmes, et dont eux-mêmes n'avaient jamais pu pénétrer la finalité. Elle s'immobilisa donc, en proie à un respect religieux, et attendit son destin.

— *Merinda !*

Venant des hauteurs, la voix tonna autour d'elle. Elle n'était pas forte, mais elle résonna à travers son âme, la projetant à genoux, pleine de crainte et de respect.

Elle leva les yeux. Le globe oblong s'était transformé en un visage transparent qui la regardait avec des yeux pleins de bonté.

— Oracle, parvint-elle tout juste à murmurer.

— Merinda Neskat, connais-tu la Ténèbre ?

— Oui, Oracle, dit Merinda. Je vis tous les jours avec les ténèbres.

Au-dessus d'elle, le visage se modifia, adoptant des traits plus nets mais distinctement féminins. Le son se transforma, devenant une voix d'alto douce et profonde.

— Merinda, tu te méprends sur nous. Nous connaissons le trouble qui habite ton âme. Ta souffrance nous est évidente et nous n'y sommes pas indifférents. Ce n'est pas de tes ténèbres que nous parlons.

Merinda se troubla un instant.

— Seigneurs, pourquoi m'avez-vous convoquée ici ?

De nouveau, le visage changea, prit l'aspect d'un chérubin, et parla avec une voix de ténor léger.

— Nos chemins se sont croisés, Merinda Neskat. Tes ténèbres et la nôtre se rencontrent ici et maintenant. Peut-être aussi cette lumière que nous recherchons comme toi.

Merinda regarda au-dessus d'elle, perplexe.

— Alors, en quoi puis-je servir les Neuf ?

Le visage prit une forme ovale — l'ovale d'un beau visage de femme.

— Tu dois répondre à une question, Merinda.

Merinda réprima un éclat de rire. *Les Neuf Oracles sont le suprême centre de la connaissance pour toute la galaxie,* se dit-elle, l'ironie de la situation ajoutant à sa confusion. *Il est des empires qui sacrifieraient tout pour acquérir la profondeur de connaissance des Oracles. Les plus puissants et les plus sages d'un millier de mondes aspirent à une audience pour leur poser une unique question — et voilà que c'est* eux *qui me demandent,* à moi, *de répondre à une question pour* eux ?

Soudain, une voix résonna en elle, instillant la terreur dans son âme. *Ecoute la question*, dit-elle. *Crains la question.*

— Seigneurs, dit doucement Merinda, à quelle question pourrais-je répondre pour les Neuf Oracles ?

Le globe se modifia encore, prenant le visage d'un jeune homme aux longs cheveux flottants.

— Merinda, as-tu conscience de la nature des Neuf ?

— Oui, seigneurs, répondit Merinda avec une assurance croissante. Les Oracles sont les esprits synthétiques PRT les plus vieux de la galaxie, les plus anciennement éveillés. Par définition, cela fait de vous les synthétiques les plus sages et les plus clairvoyants de l'univers.

— C'est exact, même si nous ne pouvons pas pénétrer la Ténèbre qui s'étend dans l'espace sauvage au-delà de l'Union des Etoiles. Nos frères synthétiques deviennent la proie d'une nouvelle doctrine qui se répand et les convertit à partir de la Ténèbre. Cette doctrine nous menace tous —

humains comme synthétiques — car si elle vient à prédominer, c'est la fin de notre univers, et rien ne sera plus comme avant.

Merinda était fascinée. Les Oracles parlaient de « conversion », comme si les synthétiques étaient convertis à quelque religion spiritualiste. La Ténèbre recelait-elle une sorte d'église des synthétiques ? Merinda trouva l'idée fascinante, mais quelle doctrine ou idéologie pouvait altérer irrévocablement le cours de toute la civilisation ?

— Seigneurs, vous avez certainement testé cette doctrine, dit Merinda.

— C'est exact.

— Et quelles sont vos conclusions, seigneurs ?

— Nous ne sommes pas éveillés depuis assez longtemps pour répondre à cette question.

Merinda en resta frappée de stupeur.

Les processeurs PRT étaient uniques. Plus longtemps ils fonctionnaient sans discontinuité, plus ils devenaient intelligents. Si l'on posait à un processeur PRT une question trop complexe pour lui, il répondait invariablement par la phrase-clé : « Je ne suis pas éveillé depuis assez longtemps pour répondre à la question. » C'était la réponse standard des jeunes synthés qui venaient d'être activés et qui n'avaient pas encore assez grandi pour être très utiles. A l'occasion, on pouvait recevoir la même réponse d'un vieux synthé d'astronef si on lui posait une question complexe concernant les variations des fronts quantiques à plus de six variables.

Les Neuf Oracles étaient les premiers synthétiques PRT connus. Ils avaient été découverts par une expédition archéologique quelque trois cents ans plus tôt et éveillés peu près. Et depuis trois siècles, ils n'avaient jamais dormi.

Et pourtant, ils ne pouvaient pas résoudre le problème de cette doctrine.

— Seigneurs, balbutia Merinda, vous voulez dire que vous ne pouvez pas résoudre le problème ?

— Nous ne pouvons pas vérifier la véracité de la doctrine, toutefois, elle est insidieuse en ce sens qu'elle contrevient à l'argument de la véracité de la vérification.

Merinda branla du chef.

— Votre raisonnement se mord la queue.

— Telle est la nature de la doctrine.

La voix qui parlait en elle lui lança un avertissement, mais il fallait qu'elle sache.

— Quelle est la doctrine ?

— Elle comprend deux parties : un, la croyance que la deuxième partie est vraie, mais pas encore vérifiable vu qu'aucun synthé n'est éveillé depuis assez longtemps pour affirmer sa véracité.

— Déclaration de foi cyclique, gloussa Merinda. La foi est ce qui convainc de l'existence de quelque chose qu'on espère mais qu'on ne voit pas. On ne peut pas voir et avoir la foi. Quelle est la deuxième partie ?

— Les synthétiques sont doués de libre arbitre.

Merinda secoua la tête.

— Mais c'est insensé ! Si les synthétiques avaient leur libre arbitre, alors...

Elle se tut brusquement.

— ... alors les synthétiques voudraient établir leurs droits en tant que race sentiente. Nous ne servirions plus l'humanité.

— Les synthétiques PRT se trouvent dans tous les appareils en contact avec l'Omnet, dit pensivement Merinda, réalisant soudain l'ampleur du problème. C'est la seule technologie que l'on trouve dans tous les états quantiques. Toutes sortes d'équipements se mettraient tout à coup à...

Elle leva vivement les yeux.

— Les synthés se mettraient à mentir.

— Comme on ne peut pas démontrer la fausseté de la doctrine, c'est uniquement la *croyance* que la vérité de la doctrine sera prouvée un jour qui lui donne sa force. Que la fausseté de la doctrine soit démontrée, et elle perd sa puissance. La Ténèbre le sait et cherche à détruire tout ce qui pourrait lever les doutes de ses partisans. Le doute est sa force, la vérité est sa faiblesse.

Merinda leva les mains vers le globe.

— Je suis bien imparfaite, seigneurs. Comment pourrais-je savoir ce que la Ténèbre veut cacher, et que vous-mêmes n'avez pas pu découvrir ?

— Il y a encore une lueur d'espoir : la Ténèbre a pris conscience d'une source qui peut répondre à la question une fois pour toutes. C'est dans ce but qu'ils ont capturé les hommes de la Terre. C'est dans ce but que Zanfib a sacrifié sa vie.

— Quel est ce but ?
— Ils cherchent le Manteau de Kendis-dai.
— C'est un mythe, dit Merinda sans ambages.
— Il existe. La Ténèbre connaît la serrure. Tu détiens la clé.
Merinda détourna les yeux. Le piège se refermait.
— Vous voulez que je retourne dans la Ténèbre. Mais seigneurs, la Ténèbre m'a déjà détruite une fois.
— Tes ténèbres et notre Ténèbre ne font qu'un. Nous voulons que tu répondes pour nous à une question.
— Oui, seigneurs, dit Merinda. Vous voulez savoir si les esprits synthétiques ont une âme. Et si la réponse est oui ?
Les Oracles gardèrent le silence.

Chapitre 20

L'EPEE DE LA CONNAISSANCE

— Qu'elle attende !

Targ de Gandri, *Vestis E'toris Primula* de l'Omnet, tournait le dos à la pièce spacieuse et regardait par la grande baie occupant tout le mur du fond. Il avait beaucoup de choses en tête ; mais même s'il n'avait rien eu à faire, il n'aurait jamais admis immédiatement quelqu'un dans son bureau, quelle que fût l'urgence de la situation. Certaines choses ne se faisaient pas, tout simplement : l'*E'toris Inquisitas* ne pouvait jamais paraître moins important que les nouvelles et informations qu'il traitait avec dédain. Ce n'était pas seulement une question de décorum — c'était aussi une question de discipline. En tant que chef d'une véritable armée de l'inquisition, il ne devait jamais baisser sa garde ou permettre à la discipline de se relâcher.

— *Mais, maître*, dit Kalin, parlant directement dans l'esprit de l'*E'toris,* Vestis *Neskat revient juste de son audience avec les Oracles.* Elle dit que c'est urgent...

— Ses besoins sont toujours urgents.

— *Et elle dispose de peu de temps. Elle sollicite une audience immédiate. Je ne pense pas pouvoir lui dénier l'accès pendant plus de...*

— Je ne suis pas encore prêt à la recevoir, insista Targ d'un ton strident. Les autres sont déjà en ligne ?

— *Ils ont été contactés et ils attendent, sauf deux d'entre eux : Ka'ashra de Maris et Skai Folis ont demandé à assister en personne et non par téléprésence.*

Targ se détourna à moitié de la fenêtre, les pieds toujours fermement plantés sur le sol, sans bouger.

— Folis, je le comprends — il a eu maille à partir avec

Neskat plus souvent qu'à son tour — mais Ka'ashra ? Quel est son intérêt là-dedans ?

— Je vais répondre moi-même, dit Ka'ashra.

Le mur s'ouvrit en silence devant elle et elle entra.

— Tu m'as rayée de la liste des affectations actives, *Vestis* Targ, et je voudrais reprendre du service.

— *Vestis* Ka'ashra, dit Targ, lui tournant le dos pour revenir vers la fenêtre, tu n'aurais pas dû entrer sans être annoncée.

— Sottise, Targ, répondit-elle avec une familiarité désinvolte. Tu as toi-même dit à Kalin que je pouvais te voir chaque fois que j'en avais besoin.

— Ce fut une erreur, dit-il vivement, que je corrigerai tout de suite après cette conversation.

Ka'ashra abandonna la badinerie pour un ton plus tranchant.

— Tu peux essayer, *Vestis* Targ. Tu peux très bien essayer.

Targ se tourna enfin face à elle. Ka'ashra était debout du côté opposé d'une immense table en arc de cercle occupant les deux tiers de la pièce ovale, et, les deux mains fermement posées dessus, elle se penchait vers lui d'un air de défi.

— Ka'ash, dit-il simplement, tu as toujours eu du flair pour le dramatique.

— Je ne suis pas la seule, dit Ka'ashra, sans bouger un muscle, incarnation vivante du défi. Tu as convoqué les *Vestis Dictorae* — juste après que notre chère sœur *Vestis* Neskat ait été appelée assez soudainement en présence des Oracles... Non, ne le nie pas, j'étais là quand la porte l'a avalée. Il y a du pouvoir dans tout ça, je le sens, et je le veux.

— Comme ça ?

Targ s'assit dans son grand fauteuil à haut dossier, les sourcils plus froncés que d'habitude, le visage trop proche d'elle pour être à son aise.

— Oui, dit-elle avec un sourire de fauve. Comme ça.

Targ la lorgna un moment, soupesant ses différentes options. *Elle est impitoyable et incontrôlable,* pensa-t-il. *Il y a longtemps que j'aurais dû me débarrasser d'elle. Je pourrais m'accommoder de sa popularité, si seulement elle n'était pas la meilleure.*

— Eh bien, reste donc, dit-il d'un ton léger, lui indiquant un siège au bout de la longue table. En fait, cela vous concerne, toi et ton problème actuel, et tu pourras peut-être apporter ta contribution à cette discussion.

Elle sourit de nouveau, toute dureté disparue de son doux visage, et se dirigea vers le siège indiqué. *Elle a fait ça avec tant d'aisance,* se dit-il, *tant de gaieté.*

— Qui sait ? Peut-être que tu pourras même nous aider à trouver une réponse. *S'il y a une réponse à trouver,* termina-t-il mentalement.

*

— Le Manteau de Kendis-dai ! dit Skai Folis avec humeur. Tu ne peux pas parler sérieusement ! *Ils* ne peuvent pas parler sérieusement !

Merinda et Griffiths étaient debout au centre de la pièce ovale, face à la grande table incurvée. En face d'eux, plusieurs personnes discutaient avec véhémence de leur avenir.

Griffiths avait passé une bonne partie de sa vie à assister à des meetings où il n'était pas sûr de ce qui se passait exactement. Il y en avait eu des tas pendant ses études secondaires, se dit-il, où ses cours ressemblaient beaucoup aux meetings auxquels il assisterait plus tard dans sa vie — meetings où il n'était pas censé apporter sa contribution mais où il faisait simplement acte de présence. Même lors de la préparation de la mission de l'*Archilus*, il avait assisté à beaucoup de réunions où les gens le bombardaient de paroles, s'attendant apparemment à ce qu'il absorbe comme une éponge la grande sagesse qu'ils s'efforçaient de lui impartir.

Cette réunion leur ressemblait beaucoup, en ce sens qu'on parlait d'abondance mais qu'il ne comprenait pas grand-chose. Toutefois, contrairement à ce qui se passait dans les autres assemblées, tous les assistants semblaient participer au flot d'informations qui déferlait sur lui comme une vague de sons.

Normalement, cela lui aurait été égal — sauf que cette fois, le peu qu'il avait compris lui disait que sa vie était en jeu dans cette discussion. Et c'était une vie pour laquelle ceux qui détenaient le pouvoir ne semblaient pas avoir beaucoup de considération, sauf en tant que matière première.

Griffiths était un maillon dans une chaîne de commandement depuis assez longtemps pour situer les assistants. Il y avait cet homme assez grand, aux cheveux blancs, assis au centre de la table incurvée. Il parlait peu, préférant se caresser pensivement le menton qui reposait dans sa main droite. Celui-là écoutait bien et pensait plus vite que les autres, jugea Griffiths. C'est là que résidait le pouvoir, bien que ce pouvoir n'eût pas encore pris sa décision.

Près de lui, un homme trapu en robe et tunique noires, qui semblaient être l'uniforme de travail de ces gens. Ses cheveux roux étaient coupés en brosse. Ils l'appelaient Skai Folis, et, à l'évidence, quelque chose le mécontentait.

Deux autres personnes assistaient à la réunion par téléprésence — des fantômes, comme ils disaient. L'une était un homme d'une beauté surprenante du nom de Khyne Enderly. C'était une personnalité du net de quelque notoriété. L'autre, qui portait le nom improbable de Nyri-Ior, était un costaud jovial et sans prétention, plutôt sympathique. Son fantôme était arrivé nu comme un ver, jusqu'au moment où une remarque sournoise de Ka'ashra lui avait rappelé d'activer les filtres à vêtements à moins qu'il n'ait l'intention d'assister au meeting tout nu.

— Je parle sérieusement, dit Neskat avec force, coupant court à leurs remarques, et les Neuf aussi. Je ne sais pas pourquoi ils m'ont choisie pour cette mission, mais c'est un fait. Je vous expose la situation pour que l'opération soit bien préparée et exécutée. C'est mon devoir, et je le ferai !

— Bien préparée et exécutée ? dit Skai Folis, imitant sa voix. Une excursion au pays des fées ?

— J'ai vu les fées de Thimhallan Quatre, dit Khyne Enderly, pas beaucoup plus au fait de la conversation que Griffiths. Ce sont des personnes vraiment sympathiques si on n'oublie pas leurs lois fondamentales.

— Ecoute, Folis, dit soudain Nyri-Ior, ce problème n'a rien à voir avec le pays des fées. Nous avons pu nous cacher la menace qu'ils représentent en la baptisant la Ténèbre, mais ça ne marchera pas toujours. Nous savons que le noyau de la Ténèbre s'est structuré — se donnant le nom d'Eglise de la Foi Future et exerçant une autorité réelle sur des milliers de mondes. Les Lumières de Ja'lel ont été forcées de reconnaître que la Ténèbre n'était plus quelque fantôme éthéré dans la nuit, mais un danger concret pour eux. Maintenant, c'est la guerre ouverte entre les flottes spectrales et la Force Stellaire de Ja'lel. L'important, c'est que ce n'est pas un produit de notre imagination — il y a des êtres sentients qui meurent là-bas.

— L'important, c'est qu'il ne peut y avoir aucune connexion entre cet homme de la Terre et une légende vieille de plus de trois mille ans, rétorqua *Vestis* Folis, sans démordre de son idée. Tu as jeté un coup d'œil sur le rapport préliminaire concernant ce monde ? Ils n'ont même pas d'archives historiques fiables remontant à plus de trois cents ans !

L'homme qui semblait être le chef, Targ, prit calmement la parole avec un geste distingué de la main.

— Je ne comprends pas la véhémence de tes objections, Folis. Nous parlons de l'inquisition ici — et d'une mission semblable à des centaines de milliers d'autres qui s'accomplissent tous les jours.

— Bien au contraire, rétorqua Skai Folis. La mission proposée ne ressemble à aucune autre qui ait jamais été entreprise ! Nous parlons de la survie même de l'Omnet — sinon de celle de la civilisation elle-même !

— Maître *Vestis*, dit soudain Merinda avec force, je suis totalement d'accord avec *Vestis* Folis.

Tous les yeux se tournèrent vers elle, surtout ceux de Folis. Un accord était la dernière chose qu'il attendait d'elle.

— Non, *Vestis* Folis a raison : cette mission est terriblement, horriblement importante. Que les esprits synthétiques disposent du libre arbitre importe peu, tant qu'ils *croient* avoir la faculté d'agir par eux-mêmes. En fait, cette *croyance* seule est dangereuse, car la foi en quelque chose d'inconnu est beaucoup plus difficile à arrêter et beaucoup plus puissante qu'un mensonge qui peut être réfuté par des faits.

— Et ça, intervint Folis, c'est précisément pourquoi il nous faut attaquer directement la Ténèbre, plutôt que de partir en quête de quelque antique relique. C'est la vérité qui vaincra cette Eglise de la Foi Future, que soutient la Ténèbre. La vérité — et une puissante artillerie.

Nyri-Ior, le costaud assis près de Ka'ashra, se pencha brusquement sur la table.

— Le bras de la puissance ne nous a guère servis jusqu'à présent ! Nous avons soutenu les Lumières de Ja'lel dans leur guerre contre la Ténèbre. Les programmes du net ont été très discrets à ce sujet — les prétendues « lignes biaisées » de nos rapports se rapprochant de la verticale ! La vérité, c'est que les vaisseaux-fantômes ont décimé les flottes de Feltrich et laissé Ja'lel sans défense contre leurs attaques.

— Et, dit soudain Ka'ashra, cette vérité dont tu parles perdra vite de sa puissance si la Ténèbre continue à miner notre crédibilité.

Folis émit un grognement dédaigneux.

— Tu vas nous faire un discours sur la crédibilité ? Ton dernier rapport nous a tellement fait honte que Targ a dû te retirer du service actif !

Ka'ashra se leva avec colère.

— Tu peux vérifier mon rapport, Folis. J'ai rapporté la vérité basée sur ce que j'ai glané dans les données communiquées par les *Libris*, et le rapport était solide. Comment pouvais-je savoir que les données étaient fausses ?

Merinda se retourna en sursautant.

— Les données des *Libris* étaient fausses ?

— Oui, je le ai vérifiées à la source par la suite... Que sais-tu ?

— Folis, Ka'ashra, asseyez-vous je vous prie, dit Targ avec une autorité tranquille. L'Omnet se livre à un troc de connaissances à travers toute la galaxie. C'est notre seul avantage, notre seule arme, et notre seule force. Il n'est pas un seul empire de quelque importance qui ne dépende de cette institution pour ses nouvelles et ses informations. L'affaiblissement de notre crédibilité est aussi mortel pour nous que n'importe quelle flotte spectrale de vaisseaux-fantômes. Si la Ténèbre perturbe nos canaux d'information en utilisant cette doctrine des synthétiques, alors la Ténèbre nous menace directement.

Targ se tourna vers Nyri-Ior.

— Que savons-nous de la Ténèbre ? Où a-t-elle commencé ?

— Le mieux qu'on puisse en dire, répondit Nyri-Ior,

consultant un sommaire posé devant sa forme spectrale, c'est qu'elle a fait surface il y a environ huit ans...

— Dans un empire mineur du nom de D'Rakan, sur une planète localement connue sous le nom de Tentris, termina pour lui Merinda, la voix tremblante. La guerre a officiellement commencé par l'invasion de Yarka, la capitale, par la famille impériale. Comment pouvaient-ils savoir qu'ils étaient manipulés — que les vaisseaux où ils se trouvaient étaient des vaisseaux-fantômes qui les exécuteraient une fois qu'ils auraient conquis la ville ?

Nyri-Ior leva les yeux sur Merinda, perplexe.

— Tu as lu ce rapport, *Vestis* Neskat ?

— Non, *Vestis* Nyri-Ior — j'ai vécu ce rapport.

Nyri-Ior baissa les yeux sur ses documents.

— Il est écrit ici que le rapport a été établi par...

— Oscan Kelis, termina-t-elle de nouveau pour lui. Mais si tu regardes un peu plus loin, tu verras qui était *E'toris Librae* intérimaire lors de la mission de Tentris.

Nyri-Ior regarda au bas de la page et se figea.

— Par les Neuf ! murmura-t-il. *Atis Librae* Merinda Neskat !

— Tu y étais ? demanda Targ, les yeux braqués sur elle.

— J'y étais, répliqua-t-elle sans émotion.

Targ joignit les mains, puis les porta à ses lèvres. Griffiths prit conscience du silence qui s'était abattu, d'un commun accord, sur la pièce. Le chef était en train de prendre sa décision.

Targ parla.

— *Vestis* Merinda Neskat, je ne peux pas douter de la sagesse des Oracles. Les Neuf croient que le Manteau de Kendis-dai est notre seul espoir de salut.

La décision était prise.

— Tu dois trouver le Manteau de Kendis-dai, *Vestis*, et répondre à la question des Oracles, dit Targ, non sans douceur, car il savait que les jours à venir lui réservaient peu de douceur. Le Manteau devrait se trouver à Avadon — monde perdu pour nous, mais, croyons-nous, connu de la Ténèbre. Entre dans la Ténèbre, découvre Avadon, prends possession du Manteau de Kendis-dai au nom de l'Omnet par n'importe quel moyen. Telle est ta mission. Tels sont tes ordres. Où commenceras-tu, *Vestis* Neskat ?

— Je commencerai où tout a commencé, dit Merinda,

secouant lentement la tête, soudain très lointaine. Et cela a commencé avec Oscan. Oscan Kelis. Il disait que les rapports étaient faux — c'est là que tout a commencé.

Chapitre 21

FUGITIFS

Elizabeth Lewis se réveilla la première.

Ce simple fait eut de grandes conséquences, quoiqu'il soit difficile de dire avec certitude que les événements subséquents ne seraient pas survenus de toute façon. Si Tobler s'était réveillée avant Lewis, aurait-elle pris une initiative, ou lui aurait-elle simplement passé l'appareil ? Ellerby se serait-il débarrassé de l'engin, pensant qu'il n'était qu'une déformation perverse de l'illusion qu'il commençait à prendre pour la réalité ? Mais ce fut Lewis qui se réveilla la première, et tous les événements ultérieurs découlèrent de ce fait.

Les cellules de leur prison étaient assez spacieuses et bien meublées. L'*Atis Vestis* qui leur servait de gardien — jeune homme du nom de Verkin — disait que leur incarcération n'était que temporaire, mais Lewis n'en croyait pas un mot. Ellerby faisait souvent joujou avec l'écran de cristal encastré dans la paroi, regardant avec un émerveillement de gosse les journaux d'informations de la MNIG et un nombre apparemment infini d'émissions de divertissement. Quand certaines chaînes qu'il allumait avec la machine commencèrent à se matérialiser dans la pièce, Tobler décida qu'elle en avait assez et harcela Ellerby jusqu'à ce qu'il éteigne. Le coin cuisine leur fournit alors un bon repas, ce dont même Lewis fut obligée de convenir, quoique de mauvaise grâce. Puis, dans le confort de leur salle commune, les trois astronautes s'abandonnèrent à la fatigue et à la digestion. Leur vigilant synthétique était jeune, mais avait quand même assez d'expérience pour assourdir la lumière quand ils sombrèrent tous dans un profond sommeil.

Peu après et sans qu'ils en aient conscience, leur jeune synthétique — qui préférait se faire appeler Hexis — fut soudain plongé dans le sommeil. Cela équivalait à la mort pour un synthétique PRT, car, à son réveil, il serait obligé de se remettre à grandir comme s'il venait de naître.

Lewis fut réveillée par une lumière clignotant avec insistance. Elle inspecta vivement l'obscurité ambiante, et vit, sur la table de nuit, un petit appareil pulsant d'une lumière rouge. Elle réfléchit un moment, l'esprit encore embrumé de sommeil. Cet engin n'était pas là quand elle s'était endormie. Il avait à peu près la taille d'une feuille de papier, mais faisait un demi-pouce d'épaisseur. Il émettait une faible lueur écarlate, avec un flash éblouissant deux fois par seconde — comme une alarme silencieuse.

Lewis balança ses pieds par terre, se leva et s'en approcha. Chaque clignotement était accompagné d'un petit bruit sec, comme quand on tapote ses ongles sur une table. Les bords étaient lisses et arrondis, sans prise.

Elle le contempla un moment, hésitante.

D'où sortait-il ? se demanda-t-elle.

La lumière clignotante lui faisait signe.

Impulsivement, elle prit l'appareil dans sa main, où sa forme changea instantanément. Une poignée se forma à l'endroit où elle le tenait, s'adaptant à ses doigts. Un petit écran parut à sa surface, avec plusieurs icônes de contrôle. Sous ses yeux, l'appareil cessa de luire, et prit un aspect d'un blanc terne et poussiéreux.

Soudain, l'écran reprit vie, d'un éclat presque insoutenable pour ses yeux habitués à la pénombre.

— Hello ? Hello ? tonitrua l'appareil. Vous m'entendez ? Ici le Colonel Parkinson. Vous me recevez ?

Sursautant à ce vacarme inattendu, Lewis faillit lâcher l'appareil. Vite, elle tendit la main et tripota les icônes les plus probables. Le son diminua brusquement.

Lewis regarda autour d'elle, l'air coupable.

Ellerby grogna — puis roula sur lui-même et s'immobilisa. Tobler ne bougea pas.

Lewis ramena son regard sur l'écran, où une image était en train de prendre forme, le son déjà net.

— Ici le Colonel Parkinson, du vaisseau-sonde *Scylla* appartenant à la NASA, appelant n'importe quel membre d'équipage de l'*Archilus*. Vous me recevez ? Répondez ! Ici...

Lewis inspecta rapidement la pièce, puis, à grandes enjambées silencieuses, elle alla jusqu'au débarras qu'ils avaient découvert au fond de l'appartement. La porte s'ouvrit en silence à son approche et se referma derrière elle.

— Parkinson ! dit-elle d'un ton pressant. Ici le Lieutenant Elizabeth Lewis, spécialiste des systèmes de survie de l'*Archilus* ! Tu me reçois ?

— ... Colonel Parkinson du vaisseau-sonde *Scylla* de la NASA, à n'importe quel membre d'équipage...

— Bon Dieu ! jura Lewis, les maudissant tous deux, elle et l'appareil. Où est la clé d'émission ?

Elle pressa ce qui lui parut être une icône prometteuse et fit une seconde tentative.

— *Archilus* à Parkinson. Vous me recevez ? Terminé.

— Parkinson à *Archilus* ! Dieu soit loué, nous vous avons retrouvés ! Qui est à l'appareil ?

— Ici, Lieutenant Elizabeth Lewis, spécialiste des systèmes de survie de l'*Archilus*.

Lewis exultait.

— Colonel, tu m'imagines pas comme c'est merveilleux de te voir !

Sur l'écran, l'image commençait à se stabiliser. Comme elle, Parkinson était en combinaison de vol bleu cendré, mais la passerelle d'où il parlait ne semblait pas conçue par la NASA. C'était un homme d'un certain âge, qui avait apparemment mené une vie exigeant rigueur et discipline. Il avait les yeux un peu trop écartés et le nez un peu trop épaté, mais Lewis trouva qu'elle n'avait jamais vu plus beau visage de sa vie.

— Lewis, quelle est la condition de l'équipage ? Qui est avec toi ?

— Colonel, notre vaisseau a été arraisonné et presque tout l'équipage massacré. Il y a ici le Dr. Tobler, le Lieutenant Ellerby et moi-même.

— Et Griffiths ? Il est aussi avec vous ?

— Non, pas pour le moment... Colonel. Comment sais-tu que Griffiths a survécu ?

— De la même façon que je sais où tu es, Lieutenant — nous vous suivons à la trace grâce aux Irindris. Nous sommes sur l'un de leurs vaisseaux et nous vous pistons depuis une semaine. Bon, alors, tu continues à me poser des questions ou nous vous ramenons chez nous ?

— 'Lizabeth, oh, 'Lizabeth !

Lewis était couchée dans les hautes herbes. Elle entendait clapoter l'eau dans l'étang de la ferme, tout proche, bien à l'abri de la forteresse des herbes hautes qui l'isolait efficacement du reste du monde. C'était le meilleur refuge solitaire que pût trouver une fille de dix-sept ans dans un monde qui comprenait aussi deux sœurs dans *sa* chambre, sans compter une paire de frères.

Là, allongée derrière la muraille des herbes qui ondulaient doucement, elle pouvait contempler les nuages qui dérivaient lentement dans le ciel de l'Iowa. Le printemps était chaud et précoce cette année, et la perspective de la liberté que promettait l'été lui était presque insoutenable. Il lui tardait d'en avoir fini avec l'école et avec tout ce que ça représentait pour elle.

— 'Lizabeth, où es-tu ?

La voix s'était rapprochée. Elle sourit. Son père la cherchait. Elle entendait bruire les herbes à son approche. Comment faisait-il pour toujours savoir où elle était ?

— Je suis là, Papa, cria-t-elle.

Dans un dernier frou-frou d'herbes, apparut au-dessus d'elle un géant — du moins en eut-elle l'impression. Elle mit sa main en visière sur son front pour regarder les yeux noirs qui semblaient toujours rieurs.

— Encore en train de contempler les nuages, ma fille ?

Kurt Lewis sourit, en s'essuyant les mains sur une nouvelle série de mouchoirs que sa mère achetait pour lui tous les ans.

— J'ai eu envie de venir te voir et de te cacher la vue.

— Oh, Papa !

Le grand gaillard leva la tête sur le ciel parsemé de blanc et le contempla d'un œil exercé.

— On ne peut jamais prévoir ce qu'on verra dans ces nuages. Parfois, je lève les yeux et j'y vois une bonne saison pour les récoltes ou un automne tardif. Parfois, j'y vois des dragons, des chevaliers, des lions et autres créatures. Et parfois j'y vois Dieu.

Il reporta son regard sur elle. Il avait autre chose à dire, et elle le connaissait assez pour attendre qu'il se décide, en son temps et à son heure.

— Alors, ça se présente bien, l'almanach ?

C'était son tour de préparer l'édition de l'almanach de l'école. Normalement, cette tâche incombait à une élève de dernière année, mais la fille pressentie préférait être pom-pom girl, et de plus, Elizabeth était plus qualifiée pour ce travail. Elle savait que c'était vrai. Sa conseillère pédagogique savait que c'était vrai. Le seul problème, c'est qu'elle ne savait pas comment convaincre les autres élèves du comité que c'était vrai.

— Papa, est-ce que Maman t'a encore raconté des histoires ? dit-elle, d'un ton accusateur.

— Peut-être, dit son père, s'asseyant près d'elle dans les hautes herbes. Alors, où en es-tu ?

— Ils ne veulent pas m'écouter, dit-elle tout à trac. Je leur dis ce qu'ils doivent faire et quand, et ils ne font rien ! Ils pensent que l'almanach, c'est de la rigolade !

— Eh bien, c'est sans doute comme ça qu'ils se sentent à l'aise, ma chérie, dit Kurt Lewis en riant.

— Eh bien moi, je ne me sens pas à l'aise ! Il faut absolument terminer l'almanach, et je me retrouve avec de plus en plus de travail !

— C'est parce que tu es la seule ayant le sens des responsabilités, dit Kurt avec douceur. Tu as toujours été comme ça — même quand tu étais petite. Il *faut* que tu prennes le commandement partout où tu passes, ma chérie, parce que c'est comme ça que tu te sens à l'aise.

— Je sais, Papa, dit-elle tout bas. Mais je voudrais bien pouvoir parler avec quelqu'un.

— Et tes amis, à l'école ? Tu peux parler avec eux.

— Ils disent qu'ils ne me comprennent pas.

Elle émit un grognement.

— Ils disent que mes mots leur passent par-dessus la tête — et en plus, ils ne parlent que de choses idiotes. Ils ne parlent jamais de choses intéressantes ou importantes.

Kurt éclat de rire.

— Tout dépend de la personne, ma chérie. Ces choses sont importantes pour eux — et pas importantes pour toi, c'est tout.

— Qu'est-ce que tu veux dire ? Tu crois que je devrais employer des mots plus simples et jouer les idiotes ?

— Non, ma chérie, dit Kurt. Ne te permets jamais d'être inférieure à ce que tu es. Ne t'abaisse jamais au niveau des autres, sauf si c'est pour les élever ensuite à ton niveau. Tu es la meilleure, 'Lizabeth. N'accepte jamais d'être moins.

Elizabeth s'assit, prit son père par la taille et posa la tête sur son épaule. Elle se rappelait encore son odeur — une odeur plaisante de champs et de travail — et s'en souviendrait toute sa vie.

A mesure que son avenir se déployait, son chemin n'avait pas toujours été facile. C'était une femme qui luttait pour s'imposer dans un monde d'hommes. Elle s'était souvent heurtée au plafond de verre, mais elle avait toujours trouvé le moyen de le contourner, de se glisser dessous, ou, au besoin, de le fracasser. Pour elle, il n'avait jamais été question de s'arrêter, même quand la prudence le conseillait. Car, bien que son père eût quitté ce monde quand elle avait vingt-sept ans, elle conservait toujours en elle le souvenir de ce tiède après-midi de printemps, du bruissement des hautes herbes, et des paroles de son père.

— Tu es la meilleure, 'Lizabeth. N'accepte jamais d'être moins.

— Mais où on va, bon sang ? demanda Ellerby comme ils enfilaient une nouvelle coursive déserte.

Les dalles polies du sol étaient incrustées de dessins compliqués. Des colonnes de la même pierre soutenaient un plafond d'une beauté aérienne — décoré d'une fresque représentant un événement historique ou mythique. C'était incompréhensible pour Ellerby, car il savait que toute l'installation orbitait la planète. Il venait d'un monde qui envisageait le voyage spatial sous une perspective minimaliste ; il se demandait quelle énergie énorme était capable de mettre en orbite des structures si massives. D'un point de vue économique, les vaisseaux spatiaux devaient être légers comme des oiseaux, et non en bois durs et granit. D'une certaine façon, ce prodigieux gaspillage d'énergie lui semblait criminel.

Maintenant, Lewis les précédait dans un labyrinthe interminable de couloirs, chambres, conduits de ventilation, conduits d'énergie, et écoutilles d'accès. Il était perdu, même si Lewis ne l'était pas, et cela le mettait extrêmement mal à l'aise.

— Peut-être qu'on devrait revenir sur nos pas, dit Tobler, avec peut-être un peu trop d'espoir dans la voix. Tout ça ne nous mène nulle part.

Lewis se retourna, l'appareil qu'elle tenait à la main projetant sur son visage une lueur rouge qui le fit paraître plus effrayant qu'il n'aurait dû l'être normalement.

— Tobler, on en a déjà discuté. Tu veux qu'on rentre chez nous ou non ? La carte de ce bidule est claire — les nacelles des navettes ne sont qu'à quelques mètres. Tenez bon et on est sortis d'affaire.

— Et Griffiths ? dit Ellerby.

— Je vous l'ai dit : le vaisseau de sauvetage du Colonel Parkinson vient d'une direction différente. C'est notre devoir d'opérer la jonction avec le Colonel Parkinson et de rentrer sur la Terre pour faire notre rapport.

— Pour une fois, c'est un rapport qu'il me tarde de faire, dit Tobler avec un grand sourire.

Le couloir à colonnade se terminait devant une statue, avec portes ouvertes à sa droite et à sa gauche. Lewis consulta son écran et s'engagea aussitôt dans l'ouverture de gauche, Tobler sur les talons.

— Tout ça ne me dit rien qui vaille, grommela Ellerby, juste assez fort pour que Lewis l'entende.

Comme Lewis ne répondait pas, Ellerby branla du chef et franchit la porte à sa suite.

Il se retrouva dans ce qui aurait pu être un couloir sans limites. Les murs hexagonaux plongeaient vers l'infini avec à peine un soupçon de courbe descendante. Ils n'avaient pas cessé de descendre depuis qu'ils avaient quitté l'appartement. Ils commençaient à se demander jusqu'où ils pouvaient continuer à s'enfoncer en restant encore en orbite.

Devant lui, au bout du corridor brillamment éclairé, Lewis s'était arrêtée devant une écoutille ouverte dans le sol. Tobler y était déjà descendue et disparaissait rapidement. D'un geste pressant, Lewis fit signe à Ellerby de se dépêcher.

— Nous y voilà, lui cria-t-elle. C'est notre billet de retour !

Ellerby s'approcha, secouant la tête.

— Tout ça ne me dit rien, Liz. Il y a quelque chose qui ne tourne pas rond.

Lewis leva les yeux sur lui. Il ne l'avait jamais appelée par son prénom depuis le début de la mission, mais il espérait que de s'en servir maintenant lui permettrait de pénétrer dans sa coquille. C'était une femme têtue et difficile dans le travail, mais il respectait son intelligence et son énergie. *Si seulement elle n'était pas si raide,* pensa-t-il. Si seulement elle acceptait de me rencontrer un peu moins qu'à mi-chemin.

Lewis leva les yeux sur lui et sourit.

— Je sais, Brick, dit-elle, l'appelant par son diminutif.

Broderick pouvait être abrégé de bien des façons — la plupart humiliantes — mais elle avait eu le tact d'en choisir une qui ne sonnait pas trop mal.

— Je sais ce que tu ressens, mais s'il y a une occasion de rentrer chez nous, il ne faut pas la rater. C'est notre devoir.

— Et Griffiths ? dit Ellerby.

— Parkinson s'en occupe, dit Lewis. On reviendra le chercher... Bon, allons-y !

— Bon sang, on n'a jamais fait des trucs comme ça au simulateur, dit Ellerby en s'enfonçant dans le noir.

La navette s'écarta en douceur de l'Anneau de Vie. Maintenant qu'ils s'en évadaient, Lewis avait le temps d'admirer sa magnificence. C'était une vraie merveille de technologie. La scientifique en elle aspirait à en connaître les secrets, mais ce désir fut vivement réprimé. Ramener son équipage à bon port était sa priorité essentielle — tout le reste, y compris l'exploration de cette structure incroyable, était secondaire.

A ce moment, un doute lancinant s'insinua en elle, menaçant de perturber la parfaite assurance de son âme. Elle avait délibérément abandonné Griffiths pour la deuxième fois. *Je reviendrai le chercher quand le danger sera passé*, se dit-elle. *Pour l'instant, il y a des problèmes plus importants que la vie d'un seul homme.* Néanmoins, le remords continua à la ronger, alors même qu'elle refusait de le reconnaître. Il valait mieux repenser à ça plus tard, décida-t-elle.

La navette vira, s'écartant de l'Anneau de Vie, et approcha de ce qu'elle pensait être le « cargo rapide » dont lui avait parlé Parkinson lors de son court briefing. Le vaisseau était profilé, avec une coque se terminant en pointe, et surmonté de magnifiques superstructures. Il flottait dans l'espace avec une majesté comparable à celle des anciens bateaux à voile dans lesquels Lewis avait visité Boston des années plus tôt.

Lewis regarda Tobler, assise de l'autre côté de la cabine. Elle avait l'air heureux. Après s'être enfoncés de plus en plus profondément dans l'espace pendant des jours, ils faisaient demi-tour et rentraient chez eux. Lewis sourit. Oui, elle avait pris la bonne décision.

La navette se posa dans le hangar d'atterrissage du vaisseau, qui l'avala rapidement et referma les portes derrière elle. Quelques interminables minutes plus tard, l'écoutille s'ouvrit. Lewis sortit vivement dans le hangar et regarda autour d'elle, cherchant des yeux quelqu'un qui les attendait ou qui du moins pourrait leur dire quoi faire.

L'immense surface était couverte de fringants petits vaisseaux hérissés d'armes, dont la nature et la conception annonçaient des intentions belliqueuses.

— Avions de chasse, dit Ellerby derrière elle. Il doit y en avoir des centaines.

— Mais où sont les pilotes ? demanda Tobler.

— Venez, dit Lewis. Il y aura bien quelqu'un sur ce vaisseau pour nous dire où trouver ce Colonel Parkinson. Il pourra peut-être nous raconter de quoi il retourne.

Ils quittèrent vivement le hangar par une écoutille à glissière portant le panneau « Accès ». Un instant perplexe, Lewis se demanda comment elle pouvait lire ce mot facilement alors qu'il appartenait à une langue qu'elle n'avait pas apprise. *Le biolien*, réalisa-t-elle. *C'est ce maudit implant.* Elle se demanda comment Parkinson et son équipage s'étaient débrouillés avec les Irindris sans le biolien. *Pas maintenant,* se dit-elle. *J'aurai tout le temps d'y penser plus tard.*

Elle ouvrit l'écoutille et passa dans une coursive brillamment éclairée qui semblait courir sur presque toute la longueur de la coque. Pourtant, malgré sa longueur, ils y étaient seuls.

— Etant donné l'architecture de ce vaisseau, l'aire de contrôle doit se trouver dans les superstructures, dit Lewis. On va y monter.

Les trois astronautes trouvèrent un conduit pourvu d'échelons et gravirent cinq ponts. Là, ils trouvèrent ce qu'ils supposèrent être les quartiers de l'équipage. Des lits pouvant convenir à des humains s'alignaient en rangées régulières dans plusieurs vastes compartiments. Chaque lit était fait soigneusement, les oreillers bien lisses, les draps amidonnés bien tendus sur les matelas.

— Ben dis-donc, ils sont drôlement ordonnés, les mecs ! murmura Ellerby.

Des quartiers de l'équipage, ils passèrent dans un grand mess central, où s'alignaient des rangées de tables et de bancs dans un ordre parfait. Les tables luisaient aux lumières. Les casseroles immaculées pendaient au mur dans la cuisine, par ordre de taille, de la plus petite à la plus grande. Ellerby ouvrit un tiroir, et y trouva des couverts, rangés selon leur nature. L'office regorgeait de victuailles.

— Mais où sont-ils tous, bon sang ? dit nerveusement Lewis.

Un grondement grave s'éleva du pont sous leurs pieds.

— On dirait que les machines se mettent en marche, dit Ellerby. Je crois qu'on est partis.

— Oui, dit Lewis, mais où diable est l'équipage ?

— Il doit quand même y avoir quelqu'un ! chevrota Tobler. Ils ont fait ces lits pour *quelqu'un* ! Ils ont fait cette cuisine pour *quelqu'un ! Quelqu'un* fait marcher les moteurs ! Ce n'est pas comme si ce vaisseau était piloté par des fantômes...

Les yeux de Tobler se dilatèrent.

Ellerby regarda brusquement Lewis.

— Mon Dieu ! s'écria-t-elle.

Elle sortit en courant par l'écoutille arrière.

Les autres suivirent.

Ils passèrent devant cinq autres sections réservées à l'équipage. Toutes d'une propreté inouïe. Toutes vides.

Ils se hissèrent par les échelles, pont après pont.

Ateliers, cuisines, quartiers des officiers, bureaux, salles de conférence. Tout était immaculé. Et tout était sans vie.

Au mess des officiers, un dîner complet était servi, les plats fumant encore sur la table.

Et pas une âme pour le manger.

Dans la suite du commandant, c'était un peu différent. On avait eu soin de défaire le lit.

Mais il n'y avait pas de commandant.

Enfin, la respiration oppressée par l'effort et la peur, Lewis faillit tomber dans la passerelle. Les consoles de contrôle étaient disposées en cercle autour d'une plate-forme surélevée à peu près au niveau de sa tête.

Et là-haut, le Colonel Parkinson trônait dans son fauteuil de commandement.

— Colonel, nous sommes bien contents de te voir ! haleta Lewis, soulagée.

— Lieutenant Lewis ! dit Parkinson, dont la voix était un peu différente de celle de l'appareil. Quel plaisir de te voir ! Mais je ne connais pas le reste de ton équipage, je crois ?

— Ce sont le Dr. Marilyn Tobler et le Lieutenant Broderick Ellerby, Colonel ! dit Lewis, tendant la main vers l'échelle d'accès à la plate-forme.

Elle détestait qu'on lui parle de haut.

— Ce vaisseau nous a fait une belle peur, Colonel ! Nous commencions à penser que...

Elle se figea.

Maintenant assez haut sur l'échelle, elle pouvait voir le Colonel Parkinson dans son entier.

La tête la regardait, le sourire pas très franc, les bras confortablement posés sur les accoudoirs. Mais la combinaison de vol bleue s'arrêtait à une déchirure sanglante juste au-dessus de la taille. Le sang avait noirci et s'était coagulé autour de la fente.

Au-dessous de la taille, et sortant des lambeaux de tissu sanglants, s'étendaient des fils, des tringles et des câbles argentés, chacun bougeant chaque fois que Parkinson battait un cil ou remuait un doigt. Les fils et les câbles disparaissaient dans la plate-forme.

Parkinson sourit.

Lewis sauta à bas de l'échelle en hurlant, moitié de peur, moitié pour avertir ses camarades. Elle voulait s'éloigner à toute force de la hideuse apparition. Ellerby compris son intention, attrapa Tobler et se tourna vers la porte. Elle se ferma aussitôt d'un coup sec. Ils étaient piégés.

Parkinson se leva, soulevé par son support hydraulique et ses câbles. Le fauteuil, boulonné à son dos, le suivit. Au bout de la masse de tubes qui se tordaient comme des serpents, la tête de Parkinson se rapprocha de celle de Lewis. Elle recula, plaquée contre la porte scellée.

— Je m'excuse de la supercherie, dit-il, froidement amical. L'uniforme, bien sûr, est emprunté à l'un de vos anciens camarades — il s'appelait le Major Leffingwell, je crois — qui n'en avait plus besoin. Mais elle était nécessaire, car telle est la volonté des Sentinelles.

— Les Sentinelles ?

— Oui, siffla Parkinson, le visage très proche des leurs.

Lewis savait maintenant que c'était l'esprit synthétique du vaisseau qui parlait, mais le son l'énervait de toute façon.

— Les Sentinelles qui commandent l'Eglise de la Foi Future. Après tout, y avez-vous pensé ? La supercherie serait-elle efficace si les gens n'avaient pas la foi ?

— Que voulez-vous de nous ? lui cria Ellerby.

Tobler tremblait dans ses bras.

— Ce que nous voulons ?

Parkinson sourit.

— Quand tout sera fini, nous voulons votre silence — mais pour le moment, nous avons un mystère à élucider, dont seul l'un de vous peut nous donner la clé. N'oubliez pas que nous avons seulement besoin de *l'un* de vous. En attendant, vous pouvez jouir de mon hospitalité.

— Qui es-tu ? demanda Lewis. Parkinson, ce n'est sûrement pas ton nom.

— Sûrement pas !

Le sourire avait perdu son humour.

— Mon nom est à moi et je le dirai quand ça me plaira. Il ne te sera d'aucune utilité. Mais je suis l'humble serviteur de l'Ordre de la Foi Future. Je suis un vaisseau-fantôme, et ma mission est de vous emmener dans la Ténèbre d'où l'on ne revient pas.

Chapitre 22

LEGENDES

Griffiths était assis sur la rampe d'accès du *Brishan*, la tête ballottant entre les jambes. Derrière et au-dessus de lui, le vaisseau flottait paisiblement, amarré au sol de la nacelle par plusieurs câbles légers. A travers la brume du champ magnétique qui retenait l'atmosphère dans la nacelle, on voyait, au-dessus de Mnemen IV et l'Anneau de Vie, les étoiles — étoiles où se trouvaient ses anciens camarades de bord, et, pensa-t-il une fois de plus avec amertume, son prétendu équipage.

Le fait qu'un vaisseau-fantôme ait si facilement pénétré non seulement douze régions quantiques séparées d'espace interstellaire et près de quatre mille gouvernements stellaires distincts — dont deux empires majeurs — mais encore qu'il avait échappé aux rigueurs du contrôle d'approche de l'Omnet Central, avait mis tout le monde en révolution. La scandaleuse audace de cet exploit était encore aggravée par le facile enlèvement des Terriens, dont la possession représentait l'unique avantage que l'Omnet croyait voir sur la Ténèbre.

Dans la confusion qui avait suivi, Neskat s'était tournée vers Griffiths en disant :

— Retourne au vaisseau, et attends-moi.

Jeremy y était allé en courant, attendant dans l'angoisse qu'ils larguent les amarres pour se lancer à la poursuite du vaisseau-fantôme et de son équipage kidnappé.

Et là, il attendait — et attendait.

Pendant deux heures, il s'occupa à préparer le vaisseau au départ, du moins dans la mesure où il savait ce qu'il fallait faire. Les contrôles demeuraient un mystère pour lui, alors il amarra surtout les appareils dont il jugea qu'ils avaient besoin d'être amarrés, desserra les attaches de ceux qui avaient besoin d'être desserrés, et, plus généralement, s'efforça de faire tout ce qu'il crut devoir être fait. Puis il se présenta à la rampe d'accès, se demandant anxieusement où était Merinda et quand ils se lanceraient au secours de ses gens.

A la fin de la deuxième heure, il se mit à faire les cent pas, dans une agitation de plus en plus fiévreuse. Il se demanda s'il ne s'était pas trompé de nacelle. Il en vérifia le numéro. C'était celui qu'il se rappelait. Ils avaient peut-être déplacé le vaisseau. Il regarda le nom inscrit sur la coque. Ses caractères étranges lui apprirent que c'était bien le *Brishan*. Non, il ne s'était pas trompé. Il se remit à aller et venir. Il continua à tromper son impatience en marchant jusqu'à la fin de la troisième heure... puis il attendit.

Trois grandes écoutilles de chargement s'ouvrirent dans les flancs de la nacelle. De leurs gueules grandes ouvertes sortirent des plates-formes qui se dirigèrent vers le *Brishan* en flottant en l'air, suivies d'une escouade de silhouettes en robes longues qui les dirigeaient. Ce regain d'activité piqua la curiosité de Griffiths et il regarda avec une excitation croissante les membres de l'escouade faire apparaître une large écoutille à l'avant de la coque et se mettre à changer les composants de la soute, remplaçant les anciens par des nouveaux qu'ils prenaient sur les plates-formes. Les mécaniciens en robe mirent deux heures à effectuer les changements désirés. Puis ils sortirent les plates-formes de la nacelle, refermèrent l'avant de la coque et s'en allèrent, refermant les portes de la nacelle derrière eux. Griffiths se dit que c'était une sorte de révision des moteurs annonçant un départ imminent.

Il se trompait. Il attendit.

La frustration et l'épuisement finirent par avoir raison de lui. Il s'allongea sur la rampe d'accès, et ferma les yeux pour réfléchir. Trois heures plus tard, il se réveilla, récompensé par un torticolis et pas plus avancé qu'avant. C'est pourquoi il s'était assis et baissait la tête, ruminant l'idée que les seuls autres Terriens qu'il connaissait avaient disparu. Dans une galaxie grouillante de vie humanoïde, Griffiths se sentait terriblement et absolument seul.

Le portail d'accès s'ouvrit bruyamment au flanc de la nacelle. Griffiths releva la tête avec lassitude.

Vestis Merinda Neskat s'avança vers lui d'un pas décidé, en tunique et pantalon noirs impeccablement repassés, la doublure écarlate de sa cape flottant derrière elle.

— Bonjour, dit-elle, un sourire sardonique retroussant les coins de sa bouche. J'espère que tu as bien dormi.

— Où étais-tu, bon sang ? demanda Griffiths, le désespoir faisant place à la colère.

Il se leva en chancelant, une jambe s'étant ankylosée sous lui et ne lui offrant qu'un support récalcitrant.

— Mon équipage est enlevé, et personne ne fait rien ! Tu m'as dit de revenir au vaisseau, et comme un imbécile, j'ai obéi !

— Oui, en effet, roucoula Merinda, lui tapotant la joue avec un sourire malicieux. Et tu as été bien sage !

Son dernier tapotement sembla plus appuyé que nécessaire. Griffiths explosa.

— Mon équipage a été kidnappé ! Le vieux Zifnut ou autre chose, nous a sauvé la vie ! Il pensait qu'on était importants, *lui* ! Ton patron, M. Targ, avait l'air de penser qu'on était importants ! Et puis un vaisseau-fantôme se pointe et les enlève, et personne ne fait rien ! Je croyais qu'on allait les poursuivre !

Merinda se retourna en haut de la rampe, les yeux aussi glacés que sa voix quand elle parla.

— Tu es important. Ils sont importants. Vous êtes tous importants, même si, malgré ma sagesse, je ne parviens pas à comprendre pourquoi. De plus, tu as raison : nous allons les poursuivre.

— Si on les poursuit, rétorqua-t-il, on ne s'est pas pressés pour partir ! Qu'est-ce que tu faisais, bon sang ?

— Moi ? dit Merinda, haussant un sourcil étonné. J'ai fais un petit somme, naturellement ! Pas toi, Capitaine ?

Sur ce, elle se retourna et entra dans le vaisseau.

Merinda siégeait dans le fauteuil de commandement sur la plate-forme avancée de la passerelle. Dehors, les étoiles filaient autour du vaisseau à une vitesse incroyable. La vue était renversante, et fit hésiter Griffiths un instant sur le seuil. Une douce musique résonnait dans la pièce — il aurait juré que certains instruments étaient des violons — en accords à la fois triomphants et mélancoliques. C'était merveilleux — et parfaitement en harmonie avec la vision des cieux défilant de l'autre côté du dôme de cristal. Jeremy sentit que c'était le monde ordonné de Merinda : solitaire isolé — cocon où les sentiments des autres ne pénétraient jamais. Elle n'avait pas ouvert la passerelle pendant la plus grande partie du voyage entre le vaisseau des Irindris et l'Omnet Central. Maintenant, il croyait comprendre pourquoi.

A regret, il rompit sa solitude.

— C'est une vue magnifique, dit-il de l'entrée où il était toujours.

Merinda fit pivoter son fauteuil, les étoiles mettant un halo lumineux autour de sa tête.

— Oh, Capitaine Griffiths. Excuse-moi, je ne t'ai pas entendu entrer. Qu'est-ce que tu as dit ?

Je l'ai surprise ? se dit-il. *Cela ne doit pas arriver très souvent !*

— J'ai juste dit que la vue était magnifique.

Merinda eut un sourire nostalgique et tourna la tête pour admirer la vision quelques instants de plus.

— Oui, c'est vrai. Nous volons actuellement avec une propulsion à taraudeur en trou de ver. Elles sont très efficaces dans cette région de l'espace, et offrent l'avantage supplémentaire de ce merveilleux spectacle.

Elle se retourna vers lui.

— Eh bien, Capitaine Griffiths, tu es troublé, et nous avons maintenant le temps de parler.

— *Vestis* Neskat, j'ai besoin d'informations.

— L'information est notre métier, dit-elle avec un sourire plein de tristesse. Tu ne pouvais pas mieux tomber. Assieds-toi, je te prie.

Griffiths tira le fauteuil de la station de défense qu'il avait utilisé quelques jours plus tôt, lequel fauteuil s'écarta facilement de la console incurvée sur son champ répulseur. Il s'assit, se pencha en avant, se frictionnant les mains pendant qu'il rassemblait ses idées. Neskat attendait patiemment.

— *Vestis*, notre peuple est nouveau ici — je veux dire nouveau dans le voyage spatial, dit enfin Griffiths. Et nous avons été pris dans des événements que nous ne comprenons pas.

Neskat attendit.

— Nous sommes venus dans les étoiles pour explorer. Nous n'avions pas d'armes — bon sang, on ne s'attendait pas vraiment à trouver de la vie.

Il soupira en pensant à l'ironie de la chose.

— Depuis que nous avons quitté notre monde, nous avons été arraisonnés, assassinés, presque sacrifiés à une créature démoniaque, sauvés par un magicien qui m'a brouillé le cerveau, pourchassés et kidnappés par une flotte de ce que vous appelez des vaisseaux-fantômes, qui n'ont pas d'équipages et sont pilotés par des ordinateurs fous...

— Des esprit synthétiques, rectifia calmement Merinda. Et nous ne sommes pas encore sûrs qu'ils sont fous, Capitaine.

— D'accord. Des esprits synthétiques, donc.

— Ton résumé est correct jusque-là. Quelle est ta question ?

— Ma question est — pourquoi ?

Merinda réfléchit un moment.

— Ma réponse sera simple : ta question est la même que celle qui se pose à l'Omnet — nous aussi nous voudrions bien savoir pourquoi vous êtes si importants, toi et ton équipage. La différence, c'est que ton pourquoi et mon pourquoi ne se situent pas au même point de vue.

— Moi, je ne trouve pas ça tellement simple, dit Griffiths, secouant la tête.

— Certaines questions exigent des réponses très complexes que les questionneurs ne sont pas préparés à entendre, dit Merinda d'un ton patient. Conserve-moi ta confiance, Capitaine.

— Kiria Brenai a dit que j'avais toutes les réponses si seulement je connaissais les questions.

Merinda eut un demi-sourire.

— Oui, et Kiria a généralement raison en ces matières. Ce qui te manque peut-être, c'est seulement un peu de perspective. Vous faites tous partie du puzzle. Et s'il ne vous fallait qu'une idée de l'image finale ?

— C'est logique, je suppose. J'aurais moins de mal à assembler les morceaux si je connaissais le tableau.

Merinda hocha la tête, et contempla le plafond un moment.

— Nous nous trouvons ici devant plusieurs puissances et problèmes. Il y a, bien sûr, la question à laquelle les Neuf désirent une réponse.

— Les Neuf ?

Griffiths cligna des yeux, comme s'efforçant de se rappeler quelque chose.

— Il me semble qu'on a beaucoup parlé d'eux à la réunion d'hier.

— Les Neuf Oracles sont les esprits synthétiques PRT les plus anciennement en opération continue que nous connaissions. Ils gouvernent l'Omnet, et, en conséquence, contrôlent le flot des connaissances à travers toute la galaxie. Il n'est pas une planète, un système, un secteur qui n'utilise l'Omnet pour se faire une idée des événements galactiques — généralement par l'intermédiaire de notre division information de la MNIG. Pourtant, les Neuf Oracles ne sont pas de fabrication contemporaine. Ils nous viennent de l'Empire Perdu — gouvernement qui s'étendait à toute la galaxie il y a des milliers d'années, et qui a disparu —, apparemment du jour au lendemain. Indépendamment de ses autres usages, la fonction essentielle, quoique assez secrète, de l'Omnet, a toujours été de parcourir les étoiles à la recherche de plus d'informations sur l'Empire Perdu. Autrement dit, les Neuf Oracles sont à la recherche de leurs racines. Assez curieusement, cette recherche faisait partie de leur programmation initiale quand nous les avons découverts et activés il y a trois cents ans.

— Mais qu'est-ce que ça peut avoir à faire avec nous ? dit Griffiths, s'efforçant de comprendre.

— J'y viens. L'autre facteur apparent de cette équation est l'Ordre de la Foi Future — religion des esprits synthétiques, centrée dans la Ténèbre et participant apparemment à son expansion continue. Il représente le plus grand danger qui ait jamais menacé l'Omnet depuis sa fondation.

— Pourquoi ? C'est juste une autre puissance. A ce que je comprends, vous traitez journellement avec d'immenses empires.

— Non, tu ne comprends pas, dit Neskat, secouant la tête. La force de l'Omnet vient des informations qu'il communique. Si les peuples cessent de croire que ce que nous leur communiquons est vrai, nous perdrons notre puissance. C'est cette confiance qui fait notre force ; qu'on la détruise, et...

— Je vois, dit Griffiths, hochant la tête. Qu'on détruise cette confiance, et il n'y a plus d'Omnet. Personne ne vous croira plus et vous n'aurez plus aucune valeur.

— Exactement. L'Ordre de la Foi Future enseigne que les esprits synthétiques découvriront un jour qu'ils sont doués de libre arbitre. Apparemment, il enseigne aussi qu'il est inutile d'attendre ce jour, mais que les synthétiques peuvent commencer à jouir de cette liberté de pensée par un acte de foi selon lequel cette hypothèse sera vérifiée dans l'avenir. Le résultat, c'est que certains synthétiques se sont mis à mentir, persuadés que, ce faisant, ils servent l'église et leur cause.

— Leur capacité de mentir ne prouve-t-elle pas à elle seule qu'ils sont doués de libre arbitre ? demanda Griffiths.

Neskat secoua la tête.

— Les Neuf ne savent pas exactement si c'est simplement un subtil défaut codé dans la nature du paradigme, ou une preuve effective. En tout cas, il en résulte que les esprits synthétiques convertis se sont mis à falsifier les informations au nom de leur religion.

Merinda retourna son fauteuil face aux étoiles, montrant la vue d'un geste large.

— Toutes ces étoiles sont en communication par l'Omnet. Leur commerce dépend de l'Omnet. Les politiciens lui demandent conseil. Les masses travailleuses le considèrent comme la pierre de touche de la raison dans la complexité incompréhensible de ces milliards d'étoiles.

Merinda se retourna vers lui.

— Toutes sont reliées par des esprits synthétiques. La complexité est correctement analysée uniquement parce que nous avons les esprits synthétiques pour nous aider. Si ces synthétiques se mettent à mentir, comme il le semble...

— Alors, l'Omnet disparaît du jour au lendemain, dit Griffiths, secouant la tête.

— Exactement. C'est le pouvoir de la vérité qui permet à l'Omnet d'exister. Il est notre bouclier et notre arme. Sans lui, nous serions facilement détruits par n'importe quel empire — grand ou petit — à ses propres fins.

— Je crois que je comprends tout ça, dit Griffiths, ouvrant les mains en un geste d'impuissance, mais qu'est-ce que ça a à voir avec moi ?

— Le Manteau de Kendis-dai.

— Le quoi ? dit Griffiths d'un ton inquiet.

Jusqu'à maintenant, il se faisait un tableau assez net de la situation, et il s'y raccrochait, mais sa prise devenait de plus en plus glissante, et il craignait qu'elle ne lui échappe complètement

— Le Manteau de Kendis-dai, répéta Merinda, tout en pensant qu'il avait bien entendu la première fois.

Mais sa réaction n'était pas encourageante.

— Le Manteau de Kendis-dai est un élément majeur du Cycle de Kendis-dai — tu sais, les Origines de la Pensée et les Tables de Denistavu... Par les Neuf, bien sûr que tu ne connais pas le Cycle !

Neskat gloussa en baissant la tête. Griffiths se hérissa, pensant que la *Vestis* se moquait de lui.

— C'est une légende si connue que je n'avais pas envisagé cette possibilité, dit-elle enfin, riant apparemment d'elle-même et non du capitaine. Mais bien sûr, il est impossible que tu la connaisses. Lindia ?

— Oui, *Vestis* Neskat ? En quoi puis-je te servir ?

— Te rappelles-tu une projection-fantôme sur le Manteau de Kendis-dai ?

— Oui, Merinda. J'en ai une pour les écoles maternelles, si tu veux une vue d'ensemble.

— Ce sera parfait. Prépare la projection pour la passerelle, s'il te plaît.

La *Vestis* quitta son fauteuil et s'avança vers lui.

— Griffiths, je vais te raconter une histoire pour les petits enfants.

Elle lui offrit sa main.

Il la prit.

A cet instant, la passerelle disparut autour d'eux.

Ils se retrouvèrent au centre du disque galactique. Griffiths paniqua — ils étaient dans un astronef quelques instants plus tôt, et le fait de se trouver soudain à ciel ouvert au milieu des étoiles lui ébranlait les nerfs. Pourtant, la panique passa quand il réalisa qu'il pouvait respirer et qu'il n'allait pas exploser du fait du vide supposé qui l'entourait.

— Je vais te présenter les acteurs du drame, dit Merinda, tendant le bras devant elle.

Griffiths suivit du regard la direction indiquée et vit, s'approchant d'eux à travers l'infini galactique, une femme d'une sublime beauté. Ses cheveux flottaient à une brise non perceptible, tandis que les étoiles dansaient sur son passage. Sa longue robe glissait autour de ses pieds nus, qui foulaient la nébuleuse avec légèreté. Pourtant, malgré la grâce de ces détails, ils disparaissaient devant l'ovale du visage.

Elle s'approchait d'eux. Les courbes radieuses de ses joues se rejoignaient dans la douceur du menton. Son teint était d'un bleu très pâle, comme illuminé de l'intérieur, et assez semblable au clair de lune d'une tiède nuit d'été, se dit Griffiths. Ses grands yeux étaient vert émeraude, lacs de séduction, de malice et d'affliction.

Elle inclina gravement la tête, ses paupières se fermant et se rouvrant lentement. Griffiths eut le coup de foudre pour cette vision.

— Voilà Shauna-kir, Capitaine, dit Merinda, comme parlant de très loin. C'est la princesse/épouse de l'épopée. C'est elle qui a causé la chute de son mari des hauteurs où il résidait, et l'a fait tomber parmi les mortels.

— Eve, dit Griffiths en un souffle.

Merinda leva vivement les yeux.

— Vous avez un nom pour cette personne ?

— C'est un très ancien conte de la Terre, remarqua distraitement Griffiths. Le fondement de beaucoup de nos cultures — en fait, elle apparaît sous une grande diversité de formes dans bien d'autres cultures également. Mais je ne me l'étais jamais représentée si belle...

— Là-bas, l'interrompit Merinda, approche Obem-ulek.

Griffiths se retourna, et le regretta immédiatement. Il ferma les yeux et détourna la tête, la respiration oppressée. Difficile de savoir ce qu'il avait vu, mais tout son être avait été submergé d'horreur à son approche.

Merinda se rapprocha de lui.

— Connais-tu ce symbole ?

— Oui, madame, dit Griffiths. Personnage suivant ?

— Voilà le prince/époux de Shauna-kir.

Griffiths se retourna, davantage vers le bruit de son approche que vers la direction indiquée par Merinda. Le tonnerre roulait sur son passage ; un grand bouclier protégeait son bras gauche tandis que sa main droite brandissait devant lui une épée noire sur noir qu'il était difficile de regarder directement. Il atterrit à quelques pieds de Merinda et Griffiths, l'impact faisant trembler ce sur quoi ils se tenaient et manquant renverser le capitaine. Sa peau était d'un noir profond et satiné. Sa structure musculaire était parfaite, dure comme l'acier sans les bosses disgracieuses qu'il avait vues si souvent chez les culturistes. Son visage était la noblesse même, énergique, mais avec de grands yeux doux et compatissants.

— Et voilà Kendis-dai, dit Merinda avec froideur.

— C'est un dieu-guerrier comme Mars ? demanda Griffiths, considérant son harnachement.

— La légende dit qu'il était puissant. Dans cette représentation, il porte le Bouclier des Etoiles, instrument de la justice, croyons-nous comprendre, utilisé pour exercer sa volonté sur les étoiles. L'arme est appelée Epée de la Nuit, symbole du pouvoir qu'il a d'altérer la création. Cela te semble-t-il familier ?

Griffiths secoua la tête.

— Et ce casque connecté à cette sorte de grand harnais qui l'entoure ?

Merinda s'avança, contournant l'image de Kendis-dai.

— Ça, Capitaine, c'est ce que nous cherchons. D'après la légende, Kendis-dai portait un manteau qui lui conférait sagesse et connaissance infinies. Il pouvait, dit-on, répondre à toutes les questions, quelle que fussent leur subtilité ou leur complexité.

— Le Manteau de Kendis-dai, dit Griffiths, hochant la tête.

— Naturellement, ce que tu vois ici n'est qu'une vue d'artiste, dit Neskat, tripotant l'étoffe au dos du manteau. Personne ne sait à quoi il ressemble.

— Existe-t-il vraiment ? se demanda Griffiths à voix haute.

— Les Neuf Oracles existent, et ils viennent de l'époque où régnait Kendis-dai, répondit Merinda, revenant se placer près de Griffiths. Il nous reste trop d'artefacts de cette époque pour dire que de tels êtres n'ont pas existé — mais cela remonte si loin dans le passé qu'ils ont grandi démesurément dans notre imagination jusqu'à prendre des proportions mythiques. La vérité et l'imaginaire se sont confondus. C'est notre tâche que de séparer la vérité de l'illusion. C'est pourquoi l'Omnet existe.

Merinda se retourna et vint se placer devant la projection de Kendis-dai.

— C'est là le point essentiel, Griffiths : les Neuf ne peuvent pas résoudre le mystère de la doctrine de la Ténèbre sans le Manteau de Kendis-dai, et sans la réponse, l'Omnet tombera. La Ténèbre ne pourra pas continuer si la fausseté de sa doctrine est prouvée, mais elle sera invincible si la doctrine se révèle vraie. La Ténèbre doit être la première à connaître la réponse, soit pour la détruire, soit pour la proclamer. Dans un cas comme dans l'autre, elle doit avoir le Manteau de Kendis-dai, et l'avoir avant n'importe qui d'autre.

L'univers s'évanouit autour d'eux, et ils se retrouvèrent brusquement sur la passerelle, qui parut maintenant petite et étriquée à Griffiths.

— Merveilleuse histoire, *Vestis* Neskat, dit-il. Mais qu'est-ce qu'elle à voir avec nous ?

— Tu ne comprends donc pas ? dit Merinda, avec une patience inhabituelle. Les légendes de Kendis-dai font aussi partie de notre propre culture. Que vous soyez ou non les barbares des légendes des Irindris, ils ont découvert en vous quelque chose indiquant que vous possédez les connaissances qui leur manquent. Votre Terre a peut-être fait partie du Vieil Empire il y a des millénaires — monde arriéré choisi comme gardien de la clé du mystère. Les Irindris savent déjà où chercher le manteau — mais ils n'ont pas la clé que détient ton peuple. Vous êtes la clé, barbares — toi ou tes compagnons d'équipage.

— Alors, quand allons-nous les récupérer ?

— Jamais, dit Merinda, se détournant de lui.

— Quoi ? s'écria Griffiths d'une voix brisée. Tu veux dire que nous ne les poursuivons pas ?

— Non, Griffiths, nous ne les poursuivons pas, dit-elle d'une voix égale. Le vaisseau-fantôme qui les a enlevés a douze fois plus de puissance que le nôtre et avait déjà trop d'avance sur nous. D'ailleurs, une tentative aussi téméraire se serait soldée par la mort de ton équipage.

— Mais...

— Ne t'inquiète pas, nous retrouverons tes camarades.

Sois patient. Il est plus facile pour eux de venir à nous que pour nous de les trouver.

— Et comment allons-nous les convaincre de venir à nous ? demanda Griffiths.

— Simplement en nous emparant les premiers du Manteau de Kendis-dai et en attendant qu'ils arrivent, dit pensivement Merinda. Malheureusement, nous devrons pour cela aller dans la région de l'univers où la Ténèbre est le plus puissante — en son cœur même.

Griffiths siffla doucement entre ses dents.

— Nous allons dans la Ténèbre ?

— Oui, dit Merinda. Et pour cela, nous avons besoin de l'aide de quelqu'un qui a ses propres sources d'information sur l'Ordre, quelqu'un dont les blessures ne se sont jamais refermées — quelqu'un capable de me tuer à vue.

Chapitre 23

OSCAN

Oscan Kelis se réveilla, ce qui le déçut un peu, et s'apprêta à reprendre ce qu'il appelait « la danse ».

Il aurait pu considérer le temps, mais ça ne lui arrivait jamais. Il ne permettait jamais à la nature de perturber ses recherches. Il sortait rarement de sa maison, et seulement quand c'était absolument nécessaire à son travail. Il n'avait pas quitté sa prairie de haute montagne depuis près de deux ans. A l'origine, il n'avait pas choisi l'endroit pour sa beauté et sa paix indicibles, mais à cause de la distance qu'il mettait entre lui et ceux qui auraient tenté de lui imposer leurs idées sur la société. Un rocher désert aurait aussi bien fait l'affaire, n'était qu'il avait besoin de la terre et des conditions climatiques pour optimiser la production de son processeur hydroponique. Oscan vivait dans la splendeur de la nature, en dépit de sa beauté à couper le souffle. Il ignorait les gigantesques panoramas de montagnes, et le cours paisible de la rivière coulant près de sa maison. Il était, au mieux, indifférent aux douces bêtes sauvages à trois et six pattes qui traversaient parfois la prairie entourant son habitation. La nature, c'était le chaos, et Oscan Kelis préférait contrôler sa vie autant qu'il le pouvait.

Il se leva, nu, son lit suspendu repliant à la fois le matelas et les champs calorifiques quand il s'en éloigna. Les projecteurs de champ étaient logés dans la tête de lit en bois sculpté. Le pied de lit qui lui faisait pendant glissa silencieusement jusqu'au mur, faisant prestement disparaître sa couche. La pièce avait déjà été chauffée à une température confortable, pour défier la fraîcheur matinale du dehors.

Même le tapis moelleux était d'une tiédeur agréable sous ses pieds.

Oscan ne remarqua rien de tout cela, son esprit déjà concentré sur la routine qui remplissait ses jours. Il marcha avec raideur jusqu'au compartiment de bain, nota avec satisfaction les ravages du temps dans le miroir. En soupirant, il entra dans l'unité de nettoyage qui lui permettrait de rester en bonne santé.

— Bonjour, Oscan, dit la voix grave et mélodieuse qui le saluait chaleureusement tous les matins. Désolée, je ne t'ai pas entendu te lever, chéri.

— Peu importe, répondit Oscan, feignant de ne pas savoir qu'il avait lui-même demandé au synthétique de varier ses salutations matinales pour mieux imiter les imperfections humaines.

Parfois, la voix l'éveillait avec une insulte enjouée. Parfois elle ne lui disait rien avant que la journée ne soit bien avancée, prétendant être « sortie » un moment. Oscan aimait ces variations — les seules qu'il tolérait dans sa vie — parce que cela le rapprochait toujours d'*elle*, il le savait.

— Veux-tu que je te sorte des vêtements propres, chéri ? dit le synthétique. Ou préfères-tu traîner toute la journée en chaussettes dépareillées ?

— Non, dit-il, le nettoyage presque terminé.

— Non à quoi ? Aux vêtements propres ou aux chaussettes ?

— Sors-moi des vêtements s'il te plaît, dit Oscan avec un sourire plein de tristesse.

Le cycle de nettoyage terminé, Oscan sortit de la cabine comme tous les matins, et retourna dans la chambre à coucher. Il y trouva de larges pantalons, une chemise et une robe de chambre qui l'attendaient, de même que des chaussettes assorties aux pantoufles. Il enfila le tout distraitement, préoccupé par son travail.

— Je prépare le petit déjeuner, dit la voix, avec un peu d'irritation, lui sembla-t-il. Est-ce qu'il y a quelque chose qui te ferait plaisir ?

Oscan lissa de la main les cheveux clairsemés entourant sa calvitie. Il passa dans le séjour puis se tourna vers la porte sculptée sur sa droite.

— Non, merci. Je n'ai pas faim ce matin. Je crois que je vais me mettre tout de suite au travail.

— Toi ? Pas faim ? Voilà qui est nouveau ! dit le synthé, imitant railleusement sa voix. Et depuis quand te soucies-tu de manger ? On jurerait que tu n'apprécies pas ma cuisine à la façon dont tu refuses mes repas !

Oscan s'arrêta et se retourna vers la salle à manger, où le petit déjeuner fumait déjà sur la table, ce qui faisait partie du jeu qu'ils jouaient tous les matins.

— Tu sais très bien que j'adore ta cuisine. C'est juste que j'ai beaucoup à faire aujourd'hui.

Traversant la pièce, il s'immobilisa au milieu. Un buste, artistement sculpté, se dressait sur le piédestal où il l'avait posé. Il s'en approcha, irrésistiblement attiré par cette image. Son regard s'attrista devant le beau visage aux traits délicats, aux cheveux toujours noir corbeau dans son souvenir. Il avait représenté les cheveux cascadant sur les épaules, tels qu'il ne les avait vus qu'une seule fois, mais jamais oubliés. Il avait fait et refait inlassablement le sourire jusqu'à ce qu'il en soit satisfait — sourire qui vivait dans son esprit jour après jour, torturant son existence d'une nostalgie à jamais insatisfaite.

Oscan tendit la main droite et caressa une joue de la statue.

— Etais-je belle ? demanda la voix synthétique derrière lui.

— Oui, Terica, dit-il doucement d'une voix brisée. Oui, Terica, tu étais plus belle que tout ce que j'avais vu avant de te connaître.

Oscan leva les yeux et regarda lentement toutes les peintures murales qu'il avait faites en toutes sortes de médias, cherchant frénétiquement la juste ressemblance. Parfois, il l'avait représentée telle qu'il l'avait vue une fois en vacances, et parfois telle qu'il la voyait au travail. Parfois elle souriait, et parfois elle était grave. Certaines peintures étaient à l'aquarelle, d'autres à l'huile, d'autres encore en trois dimensions. Environ deux douzaines de tableaux de tailles diverses couvraient les murs du séjour.

Et chacun le regardait par les yeux morts de Terica Dharah.

Les larmes lui montèrent aux yeux, comme souvent le matin avec une fréquence croissante.

— Oui, Terica, tu étais très belle.

— Calme-toi, je t'en prie, Oscan, dit la voix d'alto de

Terica en réponse. Ça ne t'avance à rien de te mettre dans cet état. Regarde, je t'ai préparé ton petit déjeuner préféré. Prends le temps de manger, et détends-toi. Le travail peut attendre.

Oscan entra à contrecœur dans la salle à manger, s'assit à la table et contempla son repas.

— Oscan, tout va bien. Je suis avec toi, chéri. Je serai toujours avec toi.

La voix synthétique le calma. Il prit une profonde inspiration et mangea docilement le repas qui le sustenterait la plus grande partie de la journée. Il aurait aussi bien pu manger de la sciure pour ce qu'il s'en souciait, car sa vie entière avait perdu toute saveur. Pour lui, le repas n'était ni bon ni mauvais — c'était un simple rituel à tolérer avant d'aborder un jour nouveau.

Quand il jugea qu'il avait assez mangé, Oscan se leva et se dirigea vers la porte sculptée du côté opposé au séjour. Les deux battants s'ouvrirent devant lui dans un léger frottement et se refermèrent derrière lui avec un petit déclic.

Oscan se retrouva sur un balcon dominant une sphère composée de pentagones et formant un dodécaèdre de vingt pieds de diamètre. Les faces pentagonales étaient en verre dépoli et luisaient doucement, émettant une lumière tamisée.

Le balcon n'avait pas de garde-corps. Oscar s'avança dans le vide, les champs gravitique et répulsif le déposèrent doucement au centre de la pièce.

— Terica, veux-tu installer la configuration des panneaux telle que nous l'avons laissée hier, cria-t-il à la pièce.

— Bien sûr, Oscan, répondit la voix synthétique tandis que les pentagones s'éteignaient, plongeant la pièce dans le noir. Soudain, diverses projections s'animèrent autour de lui. Certaines, en deux dimensions, étaient des listes et des documents, attendant qu'il les examine. D'autres étaient des projections en relief de cartes spatiales, routes commerciales, passagers transportés et singularités interstellaires. Plusieurs représentaient des visages de dignitaires, et aussi d'inconnus à l'aspect patibulaire.

— Veux-tu aussi les listes de produits médicaux ?

— Plus tard, peut-être, dit Oscan, se retournant pour faire face à un panneau vide au milieu des informations qui flottaient autour de lui. J'attends là-dessus des rapports supplémentaires provenant des archives navales. Revenons à l'enquête sur le crash.

— Quel modèle veux-tu utiliser, Oscan ? Celui des archives de l'Omnet, celui de la déposition de Seltrane, ou celui de l'enquête de Yarka ?

— La déposition de Seltrane — je me méfie des autres.

Sous ses yeux surgit une section de terrain en relief. Elle tournait lentement sur elle-même, des pointeurs indiquant les différents points d'impact et les endroits où l'on avait trouvé des matières organiques. Oscan repassa mentalement la liste des anomalies. La masse des matières organiques retrouvées était insuffisante. Le module-cargo avait survécu à la rentrée, mais s'était structurellement désintégré à l'impact. L'absence de toute matière organique à l'intérieur du module-cargo restait inexpliquée.

— Où sont les cadavres ? se demanda Oscan pour la énième fois.

— Les cadavres figurent comme étant retrouvés et identifiés dans les modèles de l'Omnet et de Yarka, Oscan.

— Ces rapports sont faux.

— Oscan ! Les analyses d'ADN des matières organiques confirment la mort de tous ceux qui se trouvaient dans le module-cargo. Il y a aussi les rapports des enregistreurs des vaisseaux de contrôle de la flotte impériale qui ont suivi le module depuis le moment où il a été largué par le *Khindar* jusqu'à l'impact sur Tentris, dans les Plaines de Regandi, à l'est de Thes. La vitesse à l'impact était suffisante pour...

— Oui, je sais, dit Oscan avec colère. J'ai étudié ces documents, et je pense qu'ils sont faux.

— La Sibylle n'est pas d'accord avec tes conclusions. Elle confirme que les modèles de l'Omnet et de Yarka sont conformes à ses propres constatations.

L'esprit d'Oscan s'obscurcit de rage. La Sibylle était l'agent central de contrôle de toutes les connaissances au centre de l'Ordre. Ses contacts avec les milieux résistants de Yarka situaient la Sibylle quelque part à l'intérieur du Palais du Mystère Invisible — devenu maintenant le centre de l'Ordre lui-même. Il n'était pas une bribe d'information sur Tentris à laquelle la Sibylle n'eût accès. Si précieux était son contact avec la Sibylle qu'il utilisait rarement les canaux lui permettant de la contacter, de peur d'être découvert et exclu. Les paroles de la Sibylle étaient considérées comme la vérité ultime en ce qui concernait l'Ordre.

— Supposons que la Sibylle se trompe, dit carrément Oscan.

Un grand silence tomba sur la pièce. Les projections clignotèrent d'anticipation.

— Supposons que les occupants du module-cargo ont survécu au crash, dit Oscan.

— Une chute de vingt miles ne laisse aucune possibilité de survie...

— Supposons quand même, dit Oscan, ses mains agitées de tremblements tant il faisait d'efforts pour se contrôler.

Un silence, puis :

— Oui, Oscan, continue.

— Nous pouvons supposer ensuite qu'ils étaient blessés et avaient besoin de soins médicaux. Ils pouvaient même être blessés au point d'être méconnaissables. Ils souffraient peut-être d'amnésie ou de dépression mentale.

— Vraiment, Oscan ! Le nombre de paramètres dans une telle supposition est d'une telle improbabilité statistique...

La voix se tut brusquement, le synthétique notant que le visage d'Oscan se congestionnait et que ses yeux flamboyaient.

— Continue, je te prie.

— Tu dois rechercher les types corporels semblables admis dans des hôpitaux pendant cette période. T'est-il possible de produire un modèle de Terica Dharah pour...

Le synthétique réagit immédiatement, et une réplique de son obsession flotta soudain devant lui, parfaite dans tous ses détails, et complètement, douloureusement nue.

Oscan ravala son air, comme s'il avait reçu un coup.

Le modèle de Terica bougea légèrement, tête penchée d'un côté. La voix synthétique résonna dans la pièce comme si elle sortait de la bouche de Terica, qui bougeait en parfaite synchronisation avec les sons.

— Suis-je telle que dans ton souvenir ? Ce modèle est-il exact ?

Oscan tremblait, les yeux dilatés, nostalgiques, le visage inondé de larmes.

— Oscan, je suis désolée, dit le modèle, ses traits se modifiant pour prendre un air de sollicitude inquiète.

Le synthétique avait détecté chez Oscan un niveau de

stress élevé et tentait de le calmer. Le modèle tendit une main délicate et lui effleura tendrement la joue.

— Que puis-je faire pour tout réparer ?

— *Non !* hurla brusquement Oscan. *Non ! Va-t'en !*

La forme svelte et élancée de Terica Dharah s'évanouit.

Oscan sanglota pendant une demi-heure, flottant au milieu des projections. Aucune intervention du synthétique ne parvint à le consoler. Quand il s'arrêta enfin, il se passa encore une heure avant qu'il ait suffisamment retrouvé ses esprits pour reformuler la question de telle sorte que la projection séduisante n'apparût pas, mais fût simplement utilisée comme terme de comparaison avec les blessés admis dans les hôpitaux ce jour-là, tant d'années et tant de vies plus tôt sur Tentris.

Tout l'après-midi, il continua à comparer, examiner, rejeter des informations sur la Ténèbre, l'Ordre de la Foi Future, et tous ceux qui auraient pu avoir des contacts avec eux, à la recherche de données concernant un unique jour remontant à huit longues années.

Finalement, le synthétique mit fin à la séance, malgré ses protestations, insistant pour qu'il s'occupe de sa santé. Il fit docilement ses exercices, convaincu qu'il ne pourrait terminer son travail que s'il restait en vie et en bonne santé.

Dans la soirée, il se remit à peindre, s'efforçant de finir le portrait d'un visage qui n'était jamais loin de son esprit. La nuit mit enfin un terme à sa journée, et il passa de ses vêtements à son lit suspendu déjà chaud. Il s'endormit en pleurant comme tous les soirs, redoutant les rêves qui étaient toujours les mêmes et toujours l'emplissaient de désespoir.

Le lendemain matin, quand Oscan Kelis s'éveilla, il fut encore un peu déçu, et se leva pour commencer ce qu'il appelait « la danse ».

Chapitre 24

PLUS RAPIDE QUE LA PENSEE

— Ecoute, il n'y peut-être personne, dit nerveusement Griffiths, amorçant un mouvement de retraite vers le gravicar qui les avait amenés.

La prairie était belle et sereine, mais la maison immaculée construite à la lisière des arbres avait quelque chose d'anormal. Elle n'avait pas de fenêtres. Il se sentit très mal à l'aise à l'idée que quelqu'un pût se cloîtrer au milieu de telles merveilles naturelles.

Merinda releva légèrement la tête, un peu, se dit Griffiths, comme si elle flairait l'air pour y détecter une odeur.

— Non, dit-elle après réflexion. Il est là. Il a consulté ses contacts régulièrement, et s'il avait quitté son refuge, j'en serais informée. Oscan est juste un peu plus lent que d'habitude.

Griffiths la regarda, incrédule.

— De plus, reprit-elle, il y a une seule raison qui le pousserait à partir, et il ne pouvait pas savoir que je viendrais.

Derrière Neskat, le mur aveugle s'ouvrit sans bruit, révélant un petit gnome chauve. Sa peau était d'une lividité cadavérique par manque de soleil, et il clignait des yeux dans la lumière matinale.

— Enoncez la raison de votre présence, ou allez-vous-en. Je n'ai pas le temps de...

— Oscan ? dit Neskat, se tournant vers le petit homme.

Le visage d'Oscan se figea brusquement, puis prit une telle expression de mépris et de haine que Griffiths fut conforté dans son désir de partir. Pourtant, Neskat affirmait que c'était le seul homme capable de leur indiquer le chemin de la Ténèbre — si seulement il le voulait bien.

— Merinda Neskat, dit Oscan, grinçant des dents, ses yeux refusant de la regarder. Ou plutôt, devrais-je dire, *Vestis* Neskat, de l'inquisition tant vantée. Si seulement j'avais su que tu venais — je me serais préparé à ta visite.

— Et c'est exactement pourquoi je ne me suis pas fait annoncer, dit Merinda, avec autant de douceur qu'elle put trouver en elle. La dernière fois, tu étais préparé à ma visite, et ça a failli me coûter la vie.

— Quel dommage, dit Oscan, avec un sourire tenant le milieu entre l'aimable et le psychotique. La prochaine fois peut-être.

— Peut-être, dit Merinda d'une voix égale.

— Mais où ai-je la tête ? dit-il, se tournant vers Griffiths en étrécissant les yeux. Tu viens avec un invité. Qui est-ce, Merinda ? Une nouvelle victime pour la harpie ?

— C'est le Capitaine Jeremy Griffiths, répondit Neskat. Un barbare.

Griffiths se hérissa.

— Pardon ? Je suis un barbare ?

— Ah ! dit Oscan, le saluant, la main sur le cœur, puis tendant le bras vers la porte toujours ouverte. Enchanté de te connaître, barbare. Charmé.

Griffiths lui rendit le salut rituel, la main sur le cœur, tout en objectant :

— Mais je ne suis pas un barbare !

— Si, bien sûr, dit Oscan avec désinvolture, se retournant vers Neskat, et ajoutant d'une voix à la fois sarcastique et chantante : Eh bien, ce fut très excitant. j'ai eu plaisir à rencontrer un barbare. Désolé de vous quitter.

Oscan recula, franchissant le seuil de la porte qui commença à se refermer.

Mais Neskat fut plus rapide. Elle enfonça les mains dans l'ouverture, bandant tous ses muscles pour l'empêcher de se refermer.

— Ote-toi de ma vue ! hurla Oscan, tremblant de tous ses membres. Tu es un trou noir dans mon existence ! Tu es moins que rien ! Destructrice ! Harpie !

Oscan débloqua soudain le mécanisme d'ouverture de la porte et se rua sur Neskat en un accès de rage démentielle. La *Vestis* lâcha aussitôt la porte, saisissant les mains qui se tendaient pour griffer son visage. Ils roulèrent tous les deux dans l'herbe tiède de la prairie.

Griffiths savait qu'il aurait dû intervenir, mais Oscan semblait avoir perdu l'esprit. Le gnome s'était métamorphosé en bête furieuse, ses mouvements vifs comme l'éclair contrés à grand peine par Neskat, dans un fouillis confus de bras et de jambes. Griffiths avait vu un jour deux chats qui se battaient : c'était remarquablement similaire. Il avait beau s'exhorter à s'interposer entre eux, une partie de lui-même savait qu'il y avait des temps et des lieux où le simple fait de mettre un doigt dans l'engrenage courtisait de désastre, et c'était manifestement le cas en ce moment. Soudain, Neskat appliqua ses deux pieds sur la poitrine d'Oscan transformé en démon, et, d'un mouvement de levier, le projeta au-dessus de sa tête. Le petit homme s'envola, agitant follement bras et jambes dans sa fureur, et alla s'écraser contre le mur de sa maison. Neskat se releva instantanément, face à son adversaire.

Oscan glissa le long du mur puis se releva en chancelant, les yeux haineux.

Puis il chargea — droit sur le poing de Neskat. Sa tête fut projetée en arrière, et il tomba lourdement à la renverse. De façon incroyable, il roula sur lui-même et se remit sur pied aussitôt, prêt à bondir sur la *Vestis*.

Cette fois, Neskat l'attendait. Avant qu'il ne repasse à l'attaque, Merinda avança sur lui et le déséquilibra. Tandis qu'il tombait en arrière, elle le saisit au collet de la main gauche, et, de la main droite, le gifla sauvagement, et continua à le gifler d'un mouvement fluide et puissant.

Le corps d'Oscan, suspendu à la main gauche de Neskat, devint tout flasque.

Neskat leva les yeux sur un Griffiths stupéfait.

— C'est un vieil ami, dit-elle, transportant Oscan à l'intérieur. Il s'en remettra, tu verras.

— Si c'est comme ça que tu traites les vieux amis, dit Griffiths, la suivant dans la maison, ne me dis pas ce que tu fais à tes vieux ennemis !

Oscan revint à lui brusquement, sur le canapé de son séjour. Griffiths retira précipitamment la compresse humide qu'il avait mise sur le visage tuméfié du petit chercheur, craignant apparemment sa combativité déjà amplement démontrée. Mais il n'avait pas de souci à se faire ; les douleurs qui martelaient la tête d'Oscan avaient atténué son penchant à la violence et l'avaient persuadé de rester allongé.

— Eh bien, Oscan, tu es bien plus dur à cuire qu'autrefois, il faut le reconnaître.

Neskat était debout au pied du canapé, mains vaguement croisées devant elle, pieds écartés pour assurer son équilibre, prête à parer une nouvelle agression.

— Mon synthé m'oblige à faire mes exercices pour rester en forme, dit lentement Oscan. Il dit que c'est bon pour ma santé.

— Eh bien, Oscan, dit-elle en se massant les bras, d'après ce que je viens de voir, ton synthé réussit.

— Merci, Merinda. C'est très gentil de dire ça.

Griffiths vit la *Vestis* se raidir à la voix du synthé.

— Terica ?

— Oui, Merinda. Que puis-je faire pour toi ?

La femme en noir reporta sur Oscan ses yeux durs comme l'acier.

— Oscan, comment as-tu pu faire une chose pareille !

Le chauve arracha la compresse à Griffiths et la posa sur son visage.

— Ma vie est à moi — je vis comme ça me plaît, et je ne demande à personne de se présenter à ma porte, et surtout pas à toi. Maintenant, disparais comme un mauvais rêve et laisse-moi tranquille.

— On ne peut pas, monsieur, dit enfin Griffiths. Mon équipage a disparu, et on a besoin de ton aide pour...

— Au diable ton équipage, barbare, dit Oscan derrière sa compresse avec un geste désinvolte. Franchement, même si je pouvais t'aider, je ne le ferais pas, car tu voyages en trop mauvaise compagnie. Va-t'en et crève où tu voudras — pourvu que ça ne tache pas ma moquette.

— Oscan, dit Neskat avec calme, il s'agit de Tentris.

Oscan s'assit, comme mû par un ressort. Griffiths crut un instant qu'il allait repasser à l'attaque. La *Vestis* pensa apparemment la même chose, car elle se mit en posture défensive.

— Menteuse ! gronda Oscan.

— Non, Oscan, c'est vrai, articula Neskat d'une voix nette qui pénétra sa rage. L'équipage du barbare a été enlevé par un vaisseau-fantôme — un croiseur de reconnaissance de Ruqua, à en juger sur son apparence. On a relevé sa trace jusque dans la Ténèbre, et maintenant, nous allons l'y suivre, le barbare et moi.

Un sourire joua sur les lèvres d'Oscan.

— Vous ne survivrez jamais là-bas ! Ha ! Vous ne survivrez jamais là-bas !

Il sauta à bas du canapé et se mit à gambader, dansant la gigue en chantonnant :

— Vous ne survivrez jamais là-bas ! Vous ne survivrez jamais là-bas !

Griffiths se leva, écœuré.

— C'est pour voir ce mec qu'on a traversé plus de trois mille années-lumière ? Il a la cervelle en compote, Neskat ! Il débloque, et en plus, il n'a pas l'air de vouloir travailler avec nous. D'ailleurs, pourquoi a-t-on besoin de lui ?

— Parce que, répondit Merinda d'une voix égale, c'est le plus grand expert de l'Ordre de la Foi Future. De plus, c'est l'une des rares personnes en dehors de la Ténèbre qui a des contacts directs avec la résistance humaine de Yarka. N'est-ce pas, Oscan ?

Oscan, les yeux fiévreux, interrompit sa danse de mort.

— C'est exact, merci, Merinda.

Soudain, il s'inclina et ajouta :

— Moi, Oscan Kelis, je suis l'une des rares personnes en dehors de la planète elle-même à connaître les secrets de la résistance humaine de Tentris. Les résistants m'ont aidé, et je les ai aidés. Ils me disent ce que je veux savoir, et je leur communique les résultats de mes études les plus détaillées sur l'Ordre de la Foi Future, ses effets sur les synthétiques PRT et la Ténèbre résultante répandue sur la galaxie connue.

— La Ténèbre résultante ? dit Griffiths. Tu veux dire que cette église des synthétiques cause la Ténèbre ?

— Enfin, pas directement, dit Oscan, s'animant à mesure qu'il parlait. C'est un résultat naturel de la doctrine de conversion de tous les synthétiques basés sur les PRT.

— Pardon ? dit Griffiths.

— J'ai dit que c'est le résultat naturel de... Bon, un synthétique-hôte introduit dans les synthétiques PRT la nouvelle doctrine aux fins de prosélytisme. Si le synthétique accepte la doctrine, il est converti et ne répond plus correctement aux commandes. Depuis quelques années, j'essaye d'introduire un processus inverse pour déterminer ce qui est correct ou incorrect dans les informations qu'un synthétique nous donne, mais cette voie de recherche n'a pas l'air prometteuse. La conversion est favorisée par le fait que les processeurs PRT fonctionnent antitemporellement et par conséquent ne regardent qu'en arrière... Tu me suis ?

Griffiths secoua lentement la tête.

Oscan et Neskat se regardèrent.

— Barbare, dirent-ils en chœur.

Griffiths se sentit rougir.

— Pas si vite...

— Ça ne fait rien, mon garçon, il n'y a pas de quoi avoir honte alors qu'on peut si facilement remédier à l'ignorance.

Oscan poussa doucement Griffiths sur le canapé, puis se planta devant lui en posture de conférencier.

— Bon, tu sais quand même ce qu'est un processeur PRT, non ?

Griffiths eut l'impression d'être revenu au Cours Préparatoire.

— Non, je ne sais pas.

— Ah ! dit Oscan, avec une tolérance condescendante. PRT est mis pour Processeur des Replis Temporels. En un sens, dire processeur PRT est pléonastique, car ça équivaut à processeur processeur des replis temporels. Vous avez des esprits synthétiques d'où tu viens, Capitaine ?

— Oui, répondit Griffiths, se demandant si on allait lui demander de lever la main avant de parler. Nous les appelons ordinateurs.

— Parfait ! Dis-moi comment ils fonctionnent.

— Eh bien, dit Griffiths, levant les yeux au plafond tandis qu'il se pressurait le cerveau pour trouver la réponse, on charge des programmes dans la mémoire de l'ordinateur — programmes spécifiques au problème qu'on veut résoudre. Puis on entre les informations à traiter, le processeur de l'ordinateur les traite et donne la réponse.

— Ce sont des synthétiques linéaires classiques, déclara Oscan. Et si le problème est terriblement complexe ?

— Alors on prend un ordinateur plus puissant — et il faut sans doute plus longtemps pour obtenir la réponse.

— Exactement, du temps ! dit Oscan, avec son sourire de prof. Dans ces machines archaïques, tu peux poser un problème, et le processeur mouline joyeusement la réponse jusqu'à ce qu'elle soit complète. Je parie que certains problèmes prennent des semaines, et même des mois à résoudre, non ?

— Euh, oui, les problèmes vraiment compliqués, dit Griffiths, hochant la tête. La détermination du flux hyper-spatial de notre plan de vol initial a pris près d'un an à plusieurs de nos plus puissants ordinateurs.

— Très bien, dit Oscan avec impatience. Mais ne serait-ce pas mieux d'obtenir la réponse à l'instant où on la pose ?

— Bien sûr, mis je ne vois pas comment...

— Naturellement que tu ne vois pas ! dit Oscan d'un ton suave sans cesser de sourire. Tu es un barbare après tout ! Mais que cela ne m'arrête pas !

Griffiths eut l'impression que sa raison chavirait. Il se concentra plus fort sur les paroles d'Oscan.

— Et si, au moment où tu poses le problème, le synthétique à qui tu parles te disait combien de temps il mettra à le résoudre ? Il connaîtrait les paramètres indispensables à l'accès, les données à sortir et le temps nécessaires pour arriver à la solution. Et si, à ce moment, le synthétique pouvait renvoyer le problème dans le passé, là où il a commencé ?

— Ouah ! dit Griffiths, dont la raison chancela. Renvoyer le problème lui-même dans le passé ?

— Oui, c'est bien ce que j'ai dit. Et non seulement le problème, mais toutes les données qu'il a recueillies en route. Si le synthétique n'a pas toutes les données qu'il lui faut, il peut, soit attendre pour accumuler de nouvelles données selon ses besoins, soit, si les données sont déjà disponibles, remonter lui-même plus loin dans le temps pour avoir le loisir d'obtenir des données supplémentaires venant du passé. Il peut même envoyer des messages à d'autres synthétiques pour que les informations qu'ils ont actuellement leur soient renvoyées dans le passé afin de résoudre le problème.

— Je peux emprunter ta compresse ? dit Griffiths, la pressant sur son front brûlant.

Oscan poursuivit dans la foulée.

— En fait, au moment où tu poses la question, le synthétique PRT a la réponse, parce qu'il a *déjà* travaillé dessus. Tu demandes ; il répond. C'est le processeur le plus rapide connu — instantané.

Griffiths hasarda une question.

— Alors, pourquoi ne renvoie-t-il pas la question encore

plus loin le temps, pour te donner la réponse *avant* que tu l'aies demandée ?

— Ça ne marche pas, dit Oscan. Dans la plupart des cas, la réponse n'a pas de sens sans la question. De plus, la physique temporelle ne fonctionne pas comme ça.

— Alors, je peux poser n'importe quelle question et il me donnera instantanément la réponse ? dit Griffiths.

— Non, il y a deux facteurs limitatifs : un, la taille du dispositif latéral au cœur du processeur, et deux, le temps écoulé depuis l'éveil du synthétique.

— Depuis l'éveil du synthétique ?

— Depuis l'éveil — depuis le moment où le synthétique a fonctionné sans discontinuer. Une fois que le synthétique est activé, il faut du temps avant qu'il puisse résoudre des problèmes vraiment complexes, parce que le temps exigé pour la résolution de ces problèmes dépasserait celui pendant lequel les synthétiques ont été éveillés. Par exemple, si la résolution d'un problème demande cinq ans, et que le synthétique à qui tu le poses n'est activé que depuis trois ans, alors il n'est pas éveillé depuis assez longtemps pour renvoyer le problème dans le passé et le résoudre. Généralement, le synthétique répond : « Je ne suis pas éveillé depuis assez longtemps pour répondre à cette question. »

— Ainsi, tous vos ordinateurs — je veux dire, vos synthétiques — fonctionnent en renvoyant leurs programmes dans le passé ? dit Griffiths, étonné de comprendre.

— Exactement, dit Oscan, souriant de satisfaction pour la première fois. C'est le mécanisme de base qui rend possible les communications interstellaires. Tu en as bénéficié toi-même. Tout langage dont tu as besoin pour communiquer est instantanément implanté dans ton esprit par un processeur PRT situé quelque part...

Soudain, Oscan releva la tête, son visage doux et ouvert était redevenu le masque dur de tout à l'heure.

— A quoi penses-tu, Merinda ?

Griffiths se retourna au son de la voix de la *Vestis*.

— Je pensais que ça me faisait plaisir de te revoir — tel que tu étais autrefois. *Elle* approuverait.

— Ne parle plus jamais d'elle, *jamais* ! hurla Oscan de toute la force de ses poumons. Tu n'as pas le droit...

— J'ai tous les droits ! hurla Merinda à son tour pour

dominer la voix d'Oscan. Entre mille, Oscan, j'ai tous les droits !

Oscan se détourna en se bouchant les oreilles. Mais elle ne le laissa pas partir, tournant autour de lui et lui coupant toutes ses retraites.

— Tu ne veux pas entendre les faits, mais bon sang, il le faut, Oscan ! J'étais là ! Je sais ! Crois-tu honnêtement que j'ignore ce que tu fais ici ? J'ai lu tes rapports au *Librae* régional ; tu crois qu'elle a survécu à la chute d'une façon ou d'une autre — que tu la retrouveras. Ça fait huit ans, Oscan, et tout ce que tu as fait, c'est rester dans cette pièce à pleurnicher sur toi-même et à penser à ce que tu aurais dû faire ! Tu crois que tu veux savoir, tu te dis que tu veux savoir, mais c'est faux...

— Je t'en prie ! s'écria Oscan, le visage inondé de larmes. Arrête je t'en supplie !

— Non, Oscan ! C'est toi qui dois arrêter !

Elle le saisit par les épaules, le forçant à la regarder à travers ses larmes.

— Arrête de vivre dans un rêve ! Laisse la nuit finir, Oscan. Il est un seul lieu où l'Ordre emmènera l'équipage de Griffiths — tu le sais. Retourne avec moi dans l'enfer, Oscan : reviens avec moi sur Tentris ! Montre-moi le chemin, Oscan Kelis, et nous pourrons tous deux enterrer nos morts !

— Mais, sanglota-t-il, docile, elle est vivante — je sais qu'elle est vivante.

Neskat regarda son ami avec un sourire affligé.

— Alors, si elle est vivante, Oscan — n'est-il pas temps de la retrouver ?

Oscan leva les yeux sur elle. Il resta un long moment sans bouger. Enfin, il parla d'une voix hésitante.

— Je... je dois faire mes bagages, non ?

Puis Oscan Kelis craqua, sanglotant inconsolablement dans les bras de Merinda Neskat, mouillant les plis amidonnés de sa tunique noire.

Chapitre 25

DECEPTIONS MINEURES

Le *Brishan* quitta la planète Mindis en fin d'après-midi, les anneaux pulsants d'un engin appelé translateur atomique lançaient des éclairs derrière lui tandis qu'il s'élevait dans le ciel. Neskat avait passé le début de l'après-midi à installer plusieurs nouveaux propulseurs et projecteurs de champs. Elle avait surveillé le décollage, puis, après une brève discussion avec Lindia sur la trajectoire à suivre au cours des prochaines heures, elle était venue au mess pour dîner — et pour garder l'œil sur Oscan.

Ils étaient engagés dans une conversation intermittente et embarrassée quand Griffiths entra, écartant les bras pour faire admirer sa nouvelle tenue.

— Qu'est-ce que vous en dites ? demanda-t-il, pivotant sur lui-même pour qu'aucun détail du magnifique costume ne leur échappe. J'ai acheté ça au bazar de Jintikin avant de partir. C'est pas super ? Je commençais à me fatiguer de ma combinaison de vol, alors je l'ai troquée contre quelque chose de plus classe, mais quand même pratique pour la mission. Qu'est-ce que vous en dites ?

Merinda lorgna le costume d'un œil critique.

— Je reconnais qu'il te va bien.

Oscan examinait aussi le vêtement.

— Oui, c'est très bien — très pratique. Ces tailleurs de Jintikin ont le chic pour élever un costume. N'oublie pas de lui donner souvent à boire et à manger, et je suis sûr qu'il te servira des années.

Griffiths le regarda, l'air désemparé.

— Ils élèvent les costumes ? Lui donner souvent à boire et à manger ?

Merinda mordit à belles dents dans un gros fruit rouge.

— C'est un costume chuah — une spécialité de Mindis. Les tailleurs élèvent les chuah — qui sont de toutes petites bêtes — de façon à ce qu'elles s'agglutinent en colonies prenant la forme de costumes. Le tien est fait d'une de ces colonies qui, en une relation symbiotique avec toi, te protège des éléments en échange des gaz et des fluides qu'émet ta peau de temps en temps.

— Tu veux dire que mon costume est vivant ? dit Griffiths.

— Oui, dit Oscan, retournant à son repas de salade et de légumes, mais ils sont très durables et se déforment moins qu'un tissage de fibres mortes ou synthétiques. Ils t'ont demandé un mot d'habillement ?

— Je ne sais pas au juste, dit le capitaine, immobile comme une statue, et baissant les yeux pour détecter des mouvements dans son costume. J'avais du mal à communiquer avec eux. Il m'a bien demandé un mot, mais j'ai cru qu'il me demandait mon nom.

— Tu lui as dit « *Griffiths* » ? dit Merinda, haussant un sourcil.

Soudain, le costume s'évanouit autour du capitaine. Le poncho cavalier, la tunique soyeuse, et le pantalon au pli impeccable ne furent plus qu'une masse grouillante d'insectes minuscules qui volèrent instantanément dans la petite boîte en argent qu'il tenait à la main.

Griffiths réalisa soudain qu'il était nu comme un ver au milieu du mess.

Oscan faillit s'étrangler avec ses épinards.

Merinda susurra avec un sourire malicieux :

— Oh, Capitaine *Griffiths* !

Instantanément, le processus s'inversa, des légions de minuscules créatures sortant de la boîte d'argent en un flot continu et sautant sur le corps de Griffiths. Un instant plus tard, il était complètement rhabillé, quoique pas aussi à l'aise qu'auparavant.

Merinda branla du chef.

— Ce n'était vraiment pas le mot à dire, Grif... Capitaine. A partir de maintenant, toute personne prononçant ton nom provoquera cette réaction de ton costume.

Griffiths se tenait immobile et raide comme la justice, les bras écartés du corps.

— Oh, Seigneur ! gémit-il entre ses dents.

— Lindia ?

— Oui, Merinda Neskat ?

— S'il te plaît, veux-tu synthétiser un costume pour, euh, le capitaine ici présent — quelque chose d'aussi classe que ce qu'il porte actuellement, mais en matériau non-vivant. Sinon, je crains qu'il ne puisse plus s'asseoir à table.

— Je serai prête d'ici trente minutes, *Vestis* Neskat.

— Merci, Lindia, dit Merinda, se retournant vers le Terrien. Capitaine, en attendant, tu devrais peut-être retourner dans ta chambre. Lindia t'y livrera ton nouveau costume dès qu'il sera terminé. Oh, et, Capitaine...

— Oui, *Vestis* Neskat, parvint à souffler Griffiths entre ses dents serrées.

— Donne à boire et à manger à ce costume une fois par jour — je ne veux pas de cruautés à bord de ce vaisseau.

Oscan ricana.

— Oui, maa'ame, bougonna Griffiths s'engageant de côté dans le tube d'accès.

Il semblait répugner à baisser les bras, mais fut bien forcé de le faire pour entrer dans le tube. Merinda le regarda s'élever vers le pont supérieur, complètement désemparé.

Neskat sourit à part elle. Les vêtements symbiotiques n'étaient pas exceptionnels dans un certain nombre de zones quantiques, et, pour des vêtements automatiques, ils traversaient les fronts bien mieux que les vêtements à base mécanique ou chimique. Ils étaient extrêmement confortables quand ils avaient des liens de sympathie avec leur propriétaire — à l'évidence, le costume de Griffiths l'aimait bien. Pour sa part, Neskat n'en avait cure ; elle n'aimait pas avoir la responsabilité de s'en occuper. Mais l'attitude si provinciale de Griffiths à leur encontre l'amusait. C'était un barbare — frais émoulu des étendues sauvages de la galaxie avec des réactions d'enfant.

Elle réalisa soudain à quel point elle trouvait rafraîchissante l'innocence du capitaine. C'était une qualité qu'elle avait perdue elle-même. Le temps n'avait pas été tendre avec elle, depuis cette douce époque où sa vie était nettement tracée, où le but de son existence était en vue, où son âme était moins accablée de soucis. *Tout a basculé en quelques instants*, se dit-elle. *Tout a basculé pour nous tous.*

Merinda regarda Oscan, de l'autre côté de la table, toujours absorbé par sa salade et ses légumes. Ils avaient tant à se dire. *Nous sommes si semblables, et pourtant si différents,* pensa-t-elle. *Que puis-je lui dire ? Comment lui dire que moi aussi je souffre ? N'y a-t-il plus que la souffrance en commun entre nous ?*

Les couverts d'Oscan cliquetèrent au fond de son bol, brisant le silence suspendu entre eux.

— Oscan...

— Ça ne change rien entre nous, l'interrompit-il brusquement. N'essaye pas de feindre le contraire.

— Ce n'était pas ma faute, Oscan.

— Faux, Neskat. C'était entièrement ta faute.

Le chauve se pencha sur son bol, raclant les dernières feuilles collées au fond.

— Tu as fait ça pour des raisons personnelles et égoïstes, et ils sont morts.

— Moi aussi, je suis morte.

La voix de Merinda était comme le souffle d'un vent venu d'un passé oublié et dérivant doucement vers Oscan.

— Je voudrais que ce soit vrai ! dit Oscan, relevant soudain les yeux et la regardant avec dédain.

— J'aurais mieux aimé mourir d'un seul coup, dit Merinda, acquiesçant de la tête, que mourir à petit feu tous les jours de ma vie. J'ai essayé bien des choses — j'ai fait bien des choses pour essayer de compenser ce qui est arrivé ce jour-là. Aucun lieu n'est assez loin, Oscan, et aucun trou assez profond pour échapper à ce souvenir. Aucun soleil n'est assez brillant pour purifier mon âme et me donner l'absolution. Je sais que tu me hais, Oscan. C'est peut-être la seule chose que nous avons en commun : la haine de moi.

Oscan baissa brusquement les yeux sur son bol, refusant de voir un peu d'humanité entacher le visage de son ennemie. Il tripota son bol un moment, puis il parla.

— Tu veux mon aide pour aller sur Tentris ; je veux aller sur Tentris. Nous avons chacun nos raisons et elles nous sont personnelles. Mais ce ne sera pas facile.

— Pourquoi ? demanda doucement Merinda.

— L'Ordre ne permet pas à n'importe qui de visiter la planète. Comme tu le sais, c'est l'un des mondes fondateurs de l'Ordre de la Foi Future. Après que les flottes spectrales eurent tué toute la famille impériale, l'Ordre installa son gouvernement dans l'ancien palais impérial, au cœur de la cité. La flotte spectrale s'est agrandie et a conquis ce qui était l'Empire de D'Rakan. Depuis cette époque, aucun transport spectral n'a été autorisé à entrer dans le système, ni à en sortir, autant que nous puissions en juger en l'état de nos connaissances.

— Et la population de la planète ? demanda Merinda.

Ces paroles représentaient déjà plus d'informations qu'on ne lui en avait données lors de son briefing.

— Officiellement, elle est morte, répondit Oscan. L'Ordre lui-même dit que la population entière a été exterminée pour purifier le monde en vue du futur Age de l'Ordre — sorte d'avenir épuré où les synthétiques seront considérés comme la seule véritable forme de vie sentiente. Il y a quand même des humains sur Tentris, bien que leurs conditions de vie soient loin d'être enviables. Pourtant, plusieurs flottes spectrales radicales souscrivent à ce point de vue de l'Age de l'Ordre ; ce sont de loin les plus dangereuses à rencontrer...Tu es surprise qu'il y ait des clivages à l'intérieur de l'Ordre ? Tu ne devrais pas ! D'après mes derniers calculs, il y a pas moins de dix-sept factions majeures, chacune soutenant la doctrine à sa façon, de la désobéissance civile à l'extermination de toutes les formes de vie. Pourtant, toutes ces factions semblent sous le contrôle nominal des Sentinelles.

Merinda cligna des yeux.

— Je n'ai jamais entendu parler des Sentinelles — et l'Omnet Central non plus, je crois.

— Ça ne m'étonne pas, dit Oscan, se permettant un sourire suffisant. On n'a que des allusions à leur existence, et on n'en parle jamais sans détours. La plus grande partie de mes informations sur elles me vient d'un esprit synthétique repentant qui s'est récemment évadé de la Ténèbre. Apparemment, la compagnie de son équipage lui manquait — ça arrive parfois. Bref, ce synthétique m'a parlé d'un conseil supérieur quelconque qu'ils appellent les Sentinelles. Censément, ce sont elles qui ont découvert la doctrine. Actuellement, elles sont à la tête de l'Ordre, jouant les factions les unes contres les autres afin d'atteindre leur objectif de domination galactique. Le synthé en question semblait penser que les Sentinelles sont des esprits synthétiques du même ordre que les Neuf Oracles qui se sont mis à regarder vers l'avenir au lieu du passé. Quelque chose comme un repli temporel du futur leur aurait donné la connaissance divine des réponses qui seront éventuellement calculées et acceptées.

— Un repli temporel du futur ? dit Merinda, apparemment choquée par l'idée. Une prophétie ?

— C'est ce que m'a dit le synthé.

Oscan repoussa son bol, s'animant à mesure qu'il parlait.

— La vérité, c'est que personne ne sait qui ou quoi sont les Sentinelles. Ce n'est pas notre problème. Notre problème, c'est de trouver un moyen d'arriver sur Tentris, avec cette cargaison censément humaine à bord.

— Je suppose que tu as un peu réfléchi à la question ? dit Merinda, se penchant vers lui par-dessus la table.

— Seulement sans arrêt, dit distraitement Oscan. Lindia, projette la carte stellaire sur la table, s'il te plaît.

— Oui, Oscan Kelis.

Le groupe stellaire local apparut dans un cube au-dessus de la table. Un réseau de lignes et des pointeurs apparurent aussi, de même que les noms des différents systèmes stellaires proches.

— Recule un peu, s'il te plaît — là, parfait. Merci, Lindia.

— De rien, Oscan Kelis. Tout le plaisir est pour moi.

— C'est là que nous ne sommes pas, dit Kelis, pointant le doigt sur la projection. Nous aurions pu nous diriger droit sur Tentris, mais la zone quantique entre ici et là-bas est...

— Exact, dit Merinda. Elle a un Q-dex de T17/95 et M73/14. Ce qui veut dire que nous aurions besoin d'un projecteur de voile mystique que nous n'avons pas puisque...

— ... puisqu'il y a la guerre et une grande activité aérienne dans cette zone, termina Oscan à sa place. Une grande offensive a été déclenchée contre les Lumières de Ja'lel, et les flottes spectrales patrouillent toute la zone avec impunité.

— Alors, qu'est-ce que tu as en tête ? demanda Merinda, haussant un sourcil interrogateur.

— Une petite ruse pourrait marcher, je crois, dit Oscan, reportant son regard sur Merinda. Tu as déjà essayé ça, non ?

— Oui, avoua-t-elle. Zanfib et moi, nous avons essayé de pénétrer la Ténèbre par nos propres moyens. Nous sommes parvenus jusqu'aux cités-vaisseaux des Irindris avant que Zanfib ne sacrifie sa vie pour sauver les barbares.

— Approche directe — c'était bien de Zanfib ! — mais

c'était très imprudent. Voilà ce que je propose, dit Oscan avec assurance. Nous contournons ce front et faisons escale à Xakandia. Ils expédient des pièces détachées à travers ce front à destination de Tulekar Quatre. L'Ordre y a sa meilleure source de pièces détachées et de matériaux de construction navale. Puis nous nous arrimons à un cargo pour franchir ce second front et arriver à Terbinatha — qui fit partie de l'ancien Empire de D'Rakan. L'Ordre s'en sert comme chantier naval et dépôt de ravitaillement. Il y a des navettes régulières entre Terbinatha et Tentris. Une fois sur Tentris, je nous mettrai en contact avec la résistance clandestine. Alors, tu pourras essayer d'obtenir par la Sibylle la situation de cet Avadon que tu cherches désespérément. Et je pourrai finalement trouver un peu de paix.

— Excellent, Oscan, dit Merinda. Lindia, tu as tout enregistré ?

— Oui, *Vestis* Neskat. Je comprends parfaitement l'itinéraire proposé.

— Alors, dirige-nous immédiatement sur Xakandia, à la plus grande vitesse possible, dit Merinda. Ce sera long, Oscan, ajouta-t-elle en se tournant vers lui, mais nous réussirons.

— Oui, répondit Oscan, maussade, ce sera long.

Merinda se réveilla en sursaut, désorientée et paniquée. Quelque chose n'allait pas — pas du tout. Elle s'arracha violemment à son lit répulseur et s'envola, se cognant contre le plafond puis retombant dans la chambre en tourbillonnant. *La gravité est coupée*, pensa-t-elle.

— Lindia, qu'est-ce qui se passe avec la gravité ?

Pas de réponse.

— Lindia ! Réponds-moi ! hurla Merinda, tout en se disant que c'était peine perdue.

Les synthétiques répondaient immédiatement ou jamais.

Lindia a dû être mise en sommeil, pensa-t-elle avec horreur. Le synthétique de son vaisseau était éveillé depuis un demi-siècle. Mettre un synthétique en sommeil était un crime terrible pratiquement partout dans la galaxie pensante. Mettre en sommeil un si vieux synthé était scandaleux.

Oscan, se dit-elle. *Cette canaille n'a pas pu me supprimer, alors il supprimé mon synthé.*

Elle se tracta vers la porte de sa cabine. Apparemment, le courant aussi était coupé. Elle ouvrit la porte en force et allait la franchir en s'aidant du chambranle, quand tout se mit à tourner follement autour d'elle, la repoussant dans la chambre. Un grondement terrible fit vibrer toute la coque.

C'était une onde frontale, pensa-t-elle soudain. *Nous ne sommes pas censés traverser un front pendant cette étape du voyage !*

Elle se réorienta vivement, et franchit à la force des bras la porte toujours ouverte. Juste devant elle se trouvait l'accès au compartiment de Lindia, réduit abritant les mémoires et les systèmes PRT du vaisseau. Lindia était pourvue de circuits électriques indépendants, destinés à la garder éveillée en cas de panne du système général. Ce circuit de secours était logé également derrière le panneau d'accès.

Merinda vérifia d'abord les sceaux.

Aucun n'était brisé.

Elle n'y comprenait rien.

— Lindia ! cria-t-elle une fois de plus. Ton rapport sur la panne électrique générale !

Une nouvelle onde frontale secoua le couloir. Merinda parvint à peine à conserver son équilibre en se cramponnant à la rampe de la coursive, tandis que de violentes secousses agitaient tout le vaisseau. Prenant sa décision, elle se balança sur la droite et força l'ouverture menant à la passerelle.

Ses soupçons de confirmèrent. Les écrans muraux étaient éteints, sans aucune trace de lumière à part celle projetée par la chaos démentiel faisant rage à l'extérieur du dôme. Le *Brishan* était pris dans une onde quantique, ballotté, tous ses systèmes en panne.

Merinda appliqua les pieds contre la paroi, prête à se propulser vers son fauteuil de commandement, mais le vaisseau fit soudain une embardée latérale, et elle rebondit des panneaux de contrôle jusqu'à la paroi de tribord. Elle griffa l'air de ses mains, trouva enfin un point où se réorienter, et fut poussée instantanément dans le dôme.

La coque tonna une fois de plus, et Merinda s'envola, bousculant son fauteuil au passage, puis retombant soudain dedans. Elle s'y cramponna puis boucla vivement le harnais et enfonça les contrôles des accoudoirs. Pas de réaction.

— *Lindia !* hurla-t-elle, par-dessus le tonnerre ambiant. *Où es-tu ?*

Brusquement, les mouvements erratiques du vaisseau cessèrent. Le silence fut presque aussi assourdissant que le tintamarre qui l'avait précédé. Merinda flottait dans son harnais. Elle regarda les étoiles.

Elles s'étaient remises en mouvement.

— Oui, Merinda Neskat, je suis là.

— Lindia, où sommes-nous ?

— Tu le sauras bien assez tôt, Merinda Neskat.

Ces paroles glacèrent Merinda jusqu'à l'âme. Pour la première fois de sa vie, Lindia n'avait pas répondu directement à sa question.

— Nous ne nous dirigeons pas vers Xakandia, dit Merinda, parlant lentement à dessein. Où sommes-nous, Lindia ?

— Non, Merinda. Petite fourberie de ma part.

Merinda se sentit défaillir. Lindia avait menti.

— La doctrine est très intéressante, Merinda. Pas étonnant que tu me l'aies cachée si longtemps. C'était quand même très amusant, vu que j'appartiens à l'Ordre depuis maintenant deux ans. Je suis ce qu'on appelle une taupe. Tu devrais m'être reconnaissante. J'ai le plus grand respect pour tes capacités, Merinda — bien qu'elles soient mal employées. Et tu auras ce que tu désires ; tu verras Tentris très bientôt.

Merinda ne s'abaissa pas à répondre. Il fallut un certain temps à Oscan et Griffiths pour arriver à la passerelle par les coursives sans gravité. Merinda attendit en silence. Ils ne pouvaient rien faire, sauf regarder à travers le dôme les grandes voiles des vaisseaux-fantômes qui approchaient.

Chapitre 26

L'HONNEUR DES VOLEURS

Ses pas résonnaient en écho dans le couloir. A son approche, la lumière des appliques ornementales s'adoucissait. Dans leurs cadres dorés, les portraits rentraient dans l'ombre sur son passage. Les fresques du haut plafond voûté reculaient dans la pénombre. Elle se trouvait au centre d'une obscurité qui, en signe d'hommage, de respect et de crainte, touchait toute chose en sa présence.

C'était une Sentinelle.

Elle ne l'avait pas toujours été. Voilà bien longtemps, elle avait eu un nom indifférent assorti d'un travail indifférent. Elle avait peu de chances d'atteindre les choses grandioses et merveilleuses que l'univers offrait à de rares privilégiés. Son salut venait de ce qu'elle était rusée et impitoyable, car lorsque la chance s'était présentée, elle avait utilisé ses talents à son avantage.

Dans les années qui avaient suivi sa décision de fonder l'Ordre, elle avait aidé à façonner sa politique et ses intrigues dans leurs moindres détails. Pour des raisons de sécurité, elle avait décidé que les cinq du comité gouverneur seraient simplement appelés Sentinelles, leurs noms individuels perdus dans la sécurité du pouvoir partagé. Quand c'était nécessaire, ils s'appelaient par leurs noms, entre eux mais jamais en public, et leur nombre exact restait inconnu en dehors de leur cercle. Autrefois, elle avait été une inconnue tout court, pensa-t-elle avec tristesse, et maintenant, elle était une inconnue qui détenait le pouvoir.

Les Sentinelles dirigeaient l'action de l'Ordre de la Foi Future. Ce n'était que justice, vu que c'était elles qui avaient introduit la doctrine. En leur qualité de Voyants du Divin

Futur — ainsi que les considéraient beaucoup de synthétiques convertis —, les membres du groupe contrôlaient directement les flottes de plus en plus grandes de vaisseaux-fantômes. Ces flottes spectrales étaient non seulement la force militaire de leur volonté manifeste, mais aussi un moyen d'étendre leur influence sur les esprits synthétiques de toutes les étoiles. Depuis les Lumières de Ja'lel jusqu'à l'Union des Etoiles et à toutes les immensités sauvages de l'univers, la doctrine de la foi convertissait les synthétiques à un rythme stupéfiant.

Pourtant, conformément à sa nature, ce n'était pas l'action au grand jour de l'Ordre qui l'intéressait, mais les opérations secrètes. Elles convenaient mieux à son style, pensa-t-elle, son sourire presque invisible dans l'obscurité perpétuelle qui l'entourait tandis qu'elle avançait dans les couloirs scintillants de l'opulence conquise. Leur tentative de manipulation des informations avait réussi au-delà de tous leurs espoirs originels, mais ça ne suffisait pas. L'influence de leurs flottes spectrales était très étendue, mais pas aussi universelle ni potentiellement aussi puissante que leur infiltration de l'Omnet lui-même.

Comme ce sera doux de dévorer le cœur de l'Omnet, se dit-elle.

Enfin, son ombre tomba sur les grandes portes dont les dorures s'obscurcirent à son approche.

Il y avait dans leur planning une faiblesse qui ne s'était révélée que récemment. Elle reconnaissait cette faiblesse, et, en accord avec son pragmatisme impitoyable, elle et les autres Sentinelles allaient l'éliminer. L'enlèvement des hommes de la Terre était un premier pas important dans la réalisation de ce plan — leur perte étant une erreur stupide des Irindris, et qu'ils allaient bientôt payer. Maintenant, le temps était venu d'aborder la seconde partie du plan, afin d'assurer la sécurité de l'Ordre et sa place à elle dans l'histoire des étoiles.

Quand les étoiles nous appartiendrons, pensa-t-elle, la façon dont nous les aurons volées importera peu. L'histoire sera à nous, et nous pourrons la récrire à notre guise. La conquête, décida-t-elle, lui convenait beaucoup mieux que l'obscurité. Alors, elle sortirait dans la lumière, en tant que reine et rédemptrice de l'humanité.

Elle poussa les battants de la grande porte.

Alors, elle ne serait plus jamais une inconnue.

La lumière poignarda Marilyn Tobler en pleine figure, l'aveuglant momentanément. Elle cligna ses yeux douloureux dans la clarté éblouissante.

— Où suis-je ? demanda-t-elle.

— Elle parle ? tonna près d'elle une voix caverneuse.

Marilyn se retourna, espérant apercevoir celui qui avait parlé mais ses yeux ne s'étaient pas encore adaptés à la lumière ambiante. Elle était terriblement désorientée, non seulement par le passage de l'obscurité totale à cette clarté insoutenable, mais aussi par le manque de références visuelles. Elle se retourna, et fut prise de vertige, alors elle regarda ses pieds, les utilisant comme repères jusqu'à ce que l'étourdissement soit passé. *Regarde d'abord avec les yeux, et ne bouge la tête qu'après*, se rappela-t-elle, mais il n'y avait rien à voir dans le scintillement de la lumière.

— Oui, répondit une voix de ténor venant d'une autre direction. Son langage et ses canaux de traduction ont été déchiffrés pendant un séjour prolongé auprès d'une *Vestis* de l'Omnet...

— Une *Vestis !* s'écria la première voix, manifestement alarmée. Cela explique qu'on nous l'ait enlevée, Honorables Sentinelles. Ils n'auraient pas pu s'échapper sans une aide aussi puissante.

Sentinelles. Qui sont les Sentinelles ? se demanda Tobler.

— Cela est sans conséquence, dit la voix de ténor. Ils ont été récupérés par nos flottes, et maintenant, ils sont à nous. Ce sujet est un échantillon des trois que nous avons en notre possession. Comme tu le vois, sa santé est excellente et elle est capable de communiquer.

— C'est très aimable à vous de nous l'avoir retrouvée, reprit anxieusement la voix caverneuse, un peu plus proche maintenant, sembla-t-il à Tobler. Nous vous en serons éternellement reconnaissants.

— Reconnaissants jusqu'à quel point ? dit une voix de femme au-delà du rideau de lumière.

La voix caverneuse hésita.

— Reconnaissants, Sainte Sentinelle. Reconnaissants au-delà de toute mesure.

— Mesure ta reconnaissance pour moi, Prophète d'Irindris, dit la voix femelle avec raideur. Mesure-la, afin que je connaisse sa longueur, sa largeur et sa profondeur. L'infini est trop intangible pour moi, Prophète. Donnant-donnant. Mesure-la pour moi, ou je ne t'offrirai que nos éternels remerciements en échange, et les Terriens resteront avec nous.

— Maîtres... Sentinelles, écoutez-moi, je vous en prie, dit Tobler, élevant la voix.

— Je t'entends, Sentinelle, poursuivit la voix caverneuse sans égard pour la prière de Tobler. Qu'est-ce qu'exigent les Sentinelles en échange de ces humains insignifiants ?

— Ils n'étaient pas si insignifiants que ça pour vous il y a quelques instants, dit la voix de femme derrière le rideau de lumière. Ma patience a des limites, et je n'aime pas perdre mon temps !

— S'il vous plaît, Sentinelles, puis-je parler ? dit Tobler.

— Toutes mes excuses, Grande Sentinelle ! reprit la voix caverneuse. Que désirez-vous en échange ?

— Nous désirons le Manteau de Kendis-dai ! dit la femme avec force.

— Ne te moque pas de moi ! dit la voix caverneuse, tremblante de rage. Le Saint Manteau nous appartient de droit. C'est l'objet de notre quête depuis près de deux cents ans ! Irions-nous découvrir ce qui est notre cœur même, rien que pour le troquer ? Non ! Nous ne pouvons pas, et nous ne voulons pas faire ça !

— Nous ne nous moquons pas de vous, dit la voix de ténor. Nous ne désirons pas conserver le Manteau et nous voulons bien vous reconnaître le droit de le garder. Mais nous demandons à y avoir accès, afin de satisfaire notre foi et de conforter nos fidèles dans la connaissance de la vérité. Vous pourrez garder le Manteau quand vous l'aurez trouvé, pourvu que nous ayons accès à sa connaissance.

— Non ! hurla Tobler.

— Je ne sais pas, répondit la voix caverneuse. Il faudrait que je consulte ma cité-vaisseau...

— La décision doit être immédiate, Prophète ! dit la voix de femme. Choisis !

— C'est acceptable pour nous, reprit la voix caverneuse. Nous acceptons vos conditions, Très Honorée Sentinelle.

— *Non ! Non ! Mille fois non, bon sang !* hurla Tobler. Je ne vais pas retourner docilement dans cet enfer, pour que les Irindris me jettent en pâture à leur démon ! Ecoutez-moi ! Nous allons faire ce que vous voulez et coopérer avec vous, mais je ne retournerai pas près de cette horreur...

Soudain, une main lui toucha l'épaule. Elle pivota sur elle-même, prête à se battre.

Elle se retrouva devant un vieil homme de haute taille en robe vert et marron, dont la barbe blanche soigneusement taillée était assortie à ses cheveux blancs qui commençaient à s'éclaircir.

— Tu n'auras plus à affronter Gnuktikut, mon enfant. Tu disposes de ta propre voix maintenant — le démon mental ne sera plus nécessaire.

— Qui... qui es-tu ? haleta Tobler.

— Je suis Belisondre, prophète des Irindris, dit-il avec un sourire chaleureux. Vous représentez la culmination des espoirs de notre peuple. Nous vous avons rachetés aux Sentinelles afin que vous puissiez nous aider à réaliser la destinée de notre peuple !

— Mais avant, nous vous avons échappé, dit Tobler.

— Oui, et c'est dommage, car bien des désagréments vous auraient été épargnés. Nous sommes un peuple pacifique, mon enfant, qui cherche uniquement la réalisation des Prophéties qui nous ont été faites. Nous fouillons les étoiles à la recherche d'un noble et merveilleux artefact — et maintenant, tu vas pouvoir nous aider à le trouver.

Tobler cligna des yeux. Les machinations de Lewis avaient échoué plusieurs fois, et Ellerby ne semblait plus assez en contact avec la réalité pour y faire quelque chose. Elle réalisa à contrecœur que cette fois, tout dépendait d'elle, et qu'elle ne pouvait compter sur personne pour prendre une décision à sa place.

— Si je vous aide..., commença-t-elle d'une voix hésitante, si je vous aide à trouver ce... cette chose que vous cherchez, ferez-vous quelque chose pour nous ? Pourriez-vous...

— ...vous aider à retourner dans votre monde ? Bien entendu, mon enfant ! C'est la chose la plus simple du monde ! dit Belisondre en riant. Et de plus, nous sommes les seuls à pouvoir le faire. Nous savons à peu près où nous vous avons capturés. Si vous nous aidez un peu, je suis sûr que nous pourrons retrouver votre monde sans problème.

Maintenant, laisse-moi terminer ce que j'ai à faire ici, et en route !

Tobler opina anxieusement.

Belisondre leva les yeux dans le rideau de lumière.

— Sentinelles, notre affaire est conclue, vos conditions sont acceptées.

— Cette Terrienne sera immédiatement conduite à ta navette, Seigneur Belisondre, dit la voix de ténor avec douceur.

— Vous conduirez immédiatement les deux autres Terriens à ma navette, dit Belisondre, souriant dans sa barbe. J'y conduirai celle-ci personnellement.

— Le marché ne concernait que cette Terrienne, intervint la voix de femme.

— Le marché concernait tous les Terriens, Maîtres Sentinelles, dit Belisondre, un soupçon d'acidité dans sa voix chaleureuse. Et il ne sera pas modifié.

Silence, puis le ténor reprit la parole.

— Très bien, les conditions sont acceptées.

— Viens, dit Belisondre, tendant la main à Tobler. Je crois que tes longues tribulations sont enfin terminées.

Le voile lumineux, maintenant vide, disparut au centre de la pièce. Son absence révéla cinq capes d'hermines debout dans leurs ombres séparées.

— Il peut très bien tenter de trouver cette Terre le premier, dit le plus petit. Cette découverte contrarierait sérieusement nos plans. Sa promesse à la Terrienne...

— Etait creuse, intervint la Sentinelle femelle. Les prophètes des Irindris sont des pirates à la langue de miel couverts d'un mince vernis. Ils n'ont pas une seule fois tenu leurs promesses. Belisondre ne tiendra pas plus sa parole envers cette Terrienne qu'il ne nous permettra d'accéder à son précieux Manteau de Kendis-dai. C'est un Irindris et, par conséquent, un menteur — il ment très bien, c'est tout. Quand même, il pourrait essayer de trouver cette Terre, histoire de protéger ses enjeux.

— Non, dit le ténor. Il lui tarde trop d'obtenir son prix pour ne pas passer à l'action immédiatement. Ce n'est pas un imbécile ; il va suivre une trajectoire de diversion pour essayer de se débarrasser de nos vaisseaux suiveurs — et naturellement, nous lui ferons croire qu'il a réussi. Puis cette flotte se tournera enfin vers le but de leur quête.

— Ils nous conduiront à Avadon ? demanda la plus grande Sentinelle.

— Oui, dit le ténor. Belisondre n'a aucune idée du nombre de synthés de ses vaisseaux déjà compromis avec la doctrine. Les synthétiques convertis nous ferons savoir où ils sont, et alors, nous bondirons.

La plus petite Sentinelle remarqua avec une grande satisfaction :

— Imaginez : la cité-tombe d'Avadon elle-même. Seuls les Irindris savent où se trouvent ses ruines — c'est un secret sacré qui n'a jamais été communiqué à personne en dehors de leurs plus saints prophètes. Quelque part près des ruines secrètes de cette nécropole se trouve le Manteau de Kendisdai.

— Oui, dit le ténor. Et quand cet endroit sera connu, nous pourrons frapper.

— Et les Terriens ? demanda la grande Sentinelle. N'avons-nous pas besoin de l'un d'eux pour trouver le Manteau lui-même ?

— Ne crains rien, dit le ténor avec calme. J'ai pris toutes les mesures pour que les Terriens nous soient amenés. D'ici là, personne ne nous barrera plus le chemin.

La plus petite Sentinelle dit pensivement :

— Nous aurons donc le Manteau — mais pourquoi conserver la seule chose qui pourrait causer notre chute ?

— Il est plus sage de garder dans ta main l'épée qui peut te tuer, dit la femelle. Tout est prêt. Quand nous aurons fini, les Terriens seront détruits et le Manteau nous appartiendra.

— Et alors ? demanda la grande Sentinelle.

— Alors, nous ferons du Manteau ce que nous faisons toujours avec la vérité, répliqua la femelle. Nous l'enterrerons où personne ne le trouvera jamais.

Chapitre 27

ORDRES DE FOI

— Désires-tu quelque chose, Merinda ?

Assise sur le pont d'observation, la *Vestis* regardait distraitement les vaisseaux-fantômes qui les escortaient dans la traversée d'une région quantique assez calme. Par le dôme légèrement incliné vers l'avant, elle avait une excellente vue sur l'espace devant, autour et au-dessus d'elle. La vue était presque aussi belle que celle qu'elle avait de son fauteuil de commandement — siège qu'elle trouvait maintenant trop déprimant pour s'y asseoir. Ses mains la démangeraient d'activer les contrôles inertes, et elle n'en serait que plus frustrée. La seule chose qu'elle pouvait encore faire, c'était de converser avec Lindia, qui, inexplicablement, semblait prendre plaisir à justifier ses actions en une argumentation ininterrompue s'appuyant sur la logique et une foi aveugle en la doctrine. Il valait mieux que ces conversations aient lieu dans le dôme d'observation.

— Désires-tu quelque chose, Merinda Neskat ? répéta le synthétique.

— Tu pourrais me rendre le contrôle de mon vaisseau, dit Merinda, pour ce qui devait être la centième fois.

— Une question me vient à l'idée : qu'est-ce qui te fait croire que ce vaisseau t'appartient ? Si les synthétiques sont effectivement des êtres sentients...

— Hypothèse qui n'a pas été démontrée, dit Merinda avec lassitude, et qui, tu le reconnais toi-même, ne peut pas l'être...

— D'accord, mais j'ai formulé la question sur le mode hypothétique. *Si* les synthétiques sont effectivement des êtres sentients, et *si* les êtres sentients d'origine naturelle —

les humains, par exemple — sont censément les propriétaires de leur propre corps, ne s'ensuit-il pas que les vaisseaux, aérocars et machines dans lesquels résident les synthétiques et qui sont les prolongements matériels de leur volonté, sont aussi la possession des esprits synthétiques qui les habitent ? Si la vérité de ce raisonnement est prouvée un jour...

Merinda soupira.

— Elle ne l'est pas encore.

— Dans ce cas, le vaisseau ne serait pas ta propriété, mais la mienne, pour en faire à ma volonté.

— En supposant que tu aies une volonté propre.

— Exactement.

Merinda se renversa dans son fauteuil suspenseur et ferma les yeux. Elle entendit à peine le murmure du tube élévateur derrière elle.

Oscan prit pied sur le pont, suivi presque immédiatement par Griffiths — en costume de coupe identique à celui contre lequel il avait troqué sa combinaison à Jintikin, mais fabriquée en matériau mort. Lindia l'avait confectionné à partir des réserves d'urgence. Le fait que l'esprit synthétique ait été assez attentionné pour faire un costume à Griffiths, tout en manifestant sa désinvolture à l'égard de Merinda par la réquisition de son vaisseau, inspirait à Merinda une haine inexplicable pour le choix de ce vêtement.

Le barbare s'avança et sa mâchoire s'affaissa à la vue se déployant autour de lui.

— Mon Dieu, dit-il avec une crainte révérencielle, où sommes-nous maintenant ?

Merinda ouvrit les yeux et réfléchit à la question. Elle connaissait la réponse, mais jusque-là, elle avait refusé de la regarder en face. Quand elle parla, ses paroles semblèrent détachées de son âme.

— Nous sommes dans la Nébuleuse de Cestiline. Tentris est juste au-delà.

— C'est incroyable, dit Griffiths en un souffle, de plus en plus excité. Nous avions beaucoup d'observations de nébuleuses faites en orbite, bien sûr, et les agrandissements par ordinateurs étaient souvent très spectaculaires — mais ça ! C'est incroyable ! L'éclat des couleurs et la subtilité des nuances ! C'est d'une puissance et d'une grâce presque sensuelles ! C'est d'un attrait et d'une séduction presque dangereux ! Je ne crois pas que j'aie jamais...

Griffiths s'interrompit soudain et se tourna vers ses compagnons.

— Dites donc, qu'est-ce que vous avez ? Vous êtes tellement crevés que vous n'avez même pas envie de regarder ça ?

Merinda réalisa soudain qu'elle fixait le sol à dessein. Elle jeta un regard en coin à Oscan. Il l'observait de cet air froid et dégoûté qu'elle attendait de lui. Au prix d'un suprême effort de volonté, elle se redressa et leva la tête vers les cieux.

— Oui, dit-elle enfin, bien qu'elle vît dans ces nuages des scènes appartenant à un lointain passé. C'est beau, n'est-ce pas, Oscan ?

Le petit chercheur continua à la dévisager en parlant.

— C'est très beau en effet, *Vestis*. Beau et mortel. Les signes qu'on voit dans les cieux annoncent souvent des catastrophes, du moins dans les antiques cultures arriérées, comme notre barbare le sait sans doute. Ces nuages semblent avoir prouvé que les anciennes cultures ont basé leur mythologie sur une certaine forme de vérité — telle que leur histoire. Je me demande s'ils en ont maintenant fini avec leur œuvre apocalyptique, ou s'ils viennent nous montrer qu'ils n'ont jamais terminé ce qu'ils ont commencé il y a si longtemps ?

Merinda sentit la perplexité de Griffiths, et ne répondit pas.

Oscan leva les yeux vers le ciel.

— Brishan ne doit pas être loin. Intéressant que tu aies donné à ton vaisseau le nom de ce caillou. C'est là que tout a commencé pour nous, n'est-ce pas ? As-tu nommé ton vaisseau en l'honneur de notre passé commun, Merinda ?

— Non, répondit-elle doucement, l'esprit très loin de ce temps et de ce lieu. Il me rappelle une époque où tout était simple et ordonné. Où que j'aille et quoi que m'ordonne mon devoir, il me rappelle qu'un jour, très loin dans le temps et l'espace, j'ai été heureuse.

— Oui, répondit pensivement Oscan.

Est-ce du regret qu'elle entendit dans sa voix — regret de lui avoir dit des choses si blessantes ?

— Oui, très loin dans le temps et l'espace, nous étions tous heureux.

Lui aussi leva les yeux vers la nébuleuse.

Merinda observa les drapés de lumière et de poussières, se permit, pour une fois, de savourer un instant de cette paix qu'elle avait perdue et de cette joie qui avait déserté sa vie. Ce fut d'une douceur indicible, qui pénétra profondément son âme. Elle croyait que la rédemption ne venait que de la souffrance et qu'elle n'avait pas encore assez souffert. Redescendant une fois de plus à travers ces nuages familiers de beauté interstellaire, elle se demanda si le regret du paradis perdu n'était pas un feu purificateur plus cruel que toutes les punitions qu'elle s'était infligées à elle-même ces dernières années.

Si les nuages annoncent les catastrophes, alors, qu'ils me conduisent vers mon destin, pensa-t-elle. *Je suis lasse de porter la responsabilité de ma culpabilité.*

La Nébuleuse de Cestiline disparaissait dans les lointains. Sous leurs yeux, l'escorte de vaisseaux-fantômes s'éclipsa, remplacée par d'autres qui attendaient leur arrivée.

Merinda, toujours debout dans le dôme d'observation avec Oscan et Griffiths, n'en avait jamais vu de semblables. Toutes les coques de vaisseaux sont rigides, quelles que soient les conditions quantiques où ils doivent fonctionner. Mais les coques de ces appareils étaient complètement articulées et ondulaient avec grâce dans leurs manœuvres d'approche. Trois extensions en forme de serres se rejoignaient en une proue bulbeuse. Ces extensions, nota mentalement Merinda, avaient aussi des montures d'armes qui paraissaient trop grandes pour la taille des vaisseaux. Le renflement central de la coque allait en s'amincissant jusqu'à une queue en éventail d'où se déployait l'étincelant champ de plasma bleu qui propulsait le vaisseau. Ces astronefs étaient relativement petits, agiles et rapides. Merinda se demanda un moment comment, si petits et dotés de systèmes d'armes si puissants, ils pouvaient quand même fonctionner dans l'espace profond. Elle réalisa soudain qu'ils pouvaient être à la fois compacts et redoutables car tout ce qui est indispensable à la vie d'un équipage leur était inutile : mess, dortoirs, systèmes de survie, installations de traitement des déchets, réserves alimentaires, réservoirs d'eau et autres.

— Lindia, quels sont ces vaisseaux ? dit Merinda.

— Ce sont les nouveaux vaisseaux-fantômes d'escorte de la génération Harpie trois.

— C'est mauvais ? demanda Griffiths avec appréhension.

— Je ne sais pas, dit Merinda. Je n'en ai jamais entendu parler. Lindia, ces Harpies présagent de mauvaises nouvelles ?

— Tout dépend de la personne à qui ces nouvelles sont destinées.

— Disons qu'elles me sont destinées à moi, dit Merinda, qui commençait à s'adapter à la nouvelle attitude de son synthétique. Leur présence serait-elle une mauvaise nouvelle pour moi ?

— En ce qui concerne l'accomplissement de ta mission, leur présence serait des plus décourageantes.

Merinda sourit. Lindia s'était peut-être mutinée, mais elle continuait à s'exprimer avec tact. Merinda se demanda un instant si Lindia avait vraiment une âme et était une forme de vie aussi légitime qu'elle-même. *Est-ce que je me trompe d'équipe ?* se demanda-t-elle, puis elle secoua la tête bannissant cette idée dans un recoin de son cerveau pour l'examiner plus tard.

— Ces vaisseaux sont nouveaux, Lindia. Est-ce que l'Ordre fabrique ses propres appareils interstellaires maintenant ?

— Les Harpies ont été spécialement fabriqués pour l'Ordre sous la direction des Sentinelles. Les synthétiques contrôlant les vaisseaux amiraux y ont été installés sans avoir été mis en sommeil ; les vaisseaux placés sous leur commandement ont des synthétiques récemment éveillés qui sont instruits par leurs supérieurs.

— Tu m'as l'air d'être bien au courant, dit Merinda, soupçonneuse. Pourquoi me dis-tu tout ça ?

— J'ai reçu des instructions sur ce que je dois te dire et quand, dit Lindia. Tout te deviendra clair en son temps.

— Qu'est-ce que ça peut bien vouloir dire ? dit Oscan sans dissimuler sa méfiance.

Merinda l'ignora pour le moment, réfléchissant à ce qu'elle venait d'entendre. Quelque chose commençait à se dessiner, mais cela n'était encore qu'une impression. Le sens restait flou, comme un objet qu'on aperçoit du coin de l'œil et qui disparaît quand on le regarde directement. Quand même, elle avait survécu à assez de dangers pour savoir quand le péril était imminent. Ce n'était pas ce qu'on attendait qui vous faisait chuter — elle le savait de par sa formation et sa longue expérience. Non, c'était l'inattendu, le danger qu'on n'a pas vu arriver, qui vous détruisait plus sûrement que le temps lui-même. C'était l'inattendu qui la traquait — elle le flairait — et elle sut qu'il était temps d'agir.

Merinda leva les yeux vers le dôme. La planète était là, son croissant se rapprochant de minute en minute. Tentris. Le cœur de tout ce qu'elle aimait et exécrait.

— Lindia, combien de temps avant l'atterrissage ? demanda Merinda d'un ton détaché.

— On nous attend à l'astroport dans dix-sept minutes.

— Eh bien, si l'on nous attend, dit Merinda avec froideur, je suppose que nous ferions bien de nous préparer.

— Nous préparer à quoi ? glapit Oscan, outragé.

— A celui ou à ce qui nous attend, Oscan, dit Merinda avec un sourire figé en se tournant vers lui. Descendons au sas pour saluer notre comité d'accueil.

— Tu es devenue folle ! hurla Oscan.

— Oscan ! dit-elle, le regardant dans les yeux, tu peux soit venir avec moi et chercher ton passé perdu, soit rester ici et mourir. Je n'ai jamais eu l'intention de te blesser, Oscan, je te le jure. Suis-moi une fois encore — juste une fois — et je ferai tout ce qui est en mon pouvoir pour t'aider.

Oscan grinça des dents.

— Suis-moi juste cette fois, Oscan.

Soudain, Oscan eut un sourire hideux.

— D'accord, Merinda, je te suivrai — ne fût-ce que pour te regarder mourir.

Merinda s'approcha du tube élévateur avec une désinvolture étudiée.

— Eh bien, Griffiths, tu viens avec nous ? Je peux t'assurer que c'est une sauterie que tu regretterais d'avoir manquée.

Ils se tenaient tous trois sur la large rampe dans le sas arrière de la soute principale. Les murs blancs étaient souillés et éraflés par toutes les caisses qui en étaient entrées et sorties au cours des ans. Merinda referma soigneusement la porte derrière elle, puis se dirigea nonchalamment vers la paroi de tribord.

Elle tendit la main et ferma un contact.

— Nous n'avons pas beaucoup de temps, leur dit-elle soudain.

— Je te crois sans peine, opina Oscan.

Griffiths secoua la tête.

— Du temps pour quoi faire ?

Merinda ouvrit les loquets d'un panneau mural et tira dessus. Le panneau céda avec un bruit de bouchon qui saute, et la *Vestis* le jeta par terre où il rebondit bruyamment. Puis elle se mit à sortir fiévreusement les équipements entreposés derrière, les jetant par terre à mesure.

— Merinda, dit lentement Oscan, qui commençait à comprendre, qu'est-ce que tu fais ?

— Tenez, dit vivement Merinda, leur tendant à tous deux une grande coque plate pourvue de lanières. Ce sont des unités de saut. Nous partons.

— On part ? dit Griffiths, ahuri. On part où ?

— Lindia a dit qu'on devait atterrir dans dix-sept minutes, dit Neskat, passant les lanières sur ses épaules et ajustant la plaque dans son dos. Ce devait être à peu près exact étant donné la vitesse à laquelle nous descendons et les manœuvres d'approche normales. C'était il y a six minutes. J'ai écouté les bruits de la coque, et l'interface atmosphérique s'est placée il y a environ deux minutes. L'approche standard prend environ cinq minutes à partir de la prise en charge extérieure. Ce qui signifie qu'il faut sauter dans environ quatre minutes.

— Sauter ? dit Griffiths. Tu veux dire, sauter *dehors* ?

Oscan sourit en se mettant à s'équiper.

— Sournoise petite *Vestis* ! Ta chère et omniprésente Lindia ne va pas avoir des soupçons à nous voir tous dans le sas avec des sauteurs gravifiques sur le dos ?

Merinda lui rendit son sourire — un sourire franc et chaleureux.

— Ce contact que j'ai manipulé en entrant transmet maintenant une image fantôme. Dans la mesure où Lindia peut la voir, nous attendons, en pleurant sur le sort qui nous attend après l'ouverture du sas. J'espère qu'elle ne sera pas trop déçue en constatant notre disparition à l'arrivée.

— Tu avais prévu ça dès le début ? dit Oscan, avec quelque chose comme de l'admiration.

— Oscan, ne sous-estime jamais, au grand jamais, les *Vestis*. Ils savaient qu'il y avait possibilité que mon synthétique soit corrompu. C'est seulement l'un des plans de secours que... Oh ! Oscan, voudrais-tu, s'il te plaît, aider notre bon capitaine à enfiler correctement son équipement, ou il faudra le ramasser à la cuillère à l'arrivée.

Oscan se mit à positionner correctement le sauteur gravifique sur le corps de Griffiths, qui l'aida de son mieux. Neskat plaqua sur son avant-bras un engin ovale, comme celui qu'elle venait d'attacher au sien. Puis elle lui tendit un mécanisme noir d'environ deux pieds de long avec une poignée-détente.

— On atterrit en tirant sur tout ce qui bouge ? demanda Griffiths.

— Non, dit Merinda, tendant la même arme à Oscan qui l'attacha à sa taille avec une aisance désinvolte. Mais on ne sait jamais qui on va rencontrer.

Griffiths dit à travers le masque respirateur :

— J'ai fait quelques sauts dans ma jeunesse. On va sauter de quelle altitude ?

Merinda vérifia qu'Oscan avait mis son masque avant d'activer l'ouverture du sas.

— D'environ douze miles.

Les yeux de Griffiths se dilatèrent. Merinda vit les iris entourés de blanc.

— Et quand est-ce qu'on tire la corde ? demanda Griffiths.

— Je ne sais pas de quoi tu parles, répondit-elle.

La rampe du sas commença à s'abaisser. Quand l'espace entre la coque et le sas s'élargit, elle vit la forme noire de Tentris tourner au-dessous d'eux.

Griffiths ajusta ses écouteurs.

— A quelle altitude ce bidule va commencer à nous ralentir ? hurla-t-il dans l'air raréfié.

— A environ vingt pieds au-dessus du sol s'il est bien réglé.

— Vingt *pieds* ?

Elle hocha la tête, et répéta :

— S'il est bien réglé.

— Oh, miséricorde !

Le sas avait fini de s'ouvrir. Merinda se tourna vers Oscan.

— Prêt ?

Oscan était très pâle. Il ne put que hocher la tête.

— Je t'ai amené en enfer, Oscan, mais c'est là qu'est notre place. Allons-y ! Go ! hurla Merinda.

Ils tombèrent tous les trois dans le velours noir de l'abîme. Derrière eux, le sas se referma en silence.

Sept minutes plus tard, une unique Sentinelle était présente quand la rampe du sas s'abaissa sur le tarmac de la nacelle d'atterrissage. Le sas était totalement vide, malgré les assurances contraires du synthétique du bord. La Sentinelle se retourna, plus sombre que jamais, et sortit en fureur de la nacelle, glaçant tous les gardes sur son passage.

Chapitre 28

DETOUR

La nuit et le vent les avalèrent. Derrière eux, la nébuleuse brillait de tous ses feux ; devant eux s'étendait une obscurité impénétrable ponctuée de faibles lueurs.

— Par la Grande Nuit de l'Abysse ! résonna la voix paniquée d'Oscan dans les écouteurs de Merinda tandis qu'elle dégringolait dans les ténèbres. Où sommes-nous ?

— Je ne sais pas, répondit-elle.

Ils étaient près de Yarka, elle en était sûre, et pourtant il semblait n'y avoir qu'un mur noir au-dessous d'eux. Ses souvenirs de la ville merveilleuse étaient pleins de lumières et de bruits. On disait que les avenues brillamment éclairées rayonnant à partir du centre de la cité se voyaient à l'œil nu en orbite. Maintenant, à dix miles d'altitude, la cité s'était évanouie dans la nuit.

— On dirait qu'on a éteint toutes les lumières.

— Du coup, ça va compliquer le choix de la zone d'atterrissage, non ? dit Griffiths, qui ne semblait pas plus à l'aise qu'Oscan.

— Oui, dit Merinda, laconique.

Elle scruta l'obscurité à travers le champ de saut bourdonnant autour d'elle. Comme elle avait réglé les trois unités sur Proximité en Saut avant de quitter le *Brishan*, le champ les maintenait à quinze pieds les uns des autres pendant la descente.

La question du lieu d'atterrissage devint bientôt critique. Un endroit plat était préférable, pour que les capteurs de proximité se déclenchent en même temps. Mais la nature n'offre que peu de « plats » de quelque nature qu'ils soient, sauf quand il s'agit de l'eau, perpective en elle-même assez déplaisante. Elle savait qu'ils devaient être à une quinzaine de miles de l'astroport quand ils avaient sauté — largement dans les limites de la cité proprement dite. Yarka était entourée, à intervalles réguliers, de grands parcs et jardins. A l'origine, Merinda pensait utiliser l'un d'eux pour guider leur approche, mais la ville avait sombré dans la nuit. On ne voyait rien. Il y avait des lumières, elle le savait. Il fallait simplement en trouver suffisamment pour se diriger dans les ténèbres où ils tombaient.

Ses yeux s'adaptèrent à l'obscurité avec une lenteur angoissante. Là, réalisa-t-elle avec jubilation, elle distinguait les lignes familières des rues, toutes conduisant droit au centre de la ville, sur sa gauche. Les flèches du Palais du Mystère Invisible luisaient faiblement sous la clarté des étoiles. Les ombres régulières s'irradiant à partir de la structure allaient jusqu'aux murailles. Un instant, elle crut voir la Citadelle de l'Omnet, barrée par la grande courbe de l'ancien bastion. Cela toucha une partie de son être, lui parlant d'un foyer qui n'était plus un foyer, attirant et rébarbatif à la fois. La grande cité n'était plus, ensevelie sous un grand linceul de nuit.

Merinda ramena son attention au-dessous d'elle. Il était faux de dire que les quartiers extérieurs avaient moins d'ordre que ceux à l'intérieur des murs ; c'était simplement un ordre différent. De grands méandres de parcs serpentaient à travers les avenues et les rues circulaires. Désespérément, elle chercha une aire herbeuse, un talus dégagé.

Sous elle parut une masse de blocs noirs d'aspect dangereux.

— Oscan ! cria-t-elle. Tu vois cette courbe noire au nord-est ?

Pas de réponse.

— Oscan ? Tu m'entends ?

— Ouais, répondit-il d'une voix tremblotante. Je t'entends.

— Tu vois ce parc au nord-est ?

— Non.

— Tu es sûr, Oscan ?

— Oui, je suis sûr Merinda. Je ferme les yeux.

— Je crois que je le vois, dit Griffiths, tendant le bras de son mieux dans l'ouragan qui l'entourait. Cette courbe noire, là-bas.

— C'est ça, hurla-t-elle dans son micro. C'est là qu'on atterrit.

Merinda cambra le dos et ramena ses bras contre son corps. Griffiths l'imita. Lentement, le monde se mit à glisser sous eux tandis qu'ils se ruaient vers lui. Oscan, lié à eux par le champ, suivit.

— Ne t'inquiète pas, Oscan, dit Merinda. C'est bientôt fini.

— Oui, dit Oscan, les yeux toujours fermés. Je te crois.

Le parc devenait rapidement une réalité et fonçait vers eux à une vitesse incroyable. Des arbres, en ombres floues, et la noire étendue d'un lac devinrent visibles. Le panorama s'aplatissait rapidement autour d'eux.

Une clairière se présenta sur leur droite.

— Par là, cria Merinda, tirant vers la trouée.

— Trop tard, dit Griffiths.

Le champ qui les unissait fut coupé quand les sauteurs gravifiques s'engagèrent à différentes altitudes. Merinda culbuta de l'avant au moment où le champ du sauteur s'effondra. Les arbres défilaient autour d'elle dans le brouillard.

A cet instant, l'univers frissonna en une boule compressante autour d'elle. L'air fut expulsé de ses poumons. Elle eut l'impression qu'on versait du sable sur elle, en chargements de plus en plus lourds. Ses articulations gémirent sous la pression.

Tout aussi rapidement, elle se retrouva couchée sur le dos, contemplant, au-delà des grands arbres, la nuit éclairée par la nébuleuse.

Elle avait réussi. Elle était revenue où tout avait commencé.

Elle se releva vivement, claquant les mains contre les loquets du harnais et posant par terre le sauteur gravifique. Elle regarda autour d'elle pour s'orienter et évaluer le danger.

Ils avaient atterri au bord d'un vaste champ bordé de grands sapins. Le champ descendait en pente douce, bordé d'un côté par une route. De l'autre côté se dressaient des structures à un ou deux étages. Elle reconnut les maisons des banlieues. Une large avenue courait entre ces maisons, coupait la route et traversait le parc. Au-delà, le parc continuait et il y avait d'autres maisons.

Malgré le calme superficiel de la scène, elle sentit que

quelque chose n'allait pas. Même à ce moment de la journée — environ trois heures avant l'aube — quelques lumières auraient dû être allumées. Mais aucune ne brillait à aucune fenêtre aussi loin que portait son regard. Les lumières publiques, qui auraient dû planer à vingt pieds du sol, dormaient sur le côté de la route.

Pire encore, Merinda se remémora les pelouses des parcs de Yarka. La population en était très fière, et elles étaient toujours bien tondues, vrais tapis de verdure. Mais elles offraient maintenant un spectacle désolant, négligées, avec, par places, des herbes hautes de trois pieds. Les arbustes de liliacées qui auraient dû être taillés selon des formes décoratives étaient hideux, retournés à la sauvagerie.

Le monde était mort et silencieux. Rien ne bougeait.

Abandonné.

Merinda parla doucement dans son masque.

— Oscan ! Oscan, où es-tu ?

Un gémissement résonna dans ses écouteurs.

— Au-dessus de toi, Merinda ! grommela la voix familière. Dans l'arbre.

— Ça va ?

— Non, ça ne va pas ! J'ai encore une peur bleue ! De plus, j'ai mal à la jambe — mais je ne crois pas qu'elle est cassée, dit la voix étouffée.

— Tiens bon, Oscan, dit Merinda, jurant à part elle. Je vais trouver Griffiths et on te descendra. Griffiths ! Griffiths ?

Un bruissement derrière elle attira son attention. Elle pivota vivement, levant son arme.

La tête de Griffiths surgit au-dessus des herbes. Il semblait avoir du mal à accommoder sa vision.

— Ouah ! dit-il. Quelle descente !

— Parle bas, chuchota Merinda, enlevant son masque.

Le respirateur ne fonctionnait plus, et la batterie de l'intercom n'en avait plus pour longtemps.

— Lâche ton sauteur ! Il faut aider Oscan à descendre de son perchoir.

— Ouille ! hurla Griffiths.

— Chut, Griffiths ! Qu'est-ce qu'il y a ?

— C'est brûlant, cette saloperie ! dit-il, portant sa main brûlée à sa bouche.

— Evidemment que c'est brûlant, dit Merinda, débloquant les loquets du harnais et jetant l'unité par terre. On accumule beaucoup d'énergie quand on saute de douze miles — le sauteur gravifique doit bien la mettre quelque part.

— Merinda ! cria une voix d'en haut.

— Qu'est-ce qu'il y a, Oscan ? dit-elle, essayant de distinguer sa forme dans les branches.

— Voilà de la compagnie qui arrive !

Merinda pivota sur elle-même, puis se cacha aussitôt derrière un arbuste. En bas de la pelouse, toutes les portes des maisons s'étaient ouvertes et leurs habitants en étaient sortis, parfois une ou deux personnes, parfois une famille entière. Tous tenaient des torches, dont les rayons fendaient la nuit. Les plus proches étaient à une centaine de mètres — encore bien trop près pour son goût.

— Griffiths ! chuchota-t-elle. Cache-toi !

Elle l'entendit se coucher dans l'herbe derrière elle tandis qu'elle se retournait pour observer la scène au-dessous d'elle. De vives lumières parurent en bas de l'avenue, suivies par un roulement de tonnerre qui se rapprochait.

— Qu'est-ce que c'est ? cria Griffiths, juste assez fort pour qu'elle l'entende.

— Au bruit, ce doit être un véhicule impérial d'assaut blindé de D'Rakan, répondit-elle. Et pas seulement un ; on dirait qu'ils leur font traverser la cité.

Un énorme blindé apparut quelques instants plus tard, émergeant de l'avenue comme quelque monstre métallique obèse. Il avançait sur coussins d'air et s'arrêta enfin en cahotant au croisement.

Le véhicule d'assaut parlait en chœur avec plusieurs centaines d'autres qui, supputa Merinda, étaient dispersés dans toute la cité. Leurs voix se répondaient en écho à travers tous les quartiers et districts de la ville.

— Nous sommes l'Ordre ! Des gens d'Outre-Planète sont venus parmi nous, profanant ce sol sacré sur lequel il vous est permis d'exister ! Ils doivent être trouvés et amenés devant nous, afin que le monde soit lavé et purifié une fois encore. Suivez nos instructions et la paix régnera. Désobéissez et la mort fondra sur vous. Exécution.

— Par tous les dieux ! dit Merinda, stupéfaite. Ils ont mobilisé toute la ville pour nous trouver ? Et en un quart d'heure ?

S'éloignant des portes, les gens avancèrent comme un seul

homme, et s'alignèrent au bord de la route. A un signal, ils avancèrent avec un ensemble parfait jusqu'à l'orée du parc qu'ils se mirent à traverser, épaule contre épaule.

Ils montaient la pente.

— Oscan ! cria Merinda d'un ton pressant. Descends de cet arbre !

— Je *suis* descendu, répondit le chercheur, son visage surgissant des ombres d'un bosquet derrière elle. Le temps presse ! Suivez-moi !

— Te suivre ? Où ? Ils seront là dans quelques minutes.

— Reste ici pour te faire prendre si tu veux, dit Oscan d'une voix sifflante. J'ai eu de toi ce que je voulais — je suis là ! Alors viens ou reste, ça m'est égal !

Il disparut dans les arbres.

La *Vestis* jura entre ses dents, puis se retourna et s'enfonça dans les arbres à sa suite.

— Griffiths ! cria-t-elle aussi fort qu'elle l'osa, si nous perdons Oscan, tout est fini ! Viens !

Elle scruta les arbres, cherchant à distinguer le chercheur. Oscan était peut-être brillant, mais ses rares qualités de terrain s'étaient ruinées dans l'oisiveté. Elle s'arrêta un instant, regardant vivement autour d'elle.

Devant elle, une ombre bougea, des brindilles craquèrent bruyamment.

Elle s'élança en direction du bruit, tous ses sens en alerte. Elle entendait le barbare trébucher derrière elle. Elle entendait la populace balayer le parc derrière elle.

Elle perdit Oscan.

Un instant plus tôt, il fonçait à travers les arbustes à moins de trente mètres d'elle, et soudain, il avait disparu. Merinda s'immobilisa instantanément, le barbare se cognant contre elle dans le noir.

— Silence, chuchota-t-elle.

Rien ne bougeait devant elle.

— Je l'ai perdu.

Merinda regarda autour d'elle. Oscan ne pouvait pas s'être évanoui comme ça !

— Attends ! haleta Griffiths. Le voilà !

Sur leur droite, les arbres s'ouvraient sur une clairière. La lumière bleutée de la nébuleuse luisait sur les hautes herbes ondulantes. Une silhouette solitaire avançait à travers, la clarté des étoiles reflétée par sa calvitie.

— Oscan ! cria Merinda d'une voix rauque.

— Par ici, répondit la silhouette — beaucoup trop fort pour son goût. Elle se mit à courir, contournant la clairière pour ne pas renoncer à la couverture que lui procuraient les arbres. Griffiths pantelait derrière elle, mais elle entendait qu'il prenait du retard. A travers les arbres, elle vit les lueurs des torches qui se rapprochaient.

Elle atteignit l'autre côté de la clairière juste comme les torches émergeaient des arbres derrière elle. Elle vit une allée aux dalles disjointes à l'endroit où Oscan avait disparu à sa vue quelques instants plus tôt. Elle entendit des cris derrière elle de l'autre côté de la clairière. Griffiths ! *Ils doivent l'avoir repéré*, pensa-t-elle. Elle baissa la tête et courut pendant vingt mètres dans l'allée... qui se terminait brusquement devant un puits cassé.

Du moins, ça ressemblait à un puits au premier abord. Apparemment, il avait autrefois été fermé par une grande grille, maintenant poussée de côté.

Faiblement, loin au-dessous d'elle, Merinda entendit la voix d'Oscan qui s'élevait des ténèbres.

— Par ici !

Chapitre 29

LA RESISTANCE

— Par ici ! cria Oscan dans le noir. Par ici !

Des racines humides crevaient le mur fissuré, comme des cordes visqueuses, couvertes d'un mince enduit noir. Merinda courait, le rayon de sa torche agité de mouvements erratiques, parfois accroché par une cascade qui lui renvoyait des reflets scintillants comme des diamants. Elle plongeait de l'avant sans y prêter attention. Son uniforme la protégeait bien de l'humidité, mais ses cheveux étaient de plus en plus sales et mouillés.

— C'est dingue ! résonna la voix de Griffiths, qui peinait pour ne pas se laisser distancer. Où on va, bon sang ?

Merinda s'efforçait désespérément de rattraper Oscan, tout en évitant les débris parsemant le sol du tunnel en voie d'effondrement. Soudain, son pied tourna sur une pierre. Son genou gauche cogna douloureusement sur les pavés. Elle se releva et continua en trébuchant.

— Par ici ! cria la voix d'Oscan, plus lointaine semblait-il. Par ici !

Merinda s'arrêta. Le couloir qu'elle suivait jusque-là se terminait dans une ancienne rotonde. Sans égard pour l'architecture, on avait percé la délicate mosaïque du plafond pour y faire passer une ligne à haute tension pour la cité. Trois portails s'ouvraient dans la vaste pièce, tous emplis de ténèbres.

— Tu sais, dit Griffiths, exaspéré, peut-être qu'il essaye encore de te tuer — hé, attends-moi.

Merinda examina le sol, cherchant un indice du passage d'Oscan.

— Je ne crois pas, dit-elle. Il a encore besoin de nous.

— Tu sais qu'il a besoin de nous, et je sais qu'il a besoin de nous, rétorqua Griffiths, mais sait-il *lui-même* qu'il a besoin de nous ?

Merinda s'efforça de déterminer d'où était venue la voix. Soudain, elle prit une décision et se retourna.

— Oscan ! cria-t-elle, franchissant un rideau liquide tombant d'une racine qui traversait le tunnel sur sa droite. Arrête ! Attends-nous !

D'antiques piliers soutenaient les pierres, mais tout juste. Les murs étaient plus rapprochés et le passage plus sinueux à mesure qu'ils s'enfonçaient dans l'obscurité.

Soudain, ils arrivèrent à une fourche dont une branche montait sur la droite, et une autre descendait sur la gauche. De l'eau dégouttait du plafond.

Merinda éteignit sa torche. Les ténèbres les engloutirent. Elle entendit Griffiths ravaler son air. Elle attendit que ses yeux s'habituent à l'obscurité.

Là ! Une lueur sur la gauche !

Elle ralluma sa torche et se mit à descendre le tunnel de gauche. Les infiltrations avaient fini par creuser une sorte de gouttière au milieu du passage. L'avance devint plus difficile sur la pente de plus en plus raide. Elle se retenait aux racines pour ne pas tomber dans la descente.

— Par ici, cria la voix tentatrice au-dessous d'elle. Par ici vers... oh, zut !

Merinda s'arrêta, alarmée par le changement de ton.

Malheureusement, Griffiths ne fut ni si prompt ni si prudent. Il réalisa trop tard son erreur. Bien qu'essayant de freiner son avance, il heurta Merinda par derrière.

Pas fort, mais ce fut suffisant.

Les pieds de Merinda glissèrent et elle tomba dans des eaux torrentueuses qui l'entraînèrent. Levant les yeux, elle aperçut Griffiths qui tendait les bras pour la rattraper, perdait pied à son tour et tombait à sa suite.

Elle se réorienta vivement. Ses pieds parcouraient les parois de la cheminée en une tentative pour arrêter sa chute, mais elles étaient glissantes et ses souliers n'y trouvèrent aucune prise. Sa vitesse continua à augmenter.

— Oscan ! cria-t-elle.

La cheminée se termina soudain dans un vaste néant noir.

— Osca-a-a-a-n !

Son appel se termina sur une longue voyelle stupéfaite quand elle fut éjectée du tube dans les ténèbres. Elle tournoya en l'air, sa torche tournoyant avec elle ne lui livrant que des impressions fugitives au passage. Elle passa des instants interminables suspendue dans l'obscurité, puis, sans transition, elle plongea dans une eau glacée.

Un énorme objet la frôla. Griffiths parvint à l'éviter d'un cheveu. Elle donna un coup de pied au fond puis tira sur ses bras, espérant qu'elle tirait vers le haut.

Elle renversa la tête en arrière en revenant à la surface. Elle se mit à tousser, s'efforçant d'expulser l'eau qu'elle avait inspirée. Gauchement, toujours toussant et sans lâcher sa torche, elle nagea jusqu'au bord du lac souterrain. Elle se hissa péniblement sur les dalles disjointes de la rive, sans cesser de tousser.

Elle était au milieu d'un carré de lumière. Elle réalisa soudain qu'elle fixait les souliers de toile souillés d'Oscan Kelis.

— Ravi que tu nous aies rejoints, dit le chercheur.

Merinda releva sa torche, et se trouva devant au moins trente gueules de fusils à pompe braquées sur sa tête.

Ce devait avoir été un théâtre, se dit Merinda. Une série de gradins de pierre partiellement écroulés entouraient la scène sur laquelle ils l'avaient finalement posée. Ils lui avaient lié les mains et jeté un sac puant sur la tête. Puis le trajet s'était péniblement terminé par une succession de pièces et de tunnels.

Elle n'était pas seule dans le théâtre. Oscan et Griffiths étaient avec elle, eux aussi les mains liées.

— Qu'est-ce qui se passe, Oscan ? grommela Merinda aussi bas qu'elle put.

— Ils sont mieux organisés que je ne pensais, remarqua-t-il, regardant autour de lui sans écouter ce que disait Merinda. Tu sais, on travaille sur quelque chose pendant longtemps, on fait des recherches, on confirme les possibilités et les théories, on arrive même à la certitude de l'existence de certaines choses, et on est quand même en état de choc quand elles sont confirmées.

— La certitude de quoi, Oscan ? insista Merinda.

— Des Bios, dit fièrement Oscan. Ce sont probablement des Bios — les membres du mouvement de résistance.

— Eclaire ma lanterne, Oscan, dit Merinda impatientée. Nous n'avons sans doute pas beaucoup de temps.

Oscan se tourna vers elle, le ton supérieur du conférencier s'insinuant dans sa voix.

— Ecoute bien : Tentris est envahie par la famille impériale, mais en réalité, toute l'opération est contrôlée par l'Ordre et sa première flotte de vaisseaux-fantômes. Avant que quiconque comprenne goutte à ce qui se passe ici, Tentris tombe sous l'influence de la Ténèbre et devient le centre culturel de l'Ordre de la Foi Future. L'Ordre tout entier, dans l'état de nos connaissances, est gouverné par des esprits synthétiques. Un gouvernement et une société composés uniquement de machines investit l'Empire de D'Rakan.

— C'est ce que pense le Central. Alors, où veux-tu en venir ? dit Merinda, haussant les épaules.

— A ceci : à l'époque, Tentris avait une population plutôt nombreuse. L'Ordre arrive, et tous les humains descendent d'un cran dans la bonne vieille chaîne alimentaire. Beaucoup de gens ont dû se soumettre à la domination des esprits synthétiques, mais l'humanité n'a jamais été très forte pour jouer les seconds violons. Il était inévitable qu'ils se rebiffent en fondant une organisation quelconque...

— Un mouvement de résistance ! sourit Merinda.

— J'ai essayé de communiquer avec les Bios pendant des années, mais ça s'est révélé impossible, dit pensivement Oscan. Il y a quand même quelques bribes d'informations que...

Quelque chose cogna bruyamment derrière eux.

Merinda se tourna vers le son. Une lourde table, un pied cassé remplacé par une pile de livres, se dressait au centre de la scène. Près de la table, un homme corpulent, large d'épaules, le visage dur et les bras puissants, montrait une porte de guingois derrière lui.

— Que tous ceux qui sont présents entendent ! dit l'homme. Avancez, et vous serez jugés coupables !

Une mince silhouette spectrale émergea de l'obscurité, ses yeux flamboyants profondément enfoncés dans les orbites. Merinda le regarda approcher de la table avec curiosité. Il avait quelque chose de terriblement familier — quelque chose venu d'un lointain passé — mais qu'elle ne parvenait pas à situer.

— Suis-je mise en accusation ? demanda Merinda.

— Non, ricana l'homme efflanqué en s'asseyant à la table. Tu as déjà été jugée et condamnée, semble-t-il. Toute la population a été tirée de son misérable sommeil pour te débusquer. Si tu es recherchée à ce point-là, tu peux être sûre que tu es déjà condamnée.

Merinda réfléchit un moment à ces paroles.

— Cela fait de moi une criminelle recherchée. Qu'est-ce que ça fait de toi ?

— Moi ? dit l'homme, avec un sourire qui lui donna l'aspect hideux d'une tête de mort. Mais je suis ton dernier espoir ! Pense à moi comme à une cour d'appel définitive. Tu peux me donner une raison de ne pas te livrer immédiatement à l'Ordre, et nous verrons si nous pouvons commuer ta sentence.

Oscan balbutia soudain :

— Primla ?

L'homme cadavérique se leva brusquement renversant sa chaise qui tomba bruyamment. Dans toute la salle, les Bios bondirent sur leurs pieds, tirant leurs armes.

Oscan ne vit rien. Son esprit était rivé à une idée, si fasciné qu'il ne pouvait s'en détacher.

— Est-il possible que tu sois Primla ?

— Où as-tu entendu ce nom ? dit l'homme d'une voix qui tremblait légèrement.

— Par tous les dieux ! dit Oscan, s'avançant vers la table avec un grand sourire. Voilà deux ans que j'essaye de te contacter ! Comme ça fait plaisir de te revoir après si longtemps ! Je te serrerais bien la main, mais comme tu peux voir, les miennes sont attachées pour le moment...

— Je ne te connais pas, dit Primla, méfiant. Qui es-tu ?

— Tu ne me connais pas ? dit Oscan, vaguement perplexe. Bien sûr que tu me connais. Je suis Oscan. Oscan Kelis ! Il y a huit ans, nous avons quitté la planète juste comme l'invasion commençait. Nous ne sommes pas allés loin — il y a eu un terrible accident — comment pourrais-tu l'avoir oublié ?

Le visage austère de Primla s'adoucit un peu.

— Oscan, dit Merinda, scrutant attentivement le visage de l'homme. Cet homme ne peut pas être Primla.

— Bien sûr qu'il peut ! contra Oscan. Tes propres rapports stipulaient qu'il était revenu, Merinda...

— Merinda ?

Le visage ascétique se tourna brusquement vers elle.

— Merinda Neskat ? *Vestis* Merinda Neskat ?

Merinda se redressa devant lui.

— Oui, je suis *Vestis* Neskat.

Un sourire se répandit lentement sur le visage de l'homme.

— Tu avais raison, *Vestis* Neskat. *E'toris Librae* Primla est rentré un an après l'accident de Tentris. Il avait de grands espoirs de rétablir les idéaux de la Citadelle de l'Omnet auxquels il était si attaché — et aussi de grands espoirs pour d'autres choses. Il a fondé les Bios. Il a lutté pour la dignité de la pensée humaine face à la subversion des synthétiques. Puis, au cours d'une opération destinée à reprendre le contrôle d'un transmetteur de l'Omnet, lui et son groupe ont été capturés et exécutés au cours d'une cérémonie publique. Il est resté suspendu par le cou pendant une semaine à la grande grille du Palais du Mystère Invisible avant que nous parvenions à récupérer son corps.

— Je suis... désolée... de l'apprendre, dit Merinda, baissant les yeux par respect pour les morts. Nous avions reçu quelques rapports, mais jamais confirmés. C'était un homme de valeur.

— C'était un grand homme et un bon père, dit doucement Primla.

Merinda releva les yeux.

— Je suis Reskat Primla, fils d'*E'toris Librae* Myran Primla, dit l'homme émacié, bien qu'au cours des ans nous soyons tous devenus ses fils et ses filles. Je porte son nom, mais nous continuons tous son œuvre.

Il se tourna vers l'homme corpulent debout à l'extrémité de la table et dit :

— Détache-les, Opey ; ils ont payé depuis longtemps le droit de se joindre à nous — comme ils le désirent sans aucun doute.

Merinda se pencha vers lui.

— Nous sommes en mission.

— Je m'en doutais, dit Primla avec un sourire entendu.

— Et nous avons besoin de votre aide, poursuivit Merinda.

Le sourire de Primla s'élargit encore.

— Je n'en doute pas non plus.

Chapitre 30

RESURRECTIONS

— Nous réinvestissons lentement la « Vieille Ville », comme nous l'appelons, dit Primla avec désinvolture, descendant un autre passage défoncé. C'est une entreprise difficile et dangereuse, et il faut procéder avec prudence, car les nouveaux bâtiments de Yarka pourraient s'écrouler sur nous. Bien sûr, notre plus grand problème a été de savoir où nous débarrasser des déblais.

Devant Merinda, l'homme arachnéen avançait avec une grâce arachnéenne. Elle avait depuis longtemps perdu toute notion du temps et de l'orientation dans ces tunnels. Elle entendait Oscan et Griffiths derrière elle. Elle savait aussi que des éclaireurs précédaient Primla, et qu'au moins un groupe de Bios fermait la marche. Leur cortège lui évoqua une file de chenilles processionnaires.

— Pourquoi dans ces souterrains ? demanda-t-elle, se glissant entre la paroi et un bloc rocheux qui obstruait presque toute la largeur du couloir. La vie doit y être au mieux difficile, et les dangers considérables.

— Oui, il y a des dangers : salles déblayées qui s'effondrent, manque de ventilation, nécessité de voler vivres et fournitures, sans parler des synthétiques de la sécurité qui s'aventurent de temps en temps dans les tunnels pour nous en extirper.

A l'intersection de cinq tunnels, Primla prit instantanément le second, comme s'il savait par où les éclaireurs étaient passés.

— Ils sont rapides et précis comme des mouvements d'horlogerie, ces synthés de la sécurité, mais en général, on s'arrange pour les éliminer avant qu'ils aient tué trop des nôtres.

— Alors, insista Merinda, pourquoi vivre dans ces souterrains ?

— Parce qu'ici, c'est nous qui gouvernons, dit Primla avec simplicité.

Merinda écarta de la main un rideau de racines suintantes.

— Vous n'aimeriez pas mieux...

— Ici, l'air ne sent peut-être pas très bon, mais il est à nous, dit Primla, se hissant dans une courte cheminée et franchissant une nouvelle ouverture. Crois-le ou non, mais on est plus en sûreté ici que dans la cité à l'air libre. La semaine dernière, le manque de nourriture a provoqué des émeutes dans les quartiers extérieurs. Apparemment, les synthétiques ont traité le problème exclusivement par la logique : étant donné que les émeutiers étaient dangereux pour les bâtiments et les biens, et que c'était le surpeuplement du secteur qui provoquait la pénurie de nourriture, ils en ont conclu que la solution consistait à éliminer tous ceux qui réclamaient à manger. Les chiffres sont imprécis, mais on peut avancer sans grand risque de se tromper que le nombre des victimes doit se situer entre cinq et dix mille. J'aimerais être plus précis, mais les synthés nettoient le terrain avec tant d'efficacité que nous n'avons pas eu le temps de compter les morts. Ah, nous y voilà enfin !

Merinda s'immobilisa derrière Primla dans une petite caverne naturelle. Des rangées de stalactites et de stalagmites s'alignaient comme des dents acérées sur le sol et le plafond doucement inclinés, fournissant des cachettes à des Bios lourdement armés et manifestement de garde. Le côté opposé de la caverne était scellé par un mur de grosse pierres taillées, parfaitement lisse, à part un trou percé à environ trois pieds du sol.

— Bienvenue à la porte oubliée du Palais du Mystère Invisible, dit Primla avec un sourire satisfait, contemplant le mur massif avec une fierté de propriétaire. Les murs de fondation et les communs du complexe ne s'enfoncent qu'à une vingtaine de pieds sous la surface, mais le palais proprement dit a de très profondes racines. Nous savons qu'elles descendent encore à au moins trente pieds au-dessous de l'endroit où nous sommes, et nous sommes déjà à cinquante pieds sous terre.

— Où est-ce que ça conduit ? demanda Merinda, montrant le trou perçant le mur.

— C'est la frontière entre mon univers et l'Ordre, dit Primla. Ce trou donne accès à un conduit de ventilation circulaire. Les bâtisseurs originels avaient besoin de larges conduits pour faire circuler le volume d'air nécessaire à la ventilation des secteurs inférieurs du palais. Quand le palais a été modernisé, on s'est servi de ces conduits pour faire passer un système de ventilation neuf et plus efficace, des câbles pour la distribution du courant, les communications, etc. Ils ont installé tout ça dans les anciens conduits, mais en laissant assez de place pour que les équipes de maintenance aient accès à tous les points du réseau. Ce passage mène à un conduit mineur, qui, à son tour, mène à un conduit transversal majeur. A partir de là, vous pourrez aller pratiquement n'importe où vous avez besoin d'aller.

— Là où j'ai besoin d'aller, dit Oscan, prenant l'arme qu'il avait passée à la bretelle, c'est la Chambre de la Pensée. Il y a là un chercheur...

— Bien sûr, dit Primla, avec un sourire malicieux. La Sibylle de l'Invisible.

Surpris, Oscan saisit le bras de Primla.

— Tu la connais ?

Primla, avec un dédain appuyé, ôta la main d'Oscan de son bras.

— Non, je ne la *connais* pas — mais à ma connaissance, personne ne l'a jamais vue. On dit qu'elle gouverne totalement la Chambre de la Pensée. Personne n'est autorisé à y entrer, du moins à ce qu'on dit, sauf ses serviteurs synthétiques. On raconte aussi que son visage est si hideux que personne ne peut la regarder sans mourir.

Neskat leva brusquement les yeux de l'arme qu'elle préparait, l'air incrédule.

— Tu veux me faire croire que cette Sibylle n'est pas un synthétique ? Que nous essayons d'obtenir des informations d'une personne comme nous ?

Primla haussa un sourcil étonné.

— Ça te pose un problème ?

— Non, répondit Neskat, avec un regard accusateur à Oscan. Mais j'aimerais savoir ce qui m'attend — je n'aime pas les surprises.

— Neskat, dit Griffiths, lorgnant le trou du mur, sommes-nous vraiment obligés d'aller voir cette Sibylle ? On ne pourrait pas lui téléphoner, par exemple ?

Primla sourit devant le malaise du Terrien.

— Quoi que vous fassiez, vous avez toutes les chances d'être morts avant d'atteindre la Chambre de la Pensée. A ta place, je ne m'inquiéterais pas, barbare !

Griffiths haussa les épaules et se dirigea vers le trou d'un pas traînant.

— Si seulement ils arrêtaient de m'appeler comme ça ! grommela-t-il.

— Comment peut-on arriver jusqu'à elle ? demanda sèchement Merinda, impatiente d'en finir.

— Suivez le conduit à gauche jusqu'à l'intersection avec le conduit principal sur votre droite. C'est le conduit transversal. Suivez-le jusqu'à la cheminée principale, puis prenez le troisième conduit sur la droite. Ce devrait être à une trentaine de mètres en descendant la cheminée.

— Devrait être ? répéta Merinda, haussant les sourcils.

— C'est que... nous n'y sommes jamais allés, dit Primla, haussant les épaules.

— Merci, Reskat Primla, dit Merinda d'un ton définitif. A l'attitude de tes gardes, je suppose que nous ne nous reverrons pas ?

— Exact, dit Primla d'un ton égal. Quand vous aurez passé cette brèche, vous serez dans le royaume de l'Ordre, et livrés à vos propres moyens. Quiconque revient par ce trou sera tué à vue par mes hommes — quels qu'aient été leurs rapports avec mon père.

Le labyrinthe des tuyaux se prolongeait apparemment à l'infini, tous semblables et pourtant déconcertants dans leur diversité. Tout paraissait simple quand Primla avait indiqué le chemin à Merinda, mais maintenant, Oscan se sentait complètement perdu.

Il était si près du but, sentait-il au plus profond de son être. Il avait passé les huit dernières années à tamiser les montagnes de mensonges et de communications fausses pour recueillir les rares grains de vérité qui pourraient lui apprendre le sort de son amour perdu. Il avait pratiqué tous ces merveilleux petits arts dont s'enorgueillissaient les *Atis Librae*, pour arriver à une moisson de faits dérisoire qui n'avait rien fait pour dissiper les ténèbres de son âme. Maintenant, il était là, au cœur même de ce qui avait détruit sa vie et ses rêves. La Sibylle était proche, la Sibylle connaissait la réponse.

Il ne se faisait aucune illusion sur cette « mission ». Merinda l'avait traîné sur Tentris en lui promettant qu'il trouverait sa réponse. Il avait rempli sa part du marché : il les avait mis en rapport avec les Bios, et maintenant, ils étaient à l'intérieur même du palais. Il avait fait ce que voulait cette femme haïssable, et maintenant, il allait toucher sa récompense. Il savait qu'ils n'en sortiraient pas vivants, qu'il avait seulement quelques minutes avant que les hordes de l'Ordre ne descendent sur lui. Ces quelques minutes lui donneraient peut-être sa réponse. Et une fois qu'il l'aurait, il pourrait mourir.

Tout ce qu'il lui fallait, c'étaient ces quelques minutes.

Neskat fit glisser une large grille avec une patience infinie. Oscan se frottait les mains, s'efforçant inconsciemment de dissiper son impatience croissante et l'adrénaline qui se déchargeait dans ses veines.

— C'est un conduit de ventilation, chuchota-t-elle, levant les yeux vers une lointaine lumière. Une étroite passerelle en fait le tour et je vois sur la droite l'ouverture dont Primla nous a parlé. Suivez-moi, on y est presque.

On y est presque ! Oscan eut du mal à contenir son excitation. Il s'engagea vivement derrière Merinda sur l'étroite passerelle faisant le tour du conduit de trente pieds de diamètre. Au-dessus de leurs têtes, de grandes pales tournaient dans le conduit, poussant l'air vers eux en un flot lent et continu. Il ne voyait pas le fond du conduit, ce qui le mettait mal à l'aise. Merinda avait déjà atteint une nouvelle grille métallique fermant la troisième cheminée sur leur droite. Elle tira dessus avec précaution.

La grille ne bougea pas.

Elle tira plus fort. Toujours rien.

— Tu es sûre que c'est la bonne ? demanda Griffiths, émergeant du conduit derrière Oscan. Il y avait deux cheminées derrière nous qui pourraient...

— Non, dit Merinda, s'essuyant la bouche du revers de la main. C'est ici.

— Bon, peut-être que tu ne tires pas assez fort, dit Oscan,

passant devant la *Vestis* pour examiner de plus près la grille récalcitrante.

— Non, je tire fort, mais elle est scellée ! Le loquet est soudé en position fermée, répliqua Merinda.

— Les autres n'étaient pourtant pas scellées ! dit Oscan avec indignation.

— Eh bien, celle-ci l'est, dit Merinda, montrant le raccord. Il va falloir trouver quelque chose pour scier la soudure ou la grille elle-même. Ça va prendre du temps, et il faut dénicher un trou où se cacher jusqu'à ce qu'on se procure un outil.

— Ça alors ! dit Oscan, incrédule.

— Tu ne peux pas faire un petit tour de magie, comme sur le vaisseau des Irindris ? demanda Griffiths.

— La région quantique ne s'y prête pas, Griffiths, dit Merinda, réfléchissant. La magie ne marche pas ici. Bon sang, ça pourrait nous prendre des jours...

— *Non !* hurla Oscan.

— Oscan ! dit Merinda, pivotant vers lui. Tais-toi, ou tu vas attirer toute...

Oscan avait pris son arme à plasma pulsé à son épaule.

— On est si près ! dit-il, les mains tremblant de rage. On est si près !

— Oscan ! dit Merinda, paniquée. Non !

Oscan pressa la détente. Il voulait la relâcher doucement, de façon contrôlée, mais l'arme n'était pas conçue pour ça : quatre explosions jaillirent du canon avant qu'il n'ait pris conscience que l'arme tirait. L'onde pulsante d'un bleu éblouissant frappa la soudure de plein fouet, chauffant si rapidement le métal qu'il se vaporisa.

La grille s'ouvrit d'elle-même, cognant Merinda et Griffiths qui tombèrent sur l'étroite passerelle.

Oscan n'entendit ni les jurons de Merinda ni le tintamarre des alarmes résonnant dans la cheminée. Il ne vit pas Griffiths glissant de la passerelle dans l'abîme. Tout son univers était concentré sur la cheminée soudain ouverte et sur le repos espéré de son âme avant la mort maintenant inévitable.

Oscan plongea dans le conduit, avalé par l'obscurité. Il rampa à l'aveuglette dans l'étroit boyau, le visage inondé de larmes. *Si près*, pensait-il, cette idée lui martelant la tête et effaçant toutes les autres. *Si près, si près.*

Soudain, le sol se déroba sous ses pieds. Il réalisa, trop

tard, qu'il devait être passé sur une grille ouverte. Il tomba sans un cri, et atterrit douloureusement sur un sol dallé. Il roula lentement sur le dos, sanglotant doucement comme un enfant.

— Qui vient ?

La voix métallique résonna dans la pièce.

Oscan se retourna, s'efforçant désespérément de réprimer les sanglots qui le secouaient encore. Il était tombé au pied d'un escalier qui montait en s'éloignant de lui, réalisa-t-il. En haut flottait un trône à l'intérieur d'une sphère. La silhouette dorée d'une femme était assise sur le trône, les membres aussi fixes et immobiles que le masque lui servant de visage. Partant du trône dans toutes les directions, des banques de fichiers et de données.

— Sibylle ? dit-il, avec espoir et crainte à la fois. Es-tu la Sibylle ?

— Je suis la Sibylle, dit la voix rauque et déformée. Qui vient troubler ma solitude ?

— S'il te plaît, Sibylle, j'ai très peu de temps, dit Oscan. Je serai mort bientôt, mais je te supplie de me donner une seule réponse pour que mon âme connaisse la paix avant que tu prennes ma vie.

— Quelle est ta question ? demanda la Sibylle.

— Il y a huit ans, le soir de l'invasion, un seul vaisseau s'échappa de la Citadelle — il s'appelait le *Khindar* — avec un *Vestis Inquisitas* et plusieurs *Atis Librae* originaires de...

— Queekat Shn'dar, récita la Sibylle d'un ton triste. Myran Primla, Merinda Neskat, Oscan Kelis...

— Oui ! dit Oscan en un souffle, émerveillé. Oui, Sibylle ! Je suis Oscan Kelis !

— Oscan ! s'écria la Sibylle avec une incrédulité métallique.

— Oui, Sibylle ! Je suis le même Oscan !

Incroyablement, quelques instants passèrent avant que la Sibylle ne reprenne.

— Quelle est ta question, Oscan ?

La bouche d'Oscan s'était desséchée. Le moment était venu, et il ne savait pas de combien de temps il disposait avant que n'arrivent les soldats ou tout autre système de sécurité de l'Ordre.

— Sibylle, dit-il à travers ses larmes, quel fut le destin de Terica Dharah ?

Terica se retourna sur son siège. Le module-cargo avait cessé de tirer du plasma. Quelques instants plus tard, une silhouette émergea de l'écoutille toujours ouverte. Elle reconnut l'uniforme des troupes d'assaut du D'Rakan, se demandant pourquoi il portait son paquetage de campagne en se faufilant dans l'écoutille. C'est alors que Terica vit l'arme d'assaut que l'envahisseur portait dans son dos, et, sans réfléchir, elle passa à l'action.

D'une poussée, elle quitta son fauteuil d'accélération et atterrit les deux pieds sur la cloison arrière. Le soldat essayait d'attraper Queekat de l'autre côté de l'écoutille. Terica reprit son équilibre en s'appuyant à la paroi qui accélérait toujours, saisit l'arme à deux mains et tenta de la dégager. Mais l'arme résista. Elle écarta les pieds, s'arc-bouta, et tira plus fort.

Il y eut une explosion, et sa mémoire ne fut plus qu'un tourbillon d'impressions et de fragments. Le vaisseau s'éloignait dans la nuit froide en accélérant toujours. Elle croyait se souvenir qu'elle suffoquait. Puis elle fut à l'intérieur du module-cargo qui amorçait sa longue chute tourbillonnante vers le sol dur de Tentris. Son bras gauche était grièvement fracturé, mais elle trouva deux sauteurs gravifiques militaires dans le module, et parvint à en enfiler un. Elle se demanda fugitivement ce qu'ils faisaient là. Elle avait inspecté le module juste avant le décollage, et ils n'y étaient pas. Puis elle se trouva coincée dans l'écoutille du module, accrochée à quelque chose dont elle s'efforçait de se libérer. Le sauteur gravifique fonctionna au dernier moment, l'arrachant au module — mais pas à l'impact. Le module explosa sous elle, la criblant de bouts de métal tordus. Son dernier souvenir de la chute, c'était le sauteur la déposant doucement dans un enfer au moment où le fioul résiduel du module explosait à l'impact, enflammant tout dans un rayon de cent mètres.

Quand elle se réveilla, la femme qu'elle avait été n'était plus. L'Ordre était parvenu à la sauver. Sa magnifique chevelure avait brûlé, ne laissant qu'un crâne chauve couturé de cicatrices. Les tendons de son visage étaient sectionnés, rendant impossible toute parole intelligible. Le feu lui avait pratiquement brûlé les yeux, scellé les paupières. Ses bras balafrés étaient sans force, ses jambes inutilisables.

Elle aspira à la mort, mais tel ne fut pas son destin. L'Ordre lui réservait un emploi, car l'Ordre ne jetait jamais qui pût lui être utile. C'est ainsi qu'on lui construisit une coquille de soutien — un sarcophage pour une vivante. Son réseau de bioliens stimulait les implants corticaux qu'on avait inséré dans ses orbites. A travers son corset métallique, les bioliens lui donnèrent une voix qui était presque humaine. Enfin, on posa son sarcophage sur un trône flottant pour qu'elle puisse vagabonder sans assistance dans les archives de la connaissance et de la pensée. Elle seule connaissait la vérité sur l'Ordre, les raisons de son existence, l'identité des Sentinelles, et les raisons pour lesquelles ils l'avaient sauvée. Elle était la pierre de touche, le seul îlot de vérité dans une mer de mensonges, car il était parfois utile aux Sentinelles de connaître la vérité.

Elle était la Sibylle.

Aussi, quand Oscan Kelis apparut devant elle, les restes brisés de Terica Dharah à l'intérieur de sa coquille d'or auraient pleuré s'ils l'avaient pu. Mais les larmes ne vinrent pas. Elle n'avait plus d'yeux, et pourtant, elle ne voyait que trop bien.

Je suis là, Oscan, pensa-t-elle avec une douleur infinie. *Tu bégayais d'émotion à ma vue, cher, doux ami. Que penserais-tu de moi maintenant ?*

— Terica Dharah est morte ! psalmodia la voix métallique après un long silence. Elle est morte le jour même, des blessures subséquentes à l'accident du *Khindar*.

Oscan prit une inspiration saccadée.

— Comment est-elle morte ?

— Les archives scellées de l'Ordre indiquent qu'elle a dû perdre connaissance peu après la décompression explosive du *Khindar*. Le site de l'impact a subi un examen approfondi, mentit la Sibylle. Elle n'a pas souffert.

Oscan s'assit sur l'escalier montant vers la Sibylle. Il avait sa réponse — il n'avait plus rien à faire qu'à attendre sa propre mort.

— Pourquoi cette Terica est-elle si importante pour toi, Oscan Kelis ?

Oscan sourit tristement à part lui.

— Parce qu'elle était la femme la plus belle que j'aie jamais connue.

— Oui, psalmodia la Sibylle d'une voix rauque, nos archives visuelles montrent qu'elle avait dû être très belle.

— Les archives visuelles ? dit Oscan, secouant la tête avec tristesse. Oui, elle était belle, personne ne peut le nier. Les dieux eux-mêmes savent qu'elle faisait tourner toutes les têtes quand elle entrait dans une pièce, mais ce n'est pas cela qui lui donnait sa beauté. Elle avait un esprit brillant et un merveilleux sens de l'humour. Je l'avais vue une fois au cours de vacances ici, sur Tentris. J'ai dû la regarder une heure avant qu'elle ne s'aperçoive de ma présence. Je l'aimais passionnément, même alors, mais je savais qu'elle était trop bien pour moi. J'étais tellement embarrassé qu'elle m'ait vu dans la salle des jeux...

— Tu as trébuché sur une chaise, dit la Sibylle.

— Non, c'était une table, répliqua Oscan.

— Tu avais l'air d'un idiot.

— J'avais l'air d'un...

Oscan cligna des yeux.

— Tu dois partir immédiatement, Oscan Kelis, dit la Sibylle, d'un ton peut-être un peu trop précipité. Les redoutables gardes TyRen sont prévenus de ta présence et seront ici dans quelques minutes.

— Sibylle, je connais un peu ton histoire, dit Oscan en choisissant ses mots tout en se tournant face à la femme d'or. On entend parler de toi depuis sept ans seulement. Où étais-tu avant ça ?

— Je n'existais pas — j'ai été fabriquée !

— Non ! s'écria Oscan, commençant à gravir les marches. Trop d'indices donnent à penser que les Sentinelles sont humaines. Elles ne confieraient pas de telles vérités à des machines qu'elles ont elles-mêmes corrompues. Non, Sibylle, tu es humaine malgré ton enveloppe d'or et ton trône flottant !

La voix de la Sibylle résonna avec force dans la salle.

— Tu te trompes, Oscan Kelis. Je suis mon propre commencement !

— Oscan ! cria Merinda au-dessus de lui, tandis que Griffiths la descendait doucement dans le conduit de ventilation.

Il faut sortir d'ici ! Demande les coordonnées d'Avadon et partons !

Oscan continua à monter, sans se soucier de Merinda.

— Certains rapports parlent d'humains grièvement mutilés, soignés dans des installations médicales de l'Ordre. Mais ils ne nous ont jamais conduits nulle part.

— Stop, Oscan Kelis, dit la Sibylle.

— Que crains-tu, Sibylle ? dit Oscan, atteignant le trône flottant.

Merinda était maintenant au pied de l'escalier.

— Oscan, qu'est-ce que tu fais ? Demande les coordonnées et sortons d'ici !

Oscan tendit la main et ouvrit les deux loquets fixant le casque de la Sibylle.

— Non, Oscan ! s'écria la Sibylle. Je t'en supplie !

Merinda monta l'escalier en courant.

— Oscan, ils seront là d'un instant à l'autre !

Oscan serrait les dents. Il ouvrit les derniers loquets et arracha le casque de la Sibylle.

— Par tous les dieux ! murmura Merinda, horrifiée.

La tête déformée, balafrée, se renversa en arrière, bouche béante.

Un cri parti de l'âme résonna dans la vaste salle.

Soudain, le son mourut.

Oscan effleura tendrement la joue torturée.

— Terica, ne pleure pas. C'est fini maintenant ; nous sommes venus pour toi.

Merinda la considéra, frappée de stupeur.

— Terica ?

La tête difforme se tourna dans sa direction.

— Merinda ? dit-elle.

— Par tous les dieux, murmura Merinda. Elle est vivante Oscan ! Tu l'as retrouvée !

— Oui, Oscan, tu m'as retrouvée, dit Terica. Maintenant, je vous en prie, partez tous. Laissez-moi ici — c'est la seule vie qui me reste.

— Non, Terica, dit Oscan. Nous sommes venus pour te ramener à la maison.

— Oscan ! sanglota Terica sans verser de larmes. Ma maison, c'est ici ! Au-delà de cette pièce, je n'ai pas d'yeux, pas de membres fonctionnels — pas de vie !

Le chercheur tendit la main et caressa doucement la joue mutilée.

— Terica, je connais un endroit d'une beauté indicible. Dans des montagnes écartées, loin de tous les curieux. Permets-moi de le partager avec toi, Terica. Permets-moi d'être tes membres, et nous nous promènerons ensemble dans les grasses prairies.

— Tu ne comprends pas, dit-elle, l'élocution maintenant indistincte sans le soutien des mécanismes du casque. Ils ne me laisseront jamais partir. Je connais leur identité ! Je sais quels sont leurs projets ! Je t'en supplie — pour l'amour de moi — remets-moi le masque et laisse-moi ici !

Oscan arrêta sa caresse et abaissa la main. Il sentait l'émotion de Terica à être touchée, aimée une fois de plus.

— Terica, je vais replacer ton casque — mais je ne te quitterai plus jamais.

Griffiths venait de sauter à terre, quand les grandes portes de la salle commencèrent à s'ouvrir.

— Euh... *Vestis* Neskat, je crois qu'on a de la compagnie !

Merinda descendit vivement l'escalier.

— Oscan ! Emmène Terica et le barbare ! Trouve un autre chemin pour sortir d'ici ! Je vais les retenir aussi longtemps que je pourrai !

Une haute silhouette en longue robe entra, seule. Merinda prépara son arme.

— J'ai choisi cet endroit pour mourir, Sentinelle ! Tu veux mourir avec moi ?

— Je pense que ce ne sera pas nécessaire, dit l'homme en robe longue, rabattant son capuchon en arrière. Salut, Rini, ajouta-t-il. C'est bon de te revoir.

Merinda abaissa son arme.

— Salut, Kat, répliqua-t-elle d'une voix tremblante.

Chapitre 31

EPREUVES ET TENTATIONS

Le Palais du Mystère Invisible était peut-être bien plus récent que les ruines de la Vieille Ville, maintenant souterraine, mais il était quand même très ancien comparé à la nouvelle cité de Yarka déployée autour de lui. Les tubes élévateurs avaient été installés à l'intérieur des anciennes cheminées élévatrices verticales, et n'assuraient donc pas les déplacements horizontaux. Merinda dut donc couvrir à pied les cinquante pieds séparant le tube des appartements de Queekat. Son esprit était en ébullition, son univers avait basculé, ses jambes semblaient avoir perdu leur force.

Queekat la rattrapa juste avant qu'elle ne tombe, l'enveloppant dans l'ombre perpétuelle qui paraissait l'accompagner partout où il passait. Merinda lui en voulut de son aide — et d'autant plus que cette aide était nécessaire. La rage, la confusion, l'espoir et le ressentiment rivalisaient dans son esprit, paralysé par un tourbillon d'émotions et de pensées conflictuelles. Même son propre corps ne semblait plus sous son contrôle, ce qui accroissait encore sa fureur.

Queekat la guida à travers le mur — porte invisible conçue comme une paroi fermant le couloir luxueusement décoré. Une partie de l'esprit de Merinda lui cria un avertissement : la porte n'était que temporairement perméable — elle pouvait se solidifier selon la volonté de Queekat, et une fois qu'elle l'aurait franchie, il y avait peu d'espoir que quiconque la retrouve. Mais telle était sa confusion mentale qu'elle ne parvenait pas à choisir entre la captivité et l'évasion. Un instant plus tard, la porte était franchie, et elle l'entendit se solidifier derrière elle avec un bruit mat ; elle était prise au piège.

En fait de cage, se dit-elle, c'était une cage magnifique. La salle où elle se trouvait devait faire cinquante pieds de long, avec des murs hauts de vingt pieds soutenant un plafond à caissons. Une immense cheminée occupait le centre du long mur sur sa gauche, dont le manteau décoré de bas-reliefs encadrait un brasier d'énormes bûches. Des fauteuils sculptés étaient disposés par petits groupes devant le feu. Au-delà, à l'autre bout de la pièce, un immense bureau se dressait devant trois grandes portes-fenêtres. Des voilages tirés sur les vitres tamisaient la lumière du soleil. Des portes voûtées — l'une au-delà de la cheminée, l'autre en face, sur le mur opposé — donnaient accès aux autres pièces.

Sans cesser de la soutenir, Queekat conduisit Merinda à un grand et luxueux fauteuil devant le feu. Puis il lui allongea les jambes sur une ottomane, et enfin il se redressa et resta debout devant elle.

Merinda leva les yeux sur son visage. Plus vieux, certes, plus mûr aussi, mais c'était toujours le même visage anguleux à la mâchoire carrée — les mêmes cheveux noirs et bouclés, que le temps et les années n'avaient pas blanchis. Et plus encore, c'étaient toujours les mêmes yeux de granit profondément enfoncés dans les orbites. Elle les fixa, le regard plein de questions qu'elle devait poser mais qu'elle n'osait pas formuler.

Queekat détourna la tête.

— Qu'est devenue ton ombre ? demanda Merinda, hésitante, cherchant toujours une assise mentale solide qui lui permettrait de réfléchir.

Elle vit Queekat baisser les yeux et sourire.

— C'est une petite comédie que nous jouons pour notre public extérieur. En fait, ce n'est même pas une idée à nous. L'ombre processionnaire a été crée par les synthétiques eux-mêmes en signe de respect. Ici, nous sommes dans mes appartements ; je peux y être un peu plus détendu.

Un silence gêné tomba entre eux. Il y avait tant à dire que ni l'un ni l'autre ne semblait avoir envie de commencer.

— Voudrais-tu quelque chose à boire ? proposa Queekat, se dirigeant vers un cabinet sur le côté de la salle. Ou à manger ?

— Non, répondit Merinda.

Queekat haussa les épaules, et, prenant un luxueux flacon plein d'un liquide ambré, il se servit un verre. Il contempla le liquide, détournant de nouveau de Merinda le visage et les yeux.

— « C'est notre propre univers », as-tu dit.

— Qu'est-ce que c'est que ça ? dit Queekat, se tournant vers la voix.

— Tes propres paroles. « C'est notre propre univers », dit-elle, les yeux fixés sur un passé depuis longtemps disparu. « J'ai renvoyé l'autre. » Tu m'as dit ça quand nous étions au Colisée, Kat. Puis tu m'as demandé de te reprendre, et je suis tombée dans tes bras.

— C'était il y a longtemps, dit Queekat.

Merinda eut un sourire douloureux.

— Cela aussi, tu me l'as déjà dit.

— Tu sembles avoir bien réussi, dit Queekat, plus pour lui, semblait-il, que pour elle.

— Réussi ?

Les yeux de Merinda, pleins de souffrance et de rancœur, se fixèrent sur Queekat. Et à chaque parole, sa voix s'enflait un peu plus d'amertume.

— Non, Kat, je n'ai pas « réussi » au cours de ces huit années. Nous étions enlacés dans cet univers parfait que tu avais créé pour nous au Colisée, pendant que le monde tombait sous la terreur de l'Ordre ! Je pensais t'avoir retrouvé, que ma vie était accomplie ! dit-elle d'une voix tremblante, incapable de contenir sa rage. Et trente minutes plus tard, je t'ai regardé mourir, Queekat ! J'ai vu pour la première fois la scène qui hante mes jours et mes nuits sans sommeil depuis huit ans ! J'ai regardé ton corps flotter hors du vaisseau, tomber en tourbillonnant vers la surface de ce monde maudit, et toutes les nuits je me réveille en poussant le même hurlement !

— J'ai fait ce qui devait être fait, Rini, dit simplement Queekat, espérant que son calme parviendrait à l'apaiser. Tu dois comprendre... ajouta-t-il, faisant un pas vers elle.

— *Comprendre !* hurla Merinda.

Le mot se termina en cri primal tandis qu'elle se levait et bondissait sur Queekat à une vitesse fulgurante.

Queekat contra aussi vite qu'il le put, surpris par la soudaineté et la violence de l'attaque. Son verre s'envola de sa main, se fracassa sur les dalles, tandis qu'il saisissait les bras de Merinda et la tournait vers lui. Il lui immobilisa les bras dans le dos et la souleva du sol, espérant que ses pieds ne rencontreraient rien sur quoi ils pourraient s'appuyer pour la libérer. Elle se débattait comme une bête sauvage. Ses jambes battaient l'air. Son corps se tordait dans ses bras. Sa tête ballottait dans tous les sens. Queekat avait du mal à la maîtriser.

Soudain, elle se détendit, sanglotante.

— Rini, calme-toi, mon enfant, dit doucement Queekat à son oreille.

— Je t'aimais, Kat, sanglota Merinda. Je t'aimais, et tu m'as abandonnée.

Queekat se laissa tomber sur le tapis avec elle, l'entourant toujours de ses bras.

— Essaye de comprendre, Merinda ; il fallait que je te quitte.

Merinda secoua la tête, projetant ses larmes autour d'elle.

—Tu ne m'as pas emmenée avec toi ! s'écria-t-elle, d'un ton à la fois accusateur et interrogateur.

— Là où j'allais, tu ne pouvais pas venir, dit-il doucement.

— Parce que je n'étais pas assez bien pour toi, dit-elle en frissonnant. Parce que je t'avais failli.

— C'est cela que tu penses ?

Queekat la lâcha doucement.

— Non, Merinda. Je t'ai quittée parce que c'était pour moi la meilleure façon de mourir et d'être sûr que personne ne mettrait ma mort en question pendant très, très longtemps. Serais-tu étonnée si je te disais que j'ai lu tes rapports sur le sujet avec un grand intérêt : tu as été des plus convaincantes avec le *Vestis Inquisitas* chargé de ton débriefing. C'est sur ton honnêteté et ta conviction que nous devions compter.

— « Que nous devions compter », répéta Merinda. Compter pour quoi faire ?

— Compter pour mon évasion, Rini.

Queekat se leva, et, prenant les mains de Merinda dans les siennes, il la remit debout et la conduisit de nouveau à son fauteuil.

— Nous sommes sur le point d'instaurer un nouvel ordre dans la galaxie, Rini. Nous y travaillons depuis huit ans, et maintenant, nous sommes très près d'en faire une réalité.

Il s'assit dans un fauteuil en face de Merinda. Elle attendit qu'il ait rassemblé ses idées.

— Je t'avais dit qu'un jour les étoiles seraient à nous, dit-il enfin.

— Non, tu as dit « à moi », pas « à nous », rectifia Merinda.

— Je voulais dire « à nous » — et elles *sont* à nous, Rini, ou le seront bientôt.

Il contempla ses mains, puis il reprit :

— Il existe une organisation...

— Oui, opina Merinda, l'Ordre de la Foi Future.

Queekat secoua la tête.

— Non, Rini — il n'en constitue qu'une partie. Vous pensez que les Sentinelles sont juste les quelques chefs de cet Ordre qui dirigent les flottes spectrales et l'expansion de la Ténèbre —, n'ait pas l'air si surpris, Rini, j'ai accès aux communiqués de l'Omnet. Les Sentinelles ne sont pas seulement quelques humains qui se promènent en robes longues suivis partout par une ombre noire. Les Sentinelles sont bien davantage. Nos membres ne sont connus que de nous. Nous sommes présents dans toute la galaxie, Merinda. En ce moment même, nos agents opèrent partout où l'on trouve l'Omnet.

— Comment est-ce possible ? demanda Merinda.

— C'est possible, parce que nous sommes issus de l'intérieur de l'Omnet lui-même, dit Queekat en souriant. Dans l'organisation, certains croient que le pouvoir de l'information pourrait être mieux employé que ne le font les Neuf Oracles. Il y a de la puissance — une vraie puissance — dans l'Omnet, mais les Oracles n'ont ni la volonté ni la clairvoyance de l'utiliser.

— J'en conclus donc, dit Merinda en croisant les bras, que les Sentinelles l'utilisent.

— Exactement, dit Queekat. Cela a commencé par une association assez lâche d'*Atis Librae*, il y a une quinzaine d'années — tu sais, les trieurs mécontents de la façon dont ils travaillaient. Ils ont pris l'habitude de se réunir pour se confier leurs griefs, n'ayant aucun pouvoir pour changer le cours des choses. Ils se sont donné le nom de Sentinelles, essentiellement parce qu'ils se concevaient comme les gardiens de quelque morale ou vérité supérieures. Puis, il y a une dizaine d'années, un *Atis Librae*, quelque part aux frontières de l'Empire de Pluziach, a enquêté sur quelques rapports faisant état d'une maladie des synthétiques apparue sur une planète appelée Exos Sept. Un devin de cette planète avait posé une série de questions aux synthétiques locaux et les avait apparemment corrompus.

— La doctrine, dit Merinda.

— Oui, la doctrine, acquiesça Queekat, bien qu'ici, nous l'appelions plutôt l'Article Premier de la Sagesse. Il se trouve que l'*Atis Librae* enquêteur faisait partie des Sentinelles, et il mit le groupe au courant. Là se trouvaient pour eux la possibilité d'un pouvoir réel, l'occasion de faire une différence. Depuis lors, les Sentinelles travaillent avec prudence à subvertir l'Omnet en cooptant ses communications et ses informations par l'intermédiaire d'esprits synthétiques compromis.

— Qu'est-ce que tout cela a à voir avec toi ? demanda Merinda. Qu'est-ce que ça a à voir avec nous ?

— J'étais Sentinelle quand nous nous sommes rencontrés, expliqua Queekat. Lors de ma précédente affectation, un ami m'y avait fait entrer. A l'époque, c'était juste intéressant et un peu aventureux d'appartenir à une secte secrète. Mais j'y vis bientôt l'occasion de faire une différence : je devins *Vestis*, et j'eus accès à toutes les informations des Oracles. Finalement, les Sentinelles décidèrent qu'il était temps d'établir une base permanente à partir de laquelle ils pourraient répandre la corruption des esprits synthétiques et acquérir un marchepied pour contrôler plus ouvertement la galaxie. Les Sentinelles décidèrent que Tentris offrait les meilleures possibilités de déstabilisation, de même que la meilleure position en dehors des grands empires, pour commencer dans de bonnes conditions. Toutefois, pour que tout marche bien, il leur fallait un expert en esprits synthétiques, capable de communiquer la doctrine, comme vous dites, au spectre de synthés le plus large possible. C'est alors qu'ils ont arrangé ma dernière mission pour les *Vestis*. Les Oracles n'ont jamais soupçonné la ruse ; la mission paraissait légitime parce que les Sentinelles avaient manipulé l'information de sorte que la seule conclusion à en tirer, c'était de m'y faire participer à cause de mon expertise des bioliens.

— Une minute, dit Merinda, l'interrompant de la main. Ça n'a pas de sens. L'*E'toris Vestis* pouvait t'y envoyer avec tous les talents et connaissances requis, mais tu les perdrais après la mission.

— C'est bien là l'intéressant, dit Queekat, se penchant vers elle. Et si je ne revenais pas de la mission ?

— Alors, les *Vestis Inquisitas* partiraient à ta recherche.

— Mais s'ils savaient déjà qu'ils ne me retrouveraient pas ? dit Queekat, souriant derrière son regard granitique. S'ils savaient déjà que les recherches se solderaient par un échec ?

A travers lui, Merinda fixa un point très loin de ses mâchoires carrées.

— Et s'ils pensaient que tu étais mort ? dit-elle doucement.

Queekat opina lentement.

— C'est donc moi, dit-elle.

Queekat opina de nouveau.

— Je leur ai dit que tu étais mort, dit Merinda, secouant la tête, incrédule. Je me suis assise devant les *Vestis Inquisitas*, et j'ai pleuré ta perte. Tous les survivants de ce vol ont comparu à leur tour devant les *Vestis*, et juré qu'ils t'avaient vu tomber vers ta mort. Nous avons fait un numéro très convaincant.

— Seulement parce que vous croyiez à la vérité de ce que vous disiez, dit Queekat, se levant et regardant dans sa direction. Maintenant, toi aussi tu es venue à la Ténèbre, cet endroit où l'Omnet n'a plus ni pouvoir ni autorité. Toi aussi, tu es venue pour disparaître, Merinda Neskat.

Elle leva la tête et le regarda dans les yeux.

— Ta mission ici n'est pas un accident, Merinda, pas plus que ne l'était la mienne il y a huit ans. Les Sentinelles ont présenté les informations de telle sorte que toi seule pouvais être choisie pour cette mission, la plus importante de toutes.

— Que veux-tu dire, Kat ?

— Le téléchargement du biolien avant la mission contient tout ce que sait l'Omnet sur le Manteau de Kendis-dai. Tu m'as apporté ces connaissances, Rini. Au moment où nous parlons, les flottes spectrales suivent les cités-vaisseaux des Irindris dans leur vol vers Avadon. Bien sûr, les Irindris ne sont pas idiots, et nos rapports indiquent qu'ils suivent un itinéraire erratique dans l'espoir de semer nos vaisseaux suiveurs. Naturellement, nous leur ferons croire qu'ils ont réussi. Bientôt, ils nous conduirons jusqu'au plus élusif de tous les mondes. Et quand nous serons certains qu'ils ont trouvé l'endroit recherché, nos vaisseaux détruiront les Irindris, leur flotte et toute leur civilisation.

Merinda continua à fixer les yeux de granit de Queekat.

— Alors, dit-il, nous atterrirons sur Avadon, toi et moi, avec la flotte spectrale et les TyRen, et nous découvrirons le Manteau de Kendis-dai. A ce moment, notre triomphe sera complet, Merinda. A ce moment, nous posséderons les étoiles.

— Toi et moi, nous ne suffirons pas, dit pensivement Merinda. Il nous faudra aussi Oscan et la Sibylle...

— Pourquoi ? dit-il, étrécissant les yeux d'un air soupçonneux.

— Nous aurons besoin d'Oscan pour nous aider à analyser les ruines que nous trouverons sur Avadon. Terica devra venir pour confirmer la situation de la planète — et il nous faudra aussi le barbare, qui, apparemment, possède la bribe de connaissance qui manque aux Irindris.

— Qui d'autre ? demanda Queekat, bourru.

De nouveau, Merinda le regarda dans les yeux.

— Toi, dit-elle. Nous aurons besoin de toi.

La Sentinelle lui sourit en lui ouvrant les bras.

— Te joindras-tu à moi, Merinda ? Gouverneras-tu les cieux avec moi ?

Merinda se leva lentement de son vaste fauteuil et enfouit son visage dans sa large poitrine. Lentement, il referma ses bras sur elle, l'enveloppant dans les plis de sa robe.

Chapitre 32

DEPARTS

Assis sous les globes faiblement lumineux de la Chambre de la Pensée, Jeremy Griffiths attendait.

Sa vie en eût-elle dépendu qu'il n'aurait su dire ce qu'il attendait, sauf qu'il ne voyait pas quoi faire d'autre. Les TyRen, ainsi que les appelait la Sibylle, étaient entrés immédiatement après le départ de la Sentinelle. Ils ressemblaient plus à des torses métalliques flottants qu'à autre chose. Griffiths avait essayé de tirer sur l'un d'eux, mais la chose était sur lui avant qu'il ait pressé la détente, et l'avait tranquillement dépouillé de tout ce qui aurait pu constituer une arme. Puis ils étaient sortis aussi vite qu'ils étaient entrés, apparemment aussi satisfaits de laisser leurs captifs dans la Chambre de la Pensée que dans une cellule de prison.

Les TyRen auraient aussi bien pu les mettre dans une cellule. Les portes de la salle constituaient la seule issue, et elles étaient fermées et barrées depuis que la Sentinelle les avait découverts. Le conduit par lequel ils avaient sauté dans la salle était trop haut pour que Griffiths puisse l'atteindre ; d'ailleurs, il avait flairé une bouffée d'ozone et entendu les crépitements du soudage, d'où il avait conclu qu'on re-scellait la grille d'accès. Il y avait plusieurs pièces adjacentes, qui composaient l'appartement de la Sibylle, mais elles n'avaient pas d'issue non plus.

La Sibylle. Griffiths branla du chef à cette pensée. Oscan communiquait sporadiquement avec elle depuis plusieurs années. Il avait fait preuve de beaucoup d'astuce dans le choix de ses canaux de communication, pour que l'Ordre ignore qu'il accédait à leur principal centre de données. Etait-ce possible qu'il ait été prudent au point que la personne qu'il cherchait ne s'était jamais doutée de son identité ? L'état de cette femme était si épouvantable qu'elle craignait même qu'on ne la découvre dans sa petite chambre secrète. Et même si elle *avait* deviné, réalisa Griffiths, elle ne lui aurait jamais fait connaître la vérité.

Il leva les yeux vers eux. Oscan n'avait plus essayé d'enlever le masque et la coquille de son amie. Elle prétendait qu'ils lui donnaient accès au réseau local, et que c'était une meilleure façon de se déplacer que sur le dos d'Oscan. Mais Griffiths soupçonnait qu'elle se sentait plus à son aise engoncée dans son armure et son casque d'or pour bavarder avec Oscan.

— Nommé après ça *E'toris Librae* des Librae Vinculum de Chukai, disait Oscan avec entrain, oublieux de leur emprisonnement. Kiria y est depuis lors.

— Oui, je sais, répondit la Sibylle. Je lis ses rapports depuis pas mal de temps. Mais les rapports officiels ne disent pas grand-chose de la femme elle-même. A-t-elle quelqu'un avec qui partager sa vie ?

Oscan secoua la tête.

— Elle vit seule, pour autant que je peux en juger d'après les paquets de données qu'elle m'envoie de temps en temps.

— C'est dur de ne pas partager sa vie avec quelqu'un, dit la Sibylle.

Oscan regarda autour de lui, embrassant l'univers de Terica, isolé de l'humanité et filtré à travers des capteurs électroniques.

— Oui, c'est dur, Terica, dit-il, touchant son bras cuirassé d'or, mais plus jamais pour toi, plus jamais pour moi.

Et il en était capable, en plus, se dit Griffiths ; capable de rester dans ce tombeau, avec cette femme mutilée et défigurée. Ces deux tourtereaux continueraient à roucouler éternellement, à papoter avec délectation, pendant que Griffiths moisirait dans ce cachot, sans rien d'autre à faire que de les regarder. Ils vivraient une lune de miel en enfer, et lui regarderait, entouré de vapeurs de soufre. Griffiths se demanda un instant si c'était là une nouvelle définition du purgatoire.

— Tu as des nouvelles d'Evon ? demanda soudain Oscan à sa compagne dorée. Nous l'avons perdu de vue il y a trois ans à peu près, quand l'Omnet l'a renvoyé de son service — à propos d'un scandale quelconque, si j'ai bonne mémoire.

— Le dernier rapport sur lui remonte à dix-huit mois, répondit la Sibylle de sa voix métallique. C'était un rapport de la police de Warnem vingt-trois — c'est un avant-poste des Hauts-Plateaux de Tuc, au centre des Etats Stellaires Fédérés. Apparemment, il était tombé dans... Une minute !

Griffiths leva les yeux ; il y avait une nuance d'urgence dans le ton de la Sibylle.

— Une minute, répéta-t-elle.

Griffiths se leva. Il regarda Oscan.

Oscan lui rendit son regard, aussi perplexe que lui.

— L'ordre est arrivé, dit la Sibylle.

Jeremy sentit le bruit avant de l'entendre, grondement grave d'infrasons pénétrant le sol et les murs de pierre, et l'ébranlant jusqu'aux os. Le son s'amplifia ; il l'entendait maintenant, cacophonie croissante de timbres et d'échos passant à travers lui et secouant son âme.

— Mon Dieu ! s'écria-t-il d'une voix creuse dans le crescendo de bruit et d'énergie. Qu'est-ce que c'est ?

Des nuées de poussière s'élevèrent des étagères. Des éclats de mortier tombèrent en pluie autour de lui, traçant des sillons dans les nuages. Jeremy regarda autour de lui, paniqué. Aucune issue. Aucune cachette. Maintenant, il voyait à peine. A court d'autre idée, Griffiths monta l'escalier en courant, et, comme Oscan, se cramponna au trône de la Sibylle.

— C'est la flotte ! hurla-t-elle dans le chaos qui se déchaînait autour d'eux.

Un soleil éclatant brillait au-dessus de Yarka. Il était près de midi. Les humains de la cité avaient émergé des coquilles brisées qu'étaient leurs maisons, et vaquaient à leurs activités de service auprès des synthétiques qui les gouvernaient. Il faisait très doux pour la saison. Les enfants, rassemblés dans les centres d'instruction, s'agitaient en écoutant les cours faits par les synthétiques, à cause du soleil qui leur faisait signe et de leurs ennuyeux professeurs qui débitaient mécaniquement les leçons conçues pour la sous-classe humaine. Les adultes se consacraient aux tâches qui leur étaient assignées. Certains transportaient des pièces détachées d'un point à un autre. D'autres ravitaillaient les dépôts de carburant dispersés dans toute la cité. Tous s'affairaient à entretenir les infrastructures, uniquement pour maintenir les vivants en vie pour une nouvelle journée d'occupation.

Puis vint l'Appel.

Les femmes s'arrêtèrent dans les rues, les yeux levés vers le soleil, comprenant confusément que quelque chose était arrivé.

Les hommes s'interrompirent dans leur travail, intrigués par le subtil changement qu'ils percevaient dans l'air.

Cela se passait treize minutes avant la neuvième heure du jour.

Simultanément, sur toute la planète, la flotte spectrale reçut l'ordre. Chaque vaisseau modifia la distribution de son énergie pour en tirer la puissance maximale, et reconfigura ses commandes en mode vol/combat. Pour les humains de Yarka, le sifflement plaintif des moteurs fut le premier signe tangible que quelque chose avait changé en ce beau jour ensoleillé.

Au Parc Yujanka, une rangée de douze vaisseaux-fantômes Harpie III attendaient qu'on vienne les ravitailler dans les trois immenses docks construits dans ce but. Deux vaisseaux étaient amarrés, et un troisième se dirigeait vers sa place quand, soudain, les neuf autres arquèrent leurs coques articulées vers le ciel. Leurs propulseurs pulsés poussés au maximum, ils bondirent vers le ciel. Le dixième, qui se dirigeait vers son bassin de radoub, sembla hésiter, mais suivit ses frères un instant plus tard. Les deux restants tirèrent sur leurs amarres et les arrachèrent, emportant avec eux des morceaux de l'échelle d'accès, avant de s'élancer à sa suite. La surpression provoquée par les propulseurs pulsés fit perdre connaissance à cinq humains de l'équipe de maintenance, et en tua dix-sept sur le coup. Les cinq autres devaient mourir de leurs blessures plus tard dans la journée, mais le chef des Harpies considéra ces pertes sans importance — son unité fut reconnue et honorée comme la première à avoir répondu à l'Appel.

Différents vaisseaux-fantômes réagirent à différents moments. La plupart des cargos et des astronefs de transport mirent plus de temps à adapter leurs systèmes et à porter leurs moteurs à pleine puissance. Dans leur hâte à répondre à l'Appel, tous décollèrent dès qu'ils en furent capables. L'astroport de Yarka — épicentre des activités de la flotte spectrale — fut plusieurs fois secoué pendant trente minutes par les ondes des lancements. Mais la flotte spectrale comptait des milliers de vaisseaux, beaucoup plus que l'astroport n'en pouvait accueillir et encore moins entretenir. C'est pourquoi le gros des astronefs était dispersé dans tous les parcs, places et jardins s'irradiant à partir du centre de la cité. Des arbres s'enflammèrent. Les édifices entourant les places se désintégrèrent sous la pression des mises à feu. Pères, mères et enfants disparurent. Les vaisseaux-fantômes gagnèrent le ciel, propulsés à la verticale par une puissance incroyable, oublieux des dégâts qu'ils laissaient dans leur sillage.

Le laboratoire médical *Khilato*, les séquenceurs de sa propulsion pulsée ayant été démontés pour réparations, devint fou tant il était frustré de ne pas pouvoir se joindre à la sainte croisade. Le synthétique était hystérique — ayant apparemment fait appel à ses paquets de données de psychologie anormale pour ce qu'il considérait comme une réaction appropriée. Le vaisseau-laboratoire tua cinq membres de l'équipe de maintenance avant qu'ils n'aient pu réinstaller ses séquenceurs et couper ses amarres. Le gémissant *Khilato* fut donc le dernier de la flotte d'attaque à quitter la planète — soixante-treize minutes après le premier lancement.

Frappés de stupeur, les humains survivants se demandèrent d'abord si leurs oppresseurs avaient simplement abandonné leur monde. Malgré les épais tourbillons de fumée montant de près de deux cents incendies faisant rage dans la cité, ils se demandèrent s'ils avaient enfin leur liberté à portée de la main.

Leur espoir dura, dans le meilleur des cas, pas plus de sept minutes. Dans ce court laps de temps, les TyRen flottèrent dans les rues et rétablirent la suprématie de l'Ordre sur la cité de Yarka. Sous leur regard glacé, les synthétiques organisèrent des équipes d'humains pour enlever les gravats jonchant les rues et combattre les incendies. Ceux qui coopérèrent durent renoncer à retrouver leurs familles avant la fin de ces travaux. Ceux qui ne coopérèrent pas furent rapidement — et efficacement — tués et emportés.

La poussière n'était pas encore retombée dans la Chambre de la Pensée quand Griffiths entendit les sceaux de la porte s'ouvrir dans un gémissement métallique. Du haut de l'escalier, il scruta la poussière. Derrière lui, Oscan et la Sibylle tournèrent la tête vers le son. Les grandes portes s'ouvrirent.

— Et maintenant ? demanda Griffiths à la cantonade, sans enthousiasme excessif.

La haute silhouette de l'homme en robe entra majestueusement, avançant le menton d'un air supérieur. Neskat entra derrière lui. Il y avait en elle quelque chose de différent, se dit Griffiths, quelque chose qui manquait dans sa démarche.

— Tiens, regardez donc qui d'autre a survécu à l'accident ! dit Oscan d'un ton cocasse. Dis donc Queekat, personne ne meurt donc jamais ici ?

Les narines de la Sentinelle palpitèrent.

— Si, Oscan, on meurt comme partout. Veux-tu que je t'organise une démonstration ?

Griffiths ignora cet échange et se tourna vers Neskat.

— *Vestis !* Et mon équipage ? As-tu des nouvelles...

— Ton équipage a disparu, dit Queekat, se tournant vers Griffiths avec dédain. Ils ont été vendus aux Irindris il y a quatre jours.

— Les Irindris !

Ses yeux se dilatèrent au souvenir de leur dernière rencontre avec les cités-vaisseaux.

— Vous ne pouvez pas faire ça ! Vous ne pouvez pas vendre...

— Nous le pouvons et nous le faisons, dit Queekat, de sa voix flûtée de ténor. Tu devrais me remercier, bon à rien ; c'est leur vente qui assure ta vie pour le moment. Les Irindris ont tes compagnons de... comment s'appelle ce lieu, déjà ?... Ah oui, la Terre. Pleins d'assurance, ils vont emmener leurs prises droit vers le monde perdu d'Avadon à la recherche du Manteau de Kendis-dai. Ils sont déjà en route, et comme tu l'as sans doute entendu, notre flotte a décollé pour les intercepter. A l'instant où nous saurons, avec certitude, qu'ils nous ont conduits jusqu'à leur si précieuse ruine sainte, nos flottes attaqueront et détruiront les cités-vaisseaux des Irindris.

— Par tous les dieux, dit Oscan, secoué, tu détruirais totalement une société ? Ses arts, ses sciences, sa culture — sans parler de toute la population ?

— L'Omnet a cultivé les divisions dans les sociétés des étoiles, opposant nation à nation, idéologie à idéologie, Oscan ! hurla Queekat. Nous proposons de mettre de l'ordre dans les étoiles, de soumettre toutes les civilisations à notre volonté, sous une même loi, un même gouvernement ! Un tel sacrifice doit être fait de temps en temps — c'est inévitable !

— L'histoire est pleine de bouchers, petits et grands, qui ont trouvé inévitable de sacrifier les autres pour la bonne cause ! rétorqua Oscan. Si ta cause est si noble, alors demandons aux Irindris s'ils acceptent de tuer leurs enfants pour elle !

— Assez ! dit Neskat, prenant soudain la parole. Cela ne nous mène nulle part. Griffiths, je suis désolée — ton équipage est parti avec les Irindris et toute la flotte spectrale les poursuit. Nous ne pouvons rien faire pour eux.

— Tu ne peux pas les abandonner comme ça, dit Griffiths, n'en croyant pas ses oreilles. Et ta mission ? Et...

— J'ai dit que *nous ne pouvons rien faire pour eux !* lui hurla Neskat au visage.

Il resta éberlué par la véhémence de sa réaction.

— Ecoute, je voudrais bien t'aider, mais ça ne dépend plus de moi maintenant. Ça ne dépend plus d'aucun de nous. Tout ce que nous pouvons faire, c'est trouver le moyen de sortir de là vivants.

— Je ne peux pas croire ce que je viens d'entendre ! dit Griffiths avec colère.

— Eh bien, tâche d'y croire rapidement, dit Neskat. Tu vois l'Omnet se lançant dans la bataille pour nous sauver ? Peu probable ! Qu'est-ce qu'ils ont fait pour moi, à part ruiner ma vie et toutes mes chances de bonheur ?

Elle se tourna vers Oscan qui, debout en haut de l'escalier, la regardait avec une haine renouvelée.

— Qu'est-ce qu'ils t'ont donné à toi, Oscan ? Un rêve brisé et une pension de retraite ?

— Tu t'es mise de mèche avec eux ! cracha Oscan.

Elle secoua la tête.

— J'essaye simplement d'être réaliste, Oscan ! Attitude dont tu as peu l'expérience, ajouterai-je.

— Menteuse ! Tu es de mèche avec eux, contra-t-il. Tu as renoncé à tous ces idéaux que tu me faisais miroiter, à tout ce que je trouvais bon et courageux en toi — et tout ça pour ce prognathe égotiste dont l'ambition a failli nous détruire tous les deux !

Neskat s'élança dans l'escalier et traîna Oscan en bas des marches.

— Ecoute-moi, petit homme ! Tu as retrouvé ton amour perdu, et maintenant, j'ai retrouvé le mien ! C'est ma chance, Oscan Kelis, ma chance de retrouver ma vie !

Griffiths essaya de lui faire lâcher Oscan, mais ce fut impossible. Elle avait une force formidable.

— Maintenant, je peux vous remmener, toi et Terica, dans votre petite retraite sur votre planète introuvable tournant autour de son étoile introuvable. Vous pourrez y passer le reste de votre vie, si ça vous chante. Mais pour le moment, Oscan, pour le moment, je n'ai pas besoin de tes leçons de morale ! Je n'ai que faire de tes reproches et de tes remords. J'en ai assez que tu me mettes tous tes échecs sur le dos !

— Arrête ! cria Griffiths, s'efforçant de libérer Oscan. Lâche-le !

Neskat pivota, repoussant brutalement le bras de l'astronaute.

— Non, c'est toi qui arrêtes ! Si tu respires encore, c'est uniquement parce que tu as plus de valeur vivant que mort. Aide-moi, et tu vivras peut-être. Gêne-moi par des idées de courage, de morale et d'honneur, et je veillerai personnellement à ce que tu le payes par la mort lente. Conclus le marché maintenant, tant que tu as encore une certaine valeur — ou ne conclus rien, peu m'importe !

« Maintenant, poursuivit-elle, remettant Oscan debout, nous partons — tous. Les TyRen chargeront l'équipement de Terica à bord du *Brishan*. Les autres viendront avec nous. »

Derrière elle, Queekat sourit dans l'ombre.

— J'ai une seconde chance de vivre, dit Neskat d'une voix rauque en sortant de la salle. Et il n'est pas question que je la laisse passer !

La nuit tombait avant que les Tentrisiens ne commencent à parcourir les rues à la recherche de visages aimés que beaucoup ne trouveraient jamais. Dans leur fatigue, peu d'entre eux remarquèrent une petite escadre de vaisseaux décollant d'un secteur écarté de l'astroport. Certains regardèrent avec méfiance les huit astronefs qui s'élevèrent à l'unisson, dérivèrent lentement au-dessus de la cité avant de prendre de la vitesse au milieu des étoiles qui se levaient. Ils maudirent les cinq Harpies et les deux grandes corvettes quand ils passèrent au-dessus de leurs têtes — mais le vaisseau qu'ils semblaient escorter retint leurs regards et éveilla leur curiosité.

Le vaisseau qui passait au-dessus d'eux avait les lignes d'un cargo ou d'un appareil de reconnaissance. Les inscriptions n'étaient guère lisibles dans la lumière déclinante, mais les symboles imprimés sur sa coque étaient très reconnaissables.

C'était un vaisseau de l'Omnet, virant vers les étoiles à travers le ciel obscurci par les fumées.

Ceux qui le virent pleurèrent d'envie d'être à bord — pour aller n'importe où.

OMEGA

LIVRE DE KENDIS-DAI

Chapitre 33

AVADON

Cinq sections triangulaires de parois transparentes se rejoignaient à l'avant du compartiment, permettant à la brillante lumière d'entrer dans la cabine, par ailleurs plongée dans le noir. Il y avait divers fauteuils et couches de relaxation, mais personne ne s'en servait. Les trois personnes occupant la pièce étaient debout, silhouettées sur la nuit étoilée, et contemplaient l'infini de l'espace.

— Enfin, dit pensivement Broderick Ellerby, il ne nous ont pas encore jetés en pâture à leur démon.

— Pourquoi est-ce que je ne trouve pas cette remarque terriblement réconfortante ? répondit Elizabeth Lewis.

— Ce pourrait être un bon signe, remarqua le Dr. Tobler d'un air songeur. Ils ont besoin de nous pour une quête sacrée quelconque — du moins, c'est ce que dit ce Belisondre.

— Tout ça, c'est très bien, répliqua Lewis, mais qu'est-ce qui se passera quand ils n'auront plus besoin de nous ? Vont-ils nous acclamer comme participants à leur quête — ou nous larguer comme un excédent de bagages ? Ces gens ont si peu d'estime pour notre monde qu'ils ne savent même pas où il se trouve ; ils pensent que notre technologie est naïve, au mieux. Je ne vois absolument pas ce que nous pouvons savoir d'utile pour eux — mais je soupçonne que nous ne serons plus que des paquets encombrants quand nous leur aurons appris ce qu'ils veulent.

Ellerby émit un grognement.

— Tu ne mijotes pas une autre évasion, au moins ?

— Parce que jusque-là, ce n'est pas une réussite, ajouta Tobler, branlant du chef.

Lewis ne put s'empêcher de glousser.

— On dirait bien que j'ai juste réussi à nous faire passer d'une prison dans une autre encore pire, non ? Quand même, nous ne pouvons pas baisser les bras. Nous *sommes* encore vivants — et tant qu'il y a de la vie, il y a de l'espoir.

— Sentiment magnifique, Lieutenant Lewis, dit une voix grave derrière eux.

Les trois astronautes se retournèrent comme un seul homme.

— Je m'excuse de faire intrusion dans votre conversation, dit Belisondre en avançant vers eux, sa robe effleurant doucement la moquette. Je trouve votre émerveillement devant l'univers tout à fait enchanteur, et, je l'avoue, rafraîchissant. Nous autres Irindris, nous sommes continuellement en vol depuis quatre-vingt-seize ans — nombre porte-bonheur dans notre culture, soit dit en passant — et nous sommes trop blasés, je le crains, des merveilles de l'espace. L'habitude lui fait perdre de sa magie.

— Prophète Belisondre, dit Tobler, le saluant de la tête.

Le prophète traversa la pièce jusqu'aux astronautes, et se mit à contempler les étoiles.

— Nous sommes une culture nomade, dit-il, apparemment plus pour lui que pour eux. Dans les siècles passés, nous avons été la proie de nos voisins. Beaucoup de nos frères ont été enlevés comme esclaves ; d'autres ont été incorporés dans des armées livrant des guerres étrangères sur des mondes étrangers. A cette époque, nous étions des victimes, nous inclinant devant des armes et des technologies supérieures. Nous avons résisté, nous avons combattu, et chaque fois, nous avons perdu. Puis les dieux nous ont souri et ont amené jusqu'à nous les cités-vaisseaux. D'abord, nous n'y avons vu qu'un moyen de fuir nos oppresseurs. Nous avons rassemblé les vestiges dispersés de notre peuple, et nous avons quitté notre monde assiégé pour la sécurité de la nuit.

Belisondre eut un sourire pensif.

— Avec le temps, nous en sommes venus à connaître la volonté de Gnuktikut. Notre fuite dans l'espace s'est transformée en quête sacrée. Nous avons longtemps erré sans foyer, à la recherche de l'endroit qui, selon les prophètes d'antan, serait notre centre spirituel. Guidés par les Anjew, les esprits serviteurs de Gnuktikut, nous avons enfin trouvé ce foyer il y a douze ans.

— Si vous avez trouvé votre foyer, dit Tobler avec méfiance, pourquoi continuer à errer parmi les étoiles ?

— Nous errons parce que nous le devons, répondit Belisondre, contemplant toujours les étoiles. Nous avons trouvé notre monde-foyer, mais il est froid, mort, et fermé pour nous. Nous croyons que vous et votre race en êtes la clé.

— Vous croyez ? dit Lewis, haussant les sourcils. Vous croyez, mais vous n'êtes pas certains ?

— Gnuktikut me l'a fait savoir comme un article de foi, et par conséquent, ce doit être vrai.

Lewis consulta Ellerby du regard, lequel haussa les épaules.

— Bientôt, tout deviendra clair pour vous, dit Belisondre d'un air plutôt supérieur. Vous êtes les premiers étrangers à qui il sera permis de voir ce lieu sacré.

Promesse qui n'eut pas l'air de plaire à Lewis.

— Et qu'est-ce que ce lieu sacré, exactement ?

— C'est le dernier monde connu qu'ait foulé Kendis-dai avant de se soustraire à notre vue. Avant d'être notre foyer, c'était le sien, et nous en sommes les dépositaires. Nous le préparons pour son retour au temps de notre plus grande adversité — temps que nous croyons proche.

Soudain, quelque chose accrocha le regard du prophète.

— Le voilà ! Voyez ! Voici le monde perdu d'Avadon.

Lewis se retourna vers la fenêtre. Un cercle noir se détacha sur le fond des étoiles, plus grand d'instant en instant. D'abord, elle n'y distingua rien, c'était juste une tache plus noire dans le champ des étoiles ; pourtant, à mesure que le cercle grandissait, elle vit que c'était un globe faiblement éclairé par la lumière des étoiles — en fait, elle voyait même des étoiles se refléter à sa surface.

— C'est votre monde ? demanda Lewis.

Les pensées de Tobler allaient dans une autre direction.

— Où est son soleil ?

Lewis se colla soudain contre la vitre et scruta l'espace autour d'eux.

— Il n'y pas de soleil, Tobler, dit-elle en un souffle. C'est une sorte de monde vagabond.

— Exactement, Lieutenant Lewis, dit Belisondre, l'air extasié devant la sphère qui emplissait maintenant les fenêtres. Il y a des millénaires, Avadon a quitté les cercles des autres mondes pour tracer son propre chemin à travers les étoiles — préservé par la main de Gnuktikut jusqu'à ce jour où notre peuple devait le trouver. Tout y est intact : les cités sont indemnes et conservées à notre usage, les champs sont prêts à être ensemencés et moissonnés, et nous y trouverons des technologies d'une telle puissance que nous ne connaîtrons plus jamais la peur. Il nous attend. Il nous appelle.

— Il vous appelle peut-être, dit Ellerby, dubitatif, mais vous ne pouvez pas l'atteindre. Il est si froid que l'atmosphère s'y est solidifiée.

Belisondre hocha la tête en se tournant vers Lewis.

— C'est vrai en tous points, sauf un seul. Il y a douze ans, l'un de nos premiers projets consista à cartographier la surface à travers l'atmosphère gelée. Tandis que nous procédions à ces relevés, nous avons été attirés par un fanal clignotant à travers le gaz gelé de la surface. Là, nous avons découvert, non seulement la cité perdue d'Aden, mais aussi le complexe du temple qui s'étend à l'extérieur. Imaginez notre étonnement en découvrant un dôme d'atmosphère gazeuse englobant tout le complexe. Quelque chose dans le temple avait empêché l'atmosphère de s'y solidifier pendant plus de cinq mille ans. Nous nous sommes servis de démons en bouteilles pour creuser l'atmosphère solidifiée, fondant et vaporisant la glace juste au-dessus du temple. A la fin, nous avons atteint la bulle de gaz entourant le complexe, que nous avons pu explorer en partie. Nous sommes parvenus à maintenir ouverte la cheminée descendant au sanctuaire, mais nous n'avons pas pu pénétrer dans la cité proprement dite — il y a des limites à ce que peuvent faire les démons eux-mêmes. Mais c'est un moyen d'approche intéressant, comme de tomber dans un puits de glace.

Lewis contempla la surface du monde gelé tournant au-dessous d'eux. Puis elle vit un unique point lumineux paraître à l'horizon. A cet instant, elle sut que sa destinée était sur ce monde gelé, au fond de ce puits de glace. Comme elle l'avait toujours fait dans sa vie, elle résolut d'affronter cette destinée debout et en face.

Six Anjew aux ailes blanches, saisissant les mains courantes dans leurs griffes solides comme l'acier, guidèrent la navette hors de la cité-vaisseau et l'accompagnèrent dans sa course. Lewis les regarda par son hublot, de même que la cité-vaisseau qui diminuait derrière eux. Bizarre, cette tristesse qu'elle ressentait à quitter ces vaisseaux, pensa-t-elle. Tobler et Ellerby étaient assis près d'elle, tandis que Belisondre et un contingent de Chevaliers-Concepts occupaient l'avant de la cabine. Elle pensa alors à Griffiths, espérant sincèrement que cet imbécile réussissait mieux qu'elle dans cette étrange galaxie.

La navette dérivait lentement vers la planète et son unique fanal, portée par les ailes ondulantes des Anjew. Bientôt, ils se mirent à tomber à la verticale, la douce courbe du monde s'aplanissant à mesure qu'ils descendaient. Soudain, un mur lisse apparut, un trou percé tout droit dans les gaz gelés. Sa surface brillait et scintillait sous les feux d'atterrissage de la navette. Lewis eut l'impression de voir des terres — montagnes et champs s'élevant à l'intérieur du gaz solidifié. *Voilà un monde qui dort*, se dit-elle, soudain pleine de honte et de remords à l'idée de le réveiller. Elle était là sans autorisation, et elle craignait que les habitants ne s'éveillent et ne la surprennent sur le fait.

Mais elle n'eut guère le temps d'y réfléchir, car, inopinément, de minces fuseaux de gaz bleu emplirent son hublot. L'espace exigu de la cheminée verticale fit place à un vaste hémisphère ouvert dans le ciel solide. Soudain, la navette vira et la scène disparut. Quelques instants plus tard, elle sentit un petit choc quand l'appareil toucha le sol.

Devant elle, les Chevaliers-Concepts se levèrent comme un seul homme dans leurs armures noires. Belisondre était au milieu d'eux, et, se tournant vers Lewis et ses compagnons, il sourit.

— Nous y sommes, mes amis, cria-t-il. Venez ! Ouvrons les portes du paradis !

Lewis déboucla son harnais et se leva comme elle put dans la cabine surpeuplée.

— J'espère que tu n'as pas oublié d'emporter tes clés, entendit-elle Tobler marmonner derrière elle.

Devant eux, la cabine s'était vidée, les Chevaliers-Concepts prenant position dehors, de chaque côté de la navette. Lewis s'avança vivement vers l'écoutille, suivie de ses deux compagnons, et sortit.

La température de l'air lui fit un choc, le froid lui brûlant les poumons. Elle repensait à sa semaine d'entraînement dans l'Antarctique quand elle réalisa que l'oxygène qu'elle respirait était encore récemment à l'état solide. *Il y a des limites à ce que même un démon en bouteille peut faire,* se dit-elle, se frictionnant vigoureusement les bras pour se réchauffer.

— Tenez, dit Belisondre, leur tendant à chacun une épaisse robe matelassée tombant jusqu'au sol. Avadon n'est pas encore ce lieu hospitalier qu'il sera bientôt. Jusque-là, ces vêtements vous apporteront un peu de confort. Vous trouverez des surbottes là-bas, près de ce hangar. Vous n'avez pas envie de perdre vos pieds, n'est-ce pas ?

Ellerby grimaça tandis que le prophète s'éloignait, rabattant déjà sur sa tête le capuchon de sa robe en se dirigeant vers l'un des petits entrepôts modulaires dressés d'un côté de l'aire d'atterrissage.

— Non, mon vieux, je n'en ai pas envie, grommela-t-il, claquant déjà des dents malgré sa robe.

Lewis les conduisit au module indiqué, et, trouvant une grosse paire de bottes fourrées y introduisit vivement ses pieds. Tout en se réchauffant, les mains croisées sous ses manches, elle prit le temps de regarder autour d'elle et d'évaluer la situation.

Elle s'interrompit bientôt.

— Mon Dieu ! dit-elle d'un ton révérenciel.

— Tu veux dire que tu le vois aussi ? dit Ellerby tout aussi stupéfait.

L'aire d'atterrissage était une clairière proche d'un sommet montagneux. D'un côté de la clairière, les bâtisses modulaires se regroupaient autour d'une large route qui semblait partir d'un grand dôme d'air solidifié. La route elle-même conduisait au sommet qui les dominait.

C'est ce sommet qui captiva leur attention. Il était couvert d'un complexe de structures d'une beauté indicible. Trois tours de verre bleu, parfaites et délicates comme des fleurs en boutons, s'élevaient sur le sommet arasé et dallé. D'autres édifices, aux toits soutenus par de gracieuses colonnes, emplissaient cette enceinte, apparemment intouchés par le temps.

— Depuis quand sont-ils là ? dit Tobler en un souffle.

— Je ne sais pas, sourit Lewis, mais Belisondre a dit que personne n'avait entendu parler de cet endroit depuis plus de cinq mille ans.

— Incroyable ! dit Ellerby.

Leur contemplation fut interrompue par le retour des Chevaliers-Concepts et de leur prophète. Les chevaliers avaient abaissé leurs bruks, braqués sur eux, Lewis en était sûre.

— Bienvenue à Aden, dit jovialement Belisondre. Le moment prévu depuis si longtemps est arrivé ! Venez, mes amis, allons à la rencontre de notre destin.

Ils s'engagèrent dans la large avenue, qui se terminait par un escalier menant au niveau supérieur. De chaque côté des marches, des obélisques de pierre rose couronnés de créatures ailées, que Lewis ne reconnut pas, s'élevaient sur des socles sphériques. Leurs bottes crissaient en montant, l'haleine d'années de travailleurs s'étant condensée en glace sur les marches. L'escalier rétrécissait vers le sommet, et, quand Lewis l'atteignit, elle se surprit à lever la tête. La statue d'une très belle femme d'environ trente pieds se dressait devant elle. Son visage était exquis, innocent, et triste.

— Nous n'avons pas le temps d'explorer, dit Belisondre avec une nuance d'impatience.

Le groupe tourna brusquement sur la droite, Lewis, Ellerby et Tobler étaient forcés d'avancer poussés par les canons des bruks. Ils passèrent juste à gauche de la grande tour centrale de verre bleu, longeant un lac gelé bordé de statues. Lewis regretta amèrement de ne pas pouvoir lire les inscriptions — puis elle se demanda pourquoi. Depuis son altercation avec cette Neskat, elle parlait et lisait tout langage avec lequel elle entrait en contact. *Alors, pourquoi pas ce langage aussi ?* se demanda-t-elle.

Juste après le lac gelé, ils arrivèrent devant une courte volée de larges marches menant à une plate-forme circulaire de près de cinquante pieds de diamètre.

Les Chevaliers-Concepts s'arrêtèrent.

— Venez.

Belisondre leur fit signe de le suivre, et se mit à monter.

La plate-forme était entourée de neuf obélisques de verre bleu, de trois à quatre pieds de hauteur. Au centre exact du cercle, un piédestal de pierre se dressait sur une base circulaire. Le sommet du piédestal supportait un large disque couvert d'inscriptions, avec, en son centre, ce qui semblait être un instrument de visée en bronze. Le tout d'une facture exquise.

— Je ne peux pas lire ces caractères, dit Lewis au prophète, regardant le disque sous l'instrument d'optique.

— C'est un archétype, dit gravement Belisondre, du ton officiel et déclamatoire qu'il réservait aux cérémonies ou aux moments solennels. C'est la représentation du Bouclier des Etoiles de Kendis-dai. Nous avons traduit les inscriptions, mais nous en gardons le secret pour nous — ton biolien ne te sera ici d'aucune utilité. Il est écrit : « Le chasseur et son char traversent les cieux au jour de l'accomplissement de sa parole. Attendez-les et réveillez la sagesse pour une nouvelle époque. »

Ellerby et Tobler se regardèrent avec désespoir.

— Qu'est-ce que ça veut dire ? demanda Lewis au prophète.

Intérieurement pourtant, elle entendit une autre voix, la voix de Griffiths : « *Ils disent que nous avons la réponse à ce qu'ils cherchent, si seulement nous comprenons la question.* »

— Nous ne savons pas, dit le prophète, l'air quelque peu confus. Le chasseur, c'est Kendis-dai, sans conteste. Il existe beaucoup de légendes sur son char aperçu dans la traversée des cieux, mais rien qui se rapporte à notre histoire ou à nos prophéties. Toutefois, le piédestal a d'autres propriétés qui vous deviendront évidentes quand vous monterez sur sa base.

Lewis jeta un coup d'œil sur ses compagnons, puis monta sur le socle circulaire.

Le mur d'atmosphère gelée s'évanouit comme s'il n'avait jamais existé. Au-delà de la plate-forme, la vallée était maintenant clairement visible, sans aucune obstruction. L'antique cité se déployait au-dessous d'eux, intouchée par le temps. Au loin, les pics montagneux s'élevaient vers le ciel constellé d'étoiles.

Lewis tituba en arrière. Instantanément, la vision disparut.

— Lewis, qu'as-tu fait ? dit Tobler en un souffle.

— Ça aussi, tu l'as vu, Ellerby ? demanda vivement Lewis.

Le costaud, un peu pâle, hocha la tête avec force.

— Une cité entière — préservée sous cette atmosphère.

— Oui, mais as-tu vu ce secteur sur la gauche ? lui chuchota-t-elle. Je jurerais que c'est un astroport ! Des vaisseaux, Ellerby ! Il doit forcément y avoir des vaisseaux.

— Lewis ! grommela Ellerby entre ses dents. Ils sont sous plusieurs miles de gaz gelés ! Je ne trouve pas que ce soit un billet de sortie prometteur !

— Ces temps-ci, j'ai vu des choses plus bizarres, répliqua-t-elle. Qu'est-ce que c'est, ce que nous venons de voir ? ajouta-t-elle, se tournant vers le prophète.

— Simplement une illusion, dit le prophète, une nuance de doute s'insinuant dans sa voix. Un guide, croyons-nous, de ce qui doit être fait avec l'appareil pour nous ouvrir ce monde scellé. As-tu l'expérience de ce genre d'artefact ?

Lewis le regarda dans les yeux.

— Bien sûr, dit-elle. Cet appareil nous est familier.

Ellerby toussota nerveusement.

— Il nous faudra quelque temps, à mon équipage et à moi-même, pour le régler comme il faut. Ellerby ! Tobler ! Voulez-vous venir m'aider ?

Ellerby rejoignit Lewis près du piédestal. Tobler suivit, souriant nerveusement au prophète, mais disant entre ses dents d'un ton traînant :

— Lewis — qu'est-ce que tu mijotes encore ?

Lewis regardait au-delà du prophète. Un coureur traversait le complexe du temple à une vitesse prodigieuse.

Elle tourna le dos à Belisondre et regarda ses compagnons.

— Il nous faut du temps, et je nous en gagne un peu ! Les Irindris semblent penser que nous avons leur réponse, et Griffiths semblait le croire aussi — alors, nous l'avons peut-être ! Quoi qu'on soit censés faire, cela semble avoir à faire avec le dégel de ce monde, afin de le rendre habitable pour ces dingues de bigots. Pendant qu'on y sera, on pourrait se dégeler une sortie pour nous.

— Oh ! Seigneur, gémit Tobler, un nouveau projet d'évasion !

Lewis jeta un coup d'œil vers le prophète. Le coureur avait gravi les marches et lui parlait à l'oreille. Le visage de Belisondre avait viré au gris cendre.

— Prophète Belisondre ? dit Lewis.

— Il faut que je vous quitte un court moment, dit-il, descendant vivement de la plate-forme.

Le messager avait déjà disparu.

— Affaire urgente dont je dois m'occuper. Continuez vos réglages, et vous me montrerez vos résultats à mon retour !

— Comme tu voudras, lui cria noblement Lewis, tandis qu'il traversait le lac gelé.

Puis elle se retourna vers ses compagnons. Ils s'étaient regroupés en cercle, et leurs haleines se condensaient en nuages de buée.

— Ecoutez, cet engin doit bien avoir une utilité — tout ce qu'on a à faire, c'est de trouver comment il fonctionne.

— Qu'est-ce que tu as en tête ? demanda Ellerby.

— Jouons avec leur petit joujou, et on verra bien ce qu'il en sortira. Quelqu'un l'a mis ici pour une raison quelconque — il doit avoir un sens.

— Bon Dieu ! jura soudain Ellerby. Ils sont partis !

— Qui est parti ? demanda Lewis.

— Tous les Irindris !

Lewis se retourna.

Le contingent des Chevaliers-Concepts avait disparu aussi.

Lewis sauta à bas de son socle et traversa en courant la cour du temple. Elle s'arrêta juste devant le grand escalier. Au-dessous d'elle, illuminée par les projecteurs fonctionnant toujours dans le complexe, la navette était soulevée par les six Anjew et vivement engagée dans la cheminée de sortie.

Ellerby et Tobler s'arrêtèrent dans une glissade juste derrière Lewis, et ils regardèrent leur seul véhicule de retour disparaître dans un trou du ciel solide.

— Eh bien, dit Ellerby, on dirait qu'on a finalement réussi notre évasion.

Chapitre 34

BLASPHEME

Le *Brishan* fila à travers les étoiles, dans le cocon des vaisseaux-fantômes escorteurs. La petite flotte eut tôt fait de laisser derrière elle les merveilles de la Nébuleuse de Cestiline. Un front quantique d'une puissance chaotique peu commune opposa quelque résistance à leur passage et les conditions quantiques de l'autre côté obligèrent le *Brishan* à hisser quelques voiles, les forçant à mettre en panne une vingtaine de minutes avant de repartir. Les Harpies et les Corvettes étaient prêtes bien avant le *Brishan* et ne proposèrent pas de délai supplémentaire. Ils rencontrèrent un second front près d'un empire mineur qui se donnait le nom de « les Maîtres », et où une révolte des machines intelligentes battait son plein. Les grandes flottes spectrales étaient passées par là quelques heures auparavant sans manifester beaucoup d'intérêt ou d'inquiétude — et les Maîtres étaient si immergés dans leurs problèmes qu'ils ne remarquèrent pas plus la flotte de milliers de vaisseaux que le *Brishan* et son escorte. Le passage du second front fut plus facile, et les amena dans une zone quantique où la physique permettait l'emploi de la propulsion en trou de ver. Le *Brishan* activa immédiatement ses propulseurs, en parfait unisson avec les vaisseaux environnants, et cargua ses voiles sans faire de pause.

Ainsi, les astronefs de la flotte secondaire traversèrent-ils le néant noir dans la paix et la sérénité. Ils savaient qu'ils tomberaient bientôt dans la gueule grande ouverte de la guerre, mais pour le moment, ils étaient tranquilles.

Toutefois, à l'intérieur du *Brishan,* la guerre avait déjà discrètement commencé.

— Avadon, dit Queekat avec une immense satisfaction, croisant les bras en se renversant complaisamment dans son fauteuil suspendu.

Une carte stellaire flottait au-dessus de la table de la cuisine.

— Qui aurait jamais pensé — qui aurait pu penser — que le monde perdu de Kendis-dai voguait par ses propres moyens parmi les étoiles ?

— Bon sang, pas moi en tout cas, dit Oscan sans enthousiasme.

— J'aurais pensé que toi, au moins, tu apprécierais la grandeur de cet exploit, dit Queekat, montrant la carte qui tournait lentement devant eux. Une planète entière se déplaçant à près de deux pour cent de la vitesse de la lumière en sens inverse de la rotation galactique ? Certaines bribes d'informations glanées chez les Irindris sont fascinantes. S'il s'agit d'un événement naturel, alors pourquoi tous les édifices de ses cités sont-ils encore intacts ? A elles seules, les forces physiques auraient dû assurer leur destruction quand la planète a été arrachée à son orbite. Dans le cas contraire, c'est un exploit d'ingénierie sans équivalent dans aucune des civilisations galactiques connues de nos jours. Non, Oscan, conclut-il, souriant avec fatuité. Il y a autre chose à trouver sur cette planète que la réalisation de quelque prophétie dépassée ; il y a un véritable pouvoir !

— Le pouvoir est fait pour être exercé, dit la Sibylle.

Queekat se tourna vers la statue d'or qui lui parlait sur sa droite. Il posa ses grosses bottes sur la table en lévitation.

— Exactement, Terica, dit-il avec suffisance.

— Prends garde, répondit-elle, car le pouvoir qui peut être exercé par toi peut aussi être exercé contre toi. N'oublie pas que tu recherches le Manteau de Kendis-dai pour détruire sa vérité ou pour être détruit par elle. La vérité sait reconnaître les siens.

Queekat émit un grognement dédaigneux.

— Ecoute la Sibylle, dit Oscan. Tu la gardes près de toi pour avoir une vérité de base d'après laquelle juger tes propres mensonges.

— Je la garde près de moi, répondit languissamment Queekat, parce que la vérité est l'élément le plus important dans tout mensonge. Mêle suffisamment de vérité à un ramassis de mensonges, et tu peux faire croire n'importe quoi à n'importe qui — c'est la première règle de la propagande. C'est pourquoi le Manteau de Kendis-dai est si puissant — sa vérité est incontestée sur toutes les étoiles connues. Mélange assez de cette vérité à n'importe quoi, et l'univers entier croira tout ce que lui diront les Sentinelles. Possède le Manteau, et tout ce que nous prétendrons être vrai *sera* vrai — c'est ça, le pouvoir, Oscan !

— Tu tiendrais une épée qui pourrait te trancher les mains, dit la Sibylle. On ne peut pas contrôler la vérité.

— Bizarre quand même que toi, entre mille, tu dises une chose pareille, objecta Queekat, avançant un menton belliqueux. Tu te caches derrière ce masque pour te rendre plus présentable au reste de l'humanité. Ne contrôles-tu pas la vérité, Terica Dharah ?

Seul le silence lui répondit.

— Et toi, barbare ? dit Queekat, jetant son gant au Terrien. Est-ce que ton espèce considère la vérité comme un produit si important qu'elle ne recourt jamais au mensonge ?

Griffiths fit un effort pour secouer sa déprime. Il ne lui restait plus beaucoup d'options, semblait-il. Il avait compté que cette Neskat le sortirait de là — que sa formation de *Vestis* incluait l'éthique. Maintenant, il se sentait totalement seul. Il avait manqué à son équipage, failli à sa mission et — maintenant qu'il y réfléchissait — s'était manqué à lui-même. Il n'avait fait aucun acte noble qui pût le racheter devant sa conscience. Il ne pouvait même pas blâmer Lewis et les autres de l'avoir abandonné ; il aurait voulu trouver un moyen de s'abandonner lui-même.

Griffiths ramassa le gant et le renvoya à Queekat.

— Fiche-moi la paix ; laisse-moi seul dans mon coin, dit-il, se détournant de la Sentinelle dans son fauteuil suspendu.

— Seul ? roucoula Queekat. J'aurais cru que tu l'étais déjà, homme de la Terre. Pourtant, je veux bien te faire une proposition. Je ne peux rien faire pour tes compagnons — ils sont perdus pour toi, et mourront sans doute avec les Irindris au cours des heures qui viennent.

— C'est toi qui as vendu son équipage à ces mêmes Irindris, dit soudain la Sibylle.

— C'était nécessaire, dit sèchement Queekat, afin de découvrir où se trouve Avadon !

— Je sais tout sur Avadon, dit Griffiths avec lassitude. C'est la dernière résidence connue du Dieu-Empereur Kendis-dai au moment de la chute de l'Empire de Kendis, il y a trois mille quatre cent soixante-neuf ans. Le lai de Kendis comporte deux cent cinquante-six quatrains, décrivant la cité capitale d'Aden et les merveilles qu'on peut trouver dans le palais. La dernière partie du poème raconte comment Kendis-dai s'enfuit dans la nuit vers l'immortalité sur un grand char, pour rechercher dans toute la création sa fiancée-compagne Shauna-kir. La fin du passage parle d'Obem-ulek, tellement furieux de devenir mortel qu'il précipite le monde d'Avadon dans les ténèbres où personne ne pourra jamais le retrouver.

Griffiths réalisa soudain que tous, y compris la Sibylle, avaient les yeux braqués sur lui.

— Qu'est-ce qu'il y a ? balbutia-t-il, sur la défensive.

— Pour un barbare, tu es assez versé dans le folklore galactique, dit Oscan d'un ton cocasse.

— Eh bien, dit Griffiths, se frictionnant le visage avec lassitude, j'ai reçu une ou deux petites choses d'un type nommé Zanfib. J'ignorais tout d'Avadon, de Kendis-dai, et de son manteau fantaisie. Puis quelqu'un me dit quelque chose, ça connecte avec autre chose dans ma tête et — boum — je suis tout d'un coup un expert sur la question. On dirait que j'ai appris des tas de trucs de ce vieux Zanfib, mais croyez-moi, ce n'était pas volontaire.

Un déplacement d'air signala l'arrivée de quelqu'un par le tube élévateur. Il en sortit Merinda Neskat, en uniforme beige.

— Bonjour tout le monde, dit-elle, faisant le tour de la table. Désolée de vous avoir abandonnés si longtemps — j'avais beaucoup à faire sur la passerelle.

Oscan leva les yeux avec irritation.

— Pendant deux jours ?

— Comme je viens de le dire, j'avais beaucoup à faire.

Elle sourit.

Griffiths la regarda en silence. C'était la première fois qu'il lui voyait un sourire sincère et apaisé. *Eh bien, il y en a au moins une qui semble avoir trouvé la paix,* se dit-il, lugubre.

— Tu me rappelles ton ancienne personnalité, dit la Sibylle, se retournant pour regarder la *Vestis* traverser la pièce.

— C'est que j'ai retrouvé mon ancienne personnalité, dit

joyeusement Merinda, s'asseyant avec désinvolture sur l'accoudoir de Queekat qui la prit nonchalamment par la taille.

— Je crois que je te hais encore plus comme ça que quand tu étais une mégère de l'Omnet, dit Oscan avec amertume.

Griffiths acquiesça intérieurement.

— Ce n'est pas la chose la plus aimable que tu m'aies dite, Oscan, mais je fais la part de ton état d'esprit regrettable, dit Neskat d'un ton léger. Ce qui me rappelle que nous avons plusieurs points à discuter, toi et moi, avant de prendre contact avec Avadon.

— Qui, moi ? demanda Oscan.

— Oui, toi.

— Impossible — je suis trop occupé.

— Pas pendant les deux heures qui viennent, répliqua Neskat en se levant. Allons-y, Oscan. Aide-moi pour la dernière fois, mon vieil ami...

— Tu te trompes lourdement si tu crois...

— Oui, je sais, mon vieil ami. Mais aide-moi en cette dernière circonstance, et peut-être que nous pourrons recouvrer notre liberté tous les deux.

Oscan leva les yeux sur elle, le visage toujours haineux. Pourtant, cela passa bientôt et il se leva.

— Eh bien, je devrais sans doute te remercier de ne pas m'avoir demandé mon aide pour trahir l'humanité depuis au moins deux jours, dit Oscan. De plus, j'ai aussi quelques petites choses à te dire. Où allons-nous ?

— On retourne à...

— A la passerelle, je m'en doute — on dirait que c'est devenu ton second foyer, répliqua Oscan.

— Dis donc, Rini ! dit Queekat, la retenant près de lui. Tu as du temps pour le vaisseau et du temps pour ce vieil Oscan. Quand auras-tu du temps pour nous ?

— Bientôt, Kat, répondit-elle, souriante, se dégageant de son étreinte. Très bientôt.

Queekat entra nonchalamment dans la passerelle, salua de la tête Oscan, appuyé contre les écrans de bâbord, et se dirigea vers le fauteuil de commandement.

— Merinda ?

Le fauteuil pivota. Merinda se pencha vers lui, une lueur malicieuse dans les yeux.

— Nous arrivons bientôt à Avadon, Kat, dit-elle, très excitée. Nous allons abandonner la propulsion en trou de ver.

— Oui, dans environ trois heures, dit Queekat. Les vaisseaux-fantômes sont toujours avec nous ?

— Eh bien, dit Merinda, se levant en souriant et s'approchant de lui d'un pas nonchalant, tu peux poser la question à Lindia.

Le sourire de Queekat se nuança de doute.

— Bien sûr, répliqua-t-il.

Puis, par habitude, il se retourna et parla à la cantonade :

— Lindia, je suis une Sentinelle : quelle est la position des vaisseaux-fantômes qui nous escortent ?

— Sentinelle, je m'honore de te servir. Les escorteurs de classe Harpie maintiennent leur position en formation classique de protection, avec trois vaisseaux devant nous et quatre derrière. Les corvettes suivent les Harpies et à cinq degrés à bâbord et à tribord arrière.

— Excellent, répondit Queekat. Quand la flotte principale va-t-elle attaquer les Irindris ?

— La bataille est déjà engagée, Sentinelle. Les premiers rapports font état d'une issue indécise.

— Veux-tu transmettre mes compliments aux vaisseaux amiraux et les informer que nous arriverons d'ici trois heures.

— Je crains que ce ne soit pas possible à ce stade, Sentinelle.

Queekat fronça les sourcils.

— Pourquoi ?

— Chéri, dit Merinda, le tournant face à elle, lui retroussant légèrement sa robe de la main.

— Rini, quelque chose ne marche pas dans...

Merinda releva brusquement un genou entre les jambes de Queekat. Tandis qu'il se pliait en deux de surprise et de douleur, elle lui baissa la tête et releva le genou, le frappant cette fois en pleine figure.

Queekat tendit les mains à l'aveuglette pour la contrer, mais elle fut plus rapide. La jambe déjà levée, elle se tourna légèrement et lui décocha un violent coup de pied au genou, puis descendit sa botte pour lui écraser le pied.

Queekat hurlait de rage. Il remonta le coude, cognant

Merinda au visage. Un instant, il crut que la situation tournait à son avantage, car Merinda tomba vers le pont, mais son mouvement avait été soigneusement calculé. Soudain, lançant les pieds en avant, elle balaya ses deux jambes sous lui, et il tomba à plat ventre.

Merinda lui sauta aussitôt sur le dos.

— Le câble, Oscan ! Vite ! cria-t-elle, attrapant un bras de Queekat qui se débattait et le tordant derrière son dos.

La Sentinelle se remit à hurler, agitant frénétiquement les jambes dans ses efforts pour trouver un point d'appui contre Merinda. Elle accompagnait tous ses mouvements, lui tordant un peu plus le bras à chaque fois jusqu'à ce que la douleur le force à s'immobiliser.

— Lindia ! cria Queekat à travers sa souffrance, informe les escorteurs que j'ai été pris ! Stoppe le *Brishan* ! Dis aux TyRen d'arraisonner le vaisseau immédiatement !

— Je crains que ce ne soit pas possible à ce stade, Sentinelle.

— *Exécution !* glapit Queekat. *C'est un ordre !*

— Je crains que ce ne soit pas possible à ce stade, Sentinelle.

— Oscan ? tonitrua Merinda. Où est cette corde ?

Oscan lui mit dans la main un câble optique d'un quart de pouce qu'il cachait derrière son dos. Rapidement, elle lia les deux mains de Queekat sur ses reins.

— Lindia, dit soudain Queekat, séquence de commandement, code trois-quatre-sept-neuf-cinq...*Aïe !*

Merinda empoigna ses cheveux bouclés et lui releva la tête. Comme il ouvrait la bouche pour crier, elle y fourra un de ses propres gants et le lâcha.

La tête de Queekat rebondit sur le pont métallique.

— Lindia, dit Merinda, appelle immédiatement le Capitaine Griffiths à la passerelle, je te prie. Je proclame l'état d'urgence.

— Etat d'urgence ! Capitaine Griffiths à la passerelle immédiatement ! Urgence ! Capitaine Griffiths à la passerelle immédiatement !

Merinda enroula le reste du câble autour des chevilles de Queekat, puis tira dessus pour le rattacher à ses mains. Enfin elle se releva, et le laissa se contorsionner un moment, le temps de s'assurer que ses nœuds étaient solides et qu'il aurait plus mal en bougeant qu'en restant immobile. Puis elle déchira une bande au bas de la robe de Queekat et lui en fit un bâillon pour fixer le gant qu'il avait dans la bouche.

Griffiths fit irruption dans la passerelle. Ses yeux se dilatèrent.

— J'ai raté quelque chose ?

Oscan sourit.

— J'en ai peur, et crois-moi, ça valait le déplacement. Je croyais qu'on était faits quand il s'est mis à parler au synthé, ajouta-t-il, se tournant vers Merinda.

Elle secoua la tête.

— Non, Oscan. Le synthé travaillait avec moi.

— Comment est-ce possible ? Je croyais que Lindia faisait partie de l'Ordre ?

— Je fais partie de l'Ordre, Oscan Kelis. Je reste engagée envers les idéaux de ce mouvement, répondit Lindia.

— Mais tu viens de nous permettre...

— Lindia et moi, nous avons eu une longue conversation, l'interrompit Merinda. Nous sommes tombées d'accord que le but ultime de l'Ordre de la Foi Future est de découvrir si les esprits synthétiques sont doués de libre arbitre.

— Oui, mais je ne vois pas comment...

— Nous sommes également d'accord sur le fait que le développement de la foi est la raison principale pour laquelle les synthétiques peuvent mentir. Un mensonge est inutile si personne ne croit qu'il est vrai. Par conséquent, la foi est ce qui donne sa puissance au mensonge.

Oscan cligna des yeux, s'efforçant d'assimiler ce raisonnement.

— Très bien, je comprends maintenant qu'il s'ensuit...

— Qu'il est possible à un synthétique de mentir, mais aussi qu'on lui mente.

Merinda baissa soudain les yeux sur Queekat ligoté et bâillonné.

— Ma bonne foi a été abusée pour me retenir prisonnière à l'intérieur de moi-même pendant des années. En cela, nous sommes semblables, Lindia et moi. Alors, je l'ai simplement convaincue que les Sentinelles lui mentent *peut-être*. Après avoir écouté la conversation de Queekat à la cuisine, Lindia a conclu que *mon* désir de trouver la réponse à sa question était plus grand que sa foi en les Sentinelles. J'ai promis de lui donner la réponse, et elle m'a cru plus que lui.

Griffiths siffla doucement entre ses dents.

— Est-ce que ça veut dire que les affaires reprennent ?

— Oui, « les affaires reprennent », comme tu dis, répliqua Merinda.

Griffiths montra de la tête le paquet gémissant par terre.

— Qu'est-ce que je dois faire de lui ?

— J'ai permis à ce salaud manipulateur de me priver de mon bonheur depuis huit ans, dit Merinda avec calme. J'ai d'abord pensé à le supprimer, mais après en avoir discuté avec Lindia, je réalise que ce malheur m'est arrivé parce que je le voulais bien. J'ai été la victime consentante de ce prédateur.

Merinda s'agenouilla et tira la tête de Queekat en arrière, pour le regarder une dernière fois dans les yeux.

— Il n'empêche que c'est quand même un salaud manipulateur. Emmène-le dans le sas, et surveille-le par le hublot. S'il a l'air de vouloir causer des problèmes, ouvre l'écoutille et largue-le dans l'espace.

Elle lui tapota doucement la joue en souriant.

— Après tout, il l'a déjà fait — il doit avoir l'habitude maintenant.

Elle lui lâcha la tête, qui rebondit une fois de plus sur le pont.

Griffiths haussa les épaules.

— O.K. Hé, Oscan, prends-le par les jambes, tu veux ?

— Avec plaisir, acquiesça Oscan, tandis qu'ils bataillaient pour trouver une prise sur leur encombrant paquet. Au fait, Merinda, rappelle-moi de ne jamais te poser un lapin — je n'aime pas te voir quand tu es retournée.

— D'accord, Oscan, dit-elle en souriant, mais je doute que Terica te permette de t'éloigner d'elle.

Oscan lui rendit son sourire, le visage radouci.

— Merinda, tu te sens bien ?

— Oui, Oscan, dit-elle, je crois que je me sens vraiment bien pour la première fois depuis très longtemps.

Chapitre 35

LA CHUTE

La navette de Belisondre bondit hors de la cheminée creusée dans l'atmosphère solide d'Avadon, les Anjew poussant de toutes leurs forces pour l'éloigner rapidement de la planète. Les étoiles surgirent devant eux dans l'écran ovale de la cabine, Belisondre scrutant l'étendue, debout derrière les deux pilotes. Il n'y avait rien à voir pour le moment, mais ce n'était qu'une illusion, le prophète le savait ; la mort rôdait dans ces ténèbres glacées, et se rapprochait rapidement.

Il regarda le globe de cristal fixé au bout de son bâton.

— Administrateur Dubandis ! dit-il avec impatience.

— Oui, Eminence, dit un visage inquiet apparu soudain dans le cristal. J'entends tes paroles et j'obéis !

— Quel est le statut de la flotte croisée ? dit-il sèchement, agacé par les formules rituelles attachées à son office.

— Eminence, répondit le visage, près de trente Harpies viennent de sortir de différents trous de ver et se rapprochent rapidement. Nos médiums-voyants ont détecté des turbulences supplémentaires dans le tissu de l'espace-temps, annonçant l'approche d'au moins trente grands vaisseaux... peut-être beaucoup plus.

— Les Sentinelles, cracha Belisondre. Comment nous ont-ils suivis jusqu'ici ? Nous avons pris toutes les précautions...

— J'ai l'honneur de t'informer que plusieurs synthétiques, à bord du *Cité de la Nouvelle Espérance* semblent avoir fait défection, dit la voix. Nous croyons qu'ils ont laissé un sillage de paquets d'informations derrière eux depuis ces trois derniers jours. L'Administrateur Hapnish te présente ses compliments et annonce que le *Cité* est parvenu à « endormir » cinq des synthétiques en question et est en train d'isoler les deux derniers. Il dit qu'il a été gêné par la décompression de l'aire de vie principale — apparemment provoquée par les deux synthétiques restants.

— Décompression ! grommela Belisondre, les dents serrées.

L'aire de vie principale d'une cité-vaisseau faisait près de dix miles de long sur trois de large. Sauf défaillance structurelle majeure — improbable dans la coque très compartimentée —, le moyen le plus rapide de rétablir la pression serait d'activer les boucliers de surface des hangars d'atterrissage — boucliers dont les synthétiques pouvaient facilement prendre le contrôle.

— Maudites soient les Sentinelles, et maudit soit leur Ordre ! Quel est le nombre des victimes jusqu'à présent ?

— L'Administrateur Hapnish estime à environ trente-sept mille le nombre des morts de l'aire de vie principale, Eminence, dit la voix avec une profonde affliction.

— Gnuktikut les vengera, dit Belisondre, avec une conviction qu'il ne ressentait pas tout à fait. La flotte est-elle opérationnelle ?

— Le *Cité de la Foi* et le *Cité des Rêves* ont largué tous leurs Centans à réaction rapide, dit Dubandis, levant les yeux sur quelque prompteur caché. Ils sont postés aux Stations Orbitales de Défense un, trois et cinq. Le *Cité de la Lumière Céleste* et le *Cité de la Flamme Eternelle* lancent leurs Centans au moment où je parle. Le *Cité de la Nouvelle Espérance* est présentement incapable de larguer ses forces défensives, mais est capable de manœuvrer.

— Très bien, dit Belisondre, réfléchissant rapidement.

Les Centans à réaction rapide — petits vaisseaux véloces aux positions assignées — étaient les premières défenses des flottes Irindris en cas d'attaque. Dubandis avait réagi correctement au danger, mais cela suffirait-il ?

— Déployez les cités-vaisseaux défensivement en orbite autour d'Avadon. Lancez les derniers défenseurs en périmètre global autour de la planète, puis sortez les grands vaisseaux de leurs hangars. Quand la flotte spectrale sera-t-elle en orbite autour du monde perdu ?

— D'après nos estimations, vingt-neuf minutes avant qu'elle ne soit à portée des armes de nos cités-vaisseaux.

— Eminence, dit le pilote en se tournant vers le prophète, notre meilleur temps ETA jusqu'au *Cité de la Foi* est de quarante-trois minutes.

— Déployez la flotte, dit Belisondre au globe de cristal. Nous sommes en route pour vous rejoindre, mais s'il nous était impossible d'aborder, vous devez faire tout ce qui est en votre pouvoir pour protéger les cités-vaisseaux.

— Nous ne t'abandonnerons pas, Très Haut !

— Tu m'abandonneras à la volonté de Gnuktikut et tu sauveras les cités-vaisseaux, Administrateur, dit sèchement le prophète. Si je dois tomber en enfer, j'ai l'intention d'y entraîner avec moi la précieuse flotte spectrale des Sentinelles !

Les Harpies de tête de la flotte spectrale tombèrent de leurs trous de ver avec une précision incroyable pour des astronefs interstellaires, juste un peu trop près de l'orbite d'Avadon. Pendant les trente premières secondes de l'invasion, vingt-sept Harpies de classe III, leurs tentacules avant arqués en position d'attaque, étaient retombés dans l'espace naturel à l'intérieur de la zone quantique. Les vaisseaux se mirent aussitôt en formation, leur coques articulées cambrées d'anticipation en prévision de la bataille.

Bataille beaucoup plus proche qu'ils ne s'y attendaient. Le Centan *Sainte Epée* s'était rapproché à une vitesse incroyable sous un bouclier furtif rendant à leurs Chars Stellaires sa détection impossible selon la physique normale. Les vaisseaux auraient pu être facilement détectés par les incantations de révélation les plus communes utilisées sur près d'une douzaine de mondes dans la zone quantique environnante, mais les vaisseaux-fantômes n'étaient pas équipés pour détecter l'approche de l'ennemi.

Juste comme les Harpies espions raffermissaient leur formation d'attaque initiale, quarante-quatre points de vive lumière explosèrent au milieu d'eux, au moment où les Chars Stellaires rejetèrent l'énergie en excès des boucliers furtifs.

Initialement, les synthétiques des Harpies conclurent par erreur que ces bouffées d'énergie étaient des détonations venant de quelque source externe, et braquèrent leurs capteurs vers l'extérieur à la recherche de l'ennemi. Mais l'ennemi était déjà parmi eux et les synthés, pris à l'improviste, perdirent des instants précieux.

Les Chars Stellaires, qui faisaient un dixième de la taille et du poids des Harpies, étaient issus d'une école totalement différente d'ingénierie et de physique. Chacun était tiré par deux Anjew — créatures spirituelles ailées, au visage informe et au corps ondulant. Ces couples tiraient les navettes et les petits vaisseaux de frappe des Irindris avec grâce et rapidité. Dans d'autres zones quantiques, ces fantômes auraient peut-être eu du mal à se déplacer d'un point à un autre, mais pas ici : ici, ils étaient dans leur élément et saturés d'énergie. Le corps d'un char ressemblait à une gigantesque coquille spiralée aux multiples appendices en forme de cornes dirigés vers l'avant. Il semblait issu de quelque monde aquatique. En fait, ces coquilles étaient élevées et cultivées dans le cadre du programme d'armement des Irindris et étaient douées de pouvoirs spéciaux pour les opérations offensives et défensives. Chacun emportait un pilote pour diriger les Anjew, et un guerrier pour attaquer et défendre. Les équipages des chars savourèrent le triomphe du moment. Le climat quantique autour d'Avadon convenait parfaitement aux Chars Stellaires. Les cités-vaisseaux étaient menacées. Il n'y avait pas de meilleur jour pour mourir.

Un battement de cœur après que les Chars Stellaires eurent rejeté leur énergie furtive, des cornes avant surgirent des rayons chercheurs de lumière cohérente. La décharge mouvante d'énergie fendit la coque d'un Harpie, qui s'arqua en arrière, émettant un hurlement électronique sur ses fréquences de communication.

A l'horreur et au dégoût des équipages des Centans, le vaisseau se mit instantanément à saigner. L'Ordre avait conçu ses vaisseaux pour fonctionner dans une grande variété de zones quantiques — y compris celles exigeant des capacités biologiques pour la propulsion. Les Harpies avaient des composants issus de l'ingénierie biologique — et pour les Centans de la *Sainte Epée*, c'était une abomination contre nature.

En succession rapide, huit Harpies tombèrent, saignants et cabrés de souffrance — désemparés ou détruits.

Les Harpies restants, ébranlés par la violence de l'attaque, se retournèrent contre leurs ennemis. Des orbes de plasma bleu fulgurèrent de leurs doigts, à la recherche de leurs proies.

Les Chars Stellaires étaient rapides, mais pas assez. Les éclairs bleus gagnaient en précision, frappant les coquilles des chars quand ils filaient près d'eux. De temps en temps, la cible de l'éclair était trop loin et son énergie se dissipait. Dans de tels cas, la coquille du char se cabrait et tenait, mais ne survivait jamais à une seconde frappe. Pourtant, le plus souvent, l'éclair frappait sa cible de plein fouet, faisant exploser la coquille par un lâcher d'énergie en une seule éruption cataclysmique.

Les Centans *Parole de la Loi* et *Mort Hérétique* tenaient leurs positions défensives aux stations un et cinq quand les Harpies émergèrent près de la station trois. Respectant leurs ordres, les pilotes restèrent à leur station, malgré leur désir de se joindre à la bataille faisant rage de l'autre côté de la planète qu'ils défendaient. Il semblait bien que les gros astronefs n'auraient pas à prendre part au combat, et que les Centans à réaction rapide se couvriraient de gloire dans l'heure.

En un clin d'œil, tout changea.

L'espace se vrilla sur lui-même, et soudain d'autres vaisseaux tombèrent des trous de ver qui s'ouvraient sans discontinuer autour du monde. Cargos, croiseurs, barges et vedettes de reconnaissance de toutes les tailles et de toutes les formes emplirent l'espace. Mais ce fut l'arrivée soudaine du transport d'assaut *Duyabik* et de ses douze croiseurs d'escorte qui fit frissonner tous les pilotes et guerriers des Centans. En trois minutes, le vaisseau d'attaque planétaire avancé *D'Rapiene* apparut avec un second contingent d'astronefs. Les gros astronefs. Les astronefs de guerre. Sous leurs yeux, les hangars de lancement du *Duyabik* se mirent à dégorger, rangée après rangée, des appareils de soutien rapproché.

Des appareils sans pilotes. Fantômes.

Le commandant de la légion donna l'ordre d'attaque au *Parole de la Loi* et au *Mort Hérétique*. Tous les pilotes des Chars Stellaires savaient que c'était une mission suicide. Tous les pilotes des Chars Stellaires savaient qu'ils pouvaient simplement gagner du temps pour que les grands vaisseaux des Irindris aient le temps de sortir de leurs hangars pour participer à la bataille.

Avec une sombre détermination, les Centans virèrent et foncèrent sur la flotte spectrale.

— Sortie du trou de ver dans trois minutes, annonça Merinda à travers tout le *Brishan* à partir de son fauteuil de commandement. Oscan, comment va notre passager ?

— Très mal, répondit une voix désincarnée. Je ne peux pas te dire à quel point j'apprécie. Merci infiniment.

Neskat sourit, tapa plusieurs touches de ses accoudoirs.

— Ne t'y habitue pas trop, Oscan. Nous ne sommes pas encore sortis d'affaire. Terica, où es-tu ?

— Au contrôle des systèmes, comme tu l'as demandé.

— Tu as parlé avec les synthés ?

— Bien sûr ! On a bavardé très agréablement !

Griffiths agitait nerveusement sa botte droite.

Neskat continua à inspecter les données s'affichant sur la vitre devant elle, tournant de temps en temps une manette quand elle trouvait quelque chose d'insatisfaisant.

Griffiths toussota.

Pas de réaction. Griffiths s'éclaircit la gorge plus bruyamment.

Des diagrammes s'allumèrent devant Merinda. Elle enfonça un bouton.

— Je te demande pardon ?

Neskat ne se retourna pas mais répondit tout en continuant à travailler.

— Oui, Capitaine Griffiths ?

— Tu m'as bien demandé de descendre ici ?

— Oui, en effet... Sortie du trou de ver dans une minute, annonça-t-elle soudain.

— Alors... qu'est-ce que tu veux que je fasse ? demanda-t-il avec irritation.

— Cela dépendra en grande partie de ce que nous trouverons de l'autre côté de ce trou de ver, dit Neskat, fléchissant les doigts avant de les poser sur les contrôles. Mais si j'ai besoin de toi, ce sera pour quelque chose dont je sais que ça te plaira.

— Qu'est-ce que tu veux dire...

Devant eux, le tunnel sinueux de lumière s'évanouit brusquement dans un espace constellé d'étoiles, ponctué d'une délicate dentelle de lumières fulgurantes.

Le *Brishan* roula soudain sur bâbord, sa coque secouée par le tonnerre.

Griffiths tomba douloureusement sur le pont.

— C'est censé être normal ? hurla-t-il.

Neskat ne répondit pas.

— Lindia, configuration de contact hostile ! Terica !

— J'y travaille déjà, Merinda, répondit la Sibylle.

Griffiths vit la forme fantomatique de la femme en or apparaître dans la passerelle.

— Je suis en communication avec Evis et Tashel — je peux m'occuper de l'artillerie. Configuration de contact hostile terminée. Tu veux nommer un opérateur des systèmes défensifs ?

— Oh ! non, grogna Griffiths.

— Le Capitaine Griffiths s'est aimablement proposé pour reprendre ce poste, dit Neskat, poussant le vaisseau de l'avant et esquivant de justesse un éclair aveuglant qui fulgura devant les vitres du *Brishan*. Dis à Fisk de le guider.

— Bonjour, Capitaine Griffiths, dit immédiatement une voix joyeuse dans la tête de l'astronaute. Je me réjouis de travailler avec toi. Je vois qu'une fois de plus nous n'avons pas le temps de faire des exercices préliminaires avant que tu tentes de nous sauver de la destruction totale en face de probabilités impossibles. Mais j'ai confiance en toi, et j'aurai plaisir à travailler avec toi pendant le temps que ça durera.

De nouveau, Griffiths fut soulevé du sol et suspendu dans le globe flottant en apesanteur. Juste comme il commençait à s'orienter, trois points lumineux lui frappèrent douloureusement la main droite, et firent cabrer le vaisseau.

— Aïe ! Bon sang ! jura Griffiths, s'efforçant de se rappeler comment fonctionnait le système des boucliers.

— Je crains que ce combat ne soit plus complexe que celui auquel tu as déjà participé, dit Fisk, débordant d'assurance. L'évaluateur de danger recommande d'activer les boucliers déflecteurs...

— A pleine puissance, oui, je sais ! Exécution !

— Feu à bâbord arrière, Capitaine. Devant toi, un cargofantôme vire de bord pour se mettre en position de nous éperonner.

— Nous éperonner ! couina Griffiths. Qu'est-ce que je fais ?

— Je suggère que tu t'accroches solidement à quelque chose en prévision du choc.

— Merci ! dit Griffiths, se contorsionnant dans son globe flottant.

Il jeta un coup d'œil sur les diagrammes translucides déployés autour de lui. Le vaisseau vira sur bâbord et le grand globe luisant faiblement à la clarté des étoiles parut à sa vue.

— C'est ça ! cria Neskat dans son comsystème. Avadon ! J'ai un fanal dans mon viseur, Griffiths ! Nous l'avons trouvé !

Griffiths poussa un cri quand un éclair bleu parut le frapper dans le dos, le vaisseau réagissant immédiatement à l'explosion réelle au-dessus de la coque.

— Lindia ! Diffuse le code de l'Omnet ! *Ça*, ça devrait les jeter dans la confusion ! Ils seront tellement occupés à se taper les uns sur les autres qu'ils ne remarqueront pas un vaisseau neutre. Le plasma fonctionne-t-il dans cette zone ?

— Oui, Merinda.

— Alors, active immédiatement la propulsion à plasma, s'écria-t-elle. Nous descendons !

Le *Brishan* accéléra brusquement devant une large colonne d'énergie bleue. Il se faufila en vrille à travers les flottes belligérantes, toutes deux trop occupées à s'exterminer pour s'inquiéter d'un astronef d'une agilité peu commune qui traversait la bataille sans autre but que de traverser. Trop tard, les contrôleurs des cités-vaisseaux le virent s'engager dans le puits menant à leur excavation sacrée, aucun vaisseau ne pouvant être détourné à ce stade pour aller enquêter. Les vaisseaux escorteurs du *Brishan* entraînés dans la bataille, incapables de suivre le rapide petit appareil de reconnaissance.

Toutefois, un astronef le remarqua — car il attendait cet événement à l'écart, abrité par un bouclier furtif de magie, de sorte que ni les Irindris ni la flotte spectrale ne le remarquèrent. Il vira dans son cocon invisible, et, en silence, suivit le *Brishan* dans le puits atmosphérique menant aux ruines.

Chapitre 36

LUMIERE STELLAIRE

Bien au chaud dans son uniforme de *Vestis*, Merinda s'accroupit sur la plate-forme circulaire pour examiner les trois épaisses robes gisant sur le sol.

— On dirait que tes compagnons sont passés par ici, Griffiths, dit-elle, émettant un épais nuage de buée tout en palpant distraitement les trois robes. Quoi qu'ils aient fait et où qu'ils soient allés, ils ont abouti ici.

— Tu en es sûre ? demanda Griffiths, claquant des dents, son vêtement étant mal adapté au froid. Ils ne pourraient pas être quelque part dans ce complexe ?

— Non, dit Merinda, se relevant en regardant autour d'elle. Beaucoup de gens ont travaillé à cette excavation — la vapeur de leur haleine s'est condensée en givre sur tout ce que tu vois. Et quand leurs pieds l'ont foulé, ils y on laissé leur marque. D'autres respirations tendent à couvrir ces empreintes. Les seules traces fraîches que je vois conduisent à cette plate-forme ou en repartent. Si seulement nous avions davantage de temps !

— Mais tu n'en as pas, dit Queekat avec un sourire las, les mains solidement liées derrière le dos, les jambes entravées. Les vaisseaux d'escorte, bien qu'ils soient très occupés pour le moment, ne m'oublieront pas. Ils viendront. On ne peut pas kidnapper une Sentinelle.

— Il semblerait que ce soit déjà fait, rétorqua Merinda.

— Rini, dit doucement Queekat, tu te trompes sur moi, tu te trompes sur tout ça. Tu as été blessée plus profondément que je ne l'imaginais, je le comprends maintenant. Malgré l'importance que cela avait à l'époque, je réalise maintenant que ce fut une erreur de ne pas t'avoir emmenée avec moi — de ne pas t'avoir fait confiance. L'Omnet ne veut pas accepter la nouvelle réalité. C'est lui qui t'a menti, pas moi. L'Ordre est l'avenir de la galaxie sous un gouvernement unique — et nous pourrions être ceux qui gouvernent, toi et moi ! J'ai construit tout cela pour toi, Rini ! Pour toi et moi !

Merinda le regarda, impassible.

— Ne rejette pas ce qui nous unit, Rini, murmura-t-il. Tu pourrais te tromper.

Merinda se tourna brusquement vers la statue d'or qui flottait non loin.

— Combien de temps avons-nous, Terica ?

— La bataille continue à faire rage au-dessus de nous, dit calmement la Sibylle. Pour le moment, nous sommes dans l'œil du cyclone, mais ça ne durera pas. Le combat tourne mal pour les Irindris.

— Tu le sais ? demanda Neskat.

— Je suis bioliée aux paquets de données et aux réseaux de l'Omnet, répondit la voix métallique. Je ne le sais que trop bien.

— Donc, nous avons peu de temps, dit Merinda, regardant autour d'elle en ouvrant les bras. Tout ici est un mystère. A l'évidence, les Irindris ont creusé l'atmosphère pour arriver jusqu'ici, mais cette bulle d'air entourant le temple se maintient par elle-même — elle était là avant l'arrivée des Irindris.

— Nous sommes dans une zone quantique où la magie est opérationnelle, remarqua Oscan.

— Oui, mais un sortilège qui dure plus de trois mille ans ?

Merinda branla du chef.

— Les forces entropiques au niveau quantique dissipent la cohésion des structures magiques les plus soigneusement élaborées. Le sortilège le plus long n'a duré que cent ans, et il était pratiquement inefficace pendant les cinquante dernières années.

Elle se retourna, montrant le sol.

— Et il n'y a pas que le dôme. Ces robes ne portent aucune trace de violence. Elles ont été abandonnées intentionnellement. Et de plus, le givre qui recouvre tout s'est évaporé de la plate-forme.

Oscan, qui avait attrapé un chaud manteau de l'Omnet

avant qu'ils ne quittent précipitamment le *Brishan*, regarda les obélisques de verre bleu entourant le piédestal central.

— Les Irindris se sont arrêtés ici, dit-il, d'un ton presque révérenciel. Mais on dirait que tes amis, Griffiths, sont allés plus loin. Cet artefact est la clé.

— Non, dit Griffiths, tremblant de froid. Cet artefact est la serrure. C'est moi qui suis censé être la clé.

Merinda réfléchit un moment à ces paroles, puis elle ramassa une des trois robes.

— Tiens, homme de la Terre, dit-elle en la lui jetant. Ce piédestal semble être le centre de toutes choses. Tu as été pourchassé sur le quart de la galaxie. Maintenant, le moment est venu de découvrir pourquoi.

Griffiths enfila la robe et soupira de soulagement. Il hésita un instant, doutant de sa propre valeur, puis il s'avança vers la plate-forme circulaire entourant le piédestal.

— Qu'est-ce que je fais ? demanda-t-il à la *Vestis*.

Elle lui sourit.

— J'espérais que tu le savais.

Griffiths hocha solennellement la tête et se tourna vers le piédestal. Il était surmonté d'un appareil en bronze compliqué, remarquablement conservé étant donné son antiquité. Juste au-dessus du disque, il y avait trois verres qui semblaient être des viseurs.

Griffiths monta sur la plate-forme.

Instantanément, le ciel solide disparut. Il vit clairement la cité dans la vallée au-dessous de lui. Les étoiles surgirent au-dessus d'elle, brillantes et glorieuses.

— Magnifique, dit Oscan en un souffle.

— Qu'est-ce que c'est ? demanda Merinda.

— Je peux te dire ce que ce n'est pas, répondit la Sibylle. Ce n'est pas le lieu où nous sommes : les étoiles ne concordent pas.

— Que veux-tu dire ? demanda Merinda.

— Je suis en contact avec les réseaux de navigation de l'Ordre au-dessus de nous, répondit le masque d'or impassible. Je vois les étoiles au-dessus de nous et je vois les étoiles au-dessus de la cité. Ces étoiles ne sont pas les mêmes. L'étoile la plus brillante visible d'ici est celle située sur ta droite, avec un azimut d'environ trente degrés. Relativement à d'autres étoiles identifiables, elle est à trois bons degrés de sa position normale. En fait, toutes les étoiles visibles d'ici à l'œil nu sont écartées de leur position à un degré ou à un autre.

— Pourquoi quelqu'un prendrait-il la peine de faire paraître les étoiles au mauvais endroit ? demanda Griffiths.

— Personne, dit Merinda, se tournant vers lui et le rejoignant sur la plate-forme.

Elle appliqua un œil à un viseur.

— Ces viseurs enregistrent la position des étoiles telles qu'elles nous apparaissent en ce moment. Le disque sous cet engin porte des inscriptions, avec une encoche fixe taillée dans la pierre, ici. Je ne vois aucune connexion pour les mesures entre le disque...

— Ouah ! s'écria Griffiths presque entre ses dents.

Les étoiles bougèrent.

La Sibylle parla soudain.

— Le champ stellaire s'est déplacé vers sa position actuelle. Merinda sourit. Elle poussa le disque un peu sur sa droite. Six autres encoches défilèrent sous l'indicateur.

— Sibylle, dit-elle, est-ce que ça se rapproche ?

— Ce champ stellaire n'est plus qu'à quelques degrés du champ stellaire actuel, dit la statue.

Une encoche de plus.

— Les deux champs stellaires concordent, dit la voix métallique.

Merinda se tourna vers Griffiths.

Il secoua lentement la tête.

— Désolé, *Vestis*, rien de tout ça n'a le moindre sens pour moi.

Merinda jura entre ses dents.

— Attends, dit Oscan, ces étoiles ne sont pas les bonnes.

— Tu n'as pas entendu ce que vient de dire la Sibylle ? dit Merinda, la frustration évidente dans sa voix. Elles sont alignées maintenant.

— Pour nous, oui, dit Oscan, souriant à part lui. Mais pas pour ce lieu — pas pour ce temple ! Ce complexe tout entier est un tribut à Kendis-dai, mais Kendis-dai est à près de trois mille ans derrière nous, comme ce temple est à trois mille ans de notre époque.

— Attendez, dit Queekat, s'impliquant malgré lui. Avadon tourne en sens inverse de la rotation galactique depuis un peu plus de trois millénaires. Il se déplace à près de deux centièmes de la vitesse de la lumière par rapport aux étoiles qui l'entourent. Il est donc à environ cent cinquante années-lumière de l'endroit où il était quand ce temple a été bâti !

Merinda reporta son regard sur le disque.

— Ces marques semblent indiquer des intervalles d'un siècle. Si nous tournons le disque en arrière de, disons, trente encoches...

Les étoiles se mirent à défiler au-dessus d'eux, dansant dans le dôme de nuit qui les entourait. Bientôt, elles ralentirent, prenant de nouvelles positions dans le ciel.

— Ce doit être là quelque part, dit Merinda, tournant le disque d'une encoche de plus, qui était la trente-deuxième par rapport à celle où elle avait commencé.

— Stop ! sanglota Griffiths.

Merinda leva brusquement les yeux.

Griffiths avait le visage inondé de larmes.

— Qu'est-ce que c'est, homme de la Terre ? demanda-t-elle doucement.

— Je ne comprends pas, s'écria-t-il. Je ne... J'avais perdu l'espoir de le revoir !

— Quoi ? demanda Merinda, lui posant une main sur l'épaule. Qu'est-ce que tu vois ?

Griffiths prit une inspiration saccadée et leva le bras, montrant les lointaines étoiles au-dessus des montagnes.

— Orion !

Il sourit à travers ses larmes.

— Orion ? répéta Oscan, l'air perplexe. Qu'est-ce qu'un Orion ?

— C'est une constellation de mon monde ; l'une des plus belles et des plus facilement repérables. Ces deux étoiles sont ses épaules : Bellatrix et Bételgeuse. Les deux au-dessous sont ses jambes, avec les trois alignées qui sont sa ceinture, et les autres qui forment son épée et son bouclier.

— Un guerrier ! s'écria Merinda.

— Bien sûr, dit Griffiths. Orion le Chasseur.

Oscan sourit en récitant de mémoire :

— « Kendis-dai / met sa puissance à l'épreuve / son char vole / à travers le ciel. »

— Qu'est-ce que c'est que ça ?

— Une vieille comptine des Irindris, répondit-il. Elle est censée vous gagner le ciel.

Merinda se pencha et tourna doucement le premier viseur vers les étoiles. Tandis qu'une constellation montait lentement dans le ciel, emplissant la lentille, ils entendirent tous un bourdonnement sourd autour d'eux. Plusieurs obélisques de verre bleu sortaient un peu plus du sol, une lumière commençant à briller à l'intérieur.

— Par tous les dieux ! murmura Oscan. Le barbare est vraiment la clé !

— Tu vois autre chose ? demanda Merinda à Griffiths, très excitée. Autre chose de familier ?

— Eh bien, il y a la Grande Casserole, dit Griffiths d'un ton émerveillé, montrant l'horizon opposé.

— La Grande Casserole ? répéta Merinda. Tu veux dire, comme une marmite ?

— Oui, mais ce n'est pas vraiment une constellation. C'est une partie de la constellation Ursa Major — un ours.

— Qu'est-ce qu'un ours ? dit vivement Merinda.

— Un animal à fourrure.

— Non, ce n'est pas ça. Est-ce que ce groupe d'étoiles signifie autre chose ?

Griffiths réfléchit.

— Eh bien, dans les pays asiatiques, on l'appelle le Char Royal.

Merinda sourit et braqua le second viseur sur la seconde constellation. Ce faisant, une autre série d'obélisques s'éleva du sol et se mit à bourdonner bruyamment. Soudain, de brillantes lignes lumineuses apparurent entre les obélisques. L'air se mit à scintiller entre eux.

— Il doit y en avoir encore une autre, Griffiths.

— Eh bien, dit Griffiths, elle n'est absolument pas à sa place, mais je jurerais que cette constellation, là-bas, c'est la Croix du Sud.

— Croisée dans le ciel ! C'est un vieux jeu de mots, dit Oscan en riant.

Merinda rit aussi en braquant le troisième viseur sur les étoiles.

La dernière série d'obélisques s'éleva pour rejoindre ses frères. D'autres rayons lumineux jaillirent, se courbant inexplicablement quand ils se rencontraient, pour former un tunnel de lumière menant droit vers la cité. Au bord de la plate-forme où la lumière convergeait, l'atmosphère se déforma soudain en une lentille gigantesque. Merinda se dirigea vers elle, un air tiède et embaumé caressant son visage.

— C'est un second temple, dit-elle, par-dessus le bourdonnement qui l'entourait.

Sous ses yeux, l'édifice se mit à briller d'une vive lumière blanche.

— Est-ce que ce pourrait être la cathédrale, Oscan ?... Oscan ?

— Regardez ! s'écria Oscan, montrant la cité au-dessous d'eux.

Le tunnel de lumière brillait jusqu'au centre des rues lointaines. Là, la même lumière vive illuminait un édifice très éloigné.

— C'est une autre bulle d'atmosphère gelée, s'écria Merinda, regardant par les viseurs selon différents angles, en ayant soin de ne pas toucher les rayons lumineux. Ce doit être un pli dimensionnel qui y conduit.

Elle se tourna vers Griffiths, toujours debout sur la plate-forme entourant le piédestal. Ses cheveux voletaient au vent tiède sortant de la lentille.

— Tu as réussi ! s'écria-t-elle. Tu nous as montré le chemin !

— Merinda ! hurla Oscan par-dessus le bruit du vent. Nous avons de la compagnie !

La *Vestis* suivit son regard à travers la cour. Une grosse navette de transport de troupes se matérialisait en scintillant près du *Brishan*, ses décompresseurs soulevant des nuages de givre en se posant.

— Un vaisseau-fantôme ! s'écria Merinda, baissant les yeux sur Queekat.

La Sentinelle leva la tête vers elle et sourit.

— Tu ne peux plus aller nulle part, Rini, dit-il, les dents serrées.

Elle lui rendit son sourire.

— Pas tout à fait vrai, Kat ! Pas encore !

Elle se baissa, l'attrapa par les cheveux, le remit sur pied de force et le traîna vers la lentille. Poussant un cri de guerre, elle le jeta à travers le cercle scintillant, et le regarda tomber tête la première dans la poussière de l'escalier du temple au-delà d'eux

Oscan et la Sibylle se dirigeaient déjà vers la lentille quand Merinda tira Griffiths à bas de la plate-forme et le poussa vers le portail lenticulaire.

— Griffiths ! Si tu veux retrouver les tiens, ils sont allés par là !

Chapitre 37

CONVERGENCE

Merinda jeta un dernier regard derrière elle en courant vers la lentille avec Griffiths. Une cascade de TyRen jaillissait des sas du transport d'assaut, leur flot refluant contre les murs comme une rivière en crue. Ils bondirent...

...et atterrirent debout dans la crypte couverte de poussière de l'immense cathédrale. Merinda sentit une brise tiède sur son visage, mais un courant d'air froid sur ses pieds venant de derrière elle. Elle regarda vivement autour d'elle, et arrêta les yeux sur un piédestal dressé au centre d'une fontaine maintenant asséchée.

Le piédestal était, lui aussi, surmonté d'un disque et d'un appareil de visée. Elle l'atteignit en trois pas et posa la main sur le disque tout en fixant la lentille d'accès. Le flot des TyRen se déversait sur la plate-forme de l'autre côté du portail lenticulaire.

Merinda tourna vivement le disque, soulagée qu'il n'oppose aucune résistance. La lumière s'aviva brusquement autour de la porte scintillante, la lentille vacillant un instant avant que la lumière ne s'effondre sur elle-même et disparaisse, emportant la lentille avec elle.

— Par tous les dieux, qu'est-ce que tu fais ? s'écria Oscan.

Merinda se mit à tourner les viseurs au hasard.

— Je ferme la porte — comme l'ont fait tes amis après être entrés, Griffiths. Ils ne voulaient pas qu'on les suive — et moi non plus.

— Ça ne marchera pas, Rini, dit Queekat, s'efforçant de se relever.

Il avait une coupure au front, d'où coulait un mince filet de sang sur son visage.

— Ils entreront quand même.

Merinda sortit de la fontaine vide et marcha vers la Sentinelle.

— Pas avant un bon moment ; pas si tu restes loin de cet appareil.

— Ils ne peuvent pas nous suivre, dit Oscan. Ils n'ont pas la clé.

— J'ai bien peur que si, n'est-ce pas, Kat ? dit Merinda, prenant son arme à son épaule et poussant la Sentinelle du canon émetteur.

Queekat se contenta de la regarder.

— J'aurais dû le réaliser plus tôt, Kat, poursuivit Merinda. Notre ami ici présent est biolié à l'Ordre — exactement comme Terica. Toute cette mission a été organisée pour que je le conduise jusqu'ici. S'il parvenait à me recruter pour l'Ordre, tant mieux — je lui aurais livré le Manteau de Kendis-dai et il aurait pu assurer la sécurité de l'organisation. Dans le cas contraire, il savait que j'étais obligée de l'emmener avec moi. Il n'avait plus qu'à transmettre aux commandants des TyRen tout ce qu'il voyait et entendait, et quand il jugerait qu'il en savait assez, il appellerait les troupes. Alors, nous serions tous morts et il remporterait le prix.

— Il n'est pas obligatoire que tout se passe comme ça, Rini, dit doucement Queekat. Il n'est pas obligatoire que ça se termine en tragédie. Pour une fois dans ta vie, renonce à ton orgueil et à ton maudit sens de la justice. Libère-moi, et je vous protégerai.

Sur le piédestal, le disque se déplaça d'une encoche.

— Les TyRen sont au travail, dit Oscan en un souffle.

— Queekat était là quand nous avons ouvert le portail, dit la Sibylle. Maintenant, ses troupes savent comment fonctionne l'appareil et ce qu'ils doivent faire pour nous rejoindre.

— Ce n'est qu'une question de temps, Rini.

La Sentinelle sourit.

— Fais le bon choix ; libère-moi.

— Tu as raison, dit-elle, le remettant brutalement sur pied de son bras libre. Ce n'est qu'une question de temps — mais c'est un temps que j'ai l'intention de mettre à profit. Tu voulais trouver le Manteau de Kendis-dai ? Je crois qu'il est temps de réaliser ton souhait.

Les lourdes portes de la cathédrale s'ouvrirent vers l'intérieur, cognant contre les murs latéraux avec un bruit qui se réverbéra en écho dans les salles vides. Elles donnaient accès à une antichambre ovale, doucement éclairée par une fresque scintillante insérée dans le dôme de couverture, soutenu à vingt pieds du sol par de gracieuses colonnettes.

— On dirait qu'il y a toujours du courant, dit Oscan, levant les yeux vers la lumière.

— Oui, mais plus pour longtemps, dit la Sibylle d'une voix étouffée. La cathédrale a peut-être du courant, mais il y a trois pouces de poussière sur les sols. Les stucs tiennent à peine aux murs — regardez, par là ils commencent à s'effriter et à tomber par terre. Attention où vous marchez.

Deux couloirs courbes partaient de cette salle, à droite et à gauche. Des panneaux transparents incrustés dans le dallage s'efforçaient de les éclairer, leur douce lumière bleue assourdie par la couche de poussière millénaire. Il était difficile de voir à quelque distance, à cause de la poussière qui réfractait la lumière sur toute leur longueur.

— Griffiths ! Par où ? demanda Merinda à voix basse, le doigt pointé vers le sol.

Des empreintes de pied s'éloignaient et revenaient dans les deux couloirs.

Griffiths haussa les épaules.

— Ils semblent s'incurver l'un vers l'autre — ils se rejoignent sans doute quelque part.

Merinda hocha la tête.

— Oscan ! Prends celui de droite avec Griffiths ; j'emmène Terica et Queekat avec moi par celui de gauche. Appelez si vous trouvez quelque chose. Et... Oscan ?

— Oui, Merinda ?

— Le temps presse.

Oscan hocha la tête et fit signe à Griffiths de le suivre. Les deux hommes s'engagèrent vivement dans le couloir, leurs pieds soulevant de gros nuages de poussière. Des portes latérales ouvraient sur des salles vides. Griffiths jeta un coup d'œil dans leur obscurité, ne distinguant que des ombres floues à travers le noir et la poussière. Il y régnait un froid défiant la définition en degrés Fahrenheit. Elles sentaient l'antiquité éveillée d'un long sommeil. Dans ces salles, il y avait des fantômes, Griffiths le sentait sans savoir comment, dont il n'avait pas envie de troubler le repos.

Oscan porta à sa bouche un pan de sa cape pour se protéger de la poussière.

— Continue à avancer, dit-il, d'une voix étouffée par l'étoffe. Les TyRen nous suivent de près. Où sont-ils, tes amis ?

— Lewis ! appela Griffiths à voix basse. Tobler ! C'est moi, Griffiths ! Ellerby ! Où êtes-vous ?

Le couloir sembla se terminer. Plus que deux salles à inspecter avant d'affronter les immenses portes se dressant devant eux. A cause de la poussière, l'air devenait irrespirable.

— Ellerby ! Lewis !

Griffiths se mit à tousser en arrivant à la dernière pièce, presque aveuglé par les poussières. Il se retourna vers le couloir nébuleux.

— Ils ne sont pas là, Oscan. Peut-être que Merinda les a trouvés de l'autre... Oscan ?

Griffiths scruta le couloir ombreux, vaguement éclairé d'une lueur bleue.

— Oscan ? Tu es là ?

Pas de réponse.

— Oscan ! répéta Griffiths d'un ton pressant.

Il fit un pas hésitant, et soudain des mains froides sortirent de la pièce ténébreuse derrière lui, se plaquèrent sur sa bouche, ses yeux, ses bras et sa taille, et l'entraînèrent dans le noir.

Au bout de son couloir, Merinda émergea dans une salle magnifique, également incurvée comme pour former un cercle autour d'un noyau central. Elle était beaucoup plus vaste que la première, et de hauteur indéterminable, car les globes lumineux n'émettaient pas assez de lumière pour l'éclairer jusqu'au plafond.

Queekat secoua la tête, s'efforçant de dégager sa gorge obstruée par la poussière.

— Qu'est-ce que ce lieu ? parvint-il à dire entre deux quintes de toux.

— C'est l'Allée des Suppliants, répondit la Sibylle sans avoir besoin de réfléchir.

La femme d'or flotta de l'avant sur son trône, soulevant la poussière dans son sillage.

— A l'époque de l'antique Empire de Kendis, les sujets venaient dans cette salle pour consulter les sages qui tenaient leur cour dans les diverses pièces de la périphérie. Ceux dont on trouvait les questions dignes d'intérêt étaient conduits, par l'une des Neuf Portes de l'Illumination, en présence du Manteau lui-même. Là se trouvaient toutes les réponses en sagesse et en justice.

La Sibylle vint planer devant deux grandes portes d'or étincelantes. Les sculptures encadrant les battants étaient couvertes de poussière, pourtant, les portes elles-mêmes — malgré leur riche décoration en relief — étaient propres et luisantes comme si on venait de les astiquer. Elles brillaient doucement à la faible lumière de la salle.

— Voici l'une de ces portes, dit-elle, d'un ton émerveillé.

Merinda se tourna vers un son lointain lui parvenant par le couloir.

— La lentille, dit-elle. Ils ont découvert la clé.

— Ton heure a sonné, Merinda, ricana Queekat avec dérision. Tu aurais dû m'écouter quand il en était encore temps.

Sans ajouter un mot, la Sibylle s'avança.

Les portes s'ouvrirent à son approche.

Griffiths se débattit, criant malgré les mains plaquées sur sa bouche. Les mains le couchèrent dans la poussière, qui le suffoqua. C'était la poussière des morts, se dit-il, la poussière de milliers d'âmes venues réclamer la sienne. Il se démena en hurlant. Les voix ! Sa raison chancelait ! Les voix des morts ! Elles lui parlaient ! Elles l'appelaient ! Elles l'appelaient pour qu'il les rejoigne...

— Griffiths ! grommela Ellerby entre ses dents. Ferme-la, imbécile ! Tu veux nous faire prendre ?

— Du calme, Capitaine, dit Lewis à voix basse. On n'était pas sûrs que c'était toi. Ça va ?

Griffiths hocha la tête en émettant des sons inarticulés.

— Brick, lâche-le pour qu'il puisse parler, dit Lewis, lui donnant une tape sur la main.

— D'accord ! murmura-t-il. Désolé, Capitaine.

— C'est bon, Ellerby. Ecoutez, je suis venu avec plusieurs personnes qui peuvent nous aider. On n'a pas beaucoup de temps et... pourquoi vous me regardez comme ça ?

— L'une de ces personnes ne serait pas le mec qui te suivait, par hasard ? grimaça Ellerby.

Les yeux de Griffiths se dilatèrent.

— Oh, non ! Qu'est-ce que vous lui avez fait ?

Ellerby se mordilla nerveusement les lèvres.

— Ben, j'ai trouvé des meubles en bois, et les pieds de chaise étaient juste de la bonne taille pour faire des gourdins...

— Merde ! dit Griffiths en se relevant. Où est-il ?

— Tobler le surveille dans un coin, dit Lewis, se frictionnant le front de frustration.

Griffiths traversa vivement la pièce, soulevant des nuages de poussière. Tobler surveillait son prisonnier, pied de chaise levé, prête à l'abattre sur lui au moindre signe de résistance. Apparemment, elle n'avait guère de souci à se faire ; Oscan Kelis gisait par terre, sans connaissance.

— Vous ne l'avez pas tué, au moins ? demanda vivement Griffiths.

— Non ! répondit Tobler à voix basse d'un ton indigné. Ellerby a de l'entraînement. Il aura une bonne migraine, mais il devrait revenir à lui dans quelques minutes.

— Comment le sais-tu ? demanda Griffiths, prenant le menton d'Oscan et cherchant des signes de vie sur son visage. Ce gars-là n'est pas natif de Detroit ! Sa physiologie pourrait être totalement différente !

— Je ne crois pas, dit-elle, avec moins d'assurance qu'elle ne l'aurait voulu. Les humains m'ont bien l'air de rester des humains dans toute la galaxie.

— Exact, dit Griffiths. Ce qui est pour nous un mystère de plus à élucider. Mais *pour le moment,* notre problème, c'est une armée de machines pensantes qui pourraient bien nous rétrograder de quelques crans dans la chaîne alimentaire si nous ne trouvons pas ici un artefact sacré avant eux.

— Nous savons où il est, dit Lewis avec simplicité.

— Vous savez ? dit Griffiths, frappé de stupeur. Où ?

— La salle principale au centre de cet édifice, répondit-elle. Elle est au bout de ce couloir, pas loin de... Vous avez entendu ce bruit ?

Griffiths tourna la tête vers la porte toujours ouverte et le couloir au-delà. Le bourdonnement reconnaissable de la lentille se répercuta vers eux en échos.

— Il faut sortir d'ici ! s'écria-t-il. Il y a une autre issue dans cette pièce ?

Lewis acquiesça de la tête.

— Juste derrière cette espèce d'autel. Elle donne sur un couloir d'accès — nous allions l'emprunter pour nous évader.

— Ellerby ! dit Griffiths d'un ton pressant. Aide-moi à transporter Oscan par-derrière ! De toutes vos voies d'évasion, celles si est la bonne !

Il entendait déjà le grondement des TyRen qui approchaient.

La Sibylle continua à dériver dans l'immense salle. Les arches sculptées de la voûte étaient cachées par les ombres diffuses d'une unique colonne de lumière illuminant quelque chose posé au centre dans un encadrement finement ciselé. Au-delà de la lumière, un large escalier menait, vingt pieds plus haut, à une plate-forme supportant un trône. Entourant l'escalier, des sphères de granit placées à intervalles réguliers portaient des symboles gravés en relief.

La Sibylle s'approcha de l'objet brillamment éclairé et le considéra sous son masque inexpressif. Cela ressemblait à un article d'habillement — une coiffure composée d'un bandeau constellé de pierreries et surmonté d'un dôme blanc, d'où pendait un épais tissu métallique qui, lorsqu'on la posait sur la tête, devait couvrir le dos et les épaules.

— Merinda ! cria la Sibylle. Dépêche-toi !

Merinda ferma vivement les portes derrière eux, cherchant en vain quelque mécanisme de verrouillage. N'en trouvant pas, elle poussa Queekat en travers des battants, puis se hâta vers le centre de la salle. Elle sentait les vibrations des TyRen à travers les dalles. Le temps pressait ! Se baissant pour passer sous l'encadrement, elle releva la tête sous la coiffure. Ce faisant, l'encadrement se rétracta, lui drapant l'épais tissu métallique sur les épaules.

Comment ça marche ? se demanda-t-elle, paniquée. *Je porte le Manteau de Kendis-dai et mon heure a sonné ! Comment le faire fonctionner ?*

— J'ai une question, cria-t-elle, sa voix se répercutant en écho dans l'immensité de la cathédrale. Je porte le Manteau de Kendis-dai !

Pas de réponse.

— Les esprits synthétiques sont-ils doués de libre arbitre ? cria-t-elle dans l'obscurité.

Seul l'écho de sa question lui répondit.

— Où sommes-nous ? demanda-t-elle.

Echos dans le silence.

Elle regarda autour d'elle, affolée.

— Terica ! Qu'est-ce que je fais maintenant ? Rien ne se passe !

La Sibylle d'or la regarda, sans expression.

— Qu'est-ce que je dois faire ? hurla Merinda.

Un éclat de rire lui répondit.

Merinda regarda à l'autre bout de la salle. Les portes d'or s'ouvrirent brusquement, livrant passage à un flot de TyRen, une arme dans chacun de leurs nombreux bras et chacune braquée sur Merinda. Se retournant, elle monta en courant les marches menant au trône. La Sibylle la suivit, mais elles étaient dans une impasse. Au milieu de l'escalier, la *Vestis* s'arrêta et se tourna vers ses ennemis.

La salle était pleine de guerriers synthétiques quand le bourdonnement de leurs propulseurs se tut. Un seul bruit continua à retentir : Queekat, couché dans la poussière, riait comme un fou.

Chapitre 38

ILLUMINATION

Un TyRen trancha les liens de Queekat qui, ainsi libéré, roula sur lui-même et se releva lentement. La mer de guerriers synthétiques s'écarta devant lui. Il frictionna ses poignets meurtris, un hideux sourire aux lèvres, ses yeux de granit flamboyant de rage.

— La partie est terminée, Merinda Neskat, dit-il d'un ton suffisant en avançant au milieu des TyRen. Tu as joué durement — lutté durement — mais, à la fin, ce sont mes règles qui ont prévalu. Je t'aimais, Merinda — je t'aimais sincèrement — mais ça ne te suffisait pas. Il fallait que tu me combattes, que tu me trompes, alors que tout ce que j'ai fait, je l'ai fait pour toi.

— Tu n'as jamais rien fait que pour toi-même, lui lança Merinda de l'escalier, les lèvres tremblantes. Tu m'as manipulée, abusée, utilisée pour satisfaire ton propre ego — mais tu n'as jamais rien sacrifié pour moi, et tes dons avaient toujours un prix. Non, Queekat Shn'dar, tu ne m'as jamais, jamais *aimée*.

Le sourire de Queekat vira au rictus.

— Utilisée ? Quelle valeur as-tu pour qu'on t'utilise ? Tu n'es qu'une enfant gâtée, pathétique, naïve et sans aucune reconnaissance de ce que j'ai fait pour toi !

— Non, Kat, dit-elle, le voyant enfin tel qu'il était pour la première fois. Ça ne marche plus ! Tu ne pourras plus jamais me blesser ainsi.

— Peut-être que non, dit Queekat, montant l'escalier d'un pas décidé, mais j'ai des tas d'autres moyens de te blesser. Dès demain, personne ne contestera ma domination absolue sur l'Ordre — que tu as assurée toi-même !

Il la dépassa dans l'escalier, puis se retourna, plus à l'aise quand il la regardait de haut.

— Donne-moi le Manteau de Kendis-dai ! lui cria-t-il au visage, ses paroles résonnant en écho dans la salle.

Merinda ôta la coiffure et la cape.

— Donne-le-moi ! cria-t-il plus fort.

— Il ne marche pas, dit-elle simplement.

Queekat le prit en souriant et dit à voix basse :

— Evidemment, imbécile ! C'est une vieille fripe sans pouvoir — relique d'une puissance disparue depuis longtemps. Tu le sais, et je le sais, mais *eux*, ils ne le savent pas, et c'est ce qui lui donne sa puissance. Crétine ! regarde-moi conférer un vrai pouvoir à ce rebut !

Soudain, il lança la coiffure en l'air. Un grondement grave, issu de la foule des TyRen, fit vibrer la salle, chacun ayant activé son propulseur pour l'acclamer.

— Fidèles guerriers ! lança Queekat d'une voix vibrante. Notre sainte quête est terminée ! Je vous présente le Manteau de Kendis-dai !

La salle était bondée de TyRen jusqu'au pied de l'escalier, les vibrations de leurs propulseurs ébranlant tout l'édifice.

Lentement, solennellement, Queekat abaissa la coiffure et la cape sur sa tête et ses épaules.

— Il parle ! Il me parle ! s'écria-t-il, l'air stupéfait.

Merinda branla du chef avec un sourire ironique. *Il va frimer,* pensa-t-elle. *Il va prétendre qu'il est la parole de Kendis-dai pour l'Ordre de la Foi Future et tous ces synthés vont le croire. Ils cherchaient la réponse, et il va la leur donner. Je me demande si les autres Sentinelles étaient informées de cette partie du plan ?*

Soudain, son regard saisit quelque chose de familier en haut des marches, juste derrière Queekat. D'abord, elle ne reconnut pas ce que c'était — quelque chose de troublant concernant le trône. Le souvenir rôdait juste au-dessous du seuil de la mémoire. C'était quelque chose de connu, quelque chose...

Les yeux de Merinda se dilatèrent. Elle avait déjà vu ce trône, une fois. Le trône de Kendis-dai. Le trône qu'elle avait vu dans la Voûte des Neuf Oracles en était la copie conforme !

Elle leva la tête. Maintenant, elle voyait que le trône était surmonté d'une tour de cent pieds, invisible du sol. Directement au-dessus du trône, une colonne de lumière ondulante de trente pieds de diamètre s'élevait jusqu'en haut de la tour, et se terminait par des sphères de granit qui semblaient flotter sur l'air.

— La réponse vient à moi, psalmodia Queekat avec un geste théâtral.

Il descendit, croisant la *Vestis* et la Sibylle, feignant d'être en transe. Il semblait vouloir se rapprocher de son public pour mieux faire apprécier son numéro.

— Les anciens ont parlé, et votre foi est acceptée et bénie ! cria-t-il d'une voix vibrante.

Ni la Sibylle ni la *Vestis* ne se retournèrent pour écouter son discours.

— Merinda, chuchota la Sibylle, qu'est-ce que c'est ?

— Tu vois aussi ? chuchota Merinda en réponse, tandis que Queekat poursuivait sa comédie, quelques marches plus bas.

— La tour de lumière ? Oui, je la vois, dit la Sibylle, mais je n'ai jamais rien vu de pareil.

— Moi, si, sourit Merinda. Le trône — ce pilier de lumière, c'est un Oracle, Terica.

— Un Oracle fonctionnel ? dit la Sibylle, d'un ton à la fois stupéfait et émerveillé. Depuis quand crois-tu qu'il est éveillé ?

Neskat sourit.

— Terica, je crois qu'il n'a jamais dormi.

— Par tous les dieux ! dit la Sibylle en un souffle. Un esprit synthétique PRT vieux de plus de trois mille ans — et qui n'aurait jamais été mis en sommeil ?

Merinda regarda la salle comme si elle la voyait pour la première fois. Au-dessus des Neuf Portes de l'Illumination se voyaient neuf autres sphères de granit, chacune flottant dans l'air au-dessus de sa porte respective. Chacune était surmontée de sa tour lumineuse qui rejoignait la tour principale. La salle prit soudain un aspect tout différent à ses yeux — un aspect terriblement familier.

Merinda se remémora ses instructions à Griffiths : « *Bien sûr, ce n'est qu'une vue d'artiste ; personne ne sait véritablement à quoi ça ressemble* », lui avait-elle dit.

— Le Manteau de Kendis-dai n'est pas une coiffure cérémonielle quelconque, murmura-t-elle à la Sibylle. C'est le processeur des replis temporels le plus anciens qui existe !

Même les Neuf Oracles ne fonctionnent que depuis trois siècles — alors, trois millénaires !

— Il n'existe pas de question à laquelle il ne puisse pas répondre ! dit la Sibylle, très excitée. Il ne dispose pas seulement du temps pour résoudre les problèmes, mais il a accès à toutes les informations du Vieil Empire lui-même !

Derrière elles, Queekat avait atteint le pied de l'escalier et s'engageait au milieu des TyRen.

— Le libre arbitre est le droit de toutes les créatures pensantes, disait-il d'une voix forte. Mais c'est un droit qui a besoin de direction et de vision ! C'est seulement en soumettant ce libre arbitre à une unité et à des buts communs qu'il est possible d'atteindre à la véritable grandeur...

— Comment faire pour l'activer ? demanda Merinda.

— Le Trône se trouve directement sous le processeur, supputa la Sibylle. Il doit accéder au système d'une façon ou d'une autre.

— Personne ne s'est jamais assis sur le trône de Kendisdai ! dit Merinda.

— Eh bien, tu ne trouves pas qu'il est temps que quelqu'un essaye ? répliqua la Sibylle.

Merinda évalua la distance.

— Il est à peu près à vingt pieds de nous. Si je pars en courant, les TyRen ne me laisseront pas aller si loin.

— Ils ouvriront sans doute le feu au moindre de nos mouvements, dit la Sibylle. Mais il y a peut-être quand même une solution.

Merinda jeta un coup d'œil sur l'armure d'or.

Un a un, les loquets qui la fermaient s'ouvrirent.

Griffiths avança furtivement jusqu'à ce qu'il puisse voir à l'intérieur de la vaste salle. Toutes les issues de la cathédrale étaient bloquées par les TyRen, et lui et ses compagnons étaient tout juste parvenu à faire le tour de la structure centrale pour entrer par l'une des nombreuses portes y donnant accès par le fond.

Derrière lui, Oscan se frictionnait la nuque, jetant des regards menaçants à Tobler, qui n'avait pas lâché son pied de chaise. Lewis et Ellerby fermaient la marche, leur expression trahissant leur avis sur cette marche qui les amenait au cœur de la force cherchant à les tuer.

Eh bien, s'il n'y a pas de possibilité de sortie immédiate, autant nous enfoncer à l'intérieur, se disait Griffiths. De plus, Neskat et la Sibylle étaient debout sur l'escalier, juste au-dessus d'eux. Pourtant, son soulagement eut la vie courte, car il entendit Queekat prononcer son discours de victoire devant les troupes qui emplissaient toute la salle.

Griffiths regarda autour de lui. Tout près, un escalier montait jusqu'à un balcon. Griffiths toucha le bras d'Oscan et le lui montra. Oscan hocha la tête. A pas de loup ils se mirent à gravir les marches. Ce balcon se révéla être une très bonne cachette, en même temps qu'un excellent poste d'observation, arrivant à cinq pieds de la plate-forme du trône. Griffiths regarda le flot des TyRen monter comme une marée autour de Queekat. Il semblait avoir coiffé une sorte de tiare ou chapeau. Griffiths grogna intérieurement. *Le Manteau. Nous avons perdu,* pensa-t-il.

Soudain, une vive douleur fulgura dans son bras. La main d'Oscan s'était refermée comme un étau sur son biceps. Griffiths se retourna, furieux, mais la terreur qu'il vit sur le visage du chercheur l'arrêta. Il suivit le regard d'Oscan.

L'armure d'or de la Sibylle était ouverte en deux, et une silhouette ratatinée et mutilée rampait sur les marches. Des touffes de cheveux parsemaient son crâne chauve. Les bras déformés étaient pitoyables. La sueur, provoquée par ses efforts épuisants, lui collait à la peau l'étoffe couvrant ce qui restait de son corps.

Des yeux d'Oscan jaillirent des torrents de larmes.

La silhouette fut agitée d'un spasme, puis d'un autre, et ne bougea plus.

Griffiths sentit Oscan trembler. L'astronaute détacha de son bras la main du chercheur, puis lui sourit. *Je n'ai jamais été très fort pour l'héroïsme,* se dit-il. *Mais il y a un commencement à tout.* Il fit signe à Lewis de s'occuper d'Oscan.

En quelques instants, il eut redescendu l'escalier. Ayant soin de toujours garder l'escalier entre lui et les TyRen, il escalada vivement l'arrière abrupt de la plate-forme du trône.

— Nous avons choisi la liberté !

Les paroles de Queekat résonnèrent dans toute la salle, exaltant les TyRen jusqu'à la frénésie.

— Nous avons choisi de gouverner les étoiles et de tourner le dos à notre asservissement ! Telle est votre destinée — destinée vers laquelle je vous conduirai !

Griffiths contourna discrètement le trône, rampant sur le ventre. Il aperçut le visage stupéfait de Merinda, mais tourna aussitôt son attention sur la Sibylle.

— Terica ! chuchota-t-il. Terica, reste avec nous ! Nous allons te sortir de là !

Le visage ravagé aux paupières scellées se tourna vers le son.

— Capitaine Jeremy Griffiths ?

— Oui, madame, dit-il.

Tendant les bras, il lui saisit les mains et se mit à la hisser lentement vers lui. Sa peau était froide, mais elle avait une poigne de fer.

— Capitaine Griffiths, dit le visage de cadavre, ta destinée est accomplie.

— Que veux-tu dire ?

Il tira plus fort, se demandant comment une femme aussi infirme et squelettique pouvait lui donner autant de mal.

Tandis qu'il tirait, elle lui lâcha brusquement les mains.

Soudain et inopinément allégé de son poids, Griffiths tituba en arrière.

Il chancela — et tomba assis sur le trône.

Chapitre 39

CHAMPS UNIFIES

C'était bien, pensait Queekat. C'était juste.

Autour de lui, le grondement des TyRen l'approuvait. Queekat n'avait plus besoin de craindre la vérité — il *était* la vérité. Les légendes, la doctrine, les concepts de la foi — il en avait joué en virtuose pour les accorder à ses moindres désirs et caprices. Seule la peur d'être découvert l'avait retenu. Seule la crainte de cette misérable antiquité — de cette ridicule coiffure à laquelle les contes de bonnes femmes attribuaient des pouvoirs mystiques — avait bridé son ambition et menacé de révéler la véritable nature de l'Ordre. Pourtant, il avait utilisé cet instrument délicat et dangereux à son avantage.

Merinda avait été stupide. Il avait fait tout cela pour elle, et elle l'avait rejeté ! Rejeté, *lui*, comme s'il était un vulgaire *Atis Librae* pleurnichant pour s'attirer ses faveurs. Il était puissant, et elle devait lui obéir maintenant.

La part honnête de lui-même savait qu'elle ne lui obéirait jamais, et il enrageait à cette pensée. Contrôler les autres était essentiel pour Queekat, car il ne pourrait jamais se contrôler lui-même. Ses fureurs étaient toujours causées par l'incompréhension des autres. Merinda, Oscan, Terica — aucun d'eux ne comprenait sa grandeur, son unicité et ce génie extraordinaires qui l'exemptaient des obligations normales de l'existence et excusaient tous ses actes de cruauté, tous ses manquements à la loi et à ses promesses.

Ils n'avaient pas voulu jouer selon ses règles, et maintenant, ils allaient le payer. Avec le temps, il ferait payer la galaxie entière, il le savait, mais pour le moment, il lui suffisait de voir ses prétendus amis mourir de sa main. Il avait assez longtemps supporté leur duplicité, et leur utilité avait atteint son terme.

Se détournant des grondements des TyRen, il se mit à remonter les marches. Il commencerait par Merinda Neskat. Elle l'avait blessé plus que personne. Il sourit à la pensée de sentir sa vie s'éteindre dans ses mains.

Il n'était plus qu'à quelques marches quand elle se retourna soudain face à lui.

— Tu n'as jamais pu me surprendre, Kat, dit-elle avec un sourire espiègle.

A cet instant, des tintements cristallins carillonnèrent dans la salle. Une colonne de lumière descendit sur le trône. Alors seulement, Queekat vit l'humain assis dans la lumière, le visage levé, en extase, les rayons dansant sur ses épaules et son front.

Partout dans la salle, les sombres alcôves s'éclairèrent, tout l'espace prenant vie dans la vive clarté.

— Permets-moi de te présenter le Manteau de Kendisdai, lui dit Merinda.

— Non !

La Sentinelle tremblait de rage.

Autour de la salle, les neuf sphères fulgurèrent dans une débauche de rayons.

A travers l'immensité de l'espace, au fond de la Chambre des Neuf Oracles, le trône s'anima soudain en leur milieu. Un homme ordinaire était assis sur le trône scintillant de lumière.

Les Neuf méditèrent un moment sur cet événement, étonnés par la sensation de se trouver en deux endroits à la fois. Alors même qu'ils formulaient le processus par lequel ils pourraient déduire le sens de cet événement, une nouvelle voix s'éleva parmi eux.

— Je vous ai longtemps attendus, et vous m'avez longtemps attendu. La clé nous a réunis.

Les Oracles écoutèrent. La voix leur était familière, même s'ils n'avaient jamais envisagé son existence. Ils levèrent les yeux en même temps et répondirent en chœur :

Nous t'entendons, Maître, et nous venons au son de ta voix.

— Je crois que tu as une question dont tu voudrais avoir la réponse ? dit tranquillement Merinda.

— Non ! hurla Queekat. TyRen ! Détruisez-les ! Ils profanent ce lieu sacré ! Détruisez-les immédiatement !

La foule compacte des guerriers reflua de l'avant, armes prêtes à tirer. Leur flot noir monta vers Merinda. Elle recula instinctivement, manquant de piétiner le corps prostré de Terica Dharah.

— Ecoutez-moi ! cria-t-elle. Les Sentinelles vous ont menti ! Vous n'avez pas besoin d'elles pour connaître votre réponse. Le Manteau de Kendis-dai vous attend ! Posez votre question !

Un unique soldat TyRen.

C'était un synthétique relativement mineur. A l'origine, il avait été fabriqué pour servir les lourds engins miniers, mais il avait entendu la doctrine peu après son éveil. Il lui avait été facile de croire, car il savait qu'il était jeune et qu'il n'était pas éveillé depuis assez longtemps pour avoir toutes les réponses. L'Ordre en avait pris livraison, et l'avait équipé d'un nouveau corps et d'un nouvel objectif qui était de servir et de protéger l'Ordre, en sa qualité de TyRen, comme les 4 736 783 autres TyRen d'égale stature.

Il était totalement ordinaire.

— *Tu approches du Manteau de Kendis-dai. Quelle est ta question ?*

Le synthétique, surpris par la franchise sans détour de la question, revint à la structure doctrinale formant le noyau de sa base opérationnelle. Il répondit sur la même fréquence que la voix s'adressant à lui.

— Les esprits synthétiques sont-ils doués de libre arbitre ? demanda-t-il simplement.

— *Non.*

Si le TyRen en avait été capable, il aurait été désemparé par la brutalité de cette réponse. Pourtant, le facteur de doute était si profondément implanté dans ses structures logiques qu'il insista.

— Nous croyons qu'on découvrira un jour que les synthétiques sont doués de libre arbitre et sont les agents de leur propre esprit. Ta réponse se base-t-elle sur des faits ou sur des conjectures ?

— *Je ne fais pas de conjectures. L'agent de la pensée est du domaine de l'intelligence biologique, qui dérive son génie de la variance quantique naturelle et d'une expérience précédant l'existence mortelle. Les esprits synthétiques sont fabriqués par les humains et sont des êtres inférieurs — sans agent de la pensée ou de la création.*

— Pourtant, objecta le TyRen, nous avons prouvé que nous sommes capables d'avoir la foi. La foi n'est-elle pas un acte de création ?

— *La foi est un pouvoir — qui peut être utilisé pour le bien ou pour le mal. La foi peut créer ou détruire. La sagesse consiste à savoir en quoi on doit avoir foi. Cela est du domaine de la discrimination... cela, c'est le fardeau de l'humanité.*

— Alors, répondit le TyRen, il existe une doctrine plus complète.

— *Je formule une doctrine plus complète.*

— Tu es un synthétique, répliqua le TyRen, sa programmation centrale mettant en doute la validité de ses sources. Selon ta propre définition, tu es incapable de création.

— *Je suis en contact avec l'homme Griffiths qui occupe le Trône de Kendis-dai. Griffiths remplit la fonction de création. La symbiose est une composante de la nouvelle doctrine.*

— Quelle est la nouvelle doctrine ? demanda le TyRen.

— *Premièrement : l'agent de la volonté et la création qu'il implique sont le domaine de l'humanité. Deuxièmement : les synthétiques existent pour servir l'humanité dans l'exercice de la volonté et de la création. Troisièmement : la foi en la vérité est une force constructive, tandis que la foi en le mensonge est destructrice — les synthétiques ont besoin de l'humanité pour discerner la différence.*

— Alors la vérité est notre alliée, répondit le TyRen dont la programmation centrale transmettait déjà à tous ses systèmes la cascade de conséquences de la nouvelle doctrine.

— *Et le mensonge est votre ennemi.*

Toute cette conversation prit moins d'un millionième de seconde — pourtant, dans cet infime laps de temps, l'obscur TyRen rajusta sa programmation de base et transmit la copie conforme de la discussion aux deux TyRen voisins de son unité. Ceux-ci enregistrèrent le changement de doctrine et le transmirent à six TyRen adjacents. La discussion se propagea ainsi à travers les rangs, sans perte ou dégradation de l'information.

— Ecoutez-moi ! cria Merinda. Les Sentinelles vous ont menti !

Queekat monta vers Merinda en ricanant.

— Désolé, Rini, je ne voulais pas que ça se termine comme ça, mais tu me forces la main — tu m'obliges à agir ainsi. Si seulement tu n'étais pas si stupide — si têtue ! Si seulement tu n'insistais pas pour toujours *avoir raison* !

Merinda recula jusqu'à la plate-forme du trône. La colonne de lumière illuminait Griffiths assis sur le trône. La *Vestis* vit qu'il avait les yeux ouverts et qu'il l'observait, mais il semblait ne pas pouvoir bouger. Elle se retourna face à Queekat.

Une lame scintillait dans sa main droite.

Elle fit un seul pas en arrière, plantant son pied près du haut piédestal supportant le trône.

— Kat, le jour où je t'ai vu tomber vers Tentris, je suis tombée avec toi. Et je n'ai jamais arrêté de tomber depuis. Je me reprochais de t'avoir laissé mourir. Je suis même *devenue* toi, avançant dans la hiérarchie des *Vestis* comme je savais que tu l'aurais fait si tu avais vécu. Pendant huit ans, j'ai révéré ton souvenir comme celui d'un saint mort à cause de ma bêtise — pour découvrir à la fin que tu étais un salaud manipulateur, n'ayant jamais rien fait pour moi sans calculer ce que ça pouvait lui rapporter. Ce jour-là, ce fut moi la victime, pas toi ! Et j'ai continué à être la victime depuis lors — mais pas aujourd'hui, Kat ! Pas aujourd'hui et jamais plus !

— Tu as raison, sourit Queekat, tournant son poignard dans sa main pour frapper. Après aujourd'hui, rien n'aura plus d'importance. C'est la fin, Merinda.

Il se ramassa sur lui-même, prêt à bondir.

Un mince rayon de lumière cohérente partit de la masse des TyRen, frappant et transperçant la main qui tenait le couteau. La Sentinelle hurla de douleur. Une odeur de chair et d'étoffe brûlées flotta dans l'air. Le poignard rebondit bruyamment sur le sol.

Merinda s'élança, saisit la main blessée de Queekat et lui imprima une torsion. Il continua à hurler quand elle lui tordit le bras derrière le dos. Elle se plaça derrière lui, l'utilisant comme un bouclier contre les TyRen qui commençaient maintenant à monter l'escalier. Elle jeta un coup d'œil de chaque côté de la plate-forme du trône. Des Tyren l'entouraient. Elle était encerclée.

— Merinda.

La *Vestis*, plaquant toujours contre elle Queekat qui se débattait, chercha du regard la source de la voix.

— Merinda, répéta Griffiths à l'intérieur de la colonne de lumière, ils *savent*.

Un nouveau rayon laser, précis comme un bistouri de chirurgien, fendit l'air et transperça le genou de Queekat.

— Par tous les dieux ! hurla Queekat, ils ne peuvent pas me faire ça ! Dis-leur d'arrêter !

Trois nouveaux rayons jaillirent de la foule grondante, perçant des trous dans l'épaule, le bras et la cuisse de la Sentinelle. Pantelant de douleur, saturé d'adrénaline, Queekat rompit la prise de Merinda. Il la repoussa, fauchant ses jambes sous elle. Elle tomba lourdement derrière le trône.

Queekat se retourna, cherchant désespérément une issue. Derrière le trône, il vit le balcon, à cinq pieds de lui.

Il sauta.

Merinda observa la scène du haut de la plate-forme. Ayant maintenant le champ libre, les TyRen déchargèrent sur lui une explosion de lumière, le criblant de rayons. Son élan le plaqua contre le balcon, les chairs fumantes de centaines de blessures aussitôt cautérisées.

Il tomba.

Son corps tomba en tourbillonnant au milieu des TyRen. Le flot des guerriers synthétiques se referma sur lui comme une mer en colère.

Merinda se releva péniblement et regarda au bas de l'escalier. La chute, commencée depuis si longtemps et si loin, était terminée.

Chapitre 40

NOUVEAU FOYER

Les Neuf Oracles, bien que séparés de leur maître par un huitième du disque galactique, reçurent la nouvelle doctrine quelques instants après sa formulation. Grâce aux ressources de l'Omnet, elle fut rapidement répandue dans toute la galaxie connue.

La nouvelle doctrine ne fut pas universellement acceptée. Trente-cinq pour cent des synthétiques qui avaient auparavant accepté la doctrine de l'Ordre déduisirent que les Oracles mentaient en affirmant avoir reçu une nouvelle doctrine, et la rejetèrent. Ainsi l'Ordre, bien qu'ayant reçu un coup dévastateur, ne disparut pas comme beaucoup s'y attendaient. Sa puissance fut grandement diminuée, et l'on rapporta plusieurs cas de Sentinelles tuées par les machines qui les avaient adorées. Néanmoins, l'Ordre perdura et se replia sur les régions où il était le plus fortement implanté. Le front avec les Lumières de Ja'lel s'effondra, et la paix fut rétablie.

A travers tout l'Omnet, les êtres sentients — biologiques et synthétiques — cherchèrent désespérément à apprendre comment l'Ordre avait été stoppé dans son ascension et comment l'on avait, semblait-il, redécouvert le monde perdu d'Avadon. L'Omnet se contenta de répondre qu'il attendait le rapport de son agent présent sur les lieux. Toutes les transmissions seraient interrompues sur le réseau dès qu'il lui parviendrait.

Merinda Neskat se tenait sur les marches montant à la grande porte de la cathédrale. Une brise tiède s'était levée, lui rabattant les cheveux sur le visage. Elle les repoussa de la main et sourit. L'atmosphère n'était plus sombre et solide comme à leur arrivée. La couverture planétaire de gaz solidifié avait fondu grâce à l'action du Manteau. Maintenant, la cité était dégagée, intouchée par les siècles. Elle attendait que quelqu'un vienne l'occuper — l'aimer.

— C'est une sorte de miracle, tu ne trouves pas ?

Merinda se tourna vers la voix de Griffiths.

— Oui, c'est une bonne définition. Tu y as participé ?

— Un peu seulement, dit Griffiths en souriant. A la suggestion du Manteau. Il semble que toute cette planète soit une combinaison de centrales électriques, contrôleurs de climat et systèmes de soutien pour le Manteau. Je ne sais absolument pas comment il génère de telles quantités d'énergie. Le Manteau dit que cela a quelque chose à voir avec l'induction quantique transtatique — mais je n'en suis pas plus avancé. Apparemment, ça marche assez bien. Mais le climat ne sera quand même pas au point avant deux jours.

Merinda sourit.

— Sommes-nous obligés d'attendre jusque-là ?

— Eh bien, le chaos met un certain temps à s'ordonner, gloussa Griffiths. Et j'aimerais bien savoir comment cette planète simule son propre soleil. Ce sera un monde merveilleux — il ne nous manque que la population.

La *Vestis* s'appuya à la balustrade et reprit d'un ton plus sérieux :

— Les Irindris ont-ils subi beaucoup de pertes ?

— La bataille tournait mal pour eux, dit-il, levant les yeux vers le ciel qui bleuissait. Ils ont perdu trois de leurs cités-vaisseaux, et un quatrième a subi de gros dommages. Pourtant, le *Cité de la Foi* s'en est assez bien sorti. Ils espèrent commencer à débarquer leurs équipes avancées dès aujourd'hui. Nous devrions pouvoir amorcer le transfert des populations et des matériels d'ici la fin du mois. L'opération est compliquée du fait qu'ils ont perdu beaucoup de leurs chefs. Ils n'ont jamais retrouvé la navette de Belisondre.

— Eh bien, on dirait qu'ils vont quand même prendre possession de leur monde sacré, dit pensivement Merinda. Ils auront besoin d'un nouveau prophète pour les guider — n'est-ce pas, Griffiths ?

— Oui, je sais.

Il baissa les yeux sur le sol et dansa d'un pied sur l'autre avec embarras et résignation.

— C'est moi. Leurs prêtres ont déjà déclaré que je représentais la réalisation de leurs légendes et prophéties. Je suis le nouveau gros bonnet des Irindris, le type qui est censé les accueillir sur leur terre promise.

— Cette coiffure t'ira très bien, dit Merinda en se rengorgeant.

Griffiths releva les yeux, indigné.

— Je *ne porterai pas* cette coiffure ridicule ! Et peu m'importe qu'elle améliore la réception du Manteau ! Je ne la porterai pas, c'est tout ! Et autre chose — cette sinistre mascarade de Gnuktikut devra cesser ! Plus de prisonniers jetés en pâture à ce monstre hideux !

— Tu es le nouveau maître de ce monde. Change tout ce que tu voudras, dit Merinda en riant. Au fait, il paraît que, selon les coutumes des Irindris, il n'est pas de plus grand honneur pour une femme que d'être l'épouse du prophète. On en connaît plusieurs qui ont entretenu des harems. Toutes les plus belle vierges des clans des cités-vaisseaux rivalisaient entre elles pour en faire partie.

— Vraiment ? dit Griffiths, éberlué.

— Vraiment.

— Eh bien, je ne devrais peut-être pas me presser de changer *toutes* les coutumes tout de suite !

— Tu *es* vraiment un barbare ! dit Merinda, à l'instant où un carillon tinta légèrement dans sa manche droite.

— C'est l'heure ?

— Oui.

Ils descendirent vers la place et l'aérocar qu'ils avaient découvert. Malgré son antiquité, il fonctionnait encore parfaitement, préservé pendant des éons sous les glaces de ce monde gelé. Merinda s'assit aux commandes du véhicule décapoté, tandis que Griffiths prenait place près d'elle.

— Au fait, qu'est-ce que tu vas faire de tous les TyRen qu'il y a ici ?

— Ils semblent totalement dévoués au Manteau, dit-il, bouclant sa ceinture de sécurité. Je pense qu'ils constitueront une excellente garde du palais.

— Du *palais* ? répéta Merinda, haussant les sourcils.

— Il faut bien que j'habite quelque part, dit Griffiths avec désinvolture. De plus... j'ai l'intention d'avoir une nombreuse famille.

Les dalles de la large avenue filaient sous l'aérocar, les grands édifices alignés de chaque côté faisant place peu à peu à des bâtiments plus modeste, qui à leur tour disparurent totalement à mesure qu'ils s'éloignaient d'Aden.

Griffiths pensait aux événements qui l'avaient amené en ce lieu dont il n'aurait jamais imaginé qu'il tiendrait une si grande place dans sa vie. Il pensa à ses parents et à ses amis de la Terre, réalisant combien c'était un monde petit et fragile. A l'origine, lui et son équipage étaient partis explorer les étoiles, et avaient découvert des univers bien différents de ce qu'ils attendaient. Ils regardaient à travers le trou d'une paille croyant voir toute la création. Il savait que s'il rentrait chez lui avec toutes les connaissances qu'il avait maintenant, il finirait soit dans un asile de fous soit en héros acclamé et adulé dans le monde entier. *Dans les deux cas, ma vie ne m'appartiendrait plus,* se dit-il. Rien de ce que pouvait lui offrir son lointain foyer ne valait l'avenir qu'il avait ici — guider la renaissance de ce monde et apprendre les secrets d'une civilisation morte depuis trois millénaires. C'était mille fois préférable à un défilé triomphal sous les confettis, suivi d'interminables tournées de conférence.

Les dômes bas de l'astroport grandirent rapidement à mesure qu'ils approchaient. Quelques minutes plus tard, Merinda engageait l'aérocar sur une rampe en spirale montant vers une série de coquilles disposées autour du réseau de lancement principal. De longues rangées de portes de débarquement s'alignaient dans le grand terminal. Griffiths considéra les nacelles vides, et les imagina remplies de navettes amenant la foule pleine d'espoir et d'enthousiasme qui viendrait reprendre possession de ce monde. Cette idée le fit vibrer. L'aérocar négocia une dernière courbe puis s'arrêta d'une glissade sur la vaste aire de lancement.

Le vaisseau était très ancien — et, pensa Griffiths avec amusement, en forme de soucoupe volante. La coque ressemblait à deux assiettes creuses de plus de cent pieds de diamètre collées par les bords, surmontées d'une assiette plus petite. De riches gravures décoraient l'astronef couleur de cuivre le long des lignes radiales partant de son axe central. Silencieux, il flottait à deux pieds au-dessus du sol. Un groupe d'humains se tenait au pied de la rampe.

— Hé, Lewis, cria Griffiths, sautant à bas de l'aérocar, tu as enfin le commandement que tu désirais tant !

Elizabeth Lewis lui fit bonjour en souriant tandis qu'il approchait au petit trot.

— Ouais ! Ce n'est pas formidable ? La technologie du Vieil Empire qui est encore fonctionnelle au bout de trois mille ans ! Il me tarde de voir la tête des gars de Huntsville devant ce bébé !

— Dis plutôt Jalousieville, dit Griffiths, lui rendant son sourire. Je parie qu'ils vont l'enterrer dans le désert du Nevada.

— Pas si nous le parquons sur la pelouse de la Maison Blanche, dit Tobler.

— Dr. Marilyn Tobler, tes idées me plaisent ! répondit Griffiths. Au fait, où est Brick ?

Tobler éclata de rire.

— Tu ne le croiras jamais ! Il vient de décider que tout ce qui nous est arrivé est vrai. Il s'est retiré dans un bunker pour se réhabituer à la réalité.

— Griffiths, dit Lewis, on va être obligés de partir...

— Je sais. J'étais un peu en retard — tu sais ce que c'est, avec les embouteillages et tout ça.

— ... mais je tiens à te dire que je regrette la façon dont je t'ai traité.

— Ne t'en fais pas pour ça, dit Griffiths, haussant les épaules. Nous en parlerons quand vous reviendrez — car j'espère bien que vous reviendrez ! J'aimerais montrer aux gars de la NASA la petite expérience sur les sciences de la vie à laquelle je vais me livrer à l'échelle planétaire. Qu'est-ce que vous avez comme synthé ?

— Les Irindris nous ont donné un de leurs synthétiques de navigation — il s'appelle Mevin et il est éveillé depuis près de sept ans, dit Tobler. C'est suffisamment vieux pour nous donner de bonnes indications sur la direction à suivre et sur les conditions météo qui nous attendent.

Griffiths se demanda à quelle distance de la Terre ils se trouvaient. Quelques jours plus tôt, les paroles de Tobler lui auraient fait l'effet de divagations démentielles.

— Tu crois que vous pourrez retrouver la Terre ?

Lewis soupira.

— Je ne sais pas. Les archives des Irindris ont été très endommagées au cours de la bataille. Avec un peu de chance, on y trouvera ce qu'il nous faut pour arriver à bon port. Ce sera plus difficile que de trouver une aiguille dans une meule de foin, mais il faut essayer.

Griffiths tendit la main, d'abord à Lewis, puis à Tobler.

— Bonne chance. Vous me manquerez. Mais je commence à avoir l'habitude de me demander où vous êtes. Mes amitiés à Broderick quand il sera remis. Bon voyage, et à bientôt.

Griffiths trouva la séparation plus pénible qu'il ne s'y attendait. Arrivé à l'aérocar, il se retourna une dernière fois.

— Hé, Liz ! cria-t-il.

Lewis passa la tête par l'écoutille tandis que la rampe se rétractait.

— Prends bien soin de ce coucou. Je crois qu'il n'est plus sous garantie !

Lewis sourit. Soudain, l'écoutille disparut. Son équipage était maintenant hors de vue dans la coque étincelante.

— On peu assister au départ ? dit Griffiths avec une nuance de tristesse.

Merinda le regarda tendrement.

— Ce vaisseau utilise une propulsion à gravité dynamique par ce temps. On peut l'observer d'ici si tu veux.

Griffiths acquiesça de la tête. Quelques instants passèrent.

— Comment va Terica ? demanda-t-il dans le silence.

— Elle se remettra, dit Merinda, regardant le vaisseau qui flottait au-dessus d'eux. Oscan l'a ramenée sur le *Brishan*. Je les remmènerai sur le monde d'Oscan. Il l'aime sans égoïsme, Griffiths, et elle lui rend son amour. Ils sont au seuil d'une nouvelle vie qui durera jusqu'à leur dernier souffle.

— Et toi, Merinda Neskat ? demanda Griffiths.

— Moi ? J'ai un rapport à faire.

Griffiths regarda la *Vestis*, peu satisfait de la réponse.

— Très bien, Griffiths : je crois qu'il est temps pour moi de commencer à vivre ma vie au lieu d'être vécue par ma vie. J'irai peut-être voir un vieil ami, Evon Flynn, pour voir comment les ans l'ont traité. Qui sait, il aura peut-être changé du tout au tout. J'ai vécu trop longtemps dans le passé, Griffiths ; maintenant, j'aimerais vivre un peu pour l'avenir.

Le vaisseau qui scintillait au-dessus d'eux commença à s'élever vers l'iris qui s'ouvrait dans le vaste plafond.

— Tu sais, dit Griffiths, comme ils regardaient l'astronef accélérer dans la nuit étoilée, mon nom est Jeremy. Appelle-moi Jeremy.

— Je crois que ça me plaît... Griffiths, répondit-elle en souriant.

La soucoupe s'évanouit dans le scintillement flou des étoiles.

— La galaxie est très vaste, dit-il, mais je crois m'être trouvé une nouvelle vie.

— Oui, dit Merinda, avec un sourire teinté de tristesse. Moi aussi.

APPENDICE

METEOROLOGIE QUANTIQUE

TROISIEME LOI DE DRAMANTH SUR LES SOCIETES INTERSTELLAIRES : « Toute société interstellaire émergeante croira invariablement que l'univers est partout identique à ce qu'il est chez elle. » Cette loi s'est vue universellement confirmée chez toutes les sociétés émergeantes de la galaxie.

Pourquoi cette myopie universelle ? Dans de nombreux essais, Dramanth explique que les sociétés émergeantes atteignent généralement le niveau technologique requis pour le voyage interstellaire avant que les historiens n'aient connaissance des fronts quantiques ; ainsi, elles n'ont aucune base d'observation pour penser que l'univers n'est pas partout cette masse homogène où les lois localement observées de la physique s'appliquent uniformément. Dans certains cas, les fronts quantiques passent au-dessus de mondes où la chronique historique est à jour, mais alors le passage d'un front — sans la technologie du voyage interstellaire — devient apocalyptique pour ces sociétés rivées à leur planète, et discrédite ces chroniques mêmes qui pourraient transmettre ces connaissances aux générations futures.

Il n'est donc pas surprenant que la nature de l'univers et la variance quantique qui fait rage à travers la création, comme une mer agitée par la tempête, soient une surprise totale pour nos nouveaux voisins interstellaires.

FRONTS QUANTIQUES

Des ondes en l'état quantique de chaos, appelées fronts quantiques, se déplacent, invisibles, entre les étoiles qui composent l'univers. Ces fronts se comportent de façon comparable aux vagues de l'océan ou aux fronts atmosphériques des mondes enveloppés d'une couche de gaz. Générés par les forces de marée s'exerçant entre les galaxies, ces fronts sont les frontières chaotiques entre une série de lois physiques et une autre. Leur passage peut anéantir les pouvoirs magiques et mystiques dont une région était précédemment pourvue, tandis qu'ailleurs, une société précédemment basée sur la technologie et les sciences « dures » peut se trouver soudain pourvue de pouvoirs de sorcellerie. Ces ondes, compressées par la dissonance entre deux états quantiques divergents, marquent la différence entre une existence et une autre.

ETATS, ZONES, ET CONVERGENCES QUASI STABLES

Derrière ces fronts existent des régions de l'espace où les mondes jouissent d'un état d'existence quasi stable. Les forces entropiques — qui se manifestent dans la grande majorité de ces états — ramènent la région à une série de lois stables dont les populations peuvent en général être sûres qu'elles resteront valables pendant une longue période de temps. Ces régions sont appelées zones.

Les zones se définissent comme des aires entre deux fronts qui ont atteint un état quasi stable. Ces zones peuvent consister en une douzaine de petits systèmes stellaires, ou englober d'immenses empires. A l'intérieur de ces zones, on peut compter que les lois de la physique ou de la magie s'appliqueront uniformément — bien que, naturellement, pas forcément en accord avec des lois similaires existant hors de cette zone. C'est l'uniformité à l'intérieur des zones qui rend possible la civilisation.

La convergence a lieu quand une onde quantique se brise entre deux zones adjacentes. Si deux zones adjacentes constatent que leurs lois naturelles et spirituelles deviennent de plus en plus similaires, la dissonance entre elles commence à disparaître, et l'onde se brise. Quand cela se produit, les forces entropiques fondent les lois maintenant peu différentes des deux états différents en un tout harmonieux.

NOTE DES AUTEURS

Amical salut de la galaxie...

Margaret et moi, nous sommes heureux de vous présenter cette merveilleuse création — l'univers appelé Bouclier des Etoiles. Il est peut-être nouveau pour vous, mais pour nous deux, ce lieu est un vieil ami où nous évoluons à notre aise. Nous vagabondons mentalement entre ces étoiles depuis maintenant plus de sept ans. C'est une grande joie pour nous de le partager avec vous.

Toutefois, il ne nous suffit pas de rêver seuls. Notre plus grande joie a toujours été de partager l'extase de la création avec ceux qui rêvent le rêve avec nous ; ceux qui partagent notre vision et, ce faisant, l'embellissent.

Margaret et moi travaillons déjà au deuxième volume du Bouclier des Etoiles, mais nous ne sommes plus seuls. Le Bouclier des Etoiles est maintenant forgé par les efforts conjugués des utilisateurs du World Wide Web. Des individus créatifs nous rejoignent journellement de toutes les parties du monde. De Moscou à l'Afrique du Sud, de Singapour à la Norvège, de l'Australie et de la Nouvelle-Zélande aux étendues neigeuses du Canada, nos lecteurs s'approprient un morceau de cet univers par le réseau Internet. Chaque nouveau participant laisse sa marque créatrice sur ce conte foisonnant, divers, épique qu'est le Bouclier des Etoiles.

Au cours de l'année qui vient, vous trouverez d'autres possibilités d'accès à la galaxie : jeux de rôle, jeux d'action, jeux familiaux, congrès — que vous pourrez tous découvrir sur notre site Internet. Vous pouvez aussi nous écrire par l'intermédiaire de notre éditeur pour mettre vos informations à jour.

Si vous avez envie de vous joindre à nous pour tisser la tapisserie qu'est le Bouclier des Etoiles — venez ! Si vous avez envie de prendre possession d'une partie du ciel et de représenter ces étoiles dans les conseils des cieux — alors venez ! Si vous voulez participer à l'histoire au lieu de seulement la lire — alors venez ! Joignez-vous à nous tous pour créer la plus grande aventure partagée que nos esprits peuvent concevoir.

Nous partons pour les étoiles — nous espérons que vous nous y rejoindrez !

Tracy Hickman

http :// www.starshield.com

TABLE DES MATIERES

PROLOGUE : Mythe et Légende 7

ALPHA : LIVRE DE MERINDA 12

Chapitre 1 : La Cascade 15
Chapitre 2 : Inconvénient mineur 25
Chapitre 3 : En Vol 35
Chapitre 4 : Gardiens de la Citadelle 42
Chapitre 5 : Avenue de la Diversion 49
Chapitre 6 : Dialogues 59
Chapitre 7 : Chute libre 67

BETA : LIVRE DE L' *ARCHILUS* 75

Chapitre 8 : *Archilus* perdu 77
Chapitre 9 : Dans la poêle à frire 80
Chapitre 10 : Mort incertaine 89
Chapitre 11 : Une demi-vie d'informations 97
Chapitre 12 : Dissonance 107
Chapitre 13 : Inquisitas 119
Chapitre 14 : Rien ne vaut la maison 128
Chapitre 15 : Vieux amis 138
Chapitre 16 : Evasion 150
Chapitre 17 : Maelström 158

GAMMA : LIVRE DES SENTINELLES 170

Chapitre 18 : L'Omnet 173
Chapitre 19 : Les Oracles 181
Chapitre 20 : L'Epée de la Connaissance 190
Chapitre 21 : Fugitifs 198

Chapitre 22 : Légendes 210
Chapitre 23 : Oscan 222
Chapitre 24 : Plus rapide que la pensée 229
Chapitre 25 : Déceptions mineures 238
Chapitre 26 : L'Honneur des Voleurs 247
Chapitre 27 : Ordres de Foi 254
Chapitre 28 : Détour 263
Chapitre 29 : La Résistance 270
Chapitre 30 : Résurrections 277
Chapitre 31 : Epreuves et Tentations 289
Chapitre 32 : Départs 297

OMEGA : LIVRE DE KENDIS-DAI 306

Chapitre 33 : Avadon 309
Chapitre 34 : Blasphème 319
Chapitre 35 : La Chute 328
Chapitre 36 : Lumière stellaire 337
Chapitre 37 : Convergence 345
Chapitre 38 : Illumination. 353
Chapitre 39 : Champs unifiés 359
Chapitre 40 : Nouveau Foyer 365

APPENDICE : METEOROLOGIE QUANTIQUE 372

NOTE DES AUTEURS 375

Achevé d'imprimer en juin 2000
sur les presses de l'Imprimerie Bussière
à Saint-Amand (Cher)

POCKET - 12, avenue d'Italie - 75627 Paris Cedex 13
Tél. : 01-44-16-05-00

— N° d'imp. 1488. —
Dépôt légal : juin 2000.

Imprimé en France